SCHLESWIG-HOLSTEINISCHES
Weihnachtsbuch

Geschichten, Gedichte und Bilder
aus der Zeit zwischen Advent und Dreikönigsfest

Gesammelt und herausgegeben von
Gundel Paulsen

Husum

Umschlagbild: Hermann Kauffmann, „Kirchgang im Winter“

Die Deutsche Bibliothek – CIP Einheitsaufnahme

Schleswig-holsteinisches Weihnachtsbuch : Geschichten, Gedichte und Bilder aus der Zeit zwischen Advent und Dreikönigsfest / ges. und hrsg. von Gundel Paulsen. – Husum : Husum, 1996
ISBN 3-88042-786-0
NE: Paulsen, Gundel [Hrsg.]

Satz: Fotosatz Husum GmbH, Husum
Farblithos: Lithotec Oltmanns, Hamburg
Druck : Husum Druck- und Verlagsgesellschaft, Husum
Bindearbeiten: Bernhard Gehring, Bielefeld

ISBN 3-88042-786-0

Dat Ander Capittel.

a IDt begaff syck öuerst to der tyd/ dat ein bott van dem Keiser Augusto vthginck/ dat de gantze werlt ‡ geschattet worde. Vnde desse schattinge was de alder erste/vnde schach tho der tydt/do Kyrenios Landtpleger jn Syrien was. Vnde yderman ginck hen/dat he syck schatten lete/ ein yder jn syne Stadt. Do makede syck ock Joseph vp vth Galilea/vth der Stadt Nazareth/ jn dat Jödesche landt/ na der Stadt Dauid/dede hett Bethlehem/ darumme dat he van dem huse vñ geslechte Dauid was/ vp dat he syck schatten lete mit Marien syner vortruweden frouwen/ dede swanger was.

b Vnde alse se darsilluest weren/quam de tydt/dat se tēlen scholde. Vnde se tēlde ēren ersten söne/vnde wandt en jn windel/vnde lēde en jn eine krübben/ wente se hadden süs nēn rum jn der herberge.

c Vnde dar weren herdes jn der silluen yegen vp dem velde by den hütten/de hodden des nachtes ēre hērde. Vnde sü/de Engel des Heren trat tho en/vnde de klarheit des Heren lüchte de vmme se/ vnde se früchteden syck seer. Vnde de Engel sprack tho en: Früchtet juw nicht/ Seeth/yck vorkündige juw grote frowde/ de allem volcke wedderuaren wert/ Wente juw ys hüden de Heilandt gebarn/dede ys Christus de Here/jn der Stadt Dauid. Vnde dat hebbet thom teken. Gy werden dat kindt vinden jn windel gewunden/vnde jn einer krübben liggende. Vnde also balde was dar by dem Engel de vēlheit der hemmelschen heerschare/ de laueden Godt/vnde spreken: Eere sy Gade jn der höghe/ vnde frede vp erden/vnde den minschen ein ⊕ wolgeual.

d Vnde do de Engel van en tho hemmel vören/spreken de hērdes vnderandern: Latet vns nu hen ghan na Bethlehem/vnde de geschichte seen/de dar geschēn ys/ de vns de Here kundt gedan hefft. Vnde se quemen ylende/vnde vünden beide Mariam vnde Joseph/ dartho dath kindt jn der krübben liggende. Do se ydt öuerst geseen hadden/brededen se dat wort vth/dath tho en van dessem kinde gesecht was. Vnde alle/dar ydt vör quam/ vorwunderden syck der rēde/de en de hērdes gesecht hadden. Maria öuerst behēlt alle desse wort/vnd bewöch se jn ērem herten. Vnde de hērdes kerden wedderumme/priseden vnde laueden Godt/ vmme allent dat se gehört vnde geseen hadden/alse den tho en gesecht was.

De Biblie vth der Uthleggunge Doctoris Martini Luthers yn dyth Düdesche (sog. Bugenhagen-Bibel). Lübeck: Ludwig Dietz, 1533/34.

Einführung

Dieses Buch lädt zu einer Weihnachtsreise durch Schleswig-Holstein ein, zu einer Reise, die mit ihren Beiträgen aus Dichtung und Erinnerungen einmal durch Jahrhunderte bis in die Gegenwart führt, zum anderen aufzeigt, wie unterschiedlich dieses Fest im Land zwischen den zwei Meeren gefeiert wurde. Die Vielgestaltigkeit, zu der sprachliche Besonderheiten beitragen, und die Zeitumstände, aus denen heraus geschrieben wurde, lassen ein facettenreiches, lebendiges Bild der Weihnachtszeit in Schleswig-Holstein entstehen. Zur besseren Einbettung soll an dieser Stelle auf die Entwicklung des Weihnachtsfestes und auf die Geschichte der Landesteile Schleswig und Holstein eingegangen werden, soweit sie den Zeitraum betreffen, aus dem die Beiträge stammen.

Im Jahre 1773 kamen die beiden Herzogtümer Schleswig und Holstein zur dänischen Krone, Gesetzgebung und Verwaltung lagen in den Händen der Deutschen Kanzlei in Kopenhagen. Auseinandersetzungen nicht nur um kulturellen Einfluß sowie die Erstarkung des Nationalgefühls im 19. Jahrhundert führten zu Kriegen und wechselnder Zugehörigkeit der beiden Landesteile, obwohl ihnen 1460 im Vertrag von Ripen die bleibende Vereinigung zugesichert worden war. Dieses Versprechen war so fest im Gedächtnis der Schleswig-Holsteiner verankert, daß fast 380 Jahre später Theodor Storm seinen Weihnachtsbaum mit einer weißseidenen Fahne schmückte, versehen mit den Wappen der beiden Herzogtümer und dem Spruch: „wie laven dat Sleswik und Holsten bliven ewig to samende ungedeelt!“ Erst nach dem Krieg 1864 wurde Schleswig-Holstein wieder vereint, auch das von vielen unerwünscht – als preußische Provinz.

Diese jahrhundertelange wechselvolle Geschichte des Landes, dazu die Lage zwischen den Meeren, die zugleich einengte und bereicherte, führten wohl zu einer ausgeprägten Identität der Bewohner mit ihrer Heimat. Das fand seinen Niederschlag in zahlreichen Lebenserinnerungen mit ausführlichen Beschreibungen des Weihnachtsfestes als dem herausragenden Ereignis der Kindheit. Diese Schilderungen sind in der vorliegenden Anthologie vielfach vertreten und stammen aus unterschiedlichen Lebensbereichen und sozialen Schichten. Sie wurden in zeitlicher Reihenfolge geordnet, beginnend bei Friedrich Leopold Graf zu Stolberg, der 1750 geboren wurde.

Bei ihm wurde das christlich geprägte Weihnachtsfest noch nicht unter einem Tannenbaum gefeiert. 1691 soll zwar auf dem Gut Sierhagen in Ostholstein der erste Baum aufgestellt gewesen sein, aber vermutlich noch ohne Kerzen. Bekannter durch seine späteren Abbildungen wurde der Baum, der Ende des 18. Jahrhunderts im Wandsbeker Schloß brannte, welches damals noch zu Holstein gehörte. Er wurde lange Zeit hindurch als der erste in Schleswig-Holstein angesehen. Später nahmen vor allem Pastoren und Lehrer diese Sitte auf. Zu Lebzeiten Theodor Storms, der sich wie kaum ein anderer deutschsprachiger Dichter mit Weihnachten beschäftigte, seine Liebe zum Weihnachtsbaum immer wieder zum Ausdruck brachte – wir verdanken ihm detaillierte Beschreibungen des geschmückten Baumes –, war er aber noch keine Selbstverständlichkeit. Auf dem Lande – und dort lebten damals noch bis zu dreiviertel der Bevölkerung – soll er eher die Ausnahme gewesen sein. Mit seiner Verbreitung entwickelte sich das Weihnachtsfest im Laufe des 19. Jahrhunderts von einer kirchlich geprägten Feier hin zum Familienfest mit dem Tannenbaum als Mittelpunkt. Es wurde zum herausragenden Ereignis im Familienleben und nimmt seither eine besondere Stellung in Erinnerungen an die Kindheit ein, wurde auch recht eigentlich erst zum Gegenstand weltlicher Dichtung, an deren Beginn in Schleswig-Holstein die Weihnachtsdichtung Theodor Storms steht.

Auch das religiöse Weihnachtsfest ist nicht so alt, wie häufig angenommen. Erst im Jahre 381 nach Christi Geburt legte man sich auf dem Konzil von Konstantinopel auf den 25. Dezember als den Tag der Christgeburt fest. Man hoffte damit die zum Jahresende üblichen heidnischen Feiern zu verdrängen, und obwohl auch im deutschen Sprachraum 813 der Tag der Christgeburt durch die Mainzer Synode zum allgemeinen Feiertag erklärt wurde, hielten sich auch hier heidnische Bräuche noch jahrhundertelang. Noch im 17. Jahrhundert berichtete ein Propst aus Apenrade von einem gemästeten Schwein, welches auf einem „Juel" genannten Fest im Dezember „um Lucien Tag" geopfert wurde. Und ein Husumer Pastor klagte in der ersten Hälfte des 18. Jahrhunderts über Gespenster- und Aberglauben in den „Zwölffen", den Tagen zwischen Weihnachten und dem 6. Januar, den er vergebens zu bekämpfen versuchte.

Die Kirche bemühte sich, dem mit allen ihr zur Verfügung stehenden Mitteln aufklärend zu begegnen. Bei der Verkündigung des christlichen Glaubens dürften bildliche Darstellungen von Jesu Leben eine Hilfe gewesen sein. Früheste Darstellungen der Christgeburt sind die auf den Kalkstein-Taufbecken in der Borbyer und der Söruper Kirche sowie die des Heiligen-Drei-Königs-Altars im Schleswiger Dom mit ihren lebensgroßen farbigen Figuren aus dem 13. Jahrhundert. Sie weisen in eine Zeit, in der die gedruckte Bibel noch nicht zur Verfügung stand. Um die Mitte des 15. Jahrhunderts entstand mit der Gutenberg-Bibel die erste, 1533/34 wurde in Lübeck die sogenannte Bugenhagen-Bibel aufgelegt.

Im Laufe des 14. und 15. Jahrhunderts hatte sich eine Form der Christgeburtfeier entwickelt, in der man sich dem göttlichen Kind anbetend näherte. In diese Zeit fällt die Entstehung der szenenreichen Marien-Altäre, die in etlichen Kirchen Schleswig-Holsteins stehen. In dreien ihrer Bilder zeigen sie die Ereignisse um die Christgeburt: Die Verkündigung an Maria, die Christgeburt und die Anbetung der Heiligen Drei Könige. Eine Auswahl dieser anrührenden Darstellungen enthält der Bildteil in der Mitte dieses Buches, der darüber hinaus Beispiele von Christgeburt-Darstellungen auch aus den folgenden Jahrhunderten bis ins 20. Jahrhundert, vornehmlich aus Kirchen und Museen, bringt.

Die weihnachtlichen Zeugnisse aus Schleswig-Holstein, die dieser Band vereint, wurden in über zwanzig Jahren zusammengetragen. Sie stammen aus den unterschiedlichsten Bereichen, um ein möglichst vielfältiges Bild von Weihnachten in diesem Land zu geben. Dichtung steht neben schlichter Erinnerung, Abbildungen von Gebrauchsgegenständen und Gebrauchsgraphik finden sich neben den Arbeiten von Künstlern. Bei der Zusammenstellung der Texte wurde auch versucht, der Vielfältigkeit Rechnung zu tragen, die sich ergibt durch die verschiedenartigen Landschaften seiner beiden Landesteile. Weihnachten wurde auf Halligen und Inseln anders gefeiert als auf dem Festland, an der Ostsee anders als an der Westküste, und die Feiern in den Städten hatten meistens ein anderes Gepräge als die in den Dörfern. Die Auswahl zeigt aber auch,wie unterschiedlich die einzelnen Regionen Zugang im Schrifttum gefunden haben. Sehr stark ist Nordfriesland in der Literatur vertreten, und das nicht nur in der weihnachtlichen. Einmal bietet da wohl die Gefährdung durch die Natur besondere Anreize – ein gerne in weihnachtlichen Schilderungen aufgegriffenes Thema –, zum anderen sicher auch die Einmaligkeit dieser Landschaft, die auch bildende Künstler immer wieder in ihren Bann zog.

Ähnliche Schwerpunkte zeigen sich in der chronologischen Abfolge. Hier stammt der überwiegende Teil der Erzählungen und Erinnerungen aus der zweiten Hälfte des 19. und den ersten Jahrzehnten des 20. Jahrhunderts, dem Zeitraum, in dem es als Familienfest die größte Bedeutung hatte. Dichtungen und Darstellungen aus der Gegenwart beweisen aber die nach wie vor große Bedeutung dieses Festes. Es wurde darauf verzichtet, gesondert auf Brauchtum einzugehen, viele der Beiträge dieser Sammlung lassen es aber dennoch deutlich werden. Gedacht war, ein schleswig-holsteinisches Lese- und ‚Bilder'-Buch für Mußestunden in der Weihnachtszeit zu erstellen. Allen, die dazu beigetragen haben, sei an dieser Stelle herzlich gedankt.

Gundel Paulsen

Hermann Claudius

Ich weiß mir ein gar köstlich Ding in der Erinnerung Schar

Ich weiß mir ein gar köstlich Ding
in der Erinnerung Schar:
den Duft, der in der Stube hing,
wenn Weihnachtsabend war.

Ich saug ihn mit der Seele ein
aus Kinderfernen her.
Er macht wie süßer alter Wein
mein Herz mir fröhlich schwer.

Es wird mir dann zumute schier,
als wär die Welt ein Traum
und alle Sterne über mir
ein ew'ger Weihnachtsbaum.

Weihnachtsfeier 1796 im Wandsbeker Schloß. Bei der Verlobungsfeier von Matthias Claudius' Tochter war auch der Graf zu Stollberg Gast. Aber nicht hier, sondern vermutlich 1691 – wenn auch möglicherweise ohne Kerzen – auf Gut Sierhagen/Ostholstein stand der erste Tannenbaum in Schleswig-Holstein.

Fromme, gemütliche Weihnachtslust

Friedrich Leopold zu Stolberg

Graf Fr. Leopold zu Stolberg schrieb im Jahr 1782 über die fromme, gemütliche Weihnachtslust seiner Jugend:

„Unsere Väter haben uns eine Sitte hinterlassen, welche schön und rührend ist; eine Art des häuslichen und allgemeinen Gottesdienstes, welcher dem gefallen muß, der ein Vater der Freude und ein Vater der Kinder ist; dem gefallen muß, der die Kindlein herzte und selber ein Kind ward.

Gesegnet sei der Mann, der diese Sitte erfand, der zuerst am Heiligen Abend vor Weihnachten die Kinder seines Hauses versammelte, den kleinsten erzählte, daß der Sohn Gottes aus Liebe für sie ein Kind geworden wäre, die größeren an diese Wahrheit mit Rührung erinnerte, ihnen sagte, die ganze Christenheit freue sich, sie sollten sich auch freuen, groß und klein möge nun jauchzen, und sie mögen spielen mit den Geschenken, welche er und ihre Mutter ihnen schenkten, aber sich mit ihm und ihrer Mutter auch der Wonne freuen, welche das Kindlein in der Krippe ihnen bereitet habe!

Es ist eine der süßesten Erinnerungen meines Lebens, wenn ich an die Weihnachtsabende denke, die ich mit meinen Geschwistern, meinen Eltern, dem ganzen Hause feierte. An dem Tage ließen meine Eltern auch das Gesinde nicht leer ausgehen; die letzte Magd mußte sich freuen, denn es herrschte im Hause die Empfindung: ‚Das Heil ist unser aller!'

... Gern geh ich auf den Christmarkt die Abende der Christwoche und besuche die erleuchteten Buden, welche voll der Freude des bevorstehenden Festes sind. Der Greis und das gebeugte Mütterlein verjüngen sich, indem sie Geschenke für die Enkel aussuchen, wiewohl sie klagen, daß zur Zeit ihrer Kindheit Christmärkte besser versehen waren.

Aber welch ein Anblick, wenn nun die süße Stunde schlägt, die Kinder gerufen werden und in die Kammer stürzen, in welcher die Eltern mit zärtlicher Ungeduld ihrer harren! Die grünen, mit hundert bunten Kerzen behangenen Buchsbaumbüsche, welche die Früchte der Jahreszeit, Äpfel, Nüsse und Rosinen, verbergen und erleuchten, die schönen Puppen und Reiter und Schlitten und Wagen, unter denen man immer das Kindlein in der Krippe oder zierlich geschnitzt die Flucht nach Ägypten oder die Hirten oder die Weisen vom Morgenland mit dem schönen Stern findet, alles das ist mit frommer Weisheit ersonnen und zeuget von der edlen Einfalt und Herzlichkeit unserer Väter.

Mancher schon Erwachsene, des die Welt begehret ihn zu sichten wie den Weizen, wird bei dieser Gelegenheit gerührt, und wenn er die Kinder sich der kleinen gemalten Krippe freuen sieht, freuet er sich wieder des göttlichen Kindes, und läßt eine Träne niederfallen, wenn die Chorschüler vor den Häusern singen:

Den aller Welt Kreis nie beschloß,
der lieget in Mariens Schoß,
er ist ein Kindlein worden klein,
der alle Dinge erhält allein!
Kyrieleis!

Es gehört zum Charakter unseres Jahrzehnts, das Herzliche aus der Religion verbannen und sie ihrer eigentümlichen Einfalt und Lieblichkeit berauben zu wollen. Mancher unserer jetzigen Reformatoren hat die Kinder von der Erkenntnis desjenigen abziehen wollen, der da sagte: Lasset die Kindlein zu mir kommen! Wahrlich, ein solcher kennet das Herz des Menschen nicht! Es kann nicht zu früh sich den süßesten und edelsten Eindrücken öffnen. Es bleibt nicht so rein, wie es in der Kindheit ist, nicht so empfänglich.

Sollte jemand sich wundern, Saul unter den Propheten zu finden, so wisse dieser jemand, daß ich die Kinder liebe, mich gern ihren Freuden überlasse und es für mein größtes Glück halte, mich zugleich der Wonne der ganzen Christenheit am Heiligen Abend überlassen zu können.

Das ist meine Freude! Das ist mein Stolz. Ich schäme mich dessen nicht, auf daß nicht einst das göttliche Kind, welches in der Krippe weinte, sich meiner schäme, wenn es wiederkommt mit vielen tausend Engeln, in der Herrlichkeit seines Vaters, zu richten die Lebendigen und die Toten."

Der Christtag, Johann Michael Voltz, 1823.

Umsingen

Wir gaben uns viele Mühe im Singen, denn alle Jahre um Weihnachten wurde in nahen und entfernten Dörfern gesungen, „Umsingen" nannten wir es. Viele Lehrer in den Dörfern taten es und sahen das Geld dafür an als einen Nebenverdienst ihrer kleinen Stellen. Weil nun die besten Sänger dazu ausgewählt wurden, so wollte jedes Kind gerne gut singen können, um nur mitzukommen, und das war die Ursache, daß wir uns im Singen besonders Mühe gaben. Es entstand eine besondere Freude in uns, wenn das liebe Weihnachtsfest herannahte, dann wurden Gesänge ausgewählt, eingeübt und dabei die Bemerkung gemacht, daß diejenigen Kinder, welche am besten singen könnten, mit umsingen sollten. Auch ich habe das Glück gehabt, zweimal mitzukommen. Jeder Schüler wählte sich einen Gesang, und wenn der gesungen werden sollte, so mußte er ihn leiten. Die meistens Gesänge wurden von den Weihnachtsliedern gewählt, aber auch einzelne der anderen Gesänge. In einen hölzernen Stiel wurde vom Schmied ein ziemlich langes Eisen gemacht (Picke genannt); zuweilen die Hüte mit bunten Bändern geschmückt, das waren die Vorbereitungen. Am letzten Tage vor dem Umsingen dann wurde in der Schule alles genau und bestimmt abgesprochen, wo wir allenthalben hin sollten und wie wir uns zu verhalten hätten. Darauf wurden wir dann aus der Schule entlassen mit den Worten: „Zanket nicht auf dem Wege!" Am anderen Tage ging es nun von dannen. Wir gingen weit umher, fast nach Kellinghusen, welches über eine Meile von unserem Dorfe entfernt lag. Weil wir nicht in einem Tage fertig werden konnten, so blieben wir einige Nächte aus. Noch erinnere ich mich, daß ich einmal bei Klaus Harms in Vorbrüge und einmal bei dem Schullehrer in Lockstedt übernachtet habe. Es ging von Dorf zu Dorf, von Haus zu Haus. Zuweilen wurde uns auch zugerufen, wenn wir in ein Haus gingen: „Wir lassen nicht singen!", dann gingen wir weiter. Oft waren wir voraus, und der Lehrer folgte uns nach; denn wir sangen immer ohne ihn, und wenn er auch mit uns in ein Haus reinging, so wurde er gewöhnlich in die Stube genötigt und nahm dort in Empfang, was gegeben wurde. In einigen Häusern gab es für uns auch Met und Äpfel. Wenn in einem Hause gesungen werden sollte, so stellte sich der Vorsänger hin, und alle die übrigen Kinder um ihn herum, dabei wurden die Picken aufrecht auf die Diele gestellt, der Hut oben auf die Picken gehängt und dann gesungen. Wenn wir dann endlich die Runde gemacht hatten und wir wieder in unsere Heimat kamen, so gab es des Abends bei Harms eine Mahlzeit, dann Met zu trinken und Äpfel zu essen und dabei allerlei Scherze gemacht. Beim Abschied zu Hause erhielt jedes Kind noch ein kleines Trinkgeld, und dann hatte alle Herrlichkeit ein Ende.

Heinrich Jargstorff, um 1806

Weihnacht daheim

Aus „Unter dem Tannenbaum“, 1862

Theodor Storm
mit Illustrationen von Ludwig Pietsch

„Aber du“, sagte der Amtsrichter, als seine Frau gelesen hatte, „du bringst in deinen Kleidern den Duft des echten Weihnachtsabends!“

Sie langte lächelnd in den Schlitz ihres Kleides und legte ein großes Stück braunen Weihnachtskuchen vor ihm auf den Tisch. „Sie sind eben vom Bäcker gekommen“, sagte sie, „probier nur; deine Mutter backt sie dir nicht besser!“

Er brach einen Brocken ab und prüfte ihn genau; aber er fand alles, was ihn als Knaben daran entzückt hatte; die Masse war glashart, die eingerollten Stückchen Zucker wohl zergangen und kandiert. „Was für gute Geister aus diesem Kuchen steigen“, sagte er, sich in seinen Arbeitsstuhl zurücklehnend; „ich sehe plötzlich, wie es daheim in dem alten steinernen Hause Weihnacht wird. – Die Messingtürklinken sind wo möglich noch blanker als sonst; die große gläserne Flurlampe leuchtet heute noch heller auf die Stuckschnörkel an den sauber geweißten Wänden; ein Kinderstrom um den andern, singend und bettelnd, drängt durch die Haustür; vom Keller herauf aus der geräumigen Küche zieht der Duft des Gebäckes in ihre Nasen, das dort in dem großen kupfernen Kessel über dem Feuer prasselt. – Ich sehe alles; ich sehe Vater und Mutter – Gott sei gedankt, sie leben beide! Aber die Zeit, in die ich hinabblicke, liegt in so tiefer Ferne der Vergangenheit! – – Ich bin ein Knabe noch! – Die Zimmer zu beiden Seiten des Flurs sind erleuchtet; rechts ist die Weihnachtsstube. Während ich vor der Tür stehe, horchend, wie es drinnen in dem Knittergold und in den Tannenzweigen rauscht, kommt von der Hoftreppe herauf der Kutscher, eine Stange mit einem Wachslichtendchen in der Hand. – ‚Schon anzünden, Thoms?‘ Er schüttelt schmunzelnd den Kopf und verschwindet in die Weihnachtsstube. – Aber wo bleibt denn Onkel Erich? – – Da kommt es draußen die Treppe hinauf; die Haustür wird aufgerissen. Nein, es ist nur sein Lehrling, der die lange Pfeife des ‚Herrn Ratsverwandters‘ bringt; ihm nach quillt ein neuer Strom von Kindern; zehn kleine Kehlen auf einmal stimmen an: ‚Vom Himmel hoch, da komm ich her!‘ Und schon ist meine Großmutter mitten zwischen ihnen, die alte, geschäftige Frau, den Speisekammerschlüssel am kleinen Finger, einen Teller voll Gebäckes in der Hand. Wie blitzschnell das verschwindet! Auch ich erwische mein Teil davon, und eben kommt auch meine Schwester mit dem Kindermädchen, festlich gekleidet, die langen Zöpfe frisch geflochten. Ich aber halte mich nicht auf; ich springe drei Stufen auf einmal die Treppe nach dem Hofe hinab.“

Es war allmählich dunkel geworden; die Frau des Amtsrichters hatte leise einen Aktenstoß von einem Stuhl entfernt und sich an die Seite ihres Mannes gesetzt.

„Drüben in dem Seitengebäude ist das Arbeitszimmer meines Vaters. Auf die Vordiele dort fällt heute kein Lichtschein aus dem Türfenster der Schreiberstube; der alte Tausendkünstler ist von meiner Mutter drinnen bei den Weihnachtsgeheimnissen angestellt. Aber ich tappe mich im Dunkeln vorwärts; denn gegenüber in seinem Zimmer höre ich die Schritte meines Vaters. Er arbeitet schon nicht mehr. Ich öffne leis die Tür; wie deutlich sehe ich ihn vor mir, ihn selbst und das große verräucherte Gemach, in dem der harte Schlag der alten Wanduhr pickt! Mit einer feierlichen Unruhe geht er zwischen den mit Papieren bedeckten Tischen umher, in der einen Hand den Messingleuchter mit der brennenden Kerze, die andere vorgestreckt, als soll jetzt alles Störende ferngehalten werden. Er öffnet die Schublade seines kleinen Stehpults und nimmt die große goldene Tabatiere aus der Fischhautkapsel, einst ein Geschenk der Urgroßmutter an ihren Bräutigam, dann nach des Urgroßvaters Tode eine Ehren- und Vertrauensgabe an ihn. Aber er ist noch nicht fertig; aus dem Geldkörbchen werden blanke Silbermünzen für die Dienstboten hervorgesucht, eine Goldmünze für den Schreiber. ‚Ist Onkel Erich schon da?' fragt er, ohne sich nach mir umzusehen. – ‚Noch nicht, Vater! Darf ich ihn holen?' – ‚Das könntest du ja tun.' Und fort renne ich durch das Wohnhaus auf die Straße, um die Ecke am Hafen entlang, und während ich drunten aus der Dämmerung das Pfeifen des Windes in den Tauen der Schiffe höre, habe ich das alte Giebelhaus mit dem Vorbau erreicht. Die Tür wird aufgerissen, daß die Klingel weithin durch Flur und Pesel schallt. – Vor dem Ladentisch steht der alte Kommis, der das Detailgeschäft leitet. Er sieht mich etwas grämlich an. ‚Der Herr ist in seinem Kontor', sagt er trocken; er liebt die wilde naseweise Range nicht. Aber, was geht's mich an. – Fort mach ich hinten zur Hoftür hinaus, über zwei kleine finstere Höfe, dann in ein uraltes seltsames Nebengebäude, in welchem sich das Allerheiligste des Onkels befindet. Ohne Unfall komme ich durch den engen dunklen Gang und klopfe an eine Tür. – ‚Herein!' Da sitzt der kleine Herr in dem feinen braunen Tuchrock an seinem mächtigen Arbeitspult; der Schein der Kontorlampe fällt auf seine freundlichen kleinen Augen und auf die mächtige Familiennase, die über den frischgestärkten Vatermördern hinausragt. – ‚Onkel, ob du nicht kommen wolltest?' sage ich, nachdem ich Atem geschöpft habe. – ‚Wollen wir uns noch einen Augenblick setzen!' erwidert er, indem seine Feder summierend über das Folium des aufgeschlagenen Hauptbuchs hinabgleitet. – Mir wird ganz behaglich zu Sinne, ich werde nicht ein bißchen ungeduldig; aber ich setze mich auch nicht; ich bleibe stehen und besehe mir die Englands- und Westindienfahrer des Onkels, deren Bilder an der Wand hängen. Es dauert auch nicht lange, so wird das

Hauptbuch herzhaft zugeklappt, das Schlüsselbund rasselt, und: ‚Sieh so', sagt der Onkel, ‚fertig wären wir!' Während er sein spanisches Rohr aus der Ecke langt, will ich schon wieder aus der Tür; aber er hält mich zurück. ‚Ah, wart doch mal ein wenig! Wir hätten hier wohl noch so etwas mitzunehmen.' Und aus einer dunkeln Ecke des Zimmers holt er zwei wohlversiegelte, geheimnisvolle Päckchen. – Ich wußte es wohl, in solchen Päckchen steckte ein Stück leibhaftigen Weihnachtens; denn der Onkel hatte einen Bruder in Hamburg, und er trat nicht mit leeren Händen an den Tannenbaum. So nie gesehenes, märchenhaftes Zuckerzeug, wie er mitten in der Bescherung noch mir und meiner Schwester auf unsere Weihnachtsteller zu legen pflegte, ist mir später niemals wieder vorgekommen.

Bald darauf steige ich an der Hand des Onkels die breite Steintreppe zu unserm Hause hinauf. Ein paar Augenblicke verschwindet er mit seinen Päckchen in die Weihnachtsstube; es ist noch nicht angezündet, aber durch die halbgeöffnete und rasch wieder geschlossene Tür glitzert es mir entgegen aus der noch drinnen herrschenden ahnungsvollen Dämmerung. Ich schließe die Augen, denn ich will nichts sehen, und trete in das gegenüberliegende, festlich erleuchtete Zimmer, das ganz von dem Duft der braunen Kuchen und des heute besonders fein gemischten Tees erfüllt ist. Die Hände auf dem Rücken, mit langsamen Schritten geht mein Vater auf und nieder. ‚Nun, seid ihr da?' fragt er stehenbleibend. – Und schon ist auch Onkel Erich bei uns; mir scheint, die Stube wird noch einmal so hell, da er eintritt. Er grüßt die Großmutter, den Vater; er nimmt meiner Schwester die Tasse ab, die sie ihm auf dem gelblackierten Brettchen präsentiert. ‚Was meinst du', sagte er, indem er seinen Augen einen bedenklichen Ausdruck zu geben sucht, ‚es wird wohl heute nicht viel für uns abfallen!' Aber er lacht dabei so tröstlich, daß diese Worte wie eine goldene Verheißung klingen. Dann, während in dem blanken Messingkomfort der Teekessel saust, beginnt er eine seiner kleinen Erzählungen von den Begebenheiten der letzten Tage, seit man sich nicht gesehen. War es nun der Ankauf eines neuen Spazierstocks oder das unglückliche Zerbrechen einer Mundtasse, es floß alles so sanft dahin, daß man ganz davon erquickt wurde. Und wenn er gar eine Pause machte, um das bisher Erzählte im behaglichen Gelächter nachzugenießen, wer hätte da nicht mitgelacht! Mein Vater nimmt vergeblich seine kritische Prise; er muß endlich doch mit einstimmen. Dies harmlose Geplauder – es ist mir das erst später klargeworden – war die Art, wie der tätige Geschäftsmann von der Tagesarbeit ausruhte. Es klingt mir noch lieb in der Erinnerung, und mir ist, als verstünde das jetzt niemand mehr. – Aber während der Onkel so erzählt, steckt plötzlich meine Mutter, die seit Mittag unsichtbar gewesen ist, den Kopf ins Zimmer. Der Onkel macht ein Kompliment und bricht seine Geschichte ab; die Tür und die gegenüberliegende Tür werden weit geöffnet. Wir treten zögernd ein; und vor uns, zurückgestrahlt von dem großen Wandspiegel, steht der brennende Baum mit seinen Flittergoldfähnchen, seinen weißen Netzen und goldenen Eiern, die wie Kinderträume in den dunkeln Zweigen hängen."

Wiehnachtenabend

Klaus Groth

Dat is en scharpen Wiehnachtenabend!
Greetdort, kiek mal na'n Kachelabend!
Grootvader früßt uns sunst noch doot,
Em warrt vör Küll de Nääs al root.

Och, laat He nu de Weeg man stahn!
He schull man hier na'n Löhnstohl gahn! –
Süh so! nu is de Stuuv al rein
Un fehlt der nix, as Sand to strein.

De Finstern tuckt un muckt sik ni,
wi mööt noch rein mit't Füürfatt bi!
Wa knarrt de Snee! Wat's dat för een!
De Frost maakt iedel flinke Been.

Dar kümmt de Sünn! Se's füerroot!
Wenn de man hölpt, so hett't keen Noot.
Süh an! De Ecken schient al blank
un drippelt op'e Finsterbank.

De Bööm hebbt all ehr Winterkleed,
dat's witt, so wiet de Ogen seht.
Man blot de Beek in't Wischenland
is as en Spegel an de Wand.

De Arm'n sünd richtig al to Gang:
De nachts ni warm liggt, slöppt ni lang.
De lütten Dinger kruupt so krumm
mit Hanschen an un Döker um ...

Och, een lütt Seel fangt an to wen'n,
dat's richt truri antosehn!
Un so unschülli un so smuck,
vör Mitlied'n warrt dat Hart een buck.

De Wächter hett sien Stutenaarn –
De warrt ok öller mit de Jahrn.
Sien Festleed beevt de Straat hentlang,
as sung he sülm sien Graffgesang.

Wenn he hier rinkummt mit sien Korf,
so fraagt em mal na Holt un Torf
un geevt em man en Stuten mehr,
wenn't wull de letzte Wiehnacht weer!

De Tiet geiht rascher as en Droom:
Eerst kriegt wi sülm en Wiehnachtsboom,
denn kaamt uns' Kinner an de Reeg,
denn sitt Grootmoder bi de Weeg.

Un ehr wi opkiekt, sünd wi oolt,
un ehr wi umseht, sünd wi koolt,
un Wiehnacht'n kummt un geiht in'n Draff:
Uns deckt de Snee in't depe Graff.

Otto Speckter, Winterliches Dorf.

Weihnacht 1834 im Tuchmacherhaus

Rudolf Tonner

Das Weihnachtsfest stand vor der Tür. Fritz Cornils besprach noch einmal mit Pastor Harding, wie die Heiligabendfeier verlaufen sollte. Organist Schümann war krank und hatte den jungen Amtsbruder gebeten, ihn während der Weihnachtstage zu vertreten. Der Kirchenchor, durch einige Männerstimmen verstärkt, würde vor und nach der Predigt je eins der wunderseligen Weihnachtslieder singen.

„Das ist schön, Herr Cornils, meine Worte sollen am Heiligen Abend keine lange Predigt sein. In kurzer Ansprache will ich mich zwischen Evangelium und Gesang einschalten. Die Gemeinde soll viel singen. Ich stimme Ihnen voll zu, wenn Sie immer betonen, das Gemeinschaftsgefühl werde durch das Lied in besonderem Maße geweckt."

„Ja, mehr noch, Herr Pastor, mehr. Der Klang, die Melodie hat für die Menschen, sofern sie überhaupt zu ihnen spricht, oft stärkere Kraft als das dazugehörige Wort. Das trifft eindringlich bei jenen Liedern zu, die schon von den Kindern offen aufgenommen werden und als beglückender Besitz in das spätere Lebensalter hinüberklingen."

Pastor Harding nickte:

„Ja, Herr Cornils, ich folge Ihnen gern. Das wissen Sie. Gepredigtes und gesungenes Wort in der Kirche sind Bruder und Schwester und nicht, wie einige Amtsbrüder betonen, Herr und Diener. Auf Ihren Kirchenchor freue ich mich, mit mir wird die Gemeinde Ihnen dankbar sein. Damit der Abend ganz einheitlich wird, will ich von der alles überwindenden Macht der Liebe sprechen, will den Zweiflern und Spöttern Beispiele wahrer Nächstenliebe geben. O, Herr Cornils, ich verabscheue das laute Gerede und Getue über die Wohltätigkeit, die aus der Not der Armen das Recht zu Vergnügungen herleitet. Sie veranstalten neuerdings sogenannte Basare mit Tanz und Trubel und sagen dann: seht, das tun wir für die Notleidenden! Was hat das mit Christentum zu tun?"

Im Tuchmacherhaus am Teich rüsteten sich die Frauen der Werkstube zum frühen Feierabend. Es war noch zwei Stunden bis Mittag, als Tine eine nach der andern in die Meisterwohnung rief. Hier stand Madam an einem Tisch, beladen mit wohlverschnürten Paketen, alle mit den Namen der Empfänger versehen. In den letzten Wochen vor dem Fest hatte Mutter Voigt herumgehört, was für die einzelnen Familienangehörigen ihrer Arbeiter besonders not tue. Sie hatte schon seit langem mit wachen Augen gespäht, ob für Peter Lüttjohann ein Paar deftige Stiefel oder für Johann Wollburg Stoff für eine warme Winterjacke das Richtige sei. Dazu gab's zu jedem Paket eine große Tüte mit Äpfeln, Nüssen und braunen Kuchen. Für den Familienvater war ein Paket Tabak beigelegt.

Das war ein frohes Geben und Nehmen, ein herzliches Danken und Abwehren. Dann mußten die unverheirateten Arbeiterinnen hereinkommen. Jede erhielt zu der Naschtüte irgendein nützliches Bekleidungsstück oder Taschentücher oder ein buntes Halstuch. Den Schluß machten die Junggesellen, die ein großes Schnupftuch erhielten, das mit der Darstellung eines Zeitereignisses schön bedruckt war, dazu Rauchzeug und auch eine Naschtüte.

Zu dem allen war schon gestern bei der Lohnzahlung jedem erwachsenen Arbeiter zum Fest ein Taler obendrein gegeben worden.

Mutter Voigt schickte ihre Tine in die Küche und schloß hinter ihr die Tür ab. Jetzt bereitete sie für ihre Angehörigen den Weihnachtstisch in der großen Stube rechts der Diele. Der Tannenbaum stand schon seit gestern abend im Glitzerschmuck auf dem großen runden Tisch. Einen Augenblick mußte sie sich nach dem Hasten des Vormittags hinsetzen. Als ihre Augen auf den Waschkorb in der Ecke fielen, ging ein stilles Lächeln über ihr Gesicht. Der Kuchenvorrat, in heimeligen Vorfeststunden gebacken, war schon tüchtig zusammengeschmolzen. Aus dem aber immer noch ansehnlichen Rest füllte sie jedem ihrer Lieben den Weihnachtsteller und legte Äpfel und Nüsse darauf.

Die Nüsse lieferte alljährlich Adam, der Handelsmann aus Thüringen, der im blauen Leinenkittel mit einem schweren Sack voll Walnüsse über der Schulter bis hinauf „ins Holsteinische“ wanderte. Wenn Adam kam, dann war Weihnacht nicht mehr weit. Die Kinder sahen neugierig zu, wenn der Handelsmann die von Mutter bestellten Schock Nüsse abzählte. Bei jedem Griff in den Sack brachte die geübte Hand sechs Walnüsse ans Licht. Zehnmal sechs Nüsse – ein Schock.

„Man zu, Mutter, noch'n Schock mehr!“, so die Kinder.

„Na Adam, denn man los, noch ein Schock!“

Ja, so war es auch jetzt wieder im Tuchmacherhause gewesen. Die Kinder waren zwar groß geworden; ihre Freude aber an den Erinnerungsbildern vergangener Jahre trugen sie wohlbehütet als köstlichen Schatz in das Heute und in das Morgen.

So gab Mutter Voigt der Weihnachtsstube auch dieses Jahr wieder das Gesicht, wie es seit Beginn ihrer Ehe Brauch geworden war. Ihrem Lorenz legte sie an seinen Platz zu den Taschentüchern und ein Paar von ihr gestickten Hosenträgern eine feine Brieftasche, für Tines Truhe gab es Leinenzeug für die Aussteuer. In einer kleinen Schmuckschachtel lag auf rotem Samt eine goldene Vorstecknadel mit einem grünschimmernden Smaragd. Wie die gute Deern sich freuen würde! Und hier für ihren Johann – sollte das eine besondere Überraschung werden! Herr Cornils hatte sie empfohlen und auch besorgt: eine große, wunderschöne Konzertflöte. Vater Lorenz war anfangs erstaunt gewesen, fügte sich aber schließlich, als die Frauen immer wieder drängten.

„Wenn du wüßtest, Vater, welche Freude du dem Jungen damit machen wirst!“

Und Tine: „Herr Cornils meinte, Johann hätte so viel Freude am Musizieren, wiederholt habe er sich bei ihm im Flötenspiel versucht. Er werde es bestimmt bald lernen."

„So, so, hm, Herr Cornils hat es gesagt? Wem?"

Eine helle Röte lief über Tines Gesicht; mit einem Ruck wandte sie sich um.

„Na, Lorenz, laß man. Sollst mal sehen, welchen Spaß dir Johanns Musik machen wird."

Nun war wohl alles bedacht. Mutter Doris übersah noch einmal das Ganze und ging dann stillzufrieden hinaus in die Küche, um hier nach dem Rechten zu sehen.

In die frühe Dunkelheit des Heiligabends fielen die tiefen Glockenklänge vom Kirchturm. In allen Häusern, in denen sie verstanden wurden, rüsteten sich die Menschen. Bald taten sich die Haustüren auf, in winterlichen Festkleidern folgten sie dem Ruf zur Gemeinschaftsfeier. Aus den hohen Fenstern des machtvollen jungen Kirchenbaues flutete ihnen verheißungsvoll das Licht entgegen. Es war noch nicht fünf Uhr, trotzdem drängte es sich in den Bänken, und immer noch strömte es durch die drei Kirchtüren herein. Voigts stiegen vom Haupteingang her mit Johann links die Treppe zur mittleren Empore hinauf, die in gleicher Höhe mit dem Orgelvorbau lag. Zu ihren Füßen dehnte sich das weite Kirchenschiff. Vor dem Altar strahlten die vielen Kerzen in der hoch aufragenden Tanne und füllten den Raum mit warmem Geleucht. Als Johann den Organisten begrüßte, gingen dessen Blicke zur Voigtfamilie, froh nickte er ihr zu.

Nun saß er vor der Orgel. Mit ihren Klängen zog er die Weihnachtsgemeinde in ehrfürchtiges Stillesein und lockte sie im Vorspiel zum ersten Lied:

„Vom Himmel hoch da komm ich her"

Eingangsgruß vom Altar her zur Gemeinde und Antwort von den Orgelknaben leiteten zur Schriftverlesung über. Aus alter, alter Zeit trat das Geschehen der Heiligen Nacht unter die heutigen Menschen:

> „Es begab sich, daß ein Gebot vom Kaiser Augustus ausging, daß alle Welt geschätzet würde."

So las der Geistliche bis zu der Stelle, wo es hieß:

> „Und sie gebar ihren ersten Sohn und wickelte ihn in Windeln und legte ihn in eine Krippe; denn sie hatten sonst keinen Raum in der Herberge."

Still, ganz stille war es ringsum. Da erklangen die Töne eines ganz neuen unbekannten Liedes, vom Chor da oben gesungen, ganz silberfein die Kinderstimmen, auf tragendem Grund darunter die Männer:

„Stille Nacht, heilige Nacht!"

Hosianna.

Die schönsten Weihnachtslieder

für

christliche Familien, Schulen und Gemeinschaften.

Dritte Auflage.

Hamburg.

Zu haben in der Agentur des Rauhen Hauses.

Diese Liederhefte aus dem Rauhen Haus in Hamburg waren in der zweiten Hälfte des 19. Jahrhunderts vor allem in Norddeutschland verbreitet.

Zweimal noch wiederholte sich das Singen von der Stillen Nacht. Den andächtigen Hörern war der Klang schnell so vertraut, daß sie am liebsten mitgesungen hätten. Tief war er in seiner unendlichen Schlichtheit in die Gemüter gedrungen.

Pastor Harding verhielt eine Weile, bis er im Verlesen der heiligen Geschichte fortfuhr. Noch einmal sang die Gemeinde. Dann sprach der Prediger von der alles Dunkle aufhellenden Liebe, welche die Ichsüchte der Menschen überwinden müsse. Der erste Weihnachtsgottesdienst in der neuen und für die Gemeinde zur Zeit noch etwas zu großen Vicelinkirche endete mit dem Lied von der fröhlichen und gnadenbringenden Weihnachtszeit. Als das Gotteshaus sich langsam leerte, trat Johann von der Orgel zu den Seinen.

„Habt Ihr fein gemacht, Jung; wie war das schön!" flüsterte die Mutter ihm zu. Ein Dankgruß noch zum Organisten, der die feiernde Gemeinde mit brausendem Klang hinausgeleitete. Tine meinte, ihr habe ein besonderer Blick gegolten. Wie ein fröhliches Geschenk nahm sie diese Zuversicht mit auf den Heimweg.

Im Tuchmacherhaus am Teich wurde es eine wahrhaft frohe Weihnacht. Vater Lorenz hatte nichts dagegen gehabt, daß der Organist am ersten Festtag zum Kaffee gebeten wurde. Da saßen sie nun um den Tisch, der aus der Wohnstube herangeholt und zwischen Weihnachtstisch und Ofenwand gestellt war. Behagen und gemütliches Erzählen ging durch die kleine Kaffeerunde.

„Ich verstehe ja leider so wenig von Ihrer Kunst, Herr Cornils, wenn sie aber so schlicht kommt wie gestern abend und einem das Herz so recht warm macht, dann gehöre auch ich zu den vielen dankbaren Hörern."

„Wie mich das freut, Herr Voigt. Das will ja die Kunst, die holde Kunst, wie der Dichter sagt; sie will uns goldene Zukost zu der schweren Brotsorge in unser Leben bringen. Glauben Sie mir, auch ich kenne den werkenden Alltag in meiner Schulstube."

„Ja", meinte Johann, „wir Handwerker wären arme Leute auch bei voller Börse, wenn wir nichts wollten, als nur Geld verdienen. Gewiß wollen wir das, müssen es ja auch. Aber die Freude an der Herstellung einer guten Ware aus wertvollem Stoff, an schöner Färbung und schmuckem Muster, das hebt uns über die Versklavung der Nur-Handarbeit hinaus. An uns liegt es dann, ob wir aus Ihrem Schatz, Herr Cornils, uns dazu etwas in unser Leben hereinholen wollen."

„Sie meinen, wir wollen mal Ihr Weihnachtsgeschenk probieren?" schmunzelte Cornils.

Als die Schwester die Flöte herüberholte und sie dem Gast reichte, fragte er: „Na, hat Ihr Bruder sie schon probiert und gefällt sie Ihnen?"

Da lachten die Frauen, und auch der Alte griente dazu. „Ja, gehört haben wir gestern abend und heute den Tag über schon allerlei. Aber holde Kunst war das grade noch nicht. Oder doch, Johann?" foppte die Schwester. Der Bruder hatte seinen Spaß an der Neckerei, bat dann aber Fritz Cornils, zu zeigen, wie das Instrument klinge. Ernstes und Heiteres gab es nun in buntem Reigen.

Schließlich wurde das Kaffeegeschirr abgetragen. Mutter Voigt legte auf Bitte ihres Lorenz das Puchbrett auf den Tisch. Tine zündete die Spritmaschine an und mischte einen heißen Weihnachtspunsch. Das Puchspiel ging los und löste viel Hallo und harmlose Freude aus.

Weihnachten in einer Möllner Apotheke

Auguste Oppermann

Wir müssen wieder in die Kinderstube zurück und Weihnacht miteinander feiern. – Wochenlang vorher wurde schon der Teig für die braunen Kuchen angerührt, der dann am Tage vorm Fest mit Hilfe aller Kinderhände ausgerollt, ausgestochen und gebacken wurde. Ihr wolltet schon immer mal gern das alte Rezept haben, leider weiß ich es nicht mehr in der alten Form von Loth und Unzen und schreibe es nun in den jetzt gebräuchlichen Ausdrücken:

6 Pfund Mehl, 5 Pfund Kuchensirup, 1 Pfund Zucker, $1^1/_2$ Pfd. Butter oder halb Butter, halb Schmalz, 100 gr gereinigte in Rosenwasser aufgelöste Pottasche, Zimmet, Nelkenpfeffer, Cardamon, wenig Anis, gehackte Mandeln, abgeriebene Zitronenschale, alles nach Geschmack.

Das Mehl wird in eine große Schüssel getan, Sirup, Zucker und Butter bis vors Kochen gebracht und sofort in dünnem Strahl mit dem Mehl und Gewürzen vermengt. Dazu gehören unbedingt zwei Personen, eine, die stark und kräftig rührt, damit ja keine Klumpen entstehen, während die andere vorsichtig die heiße Masse hinzugießt, immer genau in die Mitte, nicht etwa mal seitlich ins Mehl hinein. Zuletzt, wenn der Teig während des Rührens ziemlich abgekühlt ist, kommt auch die Pottasche dazu. Der Teig muß noch so weich sein, daß man ihn mit dem Löffel regieren kann. Er wird in den nächsten Wochen noch ein paar Mal mit den Händen durchgeknetet, welche Arbeit man sich dadurch erleichtern kann, daß er beständig im warmen Zimmer steht, etwa auf einem Schrank …

Die Erwartungen der damaligen Kinder wurden nicht zur schwindelnden Höhe getrieben durch sinnverwirrende Fülle kostbarster Spielsachen, wie wir sie heutzutage in den Schaufenstern zu sehen gewohnt sind. In Mölln gab es damals überhaupt kein richtiges Spielwarengeschäft. Drechsler Andree pflegte um die Weihnachtszeit seinen praktischen Auslagen in dem winzig-kleinen Schaufenster seiner Wohnstube einiges Spielzeug hinzuzugesellen, wie Trommeln, Trompeten, Gewehre, unbekleidete Scheusäler von Puppen, Koch-

Weihnachtsgeheimnisse. Nach einem Aquarell von Hans G. Jentzsch.

geschirr und derartiges. Buchbinder Ullrich legte zu seinen bunten Schreibheften und Schulbüchern, zu seinen Linealen, Federhaltern, Bleistiften und Schiefertafeln einige Bilder- und Märchenbücher, Malkästen und Zeichenvorlagen, Schulranzen und Mappen. Das war die ganze Herrlichkeit, die uns durchaus nicht aufregte. Fanden wir aber bei uns im Hause irgendwo ein kleines Goldfädchen, ein buntes Läppchen, ein buntes Stückchen Glanzpapier, dann wußten wir, daß es weihnachtete, und waren voll seligster Erwartung. Wir wurden zeitiger als sonst ins Bett geschickt, weil die Mutter noch den Besuch des Weihnachtsmannes erwartete. Wir hatten auch selber viel mit Weihnachtsarbeiten zu tun. Die ganz Kleinen strickten Strumpfbänder, die großen mühten sich an einem Fidibusbecher für den Vater, einer Perlenkante für den Nähstein der Mutter oder sie versuchten gar einen Haubenboden in Lochstickerei zu arbeiten. Die Knaben machten kleine Basteleien. Wenn dann unter Singen, Arbeiten und freudigem Harren der Weihnachtsabend endlich herangekommen war, saßen wir flüsternd im Kinderzimmer, dachten nicht an Schlittern, sondern lauschten gespannt auf das Huscheln und Ruscheln nebenan, wo die Eltern schon von mittag an hantierten. Durchs Schlüsselloch zu lugen war verboten; Linchen, unser Kleinstes, wagte es aber doch einmal, da kam eine dicke Rauchwolke durchs Schlüsselloch, natürlich war das die Strafe vom Weihnachtsmann! Zitternd vor Entsetzen flog der kleine rotblonde Krauskopf zurück und schreiend die ganze kleine Person in die schützenden Arme ihres großen Bruders; ich sah ein in Stich gelassenes hellblaues Pantöffelchen noch einsam und verlassen im Zimmer stehen. Solche Eindrücke verwischen sich doch nie wieder! Der Vater, der den strafenden Weihnachtsmann gespielt, schaute dann und wann in die Kinderstube, zu sehen, ob wir hübsch ruhig und geduldig warteten, bis endlich das liebe, bekannte, einzigschöne Glockenzeichen ertönte.

Dann stürzte nicht etwa „Knab' und Mägdlein flugs zu sehn, was ihm beschieden" – o nein, bei uns mußte es auch in solchen Momenten gesittet zugehen! Der Vater also geleitete uns, mit seiner Messinglampe vorangehend, ganz „sedat" bis vor die Tür des Weihnachtszimmers. Ich sehe noch die Pyramide des großen Tannenbaums mit den vielen Wachslichtern, durch die Gardinen in der Glastür, die zum Flur führte, schimmern, ein heiliger Schauer durchrieselte das Herz, wenn nun die Tür aufgetan wurde, und man geblendet vor der märchenhaften Pracht stand. Diese Pracht bestand zum großen Teil aus Ergänzungen schon vorhandener Sachen; da lagen für die Brüder neue Malvorlagen, bunte Stifte, Robinson hatte einen neuen Einband bekommen, vielleicht auch die „25 moralischen Geschichten", von uns kurz „das Moralsche" genannt, die wir viele, viele Jahre hatten und das gleich Spekters Fabeln unser immer geliebtes Buch blieb – ein Taschenmesser, Zirkelkasten und allerlei, was so Knabenherzen begehrenswert erscheint. Anschaffungen notwendiger Sachen, wie neue Kittel zum Beispiel, wurden auch auf das Weihnachtsfest verlegt. Meine Konkordia oder Rosalinde prangte im neuen Kleide und kam mir ganz fremd vor, das große Puppenbett hatte einen neuen Überzug bekommen, schlug man zaghaft das Deckbett zurück, lagen wohl gar zwei neue rosafarbene Puppennachtröckchen darin – ach, es war alles zu herrlich! Und dort in unsrer Puppenküche standen einige uns noch ganz unbekannte Kochtöpfchen und Schüsseln, und auf dem Küchentischchen lagen auf Tellern klimperkleine Frikandellen, ein Stückchen Speck, eine ganz kleine Marzipanwurst und andre Herrlichkeiten! Dann prangten auf dem Gabentisch warme Kappen, Fausthandschuhe, auch wohl ein neues Kleid, das wir kürzlich mit verbundenen Augen anprobieren mußten, merkwürdigerweise war es damals „ein altes, das geändert werden sollte". Kurz, all die Wunderdinge waren kaum zu überschauen. Wir wurden keineswegs verwöhnt und waren doch so reich, so reich! – Am nächsten Morgen mußten wir dann zuerst sehen, wie unsre Geschenke bei Tage aussahen. Dann gings hinüber zu Dahms. Wir hatten seit Wochen gesungen: „Laßt uns nicht bei den Geschenken neidisch aufeinander sehn", ach nein, dieser Mahnung hätte es bei uns nicht bedurft. Jedes Kind fand seine eigenen Sachen unübertrefflich schön. War in manchem Hause die Bescherung wohl ungleich reicher, wer hatte aber wohl solch reizendes, von Mutter selbstgenähtes Kleid oder Schürzchen wie meine Konkordia, an welchem Tannenbaum hingen wohl so kunstvoll beklebte und gefüllte Körbchen und halbe Eierschalen, die in grünem Moos eine kleine Marzipankirsche bargen, wer fand an seinem Baum so hübsch vergoldete Nüsse in buntem Papiernetz und solch' ganz kleine rotbäckige Traubäpfelchen, wer aber gar Magenmorsellen?! Das ist ja gerade das Entzückende bei unverwöhnten Kindern, daß sie kein Vergleichen kennen, daß jedes neidlos sich erfreut am Guten, das der andere baut oder hat. Selige, fröhliche Weihnachtszeit! Mit dem Sylvesterabend erlosch der Glanz. Der Baum wurde noch einmal angezündet und beim Ausbrennen der Lichter geplündert. Nach dem Abendessen, das aus den von der Mutter gebackenen, beliebten Ochsenaugen bestand, wurden die Sachen vom Tannenbaum verspielt im Lottospiel. Hatte nun einer besonderes Glück gehabt und eine reichlich große Portion vor sich, so wußte unser Mütterchen sehr geschickt die Aufmerksamkeit des Begünstigten auf das zu kleine Häuflein eines minder Glücklichen zu lenken. Es bedurfte nur eines kleinen Hinweises von seiten der Mutter, um Ausgleich herbeizuführen, und so war zum Schluß der Besitz aller Kinder, trotz Gewinn und Verlust, ziemlich überein.

Watte – Christbaumschmuck aus einem alten Warenkatalog.

Eine Christabend- und Silvesterfeier auf Hallig Oland um 1840

Friedrich Augustiny

Während der Wintermonate war Oland eine kleine Welt für sich, daher mußten die Vorbereitungen für die Weihnachtsbescherung schon im Oktober getroffen werden. Das geschah in Husum, wo zugleich mit den notwendigen Einkäufen an Lebensmitteln für den Winterbedarf auch die bescheidenen Einkäufe für den Weihnachtstisch gemacht wurden. Diese letzteren bestanden in Äpfeln, Nüssen, Feigen, einigen Bilderbogen von Gustav Kühn in Neu-Ruppin, zwei Schachteln mit Zinnsoldaten und einigen Bogen bunten Papiers, sowie einem Wachsstock.

Schleswig-Holstein ist das Land der Buchen und Eichen. Erst seit dessen Zugehörigkeit zum Deutschen Reiche hat man besonders auf dem durch die Mitte des Landes sich hinziehenden uralisch-baltischen Landrücken größere Landstrecken mit Nadelholz bepflanzt. Als das Land noch zu Dänemark gehörte, gab es dort nur in der Nähe einiger Städte vereinzelt kleine Fichtenanpflanzungen. So ist es denn auch nicht zu verwundern, daß man selbst in den Städten den Tannenbaum auf dem Weihnachtstisch nicht in allen Familien kannte. Auf dem Lande, d. h. in den Dörfern, sah man ihn nur im Pastorat und im Hause des Lehrers. Auf unserer Hallig kannte man ihn nur vom Hörensagen. Dennoch gabs im Pastorat einen Weihnachtsbaum. Die Kunst mußte die Natur ersetzen. Auf Oland lebte ein Mann, Knud Bonken mit Namen, der das ganze Handwerk vertrat; nur mit Nähnadel und Pechdraht verstand er nicht umzugehen. Dieser Mann erhielt von meinen Eltern den Auftrag, das Skelett für einen Weihnachtsbaum herzustellen. Dieses bestand in einem in ein liegendes Kreuz eingesetzten Stamm mit zwölf die Zweige des Baumes darstellenden Seitenstäben. Die lieben Eltern beklebten sodann den Stamm mit grauem, das Kreuz und die Seitenstäbe mit grünem Papier. Aus dem übrigen Papier in anderen lebhaften Farben wurden Ketten und Netze angefertigt und zwischen den Seitenstäben aufgehängt. In die letzteren wurden je ein Apfel oder ein paar Nüsse oder Feigen gesteckt. Aber damit nicht genug. Es mußte doch noch mehr Naschwerk an den Baum kommen, und auch dafür hatte die gute Mutter gesorgt. Aus Pfefferkuchenteig, bei dem statt des Honigs brauner Sirup verwendet worden war, hatte sie allerlei Getier gebacken und zwar solches, das man auf der Hallig nicht kannte, dazu gehörte auch das Pferd; ein Männlein und ein Fräulein fehlten aber auch nicht an dem Baume. Nun wurde der Wachsstock in 30 gleiche, etwa 3–4 Zentimeter lange Stücke geschnitten, von denen die Hälfte für den Neujahrsabend zurückgelegt wurde. Diese kleinen Kerzen wurden gerade gebogen, ein wenig angewärmt und an den Zweigenden befestigt. So fand nun der Baum in der besten Stube in der Mitte eines größeren Tisches seinen Platz. Um ihn herum wurden die Geschenke gelegt; diese bestanden für die Kinder in von der Mutter selbst gefertigten Anzügen, den oben erwähnten Bilderbogen und Zinnsoldaten; das Mädchen erhielt ein paar Ellen Leinewand, und die Eltern beschenkten sich mit Sachen, die im Haushalt notwendig gebraucht wurden. Im Jahre 1842 zeigte der Weihnachtstisch einen ungewöhnlichen Luxus, der in Bilderbüchern, verschiedenen Spielsachen, z. B. einer Stadt, einer Schafherde, einem zusammensetzbaren Geduldspiel u. a. bestand. Diese schönen Sachen hatten die Badegäste von Wyk auf Föhr geschickt, die bei einem Ausflug von dort im vorhergehenden Sommer Oland besucht hatten und bei dieser Gelegenheit im Pastorate mit frischer Milch traktiert worden waren. Außerdem erhielt ich von den geliebten Eltern noch ein Schaukelpferd, das auch aus der Werkstatt Knud Bonkens hervorgegangen war. Dieses hatte mit einem Pferde nur insofern eine gewisse Ähnlichkeit, als es einen Kopf besaß, der sonst einem Strumpftrockner mehr ähnelte als dem Kopfe eines Pferdes, und einen Schwanz. Beine hatte das Geschöpf nicht; diese wurden ersetzt durch zwei unten abgerundete Kufen, die an einem Rückgrat befestigt waren. Das Machwerk hatte einen braunen Anstrich in Ölfarbe, Mähne, Augen und Schwanz waren schwarz und die Ohren aus Schuhleder hergestellt.

Am Sonntag vor dem Weihnachtsabend stattete uns der „Kromphör“, der friesische „Knecht Ruprecht“, seinen Besuch ab. Es war ein junger Seemann, der den Winter einmal nach mehrjähriger Abwesenheit bei der Mutter zubrachte. Dieser hatte sich in eine getrocknete Kuhhaut gehüllt und ging in die Häuser, in denen sich Kinder befanden – es waren nur zwei außer denen im Pastorate. Auf allen Vieren kam er ins Zimmer gekrochen und stieß ein kuhähnliches Gebrüll aus; darauf stellte er sich auf die Hinterbeine und begann zu sprechen; er ermahnte uns Kinder, ja immer recht artig zu sein, da sonst das liebe Christkind nicht zu uns kommen würde.

Diese ungewöhnliche Kuh flößte uns Kindern zuerst einen Schrecken ein. Als dieser aber infolge der freundlichen Ansprache der Kuh sich gelegt hatte, wurde das Versprechen natürlich gern gegeben.

Sobald am heiligen Abend die Dunkelheit eingetreten war, setzte sich der Vater an das in der Wohnstube stehende Spinett und spielte die schöne Melodie: „O, du fröhliche, o, du selige Weihnachtszeit.“ Dann gingen er und die Mutter in die beste Stube hinüber, die durch eine Tür von der Wohnstube getrennt war. Wir Kinder blieben unter der Aufsicht des Mädchens zurück. In der besten Stube war inzwischen alles sehr schnell in Ordnung gebracht und die wenigen Kerzen des Weihnachtsbaumes waren auch bald angezündet. So kamen die Eltern zurück. Die Mutter nahm den kleinen sechs Monate alten Bruder auf den Arm, der Vater mich an die Hand und das Mädchen führte die beiden Zwillingsbrüder in das andere Zimmer. Da stand nun der Weihnachtsbaum in seiner Pracht vor uns, dessen Lichterglanz durch einen an der Wand gegenüber hängenden Spiegel noch verdoppelt wurde. Nachdem wir uns von unserm Anstaunen des Baumes, nach dessen Zweigen der kleine Bruder seine

Hände begehrend ausstreckte, etwas beruhigt und die auf dem Tische liegenden schönen Sachen in Empfang genommen hatten, setzte der Vater die Rosinante in Bewegung. Als er dann aber mich auf den Rücken dieses Monstrums setzen wollte, wehrte ich mich zuerst mit Händen und Füßen dagegen, während ich nachher das Tier am liebsten mit ins Bett genommen hätte.

Am Neujahrsabend wurde eine kleine Feier veranstaltet, an der auch die beiden einzigen Kinder der Halligbewohner mit ihren Müttern teilnahmen. Diese Feier begann mit dem Gesange des Liedes „Nun danket alle Gott", worauf der Vater über einen dem Tage entsprechenden Bibeltext eine kurze Ansprache hielt. Darauf gingen die Eltern in die beste Stube hinüber und zündeten die für diesen Abend reservierten Kerzen, die vorher an dem Baume angebracht waren, an. Bei dem Betreten der besten Stube hatten dieses Mal die Halligkinder mit ihren Müttern den Vortritt. Nicht nur die Kinder, auch die Mütter blieben vor Staunen zuerst in der Tür stehen. Einen solchen Lichterglanz hatten sie noch nie gesehen. Als die letzte Kerze erloschen war, erhielten die Kinder von dem Baume irgend ein wildes Tier, einen Apfel und etliche Nüsse und Feigen und gingen dann mit ihren Müttern nach ihrer Ansicht reich beschenkt nach Hause.

Das Abendessen bestand am Weihnachts- wie am Neujahrsabend in allen Familien in dickem mit Zimt und Zucker bestreutem Milchreis und Förten, einem den Berliner Pfannkuchen ähnlichen Gebäck.

Unser „Baum"

Hinrich Cornelius Ketels

Natürlich kann die Weihnachtsbescherung in meiner Kindheit (geb. 1855 auf Föhr) sich nicht mit der heutigen vergleichen, wenigstens nicht, was ihre Fülle betrifft. Ob unsere Freude bei den bescheideneren Ansprüchen nicht ebenso groß oder tief war, entzieht sich der Entscheidung. Ich will einmal den Verlauf unserer häuslichen Feier darstellen. – Ich schicke voraus, daß die Sitte, in dieser Weise zu feiern, noch nicht lange bestand; denn noch gab es nicht in allen Häusern mit Kindern den Weihnachtsbaum.

Die erste Vorbereitung auf den Weihnachtsabend bestand darin, daß der „Kenkensbuum" (Kindchensbaum, Baum für das Christkind) vom Hausboden heruntergeholt und von Staub, Spinnweben gesäubert wurde. Der erste, dessen ich mich erinnere, war sehr klein, etwa reichlich anderthalb Meter hoch, eine kantige Stange, oben mit einer Spitze, in einen hölzernen rechteckigen Fuß eingelassen und mit drei bis vier dünnen Querhölzern, von unten nach oben kürzer werdend, versehen.

Als die Kinderzahl zunahm, fertigte Vater einen größeren „Baum" an, höher und stärker. Die „Zweige" waren schräg nach oben in den „Stamm" eingelassen, auf jeder Seite zwei, und von diesen gingen wieder kleinere waagerecht aus. In anderen Häusern waren die Gestelle anders geformt, hier von einem halbkreisförmigen Reifen überspannt, dort – um einen Baum mehr zu markieren – gingen die Zweige nach allen vier Richtungen auseinander.

Hauptsächlich wurde die Vorstellung eines „Baumes" erweckt entweder durch Bewickeln des ganzen Gestelles mit grünem Papier oder durch Bekleiden der „Zweige" mit Pflanzengrün. Dies war aber stets sehr knapp. Wir bekamen immer einige Efeu- oder Immergrünranken, und wenn's hochkam: ein paar Zweige von einer verkrüppelten kleinen Tanne aus Nachbar Roeloffs Gemüsegarten am Kirchenweg, und wir rüsteten mit großer Sorgfalt den „Baum". Gegen Abend wurde er auf den Tisch vor den Spiegel gestellt, und wenn Vater von der Stallarbeit kam, wurde wohl in der Dämmerung schon einmal ein Weihnachtslied gesungen.

Als Weihnachtslieder kannten wir damals durchweg nur Choräle aus dem Kirchengesangbuch; die „geistlichen Volkslieder", die man jetzt bei häuslichen und öffentlichen Weihnachtsfeiern fast ausschließlich hört, waren uns unbekannt. Wenn das Talglicht (in meinen späteren Kinderjahren schon die Petroleumlampe) angezündet wurde, gab es Kaffee mit Stückezucker und Julkuchen. Nach dem festlichen Kaffee vor dem „Christbaum" wurden wieder Weihnachtschoräle gesungen, wurde vorgelesen und erzählt. Daß die Kinder vielleicht die Weihnachtsgeschichte oder Gedichte aufsagten oder sonst irgendwie hervortraten, kannte man nicht.

Wir Kinder gingen dann bald zur Ruhe, alle in demselben Zimmer in unseren Wandbetten, voller Erwartung auf die Überraschung und Freude des nächsten Morgens. Als ich in das „aufgeklärte" Alter gekommen war, habe ich mich einmal absichtlich wachgehalten, stellte mich allerdings schlafend, als Mutter die Bettluken nur halb zumachte, und ich beobachtete durch den Türspalt den weiteren Vorgang, wie Mutter den Baum in die Mitte des Tisches schob, die Kuchentrommel und Teller mit Äpfeln, Pflaumen, Rosinen hervorholte und anfing, den „Baum" aufzuputzen.

Kerzen waren, soweit ich mich entsinne, nicht am Weihnachtsbaum; von unseren Betten aus versuchten wir Kinder, in der Morgendämmerung die Umrisse des Baum-Behangs zu erkennen, und kletterten dann auf den Tisch, um uns zu vergewissern. Sobald es hell war, wurde auch die Fensterscheibe festgestellt, die „Kenken" als Eingang benutzt hatte: sie war durch den entfernten Dunstbeschlag oder Fingerabdruck oder sonstwie „kenntlich". Am unteren Ende des Baumes standen traditionell Adam und Eva aus Kuchenteig mit dem Paradiesbaum zwischen ihnen; quer über den Baum gespannt waren Girlanden aus aufgereihten Feigen, Pflaumen und Rosinen. Angehängt oder angebunden waren an den Baum weiße Kuchen, mit Rote-Bete-Saft angerötet und mit Goldflitter beklebt; dazu Tiere wie Pferde, Kühe, Schweine, Hirsche; auch Gebrauchsgegenstände, zum Beispiel Pfeife, Uhr. Die Spitze sowie die Zweigspitzen waren mit Äpfeln besteckt. Zu den Seiten des Baumes lagen dann die wertvollen Weihnachtsgeschenke: Wollschal, Gebrauchsgegenstände für die Schule, Taschenmesser, Taschentücher und dergleichen. Für die Kleinsten gab es wohl auch Spielzeug – jedenfalls Dinge, die unsere Verwunderung hervorriefen: wie hatte „Kenken" gerade d i e Sachen herausgefunden, die wir uns wünschten?

Am Vormittag des ersten Weihnachtsfesttages war allgemeiner Kirchgang; die Kinder, die noch nicht mitkonnten, besuchten sich gegenseitig, um den Baum und die Geschenke zu besehen. In den Tagen zwischen Weihnachten und Neujahr rüsteten wir uns auf das „Kenken" oder „Kenkern" am Neujahrsabend (Silvester). Die Hauptsache bei der Verkleidung war die Maske, die wir eigenhändig aus einem Stück alten Leinens herausschnitten, etwas röteten und mit einem Bart versahen, für den gerne einer Kuh das Ende des Schwanzes abgeschnitten wurde, so daß Mund und Nase abends von einem gewissen Geruch umhaucht waren! Als Kopfbedeckung wurde ein möglichst bunter, abenteuerlicher Hut oder Helm angefertigt, und als Gewand diente ein langes, weißes Hemd oder sonst ein phantastisches Kleidungsstück mit einem Gürtel; ein hölzernes Schwert oder eine Rute hing an der Seite. So zogen wir gruppenweise von Haus zu Haus.

Es war hauptsächlich auf die kleinen Kinder abgesehen, die anfangs wohl verängstigt waren, aber bald die Gestalten zu identifizieren versuchten und sich freuten, wenn sie der Mutter ihre Entdeckung irgendeines Bekannten mitteilen konnten.

Am Neujahrsmorgen begann dann früh die für uns hochbedeutsame Neujahrssammlung („Neischiew"). Ein großes, rotbuntes Taschentuch, durch Zusammenknoten je zweier der Ecken in eine Art bauschigen Sack verwandelt, in der einen Hand, in der anderen ein längeres Band mit einem unten angebundenen Kringel – so zogen wir los und grüßten jedes Haus mit dem Spruch „Ein fröhliches Neujahr!" Dann gab's fürs Taschentuch allerlei Gebäck, wobei die Kringel aufs Band gereiht wurden. Ein- oder zweimal mußten wir zurück, um „abzuladen". Wenn sich die Kirchgänger zeigten, mußte der Umzug gern erledigt sein. Am Nachmittag wurden die nächsten Verwandten oder befreundeten Familien auf deren Einladung hin, ein für allemal ausgesprochen, zu dem gleichen Zweck besucht.

Mia san iarst tanebuum

At as am 1870 weesen, üüs Mia en letj foomen faan fjauer of füw juar wiar. Uun a jultidj saad hör mam an hörens saster tuenöler: „Cornelius Jongleffsen fu jo wel juarling en rochten tanebuum. Wan't tesk a halegdaar ens gud weder as, do mut wi dach ens am tu besen." Nö, een guden dai wiar't do jo uk ens smok weder, an dön tau sastern mä Mia tesken jo bi hun waanert am tu Taftem, am a tanebuum tu besen. Üüs jo diar iinkimen wiar un dörnsk, hed diar en letjen boosel uun a huk stemen mä en letjen tanebuum üüb. Diar wiar en paar laachten feest üüb bünjen weesen, en paar aapler hed'r üüb hinget, an hir an diar hed en kenkenskuuk appraket üüb a twiichen. „Wat saist'r nü faan, letj Mariken?" hed Tinne saad. „As'r ei smok?" „Jä", hed Mia swaaret", oober ei so smok üüs man!" An det wiar dach man en aanjmaageten holtnen weesen. Üüs jo do tüsgingen wiar, hed ian saster tu det öler saad: „Wat saist'r nü faan, faan de neimuudis tanebuum?" „Och wat", het det öler swaaret, „Adam an Eva kaam jo dach goorei tusen mad al det greenen." U. Bohn, Olersem

Die Weihnachtsbäume

Gustav Falke

Nun kommen die vielen Weihnachtsbäume
aus dem Wald in die Stadt herein.
Träumen sie ihre Waldesträume
weiter beim Laternenschein?

Könnten sie sprechen! Die holden Geschichten
von der Waldfrau, die Märchen webt,
was wir uns alle erst erdichten,
sie haben das alles wirklich erlebt.

Da stehn sie nun an den Straßen und schauen
wunderlich und fremd darein,
als ob sie der Zukunft nicht recht trauen,
es muß doch was im Werke sein.

Aber, wenn sie dann in den Stuben
im Schmuck der hellen Kerzen stehn,
und den kleinen Mädchen und Buben
in die glänzenden Augen sehn,

dann ist ihnen auf einmal, als hätte
ihnen das alles schon mal geträumt,
als sie noch im Wurzelbette
den stillen Waldweg eingesäumt.

Dann stehen sie da, so still und selig,
als wäre ihr heimlichstes Wünschen erfüllt,
als hätte sich ihnen doch allmählich
ihres Lebens Sinn erfüllt;

als wären sie für Konfekt und Lichter
vorherbestimmt, und es müßte so sein,
und ihre spitzen Nadelgesichter
sehen ganz verklärt darein.

Die falschen Weihnachtsbäume

Charlotte Niese

Auf unserer Insel gab es wenig Bäume. So wenig, daß das Brennholz weither über das Wasser geholt werden mußte, und daß viele der Inselbewohner niemals einen Wald gesehen hatten. Auch die Tannenbäume waren ein seltner Artikel, was uns als Kinder immer sehr aufregte. Denn wenn es gegen die Weihnachtszeit ging, tauchten immer wieder die Zweifel auf, ob wir wohl einen wirklichen oder einen falschen Tannenbaum am heiligen Abend bekämen. Einen wirklichen Tannenbaum, der im Walde gewachsen war und in dessen Zweigen die Vögel gesungen hatten, oder einen falschen, der in der Werkstatt des Meister Ahrens das Licht der Welt erblickt hatte.

Meister Ahrens war unser Tischler. Er sah alt aus und hatte einen sehr kahlen Kopf, aber wir hatten ihn gern, besonders wenn er nicht immer von seinem guten Herzen sprach. Das langweilte uns, weil wir es eigentlich für selbstverständlich hielten, daß man ein gutes Herz haben müsse.

Ahrens kam oft zu uns. In unsrer Kinderstube ging alle Augenblicke etwas auseinander, was eigentlich zusammengehörte, und Meister Ahrens erschien dann mit seinem Leimtopf, sagte, er hätte ein gutes Herz, und klebte alles wieder zusammen. Wir halfen ihm natürlich und drängten uns um die Ehre, in seinem klebrigen Topf dreimal herumrühren zu dürfen, aber seine Tannenbäume konnten wir nicht leiden. Das kam wahrscheinlich daher, weil wir sie schon so lange vorher sahen. Schon im Frühjahr arbeitete Ahrens an langen weißen Stöcken, in die er Löcher bohrte; im August und September malte er diese Stöcke mit grasgrüner Ölfarbe an und trocknete sie vor seiner Haustür. Später sahen wir sie zusammengebunden in seiner Werkstatt liegen, bis der Dezember ins Land zog. Dann verschaffte er sich Tannenzweige, steckte diese in die Löcher der grünen Stöcke und betrieb einen schwunghaften Handel mit Tannenbäumen. Auch uns bot er immer von seinem Fabrikat an, aber obgleich wir nicht leugnen konnten, daß seine Bäume schließlich sehr nett aussahen, so verhielten wir uns meist ablehnend. „Sie sind so billig!“ sagte Ahrens eines Tages zu uns, als wir ihn einer Bestellung wegen in seiner Werkstatt besuchten, und er gerade einen grünen Stock etwas nachmalte.

„Wir wollen sie doch nicht!“ erwiderte mein Bruder Jürgen, der in seinen Aussprüchen oft sehr bestimmt war. „Ich mag keinen falschen Tannenbaum!“

„Falsch! Du lieber Gott, wasn Wort!“ Ahrens sah beleidigt aus. „Da is nich die geringste Falschheit bei! Meine Tannenbäumens sind feiner als die natürlichen, kann ich dich sagen, mein Junge! An die natürlichen is oft Smutz und Erde, und bei mich is bloß die reine Ölfarbe!“

„Wo bekommst du eigentlich die Tannenzweige her?“ fragten wir.

Der alte Tischler machte ein wichtiges Gesicht. „Aus'n Wald, aus'n richtigen Tannwald, wo die Vögelns singen, und wo so viel Bäumens stehn, daß man mannichmal keine Luft kriegen kann!"

„Wo liegt der Wald, und wer holt dir die Tannenzweige?"

Wir waren dem Tischler doch näher gerückt und sahen ihn gespannt an. Aber er zuckte die Achseln. „Ja, das möcht ihr wohl wissen! Das sag ich abersten nich – nee, das sag ich nich!"

Auf diese Art umgab Meister Ahrens seine Bäume mit dem Nimbus des Geheimnisvollen, und dadurch gewannen sie natürlich in unsern Augen.

Es war schon ziemlich nahe vor Weihnachten, und wir sprachen eigentlich von nichts anderm als von dem bevorstehenden Feste. Endlos lange Wunschzettel waren geschrieben; hin und wieder wurde eine Träne über eine völlig mißglückte Weihnachtsarbeit vergossen, oder wir schmiedeten Pläne, was wir noch verschenken wollten. Manchmal ging die Zeit entsetzlich langsam und manchmal unheimlich schnell dahin, und unsre Lehrer beklagten sich über unsre Zerstreutheit.

Es war an einem Morgen im Dezember, daß ich zu Meister Ahrens geschickt wurde, um ihn samt seinem Leimtopfe zu uns einzuladen. Unsre Kinderstubeneinrichtung hatte durch eine längere lebhafte Unterhaltung der ältern Brüder stark gelitten, und Ahrens sollte gleich kommen. Vergnügt polterte ich die enge Treppe zu seiner Werkstatt hinauf, konnte aber nicht bis auf die letzte Stufe kommen, weil dort ein Kind stand, auf das der alte Tischler eifrig einsprach.

„Ich muß die Zweigens haben, und Vater muß herüber und sie holen!"

„Vater is bang!" lautete die schüchterne Erwiderung.

„I, was sollt Vater woll bang sein; er muß los – sonsten klag ich ihm ein, wo er mich doch Geld schuldig is! Ohne die Zweigens kann ich ja nix machen, und das Geschäft mit die Bäumens muß anfangen! Nu geh du man, und laß Vater man auch gehn!"

Das Kind, es war ein ziemlich großes Mädchen, glitt an mir vorüber, und ich konnte jetzt in die Werkstatt treten und meine Bestellung ausrichten. Aber Meister Ahrens hörte kaum auf mich. Er war sehr schlechter Laune und betrachtete seufzend seinen Haufen grüner Stöcke, der friedlich in einer Ecke lag.

„Kannst du keine Zweige aus dem großen Walde kriegen?" fragte ich neugierig. Er aber sah mich streng an.

„Frag nich so dumm! Ich kann allens, was ich will, und meine Tannenbäumens sind besser als die natürlichen!"

Als ich wieder hinauskam, da saß dasselbe Mädchen, das vorhin mit Ahrens gesprochen hatte, auf der Türschwelle. Sie weinte nicht, aber sie sah aus, als ob

sie wohl Lust dazu hätte, und ich setzte mich neben sie und betrachtete sie schweigend. Sie war sehr ärmlich, aber ziemlich sauber gekleidet, nur ihr dickes blondes Haar hing unordentlich um ihren Kopf. An diesem Haar erkannte ich sie, und ich nickte ihr freundlich zu.

„Du hast mir neulich mein Lesebuch nachgebracht, als ich aus der Stunde kam, weißt du noch? Ich hatte es auf dem Wege verloren!"

Sie sah jetzt auf, und ihre Augen blickten weniger trübe.

„Das war so'n feines Buch", sagte sie, „mit Bildern ein – so'n feines Buch!"

„Hast du kein Lesebuch?" erkundigte ich mich, während ich mit einiger Beschämung daran dachte, daß ich dieses Buch schon zweimal hinter den Schrank geworfen hatte, nur, um es nie wieder zu sehen. Leider war es immer wiedergefunden worden.

Sie schüttelte den Kopf. „Nee – ich hab nix, gar nix!"

„Was wünscht du dir denn zu Weihnachten?"

„Ich?" Das Mädchen sah überrascht aus. Dann lachte sie. „Was sollt ich mich woll wünschen; ich krieg doch nix!"

„Du bekommst gar nichts?"

Unwillkürlich rückte ich der Sprecherin näher. „Bist du dann zu Weihnachten nicht furchtbar traurig?"

„Nee" – sie lachte wieder. „Was sollt ich woll traurig sein, wo ich den ganzen Abend rumlauf und in all die Fensters guck und all die Weihnachtsbäumens zu sehen krieg! Mannichmal krieg ich auch noch ein Stück Brot mit Rosinens geschenkt!"

„Weihnachtsabend darf man eigentlich nicht ausgehn!" sagte ich. „Da muß man zu Hause bei seinen Eltern bleiben!"

„Ja, wenn Vater man nich sitzt, denn bleib ich auch bei ihm; abers er is nu ja ümmerlos im Loch – da sitz ich ja ganz allein, wo Mutter doch tot is –"

„Er sitzt im Gefängnis?"

Wenn es angegangen wäre, hätte ich mich noch näher an meine neue Bekanntschaft gedrückt. Wir saßen aber schon ganz nahe aneinandergeschmiegt. Aber um ihr doch zu zeigen, wie interessant sie mir sei, griff ich in die Tasche, in der ich einige getrocknete Pflaumen hatte, und bot sie ihr an. Dörthe Krieger, so hieß das Mädchen, nahm sie auch und verzehrte sie mit einiger Gier, während ich ihr zusah. Ich hatte mir nämlich gerade aus dem vorhin erwähnten Lesebuch eine wunderhübsche Geschichte von einem unschuldig Gefangenen vorlesen lassen und nahm jetzt an, daß die Gefängnisse nur dazu da wären, Unschuldige zu quälen.

„Dein Vater hat doch natürlich nichts Böses getan?" fragte ich.

Dörthe schüttelte den Kopf. „Nee – natürlich nich! Bloß ein büschen Stehlen. Weiter gar nix. Der Bürmeister is auch zu eigen. Abers nach die Tannenzweigen in Holstein will er doch nich hin!"

„Stiehlt er die auch?"

„Ja, wo sollt er sonstens zu sie kommen? Sie sitzen an ein Baum, und der Baum gehört ein Grafen zu, der furchtbar schlecht is und nich leiden kann, wenn man in sein Wald spazieren geht. Vater sagt, der Wald is so groß, und da laufen Rehe und Hasen herum – da merkt kein ein, wenn ein Baum fehlt, und wenn da ein Reh weniger ist. Hast mal Rehbraten gegessen? Der smeckt abers fein! Vater soll dich ein Stück abgeben, wenn er wieder mal was mitbringt! Na, abers er will diesmal nich gern hin. Die Försters haben ihn so gräßlich aufn Strich, und wenn sie ihn kriegen, denn sperren sie ihn gleich ein, und – denk dich mal! – er muß jedesmal länger sitzen!"

„Dann darf er doch nicht in den großen Wald gehn!" rief ich aufstehend. Mir war, ich weiß nicht weshalb, doch etwas unheimlich zumute geworden.

„Meister Ahrens will es aber, und wir wohnen in seinem Haus!" Dörthe war ebenfalls aufgestanden und wischte sich an den Augen herum. „Er sagt, Vater muß allens ein büschen vorsichtig machen, und er braucht nicht gleich ein Reh zu nehmen. Abers wenn es nu da herumläuft?"

Auf diese Frage wußte ich auch keine Antwort; aber ich konnte es Dörthe nachfühlen, daß sie ihren Vater nicht gerade zu Weihnachten im Gefängnis haben wollte. Ich mußte ihr plötzlich doch versprechen, keinem etwas von unsrer Unterhaltung zu erzählen, und dann trennten wir uns.

Jürgen wußte schon nach einer Viertelstunde die ganze Geschichte, und es war nur gut, daß ich sie ihm erzählte. Denn ich hatte etwas sehr Tadelnswertes begangen, was ich keinem erwachsenen Menschen mitteilen durfte. Von niemand würde ich etwas zu Weihnachten bekommen, wenn man erführe, daß ich mit Dörthe Krieger gesprochen hatte.

„Ihr Vater ist ein Dieb, und zwar ein ganz gemeiner!" berichtete Jürgen. „Rasmussen (unsers Großvaters Schreiber) hat mir gerade neulich davon erzählt! Denke dir, er stiehlt nicht einmal Geld, was doch das feinste beim Stehlen ist – er nimmt meist nur Würste und Schinken. Und er sitzt eigentlich immer im Gefängnis!"

Dörthe hatte mir diese betrübende Eigenschaft ihres Vaters ja auch berichtet.

„Sie will nur so ungern, daß er Weihnachten sitzt", meinte ich; „sie ist dann ganz allein und hat niemand, dem sie ihren Weihnachtsvers aufsagen kann! Sie bekommt überhaupt gar nichts zu Weihnachten!"

„Gar nichts?" Jürgens tugendstrenges Gesicht wurde etwas milder. Aber er wußte doch keinen bessern Rat, als daß ich nicht mehr an Dörthe Krieger denken und noch weniger mit ihr sprechen sollte. Besonders nicht vor Weihnachten. Denn wenn die erwachsnen Familienglieder merkten, welchen schlechten Umgang ich hätte, dann würde es schlimm um meine Geschenkaussichten aussehen.

Jürgen konnte manchmal sehr eindringlich sprechen, und da ihm wirklich in der letzten Zeit verschiedentlich Standreden darüber gehalten worden waren, daß er in seinem Verkehr wählerischer sein sollte, so wußte er genau, was er sagen sollte, und ich hörte ihm andächtig zu. Dörthe Krieger war mir selbst doch auch etwas bedenklich vorgekommen; sie hatte meine Pflaumen wohl aufgegessen, sich aber nicht dafür bedankt. Das zeugte von einem schlechten Herzen. Als ich ihr nach etlichen Tagen wieder begegnete, und sie mir mit einer gewissen Vertraulichkeit zunickte, sah ich sie deshalb gar nicht an. Als sie aber vorüber war, mußte ich doch stehenbleiben und mich umsehen, und da sie dasselbe tat, sahen wir uns gerade in die Augen.

Sie lachte; ich aber wurde sehr entrüstet.

„Du darfst dich nicht nach mir umsehen – dein Vater ist ein ganz gemeiner Dieb, und ich will nicht mit dir sprechen!“

Dörthe schüttelte ihren struppigen Kopf und lachte wieder.

„Nee, sprechen mußt du auch nicht mit mich! Die Kinder in die Schule wollen auch nich bei mich sitzen. Ehegestern hab ich den ganzen Tag allein aufn Bank gesessen – das war fein!“

„Magst du gern allein sitzen?“

Ich war dem Kinde des Diebes nun doch näher getreten und sah neugierig in ihr unbekümmertes Gesicht.

„Nu natürlich mag ich es! Da sitzt kein ein bei mich und kneift mir oder schubbst mir – das is fein!“

„Ist dein Vater schon im Walde gewesen?“ fragte ich.

Sie schüttelte den Kopf. „Nee – er hat ein slimmes Knie gehabt und konnt nich fort. Ahrens war doll, kann ich dich sagen, und er will uns aus ’n Haus smeißen, wenn Vater nich bald Ernst macht. For meinswegen kann Vater auch hingehn; wenn er man bloß nich wieder Weihnachten sitzen muß!“

Sie seufzte ein wenig und schob die Arme unter ihr dünnes Schultertuch.

„Ich weiß, wie allens kommt!“ fuhr sie dann fort. „Vater geht in den Wald und will bloß die Zweigens abslagen, und denn sieht er ein Reh, und denn slachtet er das. Und denn kommt die Pollerzei und all die slechten Menschens, und denn sitzt er Weihnachten ins Loch!“

„Hast du einen Weihnachtsvers für ihn gelernt?“ fragte ich; sie beachtete aber meine Worte nicht.

„Wenn es Ostern wär oder Pfingsten, denn wär es mich einerlei; da is es nich mehr so dunkel, und die andern Kinners snacken nich mehr so viel von Weihnachtsbäumens und von Aufsagen, abers nu –“

Dörthe wischte sich die Augen, und ich sah sie ratlos an.

„Hast du deinem Vater nicht gesagt, er solle bei dir bleiben?“

„Nu, ganz gewiß! Abers Ahrens wird bös, wenn er die Zweigens nich kriegt. Zwei Jahr haben wir die Miete nich bezahlt, weil daß Vater immer so in Rückstand war.“

„Dann mußt du den lieben Gott bitten, daß dein Vater kein Reh tot macht, wenn er in den Wald geht!“ riet ich, und Dörthe sah mich nachdenklich an.

„Das kann angehn! Ich will ihm bitten, daß die Rehens vordem alle tot bleiben oder von den Grafen geslachtet werden. – For die Zweigens kriegt er ja bloß wenig Gefängnis!“

Sie lief weiter, und mir fiel ein, daß ich nicht mit ihr hatte sprechen wollen. Aber es hatte mich, gottlob! niemand gesehen, und da außerdem andre Gedanken mein Herz erfüllten, so vergaß ich diese Unterredung so bald, daß ich sie nicht einmal Jürgen mitteilte. Es waren nämlich nur noch acht Tage bis Weihnachten, und die prickelnde, sonderbare Unruhe kam über uns, die jedes Kind kennt. Wir mochten nicht mehr sehr lange auf einem Stuhle sitzen, und am liebsten liefen wir auf der Straße umher und besahen die bescheidnen Weihnachtsausstellungen unseres Städtchens.

Außerdem hatten wir noch Sorge wegen des Ausbleibens unsers Tannenbaumes. Der sollte mit dem Schiffer kommen, der um die Weihnachtszeit mit seiner Jacht nach Lübeck fuhr und die herrlichsten Sachen mitbrachte. Aber Schiffer Lafrenz war noch nicht in unsern Hafen eingelaufen. Das kam daher, daß der Wind die ganze Zeit „konträr“ gewesen war, wie uns die Sachverständigen sagten, aber diese Erklärung beunruhigte uns nur, statt uns zu beruhigen. Wir kannten Geschichten von Leuten, die drei Wochen auf der Ostsee bei „konträrem“ Winde gekreuzt hatten, ohne ihr Reiseziel zu erreichen, und die dann schließlich wieder unverrichteter Sache nach Hause gefahren waren. Erlebt hatten wir solche Sachen nicht, aber man hatte uns so oft die Abenteuer einer Seereise in alten Zeiten berichtet, daß wir das Schiff mit unserm Tannenbaum im Geiste schon bei Finnland im Eise eingefroren sahen. Die großen Leute suchten uns die Befürchtungen auszureden; wir aber fühlten uns doch verpflichtet, jeden Tag an unsern kleinen Hafen zu laufen und dort Erkundigungen nach „Anna Kathrin“ einzuziehen. So hieß die Jacht vom Schiffer Lafrenz, und es war ein schönes Schiff, nur daß sie sehr schaukelte, auch wenn es gar nicht nötig schien.

Am Sonntag vor Weihnachtsabend war köstliches Wetter. Gerade so, als bildete sich die Sonne ein, Weihnachten überschlagen zu können. Sie schien so hell wie im Frühjahr, und als wir am Vormittag aus der Kirche kamen, beschlossen wir, sofort wieder nach dem Hafen zu gehn und uns nach der „Anna Kathrin“ zu erkundigen.

Als wir am Hause von Meister Ahrens vorübergingen, stand dieser vor der Tür und hielt einen Tannenbaum in der Hand. Es war natürlich ein falscher, und seine Zweige waren nicht mehr frisch.

„Wo hast du die Zweige her, Meister Ahrens?“ fragten wir. „Das ist kein schöner Tannenbaum geworden!“

Der Tischler antwortete nicht viel, sondern murmelte nur einige verdrießliche Worte, worauf einer der ältern Brüder berichtete, daß das Geschäft mit den Tannenzweigen dieses Jahr flau sein sollte. Da wäre niemand mit guten Tannenzweigen an die Insel gekommen, und auch die falschen Tannen sollten teuer sein. Wir andern seufzten ein wenig bei dieser Erzählung, und dann strebten wir eilig dem Hafen zu, um uns nach der „Anna Kathrin“ die Augen auszuschauen. Aber alles Lugen half nichts – die dickbauchige Jacht schaukelte weder am Bollwerk, noch war ihr geflicktes Segel irgendwo am Horizont zu erblicken.

Nachdem diese Tatsache festgestellt war, verließen die ältern Brüder uns, um einen Freund zu besuchen, dessen Onkel im Besitz eines Fernrohrs war, das dazu dienen sollte, die „Anna Kathrin“ etwas schneller herbeizusehen. Wir Kleinern gingen schwermütig an den Strand und suchten uns dadurch aufzuheitern, daß wir flache Steine ins Wasser warfen. Bei dieser Gelegenheit entdeckten wir ein Boot, das an einen etwas abseits stehenden Pfahl angekettet war. Beide Ruderpatten lagen darin, und dieser Umstand schien uns so verlockend, daß wir sofort hineinkletterten und zu rudern begannen.

Das Boot war außerordentlich schlecht; die Sitze morsch, und die Bretter des Fahrzeuges schienen kaum noch zusammenzuhalten. Wir schaukelten aber sehr vergnügt darin, und Jürgen sagte, er könne rudern und nach Holstein fahren, dessen Küste dunkel am Horizont auftauchte. Er konnte es natürlich nicht, und während wir uns um die Ruder zankten, glitt ihm das eine aus der Hand und fiel ins Wasser.

Vergnügt schwamm es davon, während wir ihm ziemlich dumm nachblickten, und als Jürgen mit dem andern Ruder den Flüchtling zu erwischen gedachte, ging diese Stange ihm auch aus der Hand.

Ein kräftiger Fluch ertönte vom Lande her, und ein Mann in großen Wasserstiefeln trat mitten ins Wasser und zog nicht allein unser Boot ans Land, sondern erfaßte auch noch die eine Stange. Die andre war aber schon zu weit fortgeschwommen, und er sah uns drohend an.

„Ihr dummes Volk! Was habt ihr in meinem Boot zu tun! Heraus mit euch, sonst werfe ich euch alle ins Wasser! Und wo ist meine Ruderstange?"

Er sprach fremder und ganz anders als die meisten Insulaner, so daß wir schon deswegen einen großen Schreck vor ihm bekamen. Aber als Jürgen mir zuflüsterte, dieser Mann wäre Jobst Krieger, der Dieb, der so oft im Gefängnis gesessen hatte, da erwachte in mir der Trotz der Selbstgerechtigkeit.

„Zu sagen hast du uns nämlich gar nichts!" bemerkte ich, aber ich sprang doch ziemlich schnell aus dem Boot.

„Weshalb nicht?" Der Mann, dessen Gesicht uns übrigens keinen abschreckenden Eindruck machte, sah mich fragend an.

„Du bist ja ein Dieb, ein ganz schlechter Mensch!" sagte ich, und Jürgen, der ebenfalls wieder auf festem Boden stand, nickte zu jedem meiner Worte.

„Du darfst gar nicht mit uns sprechen", warf er nun ein. „Du sitzt ja immerlos im Loch!"

Auf Jobst Kriegers Gesicht lag der Ausdruck ungläubigen Staunens, dann aber wurde er plötzlich sehr rot.

„Was geht's euch an, wenn ich im Gefängnis war? Darin haben schon fixe Kerle gesessen, kann ich euch sagen! Und überhaupt" – er sah uns langsam nach der Reihe an – „ich kenn euch gut! Wie oft lauft ihr zu dem alten Mahlmann, der sein Leben lang im Zuchthaus war!"

„Zuchthaus ist feiner als Gefängnis", erklärte Jürgen; „viel feiner! Ich habe mal mit Mahlmann darüber gesprochen, und der hat es mir auch gesagt. So oft wie du im Gefängnis, ist Mahlmann auch nicht im Zuchthaus gewesen!"

„Nein, er nahm gleich ein gutes Ende auf einmal!" sagte Jobst Krieger, und dabei lachte er.

Er hatte wirklich kein übles Gesicht, und sein Zorn über das verlorne Ruder schien auch verraucht zu sein.

Mit schwerem Schritt stieg er nun ins Boot und begann die Kette zu lösen.

„Wohin fährst du?" fragte Bruder Milo, der sich bis jetzt nicht an der Unterhaltung beteiligt und den Dieb nur unverwandt angesehen hatte.

Jobst gab keine Antwort; mir aber fiel Dörthe wieder ein, während mir natürlich nicht in den Sinn kam, daß ich ihr Schweigen gelobt hatte.

„Er fährt in den großen Wald", rief ich laut, „wo die Rehe und die Hasen frei herumlaufen. Da schlägt er die Tannenbäume entzwei und fängt die Rehe, und dann kommt der böse Graf und nimmt ihn gefangen! Und Dörthe muß wieder Weihnachtsabend auf der Straße herumlaufen, weil ihr Vater im Gefängnis sitzt!"

„Dummes Zeug!“ sagte Jobst. Er hatte mit einer Kelle Wasser aus dem Boot geschöpft, nun hielt er inne mit seiner Arbeit.

„Dummes Zeug ist es gar nicht!“ rief ich empört. „Dörthe sagt, wenn du nur Ostern oder Pfingsten stehlen wolltest, dann wäre es ihr einerlei; aber gerade Weihnachten! Da darf man doch eigentlich nicht stehlen!“

„Nein, eigentlich nicht!“ meinte Jürgen, und Milo stimmte zu.

„Da kommt ja das Christkind auf die Erde, und wenn es dich nun im Gefängnis findet, dann bekommst du nichts geschenkt. Nur artige Menschen bekommen etwas.“

„Ich kriege doch nichts geschenkt!“ murmelte Jobst. Er hatte uns bis dahin zugehört, nun griff er wieder zu seiner Schöpfkelle.

„Doch!“ sagte Jürgen. „Wenn du Weihnachten nicht im Gefängnis sitzt, dann schenke ich dir etwas. Ich habe einen Kasten geklebt; er ist sehr hübsch, und ich wollte ihn eigentlich selbst behalten. Wenn du aber gut sein willst, dann bekommst du ihn!“

„Und ich mache dir einen Fingerring aus schwarzen Glasperlen!“ rief Milo, der in Perlenvergeudung Unglaubliches leistete. „Oder willst du lieber einen blauen Ring mit einer Goldperle in der Mitte? Goldperlen sind furchtbar teuer, aber ich will es doch tun!“

„Dann gebe ich Dörthe auch mein altes Lesebuch!“ setzte ich hinzu und trat dabei Jobst Krieger etwas näher. Er hatte sich nämlich ins Boot gesetzt und sah uns ganz sonderbar an. Wahrscheinlich fand er die ihm gemachten Anerbietungen zu überwältigend, als daß er gleich darauf hätte eingehen können.

„Sieh mal“, setzte ich vertraulich hinzu. „Laß Dörthe doch das Lesebuch bekommen! Da sind hübsche Bilder drin, und wenn die andern Kinder die sehen, dann wollen sie auch wieder bei Dörthe sitzen. Nun wollen sie es nicht, weil du soviel im Gefängnis sitzen mußt! – Sie sitzt immer ganz allein, und Weihnachten ist sie auch allein. Ich sagte ihr, sie sollte den lieben Gott bitten, daß du Weihnachten bei ihr wärst; aber sie hat es wohl vergessen. Der liebe Gott tut sonst alles, um was man ihn ordentlich bittet!“

Jobst Krieger legte die Bootskette wieder um den Pfahl und trat ans Land. Er sah beunruhigt und etwas mürrisch aus, und als Jürgen ihm noch einmal seinen schönen Kasten pries, antwortete er nur durch ein unverständliches Knurren.

Auch trat jetzt ein andrer Mann auf ihn zu, der eben erst aus der Stadt gekommen war. Der sah nicht so gut aus wie Jobst, und seine Augen fuhren scheu über uns hin, während er leise mit Jobst sprach. Wir gingen jetzt, Jürgen und ich, voran, während Milo noch eine Weile in der Nähe der Männer blieb und uns erst später nachgelaufen kam.

Ich habe gehört, was sie sprachen, erzählte er. Ich sammelte Steine und war ganz nahe bei ihnen. Der andre Mann heißt Lorenz und wollte mit Jobst Krieger und dem Boot nach dem großen Walde fahren. Aber Jobst sagte, er hätte keine Lust, sie wollten bis morgen warten. Er müßte sich noch besinnen. Da wurde der andre Mann böse und sagte, er führe nicht am Montag, das sei ein

Unglückstag: er führe am Sonntag und wollte nicht auf Jobst warten! Da haben sie sich gescholten, und nun ist Jobst Krieger zurückgegangen, und der andre ist im Boote!

Jetzt kamen die andern Brüder. Aber sie waren, weil sie selbst durch das Fernglas nichts von der „Anna Kathrin“ gesehen hatten, so niedergeschlagen, daß wir ganz vergaßen, ihnen unsre Unterhaltung zu berichten.

Aber am Abend sprachen wir doch noch von Jobst Krieger und meinten, es sei ganz überflüssig, uns auf Geschenke für ihn einzurichten. Milo begann dennoch einen Ring aus blauen Glasperlen zu arbeiten, der wirklich sehr schön wurde.

In der Nacht kam plötzlich ein furchtbares Wetter. Die Dezembersonne war trügerisch gewesen. Der Wind sprang um, Regen schlug an die Scheiben, und die Dachpfannen prasselten auf die Straße. Am andern Morgen wurde es wieder ziemlich still, und die Brüder liefen gleich an den Hafen, um nach der „Anna Kathrin“ zu sehen, die denn auch wirklich einlief. Etwas beschädigt zwar, denn es war auf See ein Heidenwetter gewesen; aber die „Anna Kathrin“ konnte schon einen Puff vertragen.

Obgleich der Tannenbaum nun wirklich in Sicht war, so konnten wir uns doch nicht so recht freuen. Denn Schiffer Lafrenz von der „Anna Kathrin“ war nicht weit vom Hafen einem umgeschlagenen Boot begegnet, das er mit seinen scharfen Schifferaugen sofort erkannt hatte. Es gehörte einem Manne, der Lorenz hieß, und der geradeso übel berüchtigt war wie Jobst Krieger.

Am Hafen hatten die Leute gewußt, daß Jobst und Lorenz in diesem Boote am Sonntag eine Fahrt hatten machen wollen – einige Leute wollten sie auch zusammen gesehen haben. Nun hatte sie das Wetter auf offner See überrascht, und sie waren ertrunken.

Es war eine traurige Geschichte, die gar nicht für die Weihnachtszeit paßte; wir mußten lange darüber sprechen. Es tat uns so sehr leid, daß Jobst doch gefahren war, und besonders Milo konnte es gar nicht begreifen. Lorenz mußte ihn doch schließlich überredet haben.

Großvaters Schreiber, Rasmus Rasmussen, war nicht so traurig wie wir. Er sagte, Jobst würde doch im Zuchthause geendet haben, weil er das Stehlen nicht hätte lassen können. Tannenzweige aus dem Walde zu holen, sei ja schließlich kein Verbrechen, aber Jobst hätte die schönsten Tannen auseinandergeschlagen, ohne auch nur einen Menschen zu fragen. Meister Ahrens habe einen guten Lieferanten an ihm gehabt, und deshalb seien seine Tannenbäume immer so schön gewesen. Dann hätte Jobst auch noch Hasen und Rehe in Schlingen gefangen, und wenn er bei einer fremden, wohlgefüllten Speisekammer vorübergekommen wäre, dann hätte er tief hineingelangt.

Es war gewiß ein Glück, daß Jobst tot war, wie Rasmus meinte, aber wir waren doch so betrübt, daß wir eine Weile unser Weihnachtsfest ganz vergaßen. Dann schämten wir uns auch noch, daß wir um einen ganz gewöhnlichen Dieb weinten.

Das taten wir nämlich. Trotz seiner entsetzlichen Schlechtigkeit hatten wir

Jobst sehr gern gehabt, wenn wir das auch keinem Menschen verraten und ihn ja auch nur wenig gekannt hatten.

Plötzlich fiel mir Dörthe ein. Was würde sie wohl dazu sagen, daß ihr Vater ertrunken war? Den ganzen Tag mußte ich an sie denken, und Jürgen und Milo sprachen auch von ihr. Nun war sie immer allein; nicht nur Weihnachten, nein auch Ostern und Pfingsten, das ganze Leben hindurch.

In unserm Hause wurde gerade Kuchen gebacken; das war eine angenehme Zerstreuung; aber als es dämmrig wurde, lief ich doch zu Dörthe Krieger, deren Wohnung ich jetzt ganz gut kannte, obgleich ich sie nie betreten hatte. Jürgen lief mit, und wir hatten Mama ein Paket Kuchen für die arme Dörthe abgebettelt.

In dem kleinen, sehr verfallenen Hause am äußersten Ende der Stadt brannte schon Licht, und als wir ohne weiteres in die Haustür und dann in die kleine, ärmlich eingerichtete Stube stürzten, prallten wir erschrocken zurück. Denn auf einem Holzschemel, von einem Talglicht beleuchtet, saß Jobst Krieger. Er hatte Besuch. Vor ihm stand Meister Ahrens, der heftig auf ihn einsprach. Wir beachteten aber den alten Tischler nicht. Wir liefen auf Jobst zu und betrachteten ihn aufgeregt.

„Wie?“ rief Jürgen, „du bist nicht tot?“

Seine Stimme klang vorwurfsvoll, und auch ich konnte mich einer leichten Verstimmung nicht erwehren. Wenn man jemand einmal als tot beweint hat, dann darf er auch nicht gleich wiederauferstehn! Jobst Krieger sah uns verlegen an.

„Lorenz ist allein gefahren“, sagte er nun. „Ich wollte ja nicht, ich“ – er stockte und fuhr sich mit der Hand über das Gesicht.

„Du hast Glück gehabt, Jobst Krieger“, ließ sich jetzt Meister Ahrens vernehmen. „Wenn du mit Lorenz gefahren wärst, dann lägst du nu tot in die See! Er war auch ein slechten Kerl, der dir zu allens verführt hat! Morgen fährst nu for mich nachn Festland und holst mich die Zweigens, sonsten sollst mich kennenlernen!“

Aber Jobst schüttelte den Kopf.

„Nein, Meister Ahrens – ich fahr nicht mehr nach den Tannenzweigen. Wenn ich in den Wald komme“ – er atmete kurz auf – „dann laß ich's doch nicht – dann greif ich nach andern Dingen, die mir nicht gehören, und dann sitzt die Dörthe Weihnachten allein! Und jetzt, wo Gott mich vorm Tode bewahrt hat“ – er stockte und sah uns an. Wir nickten ihm zu. Allmählich hatten wir die Enttäuschung, daß er noch lebte, überwunden. Meister Ahrens aber rang die Hände.

„Du liebe Zeit! Nu krieg ich kein ordentlichen Tannenbäumens, wo das Geschäft gerade flott gehn soll. Und du wohnst in meinem Haus und tust nich, was ich will? Nu mußt zu Neujahr ausziehn!“

Wir hatten Meister Ahrens niemals so böse gesehen, und unser Interesse wandte sich ihm ungeteilt zu. „Fahre doch selbst in den Wald und hole die Zweige!“ rief Jürgen.

Der Alte sah ihn böse an. „Da konnt ich doch bei zu Schaden kommen!" murrte er, und mein Bruder trat ganz nahe auf ihn zu.

„Meister Ahrens, du hast mir neulich noch gesagt, die Hauptsache im Leben wäre ein gutes Herz. Du hast doch auch ein gutes Herz?"

„Ganzen gewißlich!" versicherte der Alte mit etwas unsichrer Stimme. „Abers die Tannenbäumens müssen doch Zweigens haben, sonsten sind es keine Tannenbäumens, und wenn Jobst Krieger mich nich Zweigens holen will –"

„Er will doch kein Dieb mehr sein!" rief Jürgen. „Laß ihn in Ruhe und gehe zu Schiffer Lafrenz auf der „Anna Kathrin". Der hat auch eine ganze Menge von Tannenzweigen mitgebracht, die Brüder haben's gesehen!"

„Is wahr?" Ahrens ärgerliches Gesicht wurde etwas milder, dann lief er plötzlich davon, ohne Lebewohl zu sagen. Wir entbehrten ihn auch nicht. Wir hatten unsre Kuchen ausgepackt, und da wir Jobst Krieger verziehn hatten, so durfte er sie probieren. Jürgen und ich sagten ihm auch unsre Weihnachtslieder auf. Der Übung halber und auch deswegen, weil sie uns immer im Kopf herumspukten, und wir waren eigentlich etwas beleidigt, daß Jobst uns gar nicht lobte. Er saß ganz still und hatte beide Hände vor sein Gesicht gelegt. So still war er, daß es uns, als wir nacheinander das „Amen" von unsern Verslein gesprochen hatten, doch etwas unheimlich zu werden anfing. Aber da kam Dörthe ins Stübchen gestürzt, und ihre Überraschung, uns zu sehen, war so groß, und das Vergnügen über die Kuchen noch so viel größer, daß wir ungemein heiter wurden.

Jobst Krieger stand jetzt auf und sagte, daß er uns nach Hause bringen wolle; unsre Eltern würden gewiß nicht wollen, daß wir solange bei ihm blieben. Wir sahen die Richtigkeit dieser Worte ein, und als wir neben ihm auf der dunklen Straße gingen, stieß Jürgen plötzlich einen schweren Seufzer aus.

„Jobst, wie furchtbar schade ist es doch, daß du ein so schlechter Mensch bist! Ich mag dich gern leiden – viel lieber als einige Leute, die niemals im Gefängnis waren!"

„Ich auch!" versicherte ich, und Jobst stand still und legte ganz leise seine Hände auf unsre Haare.

„Mir ist's auch leid genug", murmelte er; aber was er noch hinzusetzte, konnten wir nicht verstehen; seine Stimme war ganz heiser geworden. Dann war er in der Dunkelheit verschwunden, und wir mußten den Rest des Heimwegs allein zurücklegen.

Das war nun nicht so schlimm; wir waren nicht ängstlich und hatten außerdem eine Fülle von Unterhaltungsstoff, der auch nicht ausging, als wir den andern von Jobst Krieger und von dem Umstande, daß er noch lebe, berichteten. Wir wollten ihm alles mögliche zu Weihnachten schenken, alte Anzüge von Papa, die uns nicht gehörten, Eßwaren, über die wir keine Verfügung hatten, und vor allem einen Katechismus, damit er die zehn Gebote noch einmal durchlerne.

Aber es kam anders. Als wir am Tage vor Weihnachten Jobst Krieger und seine Tochter feierlich zu uns einladen wollten, erfuhren wir, daß beide in der

Nacht vorher verschwunden waren. Sie hatten ihre armselige Habe zurückgelassen und die Insel verlassen. Sie kamen auch nicht wieder, obgleich wir das ganze Weihnachtsfest auf sie warteten, und niemand konnte uns sagen, wohin sie gegangen seien.

Dieses plötzliche Verschwinden betrübte uns außerordentlich, und wir trösteten uns nur allmählich mit dem Gedanken, daß uns jetzt kein Mensch verbieten konnte, an Jobst und Dörthe zu denken und von ihnen zu sprechen. Unser Weihnachtsabend war trotz alledem sehr schön, und wir schenkten die für Jobst bestimmten Sachen andern Leuten, die es auch nötig hatten.

Nur Meister Ahrens feierte kein fröhliches Weihnachtsfest. Erstens waren seine falschen Tannenbäume lange nicht so hübsch wie sonst, obgleich er Zweige bekommen hatte, und dann fiel es den Leuten ein, daß er doch vielleicht den Jobst oft zu hart bedrängt und ihn schon mehrere Jahre hindurch veranlaßt hätte, in den Wald zu gehn und zu stehlen. Ob er nun wirklich schuld daran hatte, war schwer zu sagen; jedenfalls ging er kümmerlich gebeugt einher und klagte über die schlechten Zeiten und die schlechten Menschen.

Mehrere Weihnachtsfeste waren vergangen. Meister Ahrens machte immer noch falsche, häßliche Tannenbäume, und wir selbst sprachen nur manchmal noch von Jobst. Zuerst hatten wir uns ausgedacht, daß er wahrscheinlich nach Amerika gegangen sei und als reicher Mann zurückkehren würde. Dann trug Dörthe seidne Kleider, und er würde uns allen etwas Wundervolles zu Weihnachten schenken. Wir stritten uns darüber, ob wir lieber eine goldne Mundtasse oder einen goldnen Teller haben wollten; allmählich aber vergaßen wir ihn fast, bis wir an einem Weihnachtsabend ein sonderbares Paket mit der Post bekamen.

Es trug Jürgens, Milos und meinen Namen und kam aus einem Orte, von dem die großen Leute sagten, daß er in Ost- oder Westpreußen läge. Dieses Paket enthielt ein sauber geschnitztes kleines Boot, das mit frischen Christrosen angefüllt und in köstliche Tannenzweige verpackt war. Dabei lag ein Zettel, auf dem mit ungeübter Hand die Worte geschrieben waren: Und hat ein Blümlein bracht mitten im kalten Winter. Da wußten wir, daß diese Sendung von Jobst Krieger kam, und wir freuten uns außerordentlich über sie. Besonders darüber, daß er von den Weihnachtsliedern, die wir ihm aufgesagt hatten, etwas behalten hatte. Denn wer auch nur ein wenig von seinen Weihnachtsliedern im Gedächtnis behält, der kann doch ganz gewiß kein schlechter Mensch sein.

Meister Ahrens sagte dasselbe. Er hatte mit derselben Post eine Geldsumme bekommen, die, wie er fest glaubte, von Jobst Krieger kam, weil er ihm gerade soviel Geld schuldig gewesen war.

„Eigentlich hast du das Geld nicht verdient!" sagte Jürgen, der dem alten Tischler die Behandlung von Jobst nicht vergessen konnte.

Ahrens fuhr sich über den kahlen Kopf und seufzte.

„Nee, eigentlich nich! Abersten wenn ich nu die Hälfte an die Armens gebe, und wenn es mich sowieso all die Jahrens leid getan hat, daß ich nich nett gegen den Jobst war? Ich habe sonsten warraftigen Gott ein furchtbar gutes Herz – bloß bei die Tannenbäumens, da bin ich eigen mit gewesen, weil es so'n gutes Geschäft war."

Ahrens richtete wirklich eine Weihnachtsbescherung für eine arme Familie aus, und seit der Zeit sprach er noch mehr als sonst von seinem guten Herzen. Sonderbarerweise waren es die Kinder dieser Familie, die nicht bei Dörthe Krieger in der Schule hatten sitzen wollen. Das war aber lange vergessen, und der von Ahrens verfertigte falsche Tannenbaum warf auch über sie seinen weihnachtlichen Schein, und ihre Freude war echt.

Denn das Christkind in seiner Milde fragt nicht nach den Verdiensten und Schwachheiten der armen Erdenkinder. Sonst müßte es aufhören, alle Jahre wiederzukommen.

Wihnachen-Abend up 'n Lann'

Ludwig Frahm

Wihnachen-Abend harrn wi keen School mehr. Un doch kunn' wi morgens nich lang' slapen. Denn flacker neben uns' Bett an de Wand en hellen Schien, ümmerlos. Denn sprüng' wi rut ut de Puch un keeken ut dat Finster. Gardinen un Luken geev dat domals noch nich bi 'n Buern vör de Finstern. Richtig, in unsen Backaben, de achter in de Eck von 'n Goren stünn', blöker en grotes Füer, un Vadder stopp mit en lange Fork noch ümmer mehr Dorn un annern drögen Busch na. Nawer Scharrnwewer stünn ok darbi un harr en Schuvkaar vull dröge Dannstubben bröcht. He wull ja mitbacken, un denn müß he ja ok to dat Inböten bistüern. Bald smeet de Backaben denn sin witte Sneekapp af, un an de Eschen un Fleeder, de blang den Backaben stünn', verwannel sik de witte Belag in Water un füll as Druppens, plick, plick, an de Eer un de beiden Inböters up den Hoot.

Dat duer so gegen twee Stunn', denn verklör sik de rode Backabenhimmel un würr glöhnig witt. Rut mit de letzten Kahln un rin mit dat Brod!

Denn keem de Knech mit dat Brod anschuben, twee Schuvkaarn vull. Wenn't denn up dat lange Brett gasselt weer, würr 't mit en langen Schüwer Stück för Stück mit en Wuppdi an sin' Platz schaben. Naher keemen uns' Mudder, ok de ole Großmudder un de Köksch, un ok Nawersch Steernbarg un Hamester. All harrn se en grote brune Kumm oder en griese steenerne Melkfatt in 'n Arm un so stünn' toletz vörn in den Aben en ganze Reeg vun Wihnachen-Puffers. Un dissen Dag würr nich mehr plögt un nich mehr döscht. De Knech un de Daglöhner weern bi un bröchen den Meß ut de Ställ un versorgen Per, Köh un Swien mit en frisches Strohlager. Dat Veh schull dat ok to 't Fest mollig hebben. Nahsten fegen se de Grootdeel un den Hofplatz rein, as wenn en Hochtied fiert ward'n schull. –

Middags geev dat Swartsuer to eten; denn vör acht Daag weer dat tweete Swien slacht. To 't Fest ward vel Fett bruukt. Dar künnt, wenn 't godes Wedder is, allerhand Frömsiten kamen, un dat hölt up Wust un Fleesch. – Den ganzen Dag weern de Kinner up de Been un löpen na de Kooplüd un Hökers. Denn hüt geev dat „wat to", Koken, Pepernöt un en groten bunten Billerbagen ut Nie-Ruppin.

Un uns' Mudder kreeg an dissen Dag ok Besök. Dar keemen bi er een na eenanner en Halvdutz arme oder halvkranke Fruenslüd ankrupen, un wenn se wedder weggungen, harrn se de Schört vull, en Lewerwust, en Stück Speck, paar Pund Mehl, en Fienbrod un in de Hand en Putt vull Swartsuer. Wat de rechte Hand de, kreeg de linke garnich eerst to weten un de Deern un de Mannslüd eerst recht nich. Den Dank sneed se er af mit de Wöer: „Is al good, lat Ju dat man good smecken." – Wenn Middags dat Brod un de Koken ut den Backaben trocken weern un dat Swartsuer mit Kantüffeln un Bookweetenklüten to Liev sett weer, denn güngen wi Jungs mit Vadder to Holt und haln uns en lütten Dannboom. Een drög dat Biel, de anner har en Handsag aewern Arm, un Vadder harr den Püster ünner sin' langen Rock knöpt, – dat bruuk je nich jeder Hansnarr to sehn –; he wull mal sehn, ob he den Griesen, de in de Mergelkuhl to liggen plegg, nich dat Licht utpußen kunn. Dat wull awer nich glücken. As wi aewer 'n Barg keeken, sprüng he al aewer Knick un Tun.

En richtige Buer hett in sin an Arbeit so rikes Leben eegentlich bloot dree Vergnögungen: wenn he Sünndag-Namiddag mit sin Maten in 'n Kroog Solo speln kann, wenn he up en Akschon de annern Lüd aewerbeeden kann un wenn he en schönen, langen Prozeß hedd. Awer Wihnachen-Abend is ok ganz schön. Denn is dat up eenmal ganz lebennig in dat stille Dörp. Un sobald dat schummerig ward, geiht dat Scheeten los. Denn knallt dat bald bi jedes Huus, un man mutt sik wunnern, wo all de oln Dunnerbüssen herkaamt. Na, de Jungs bruukt so'n Ding garnich; de scheet mit en groten holln Slötel, wo se sik en Karr infielt hebbt. De oln Dokters kreegen an den Abend gewöhnlich noch allerhand Kundschaft mit terretne Finger.

Wenn 't toletz ganz düster weer, würr dat achter de Blangdoern un Stubenfinstern huln un brumm'. Denn weern de Jungs mit den Rummelputt dar togang' un süngen darto en oles Leed vun den Schipper ut Holland na en Melodie, de sik in de letzten hunnert Jahr nich verännert hett. So taag is uns' Volk. Darför lohn dat denn Appeln, Backbeern, Noet un ok mal en Schilling. Bloot bi den olen Giezhals Swieker geev dat nix. Uewerslagen würr he awer likers nich. Wi müssen doch sehn, ob he wedder en gatlichen Quitschen-Schacht achter de Doer för uns prat stahn harr.

Klock söß brenn up de Deel de Lücht an den Lüchterpahl. Denn kreeg dat Veh dat Nachtfoder. De goden Köh, de noch recht vel Melk geeben, kreegen an dissen Abend en Hawergarv, de garnich utdöscht weer, extra. Un denn steeg uns' Vadder up de lütte Hill-Ledder na dat grote swarte Bort ran, wat twüschen de beiden Füerherden an de Deel leeg un smeet en groten Büdel mit Hasselnoet hendal, de dar vun 'n Oktober her schön drög legen harr. En jeder kreeg denn dree grote Göps vull in sin Mütz oder Schört. Junge, Junge, wat 'n Spaß! Wo weern nu awer de beiden oln hölten Noetknackers? Toletz fünn' se sik doch in en Schuuv oder Schapp wedder an. Wer keen afkreeg, wüß sik liekers to helpen. In den Stewelknecht, de sin Platz ünnern Aben harr, weer en lütte Kuhl bohrt. Dar würr een Noet na de anner rinleggt un mit en lütten Hamer tweiballert, dat de Schell een' üm de Ohren sprütt.

Bilütten würr dat in de Dönß bannig schön rüken, un wi Kinner sleeken uns ut de Doer na den Füerherd. In den oln pickswarten Swibbagen hüng' an dissen Abend an jede Siet en Trankrüsel, dat dat man en beten heller weer. Up den Herd stünn' twee grote Kummen mit Deeg. Dar brenn' en schönes Torffüer, un up dat Füer stünn' de Ossenogen-Pann. Söben Löcker weern dar in. Dat weer binah en Fabrik. Dat weer je dat reine Wunnerwark, wenn nu so ut en lütten Lepel vull Fett un en groten Sleef vull Deeg en grotes, rundes, brunes Ossenog würr, gröter noch as en Spelball: De eerste Uplaag müssen wi to Proov hebben. „Verbrennt Ju den Licker un de Maag nich!“ – „Ne, wi loopt dar eerst dreemal mit üm de Del.“ – „Ik lop eenmal üm ’t Huus.“ – „Ne, Hinnerk, bliev hier, buten is de Kinjees, de stickt di in ’n Sack!“

Un richtig, he keem. Ganz vermummt keem he rin. Ik glöv, he harr dree Röck an. De lange ruge Bart seeg grad so ut as dat Flaß, wat Lieschen-Tante up

ern Spinnradwucken wünn’. Vun de Mütz harr he dat Binnelste na buten krempt. De blau un witten Strümp, de noch en Stremel aewer de Steweln keeken, seegen grad so ut as Franz-Ohm sin. Un Franz-Ohm sin glinsterigen Ogen weern dat ok. Awer de Stimm weer ganz anners as Franz-Ohm sin. De hör sik an, as wenn jüm ut en holle Kalktunn’ snack. Wat säd he man noch? Ob de Kinner ok ordig weern? Ob wi ok lesen un beden kunn? Un as uns’ lütte

Greeten dat dahn harr, da geev he uns een jeden en Packen ut Papier. Wi säden „danke“, un so schöv he sik wedder af. „Weer Franz-Ohm dat?“ – „Ne, dat weer je de Kinjees.“ – „Dat weer doch Franz-Ohm. Sin Meerschumpiep keek em ja ut de Tasch.“ – „Lach man nich, wen he naher noch mal roewerkümmt.“ – „Ne, wi behrt so, as wenn wi glövt, dat de Kinjees dat würklich west is.“

Ut dat Papier keemen luter Holtsaken to'n Vörschien, en Hampelmann, „de Arm un Been bewegen kann“, de Schipper un sin Fru, de sik tagelt, en Windmœhl un en Blockwagen. Nu stünn 't ganz fast, dat Franz-Ohm de Kinjees west weer, denn he harr ümmer, wenn wi in de letzte Tied bi em kamen weern, wat in 't Schapp smeten, un sin Dönß harr ümmer vull Spöhn legen.

Nu güng' dat Ossenogen-Eten los. Twee grote Schötteln würrn lerrig un en grote Kann' vull Kaffee darto. Großmudder geev toeerst dat Spill up. Se güng af, keem awer bald mit en dickes, oles Gesangbook wedder, sett sik en Hornbrill mit grote, runne Gläs up de Näs un lees nu de eersten söß Wihnachsgesäng' vör. Jedesmal, wenn dat Christkind nennt würr, mök se en Knix mit 'n Kopp.

Harrn dat nu de sößtein Ossenogen dahn un de fiev Tassen Kaffee, oder harrn de söß Wihnachsgesäng' de Schuld, oder harr de warme Stuw naholpen, genog, de Knech weer indruselt un waak eerst wedder up, as de Dannboom ansteken würr un wi an to singen füngen. De lütte Dannboom stünn up de rode Laad, de an de Tenswand stünn'. He harr nich vel vun sin natürliche Schönheit verlarn. Dat Upputzen mit so vele Deel, de de niege Tied erfunn' hett, geev dat noch nich, tein Lichter, en paar Appeln, Fiegen, vergoldete Walnœt un Zuckersaken, dat weer 't rein all. De Zuckersaken waag awer nüms antorögen. Se harrn al fiev oder söß Jahr dat Fest mit smücken holpen, un so harr jeder den richtigen Respekt vör er Öller. Se kunn' ja ok de folgenden Jahrn desülvige Ehr hebben.

Franz-Ohm un Lieschen-Tante keemen ok noch rœwer. Se harrn keen Kinner un in er eegen Huus nix to versümen. As wi em vun den Kinjees vertelln, mök he en ganz twiefeliges Gesicht, as wenn he dat nich glöwen wull, un sög dicke Löpp ut sin Meerschumpiep, de he nich geern kold warrn leet. Naher speln wi noch mit em Nœtraden un höln nich eher wedder up, bet wi em sin' ganzen Dutt afluckst harrn. Denn keem de Düwelsknutten an de Reeg. De stamm ok ut sin Fabrik un leeg ümmer baben in 't Teeschapp. Dar weer he uns Jungs in oewer, un he hög sik bannig, wenn wi mit de söß Stickens nix antofangen wüßten. He seet stiev vull vun spaßige Geschichten un Düntjes ut de Muuskist. Awer an 'n Wihnachenabend vertell he nix anners as Spökerkram. Denn sett he sik den groten Lehnstohl vör 'n Aben, stemm de Föt in Strümpsöcken gegen de Abenkacheln, so dat he mit den rechten Foot dat Bild vun den Riesen Goliath un David un mit den linken Absalom an den Eekboom verdeck, un denn güng 't los: De golln Weeg un de Düwel up den Heidbarg, de Scheedenröpers in 't Prökelmoor, de Kerl ahn' Kopp in den Heisterwinkel, as de wille Jäger sin Hunn' up den Heister Buervogt hiß, as Timm Höhnk dree Daag behext weer un noch annere mehr. Wi huken all dree up de lütte Bank

achtern Aben, wo sünst de Melkbütt stünn', bald keemen uns de Haar to Barg, un bald leepen uns de kolen Gräsen lank den Puckel, so schön weer dat.

As de Klock elm slög, stünn' he up. Wi müssen doch noch wat an 't Slapen vör Middernacht beschicken. As wi all' mit ut de Blangdoer keeken, stünn en grote Füerschien an 'n Hewen. Dat müß in 't Kaspel Kunkarken sin, wied weg. Dat harrn de Lüd gewiß bi 't Ossenogenbacken versehn. In de nächsten Daag' kreegen wi wul den rechten Ort to weten. De Dag weer mit Füer anfungen un güng' nu ok mit Füer to Enn'.

De Nachtwächter tut ok grad nerrn in 't Dörp un süng denn achteran: „De Klock hett elm slagen, elm is de Klock. En jeder bewahr sin Licht un Füer, denn dat Geld is knapp, un en Huus is düer. Un lobet Gott, den Herren!" Tut, tut, tut.

Um die Jahrhundertwende in Angeln

Hermann Petersen-Möhlhorst

Im Winter in der Dämmerung kamen unsere Freunde und Freundinnen zu uns. Dann kam unsere alte Stina oder Maria Rusch, die als Mädchen viele Jahre bei uns gewesen, zu uns herein und erzählte uns Geschichten. Die Ofenklappe wurde dann zugemacht, denn je dunkler es war, um so besser wirkten die Erzählungen, die in der Hauptsache aus Märchen und Räubergeschichten bestanden. Wurde die Sache zu schlimm, dann schlich sich Ludwig, der furchtsamer Natur war, hinzu und öffnete die Ofenklappe, wodurch der Effekt der Erzählung verloren ging, weshalb er regelmäßig seine Püffe erhielt.

Wieviel glückliche Stunden haben wir Kinder in der alten trauten Stube verlebt; und es war ein großer Schmerz für uns, als wir dieselbe verloren.

Aber am schönsten war es doch in der Hinterstube: am Weihnachtsabend. Dann saßen wir im Dunkeln auf Tischen und Stühlen und sangen die Weihnachtslieder, die dann unterbrochen wurden durch Jungens, die mit ihren Sternen hereingeschickt wurden, um zu singen. Diese hohlen Sterne von ca. dreiviertel Meter im Durchmesser waren aus Papier gemacht und beklebt mit biblischen Bildern, die durch ein im Innern des Sternes angebrachtes Licht beleuchtet waren. Der Stern hatte als Achse einen starken, eisernen Draht, der in Manneshöhe an einer Stange befestigt war. Beim Singen schlugen die Jungens mit der Hand gegen die Spitzen des Sterns, so daß der Stern sich drehte, was einen sehr niedlichen Anblick bot. Die Lieder waren die althergebrachten, wie zum Beispiel:

„Sternlein, Sternlein, du mußt nicht stille steh'n,
Du mußt mit mir nach Bethlehem geh'n;
Denn Bethlehem ist die schöne Stadt,
Wo unser Herr Christus geboren ward" usw.

Oder:

„Unserm Herrgott wurde die Zeit zu lange,
Drum schuf er den Adam aus einem Klut Sande;
Als Adam schlief, da nahm er ihm aus
Eine Rippe und machte die Eva daraus" usw.

Vielfach ist in den späteren Jahren von den Lehrern darauf hingewirkt worden, diese Lieder durch neuere, schönere Lieder, wie: „Stille Nacht, heilige Nacht" und „O, du fröhlich, o du selige, gnadenbringende Weihnachtszeit" zu verdrängen, aber solange ich zur Schule ging, ohne Erfolg, und ich denke, die Lieder werden sich auch noch heute teilweise erhalten haben.

Auch am Altjahrsabend erschienen einige Sterne, aber in der Hauptsache „Fruketöpfe". Diese bestanden gewöhnlich aus einer Senfkruke, über die ein Stück feuchte Schweinsblase gebunden war, durch deren Zentrum ein fingerdicker Stock ging. Wurde nun die Hand angefeuchtet und der Stab durch solche auf und ab gezogen, so entwickelten sich Töne, die sich wie „Fruke, Fruke" anhörten. Zu diesem Geräusch wurden dann ganz vorzügliche Lieder gesungen, wie:

„Wir wünschen dem Herrn ein' vergoldeten Tisch,
An allen vier Ecken gebratene Hühner und Fisch,
Und in der Mitte ein Gläschen mit Wein,
Das soll unserm Herrn sein Schlaftrunk sein. –
Wir wünschen der Hausfrau ein' Apfel so groß,
Im nächsten Jahre ein Knäblein im Schoß. –
Wir wünschen der Tochter ein' goldenen Kamm,

Otto H. Engel, Die Heiligen Drei Könige.
Mit einem drehbaren oder auch zu öffnenden Stern zogen in verschiedenen Gegenden Schleswig-Holsteins auch vereinzelt Erwachsene bis zum 1. Weltkrieg als Sternsinger teils schon in der Adventszeit oder am Drei-Königs-Tag mit ihren Liedern umher.

Im nächsten Jahr' einen Bräutigam. –
Wir wünschen der Köchin ein frohes Neujahr,
Daß sie mit ihrer Küche zum Schornstein 'rausfahr'. –
Und ist da kein Schornstein in diesem Haus,
So fahr'n wir zu Fenstern und Türen hinaus."

Oder:

„Herr Kramer stunn vör de Achterdör,
Mit en blauen Platen vör.
Reise hen na Amsterdam,
Amsterdam, Rotterdam,
Rotterdam, Hamborg.
Hamborg hier un Hamborg dor,
Dor steit en lütte Dern mit kruse Hor."

Ferner:

„Hans Plattfot sien Kind is dot;
De Nawers will'n nich truern.
Dat Mäden wat daför steit,
Dat hat en blauen Rock an,
Dat Mäden wat darachter steit,
Dat lacht in enen fort.

Oder auch:

Fruke, Fruke, mak de Dör open,
Dor kümmt ein Schipp ut Holland.
Dat hett son moje Wind.
Schipper wullt du wieken,
Bootsmann wullt du strieken,
Un sett en Segel in de Topp
Un giv mi wat in'n Rummelpott." Fruke, Fruke.

Die Kinder bekamen in jedem Haus bestimmte Gaben. Offiziell wurden bei uns nur Lichter gegeben, die während des ganzen Tages auf dem Hausflur ausgeteilt wurden; durften doch am 24. Dezember alle armen Leute in und um Kappeln sich Weihnachtsgaben einholen, was durchaus nicht als Betteln betrachtet wurde. Es dürften wohl an diesem Tage an hundert Pfund Lichter bei uns verteilt worden sein. Eine ganze Anzahl Leute bekamen aber auch Fleisch und von Mutter Kuchen, Äpfel und Nüsse.

Mag das Weihnachtsfest in den großen Städten durch die Pracht der Geschenke manches Herz erfreuen, am schönsten und gemütvollsten ist es doch bei uns auf dem Lande und in den kleinen Städten, wo alle Menschen sich kennen! Wurden auch keine kostbaren Geschenke gemacht, sondern durchweg nur Nützliches beschert, so war auch keine Familie am heiligen Abend in Not, dafür sorgten die Mitbürger, und meine Eltern nicht zum wenigsten.

Kieler Weihnachten

Geert Seelig

Ich will gleich voranschicken, daß, soweit meine Feststellungen von damals ausreichen, eigentlich von dem christlichen Charakter des Weihnachtsfestes sehr wenig zu spüren war, es war sicherlich immer noch das nordische Julfest mit seinen Schmäusen und Trinkgelagen, seinen Späßen und Überraschungen, welches in Schleswig-Holstein dem Fest den Charakter verlieh. Bezeichnender Weise wurde der 24. Dezember im Hinblick auf die reichliche, ja üppige Bewirtung der Dienstboten auf dem Lande von diesen noch vielfach „Vullbuksabend“ genannt, überall spielte das von Hausgenossen bereitete oder von Freunden übersandte Bündel mit Überraschungen und Scherzen „de Julklapp“ hinein, das während der Bescherung von einer fremden Person mit möglichst lautem Ruf „Julklapp!“ auf die Diele geworfen werden mußte. Von dem christlichen Beiwerk dieser Tage, dem St. Nikolaus und dem Knecht Rupprecht, habe ich aber, außer aus erziehlichen Weihnachtsgeschichten und lammfrommen Bilderbüchern, meiner Tage nichts gewußt. Altheidnisch war auch gewiß der Gebrauch, das Fest den altnordischen „Zwölften“ – den zwölf heiligen Nächten – entsprechend etwa zwölf Tage lang, vom 24. Dezember bis zum 2. Januar, zu feiern. In dasselbe Gebiet gehörte auch die Tatsache, daß die christliche Vorstellung der Erlösung durch die Geburt des Heilands und die Darstellung solcher durch eine aufgebaute Krippe und dergleichen der Festfeier gänzlich fehlten. Uns Kindern war Weihnachten ein tatsicheres bürgerliches Etwas, das sich ganz genau – und darin lag ein gut Teil des Reizes – mit etwas Fantasie und Erinnerungsvermögen Punkt für Punkt im Voraus ausrechnen ließ, und eine Krippe habe ich meines Erinnerns in Kiel niemals gesehen. So war auch die Herrichtung des Tannenbaums durchaus keine Überraschung durch die Eltern, vielmehr wurde sein Schmuck ganz durch uns Kinder besorgt. Angemessene Zeit vor dem 24. Dezember wurde gemeinsam an einem ereignisvollen Nachmittag der nötige Schatz an Süßigkeiten und buntem Papier eingekauft. Denn das fertige Tannenbaumkonfekt wurde, seit am Kriegsweihnachten 1870 das dafür sonst angelegte Geld an die Verwundeten gegangen war und wir uns den bunten Schmuck selbst hergestellt hatten, nicht mehr gekauft. Wir Kinder saßen vielmehr viele Abende um die Lampe und schnitten für knallose Knallbonbons die bunten Seidenpapiere zu, in die wir später die Bonbons selbst einwickelten, ebenso aus Glanzpapier die Ketten und Netze und klebten aus Gold und Silber, Rot und Blau eine andere Art Ketten, den Baum damit zu umwinden. So lange ich erinnern kann, wurde der Baum in unserm großen Garten aus den schlagreifen Beständen gefällt, oft daher eine silberige Edeltanne oder ein seltenes ausländisches Stück. Einmal wurde auch zu Weihnachten, weil eine ganze Reihe von Fichten beseitigt werden mußte, das Eßzimmer neben dem Saal in einen grünen Wald verwandelt. Am 24. Dezember morgens stellten wir allesamt den Baum im Saal an der Schmalseite vor der Gartentreppe auf, befestigten die Wachslichter mit Stücken geglühten Eisendrahts als Haltern und be-

Kerzenhalter aus Stopfnadeln

Man nimmt die dicksten und längsten Stopfnadeln, die man aufzutreiben vermag. Nun macht man eine Nadel an dem Ende, an welchem sich das Ohr befindet, glühend und spießt sie ein kleines Stück weit in die Kerze hinein, die alsdann fest und gerade darauf sitzt. Alsdann durchsticht man mit der Spitze der Nadel einen Tannenast und zieht sie so tief herunter, daß die Kerze direkt auf dem Ast sitzt. Wie man begreift, hängt die Nadel jetzt mit der Spitze nach unten gekehrt, von dem Tannenast abwärts, was sehr unschön aussieht und auch leicht zu Verletzungen führen könnte; um diesen Übelständen zu begegnen, stößt man die Nadelspitze in einen bronzierten Flaschenkork. Ich sah diese Art von Kerzenhaltern vor wenigen Jahren in Wien und muß gestehen, daß sie auf höchst originelle Weise den Baum schmückten. Man vermag es sich schwer vorzustellen, wie apart diese vielen goldenen Pfopfen aussehen, die um den Baum herum gleichsam wie frei in der Luft zu schweben scheinen. Die Nadeln sah man nämlich kaum. Jedenfalls dürfte es eine weniger zeitraubende Art, Lichter am Christbaum zu befestigen, kaum geben.

(aus: „Selbstanfertigung von Christbaumschmuck“ 1910)

hingen das Grün mit unsern Kunstwerken. Auch die Sendungen für die Bekannten in der Stadt, vereinsamte alte Fräuleins, frühere Dienstboten und kümmerliche Nähmamsells wurden an diesem Tage besorgt. Dann gab es um 1 Uhr das Weihnachtsessen, zu dem unweigerlich – gewiß ein Nachfahr der nordischen Grütze – „lummeriger Reis“ gehörte, d. h. Milchreis mit einer dicken Schicht von Kanehl und Zucker. Dann packte meine Mutter die Tische auf, die alle Jahr für Jahr, um die rechte Freude zu erregen, den gleichen Stand hatten, der Meinige an der inneren Längswand des Saals zwischen den beiden Flügeltüren zum Wohnzimmer und Korridor. Zuerst wurden die „Teller“ aufgestellt, ein Eßteller auf jedem Platz, der mit weißen und braunen Kuchen, Nüssen, Äpfeln, Rosinen, Mandeln, Schokolade und Zuckerwerk gefüllt war. Dann wurden wir Kinder allerdings hinausgesetzt und die Schlüssellöcher vor unbefugten Späherblicken von innen mit Papierpfropfen gesichert. Um 5 Uhr gab es Tee mit eigenem Gebäck, die zur Bescherung geladenen Gäste und Freunde fanden sich ein und im Ganzen entwickelte sich ein Zeremoniell genauso, wie Theodor Storm es „Unter dem Tannenbaum“ als schleswig-holsteinisch schildert. Weihnachtslieder gab es nicht, nur in meiner frühesten Jugend, als die Verwandten Brockenhuus noch von Itzehoe zu uns zum Fest kamen, sang mir mein Onkel vor der Bescherung beim flackernden Ofenfeuer Lieder vor, die – ich muß es zu meiner Beschämung gestehen – mein heftigstes Entzücken erregten und die ich bis zur Stunde noch auswendig weiß, obwohl sie mit der Festfeier nicht das Geringste zu tun hatten. Das waren die satirischen Bänkelsängerlieder, mit denen der Groll gegen die Reaktion und ihr Getue sich nach 1848 Luft machte, z. B.:

In Bayreuth war er geborigen
Und sein Vater war der Schloßkastellan.
Doch den er zum Mord sich auserkorigen,
War ein alter Privatmann!

Oder:

An dem fünftem Januare,
Gerad vor 76 Jahre,
Kam zu Neustadt an der Lind
Jakob Brehm zur Welt als Kind.

Wenn dann die bedeutungsvolle Stunde geschlagen hatte und mein Vater mit dem Onkel die Lichter entzündet hatte, wurden die Türen geöffnet. Ich vermag heute noch das Gefühl unbeschreiblichen atemversetzenden Glücks nachzuempfinden, das mir der Augenblick des Eintritts bereitete, rieche noch die aus dem Qualm der Wachslichter, dem brenzlichen Geruch angebrannter Tannennadeln, dem Duft der frischen braunen Kuchen und Peffernüsse, des Lübecker Marzipans gemischte Zimmerluft, sehe mich noch mit langsamen und stockenden Schritten nach meinem Platz zwischen den Türen wandeln. Jedes Mal war ich überrascht, ja erschlagen durch die Reichlichkeit der Geschenke. Mit einem vorkriegsmäßigen Geschenktisch würde der unserige natürlich keinen Vergleich aushalten können, waren doch die meisten Sachen einfach nötige Ausstattungsstücke, die ganz allgemein als Weihnachtsgeschenke behandelt wurden. Die andern Geschenke waren vielfach dazu dauerfestes Spielzeug der älteren Geschwister, das für den Jüngsten wieder aufgefrischt wurde. Meine Mutter wußte aber durch Kleinigkeiten, die außerhalb unserer auf Grund der Gespräche über den „Wunschzettel“ ziemlich sicher aufgemachten Berechnung lagen, unsere besondere Genugtuung hervorzurufen, vor Allem aber auch mein Vater, wenn er aus Berlin Dinge mitgebracht hatte, die jenseits unserer durch die Kieler Läden und Schaufenster begrenzten Fantasie lagen. Dazu das Wonnegefühl, eine gute Woche lang ungestört von den Erwachsenen in diesem Zauberreich sich tummeln zu dürfen – denn die Geschenke blieben alle bis zum 31. Dezember im Saal –, die Aussicht auf das leckere Essen während der Festzeit, die unbeschränkte Herrschaft über die Herrlichkeiten des Tellers, der gütig gefüllt wurde, die freundlichen Mienen und das Bestreben der Erwachsenen, das Vorrecht der Kinder an diesen Tagen anzuerkennen, die glänzenden Überraschungen, die uns etwa eingeladene Freunde des Hauses bereiteten, das Alles verschmolz zu einem Gesamtton vollkommener Freude. Um 9 Uhr gab es dann ein Abendessen, dessen Hauptbestandteile als traditionelle Weihnachtsgerichte Karpfen und Fürtchen bildeten, dazu Punsch und Wein, auch für uns Kinder. Mit alkoholischen Getränken war meine Mutter uns Kindern gegenüber eigentlich ziemlich sorglos, sie hat oft ausgesprochen, daß es für einen Mann zur Erziehung gehöre, mit Anstand alle wünschbaren Mengen geistiger Flüssigkeiten ohne äußern Schaden zu sich nehmen zu können, und ich muß gestehen, bei ihren eigenen Söhnen ist sie mit diesem, als allgemeiner Erziehungsmaxime doch wohl etwas gefährlichen Grundsatz ganz gut gefahren.

Mit Besuchen und gegenseitigen Einladungen wurde die Festwoche ausgefüllt, bis dann am Sylvesterabend der Baum noch einmal angezündet und dann geplündert wurde – eine Übung, die häufig dadurch hinfällig wurde, daß mein Bruder Walter und ich das Plündern vorher für unsere Rechnung besorgt hatten, wobei wir vorsichtshalber in die entleerten bunten Hüllen Nußschalen oder Kohlenstückchen wickelten. An dem alten Pochbrett, das wir noch besitzen, wurden dann die letzten Süßigkeiten ausgespielt. Das Pochspiel ist trotz seines kindlichen Ursprungs nach Betrieb und Namen der Ahn des berühmten amerikanischen Glücksspiels Poker geworden, das im Wesentlichen in dem Schlußakte des deutschen Kinderspiels, dem Überbieten der Karten, besteht und die kindlichen Betätigungen zu einem raffinierten System ausgebaut hat, deutsche Bauern haben es wohl vor Zeiten über das große Wasser getragen. Heißer Punsch und Bowle, Karpfen und Fürtchen hielten dann die Tafelrunde bis Mitternacht wach, wo dann das neue Jahr mit fröhlichen Glückwünschen begrüßt und mit dem geheimvollen Bleigießen, an denen man uns Kinder vollständig teilnehmen ließ, eingeweiht wurde.

Den alten schleswig-holsteinischen Rummelpott entsinne ich mich nicht mehr gehört zu haben, wohl aber zogen zum Neujahr die Kinder aus den Freischulen umher und heischten Äpfel und braune Kuchen. Dabei sangen sie, aber nicht die bekannten Weihnachtslieder, sondern ein eigenes Lied, von dem mir noch einige Verse in der Erinnerung sind:

Wir wünschen dem Hausherrn einen goldenen Tisch,
Auf allen vier Ecken gebratenen Fisch.
Wir wünschen der Hausfrau als Gotteslohn
Zu künftigem Neujahr einen schönen jungen Sohn!

Dann folgten noch einige Wunschstrophen für Sohn und Tochter, und schließlich kam der Knalleffekt, unsere größte Wonne, der Spottvers auf die Köchin, auf den namentlich eine, von uns die „schrumpelige Lene" genannt, prompt mit mächtigem Schelten zu reagieren pflegte:

Wir wünschen der Köchin zu künftig Neujahr,
Daß sie mit den Schüsseln zum Schornstein raus fahr!

Kieler Weihnachtsmarkt um 1880

Gustav Kühn

Ich habe den Markt und die alten Straßen meiner Vaterstadt in Erinnerung in jeder Stimmung ... Aber niemals ist mir seine Romantik und bescheidene Schönheit so bewußt geworden wie zur Zeit des Weihnachtsmarktes.

Spitzwegsche oder Richtersche Bilder tauchen auf in meiner Erinnerung: Da standen dichtgedrängt die Budenreihen, und kaum war es möglich, der klingenden Pferdebahn den Weg noch freizulassen. Rötlich schimmerte das Petroleumlicht und der Schein der freibrennenden, qualmenden Öllampen durch das Wintergrau. Flackernd und tanzend strahlte er wider von den jetzt so bunten Fronten der alten Häuser. Selbst das Grün des Turms der Nikolaikirche leuchtete hell über die Dächer und Giebel.

Ganz weihnachtlich aber wurde das Bild, wenn es schneite und die Flocken durch den Lichtschein wirbelten. Dann wurde bald der letzte Laut verschlungen, und selbst das Gebimmel der Pferdebahn klang gedämpft, bis es vielleicht ganz aufhörte, weil Pferde und Fahrer vor dem Schnee und der Kälte zunächst die Waffen streckten. Das war immer ein ganz besonderes Ereignis: „De Bahn föhrt ni mehr!" klang dann der Ruf der Jungens. Und wenn erst der Ruschen (Pferdeschlitten) von Fuhrmann Ströh auftauchte, die Schläge der langen Peitsche wie Schüsse durch die Luft knallten und das Schlittengeläut aus der Ferne näher kam, dann war es erst der rechte Winter, und vor allem, dann stand Weihnachten wirklich vor der Tür! Den Weihnachtskuchen von Bäcker Lange und Bäcker Lammers in der Kehdenstraße, Tierfiguren und Weihnachtsmännern aus braunem oder weißem Teig, hatten wir es noch nicht recht glauben wollen, ebenso nicht den „Pfeffernüssen", die es bei den Bäckern reihum handvollweise „auf zu" gab. Jetzt wurde es Wahrheit!

Und dann erschienen auch alle anderen Vorzeichen: die bescheidenen Weihnachtsausstellungen in den Schaufenstern, an denen wir die Nase platt drückten, weil sie oft gefroren waren und die Reihe kleiner Gasflämmchen unten an den Scheiben sie nicht oder nur stellenweise auftauen konnte. Soldaten, Festungen, Spielwaren, Schlitten und Schlittschuhe waren es bei Frerk und Plambeck oder Tiedemann, Lübecker Marzipantorten und -früchte bei Hannemann oder Slomann, Flamme oder Steffens. Und im Zigarrengeschäft von Kerner an der Ecke Schuhmacherstraße erschien ein stutzerhaft gekleideter beweglicher Affe mit Zylinderhut, Stöckchen und Augenglas, den Kopf und die Augen drehend und wirklich sogar rauchend! In demselben Schaufenster stand dann auch alljährlich eine Nachbildung der Nikolaikirche. Wände, Dach, Turm und Türen machten den Eindruck, als sei alles aus Tabak. Und das Bauwerk wurde gebührend bewundert, zumal auch die Fenster geheimnisvoll von drinnen erleuchtet waren. Eingeweihte wußten allerdings, daß die Werk-

Otto H. Engel, Der Weihnachtsmarkt.
Der Weihnachtsmarkt, ursprünglich auch als Einkaufsmöglichkeit der Landbevölkerung von Gebrauchswaren, hat eine lange Tradition. Heute gibt es in Schleswig-Holstein in der Vorweihnachtszeit an die 60 Märkte von unterschiedlicher Ausrichtung des Angebots und Dauer.

statt von Buchbinder Engel das Werk geschaffen und dann die Pappe mit Tabak bestreut und beklebt worden war.

Was aber bot sich den Kauflustigen oder den Neugierigen und besonders den weihnachtsfrohen Augen der Kinder, die die Budenreihen des Marktes durchschritten? Fast alles, was für den Weihnachtstisch damals begehrenswert erschien! Neben den Buden der Waffelbäcker, in deren einer stets eine Frau mit blinkender, spitzenüberdeckter holländischer Goldhaube ihre duftenden Erzeugnisse anbot, konnte „Luise Heidorn aus Braunschweig", wie das Schild sagte, alljährlich den Bedarf an Honigkuchen, „Pflastersteinen" und anderen Lebkuchenerzeugnissen gut befriedigen. Auch die ersten Südfruchthändler tauchten auf, und Datteln, Feigen, Apfelsinen gehörten außer Nüssen verschiedenster Art – so weit sie nicht von „Johann Nutt", dem blaukittligen Händler aus Westfalen, der im Sommer mit Leinen handelte, schockweise abgezählt, geliefert worden waren – zu den Einkäufen für den Weihnachtsteller. Aber man war in diesen Dingen noch äußerst bescheiden. Ich weiß mich z. B. nicht zu erinnern, daß ich als Kind jemals eine ganze Apfelsine erhalten oder gegessen hätte. Man mußte stets teilen.

Auf dem Weihnachtsmarkt gab es ferner nicht nur Buden mit Harzer oder Thüringer Spielzeug, sondern auch solche mit Stickereien und Schmucksachen. Bei letzteren interessierten mich immer wieder von neuem die an der Rückwand aufgehängten Bilder von südlichen Landschaften, Schlössern, Bergen und Burgen aus schimmerndem Perlmutt. Im übrigen waren Armbänder, Ketten und Broschen aus Bernstein, Korallen, Elfenbein oder Knochen, ebenso häufig aber aus „Jett", einem schwarzen Stein, die große Mode. In meiner Erinnerung hatten die Verkäufer dieser Herrlichkeiten oft italienisch klingende Namen und ein entsprechend südliches Aussehen. Auch der einen roten Fez tragende Mann mit „türkischem Honig" und die Stände mit Zuckerstangen und vor den Augen gekochten Bonbons fehlten ebenso wenig wie heute. Manchmal gelang es denn auch hier oder da, ein paar Pfennige zum Einkauf eines Modellierbogens zur Fertigung eines Hampelmanns oder eines Lampenschirms oder dergleichen für den elterlichen oder geschwisterlichen Weihnachtstisch irgendwo flüssig zu machen. Im übrigen blieben die Wünsche und Ausgaben begrenzt, und wir freuten uns an diesen Dingen nicht weniger als in späteren Zeiten die Kinder an viel teureren Sachen. Bescheiden waren also im ganzen die Schätze, die der Weihnachtsmarkt damals bot und das Fest bescherte. Bescheiden waren die Auslagen in den Läden, bescheiden die Art ihrer Anpreisung. Es gab in Kiel derzeit keine übergroßen, taghell erstrahlenden Schaufenster mit Märchenszenen, Puppengesellschaften, Tiergärten, elektrisch durch Gebirgslandschaften sausenden Eisenbahnen usw. Es gab keine Weihnachtsdekoration mit brennenden Tannenbäumen, geschweige denn solchen mit elektrischen Kerzen. Die elektrische Beleuchtung war noch nicht erfunden oder hatte sich noch nicht durchgesetzt. So gab es nichts, was durch Pomp, Bewegung, Größe oder besonderen Einfall wirken sollte und wollte, gemessen an dem heutigen Bemühen des Übertrumpfens. Erst am Weihnachtsabend in der Familie erschien das Wunder des strahlenden

Tannenbaums, und weder Schulen noch Vereine kannten eine Weihnachtsfeier vor dem Fest. Vielleicht liegt darin z. T. das Übel unserer Zeit: die Veräußerlichung und die Verflachung, der Überanspruch und das Überfordern, daß wir nicht mehr imstande sind, wirklich in der Tiefe zu empfinden und zu erleben. Eine immer mehr materialistisch gewordene Periode hat ertötend gewirkt auf Gemüt und Seele trotz allen Redens von ewigen Dingen. Und man wünschte daher, daß den Menschen einmal wieder ein Weihnachtsfest der Stille und Besinnlichkeit beschieden sein möge, wie wir es in der Jugend kannten.

C. J. Milde, Lübecker Weihnachtsmarkt.
Der Lübecker Weihnachtsmarkt im Heilig-Geist-Hospital und der im Schwal des Schleswiger Doms erinnern noch daran, daß ursprünglich diese Märkte in Kirchennähe abgehalten wurden als Einkaufsmöglichkeit u. a. für Dienstboten, die zum Jahresende ihren Lohn bekamen.

Wie wir Weihnachten feierten

Anita Haagen

Weihnachten! Das ist ein Fest, das man mit keinem anderen vergleichen kann. Eigentlich fing es ja schon am ersten Advent an, wenn man des Abends zum ersten Mal die Schuhe ins Fenster stellen durfte. Am nächsten Morgen war ein Kuchen darin, ein Apfel oder Schokolade.

Das Liedersingen in der Dämmerstunde, das heimliche Arbeiten für die Eltern, Wunschzettelschreiben, Kuchenbacken, diese wundervollste aller Vorbereitungen, und ein gutes Schulzeugnis, das gehörte alles dazu.

Wie viele Pakete kamen kurz vor dem Fest ins Haus, die sorgsam vor unseren Augen verborgen wurden! Am 24. Dezember gab es mittags die leckeren Pförtchen, in der Pfanne duftend gebacken, mit süßem Obstmus gefüllt, und abends schmeckte uns der knusprige Gänsebraten mit allem, was in ihn hinein und was an Zugaben dazugehört, ganz köstlich!

Wenn wir am Nachmittag die Pakete der Eltern zu Frau Kähler, unserer Waschfrau, zu Frau Lange, Heinrichs Frau, und zu Fräulein Wendorf, die die Nähstube fürs Geschäft leitete, hingebracht hatten, durften wir zur Christfeier in die Jakobikirche gehen, die am anderen Ende der Waisenhofstraße lag. Danach dauerte es nicht mehr lange bis zur Bescherung.

Wir Mädchen nahmen noch zuletzt unsere Puppen auf den Schoß und kleideten sie festlich an, würden neue dazukommen?

Fröhlich sangen wir dann zusammen die altbekannten Lieder von der Geburt des Heilands, und selig erwartungsvoll drängten wir uns vom Kinderzimmer durch die Wohnstube ins Mittelzimmer hinein, wenn der Vater die Türen öffnete zum großen Festzimmer.

„Ihr Kinderlein kommet, o kommet doch all, ...“

Oh, welch ein Glanz strahlte von der großen Tanne hinten in der Ecke, die von der Diele bis an die Decke des Zimmers emporwuchs!

Als ich klein war, stand am Fuß des Lichterbaumes die Krippe mit dem Kind, von dem das Fest seine Bedeutung hat. Um dieses Kindes willen feiern wir es ja überhaupt, und irgendwie sollten wir das immer sichtbar und hörbar machen.

Da waren Maria und Josef, die Hirten und Schafe, das Öchslein und das Eselchen, auch die drei Weisen aus dem Heidenländchen fehlten nicht. Über dem Stall stand der helle Stern, der ihnen den Weg gezeigt hatte, und vom Baum herab schwebten die roten Wachsengel mit hellblauen, durchsichtigen Flügeln.

Wir waren ja sieben Kinder und spielten gern mit den lieblichen, kleinen Figuren. Nach und nach zerbrach eins ums andere. Erst wurden sie geklebt, ersetzt – wenn's möglich war –, schließlich ging es nicht mehr. Es kam einmal das Fest, da stand statt der Krippe am Fuß des Baumes eine große, schneeweiße Kirche mit hell erleuchteten Fenstern.

Auch sie war einige Jahre unsere Freude. Wir ließen unsere Püppchen hineingehen und die Soldaten vor ihr aufmarschieren. Sie fiel in Trümmer, als sie einmal wieder vom Boden heruntergeholt werden sollte. Seitdem hatten wir neben der großen Bescherung für uns alle, die auf dem langen, unterhalb der drei Fenster stehenden Tisch nach dem Alter der Kinder aufgebaut war, nur noch einen schönen Tannenbaum, der bunt und reich geputzt war von oben bis unten. Sein ganzer Reichtum ging uns erst richtig auf, wenn er am Neujahrstag geplündert wurde. Dann erst war das Weihnachtsfest wirklich zu Ende.

Mein Platz bei der Bescherung war stets der drittletzte, zwischen den für Johann und Carmen bestimmten Gaben. Schon von der Tür aus, ehe ich noch herangetreten war, sah ich mit Seligkeit im Herzen, daß meine Wünsche nun gleich erfüllt sein würden. Alles war ja dann noch viel schöner, als ich im Stillen zu hoffen gewagt hatte: die neu erstandenen Puppenstuben, die große Gelenkpuppe mit den Schlafaugen, der Puppenjunge Martin in seinem Matrosenanzug, Bücher, Spiele und die lederne Schulmappe!

Wir hatten nun jeden Tag genug zu tun, über Spritflämmchen auf dem Puppenherd zu kochen, zu nähen, auszuschneiden, Johanns Laterna magica zu bestaunen, es nahm kein Ende! Schließlich fand es doch einen gewissen Abschluß, wenn der Baum geplündert wurde, am ersten Tag des neuen Jahres, nach dem Kaffeetrinken am Nachmittag.

Wenn es zu dunkeln begann, steckte der Vater zum letzten Mal dreißig neue

Lichter an den Tannenbaum, der vorher vorsichtig aus seiner Ecke im großen Zimmer herausgeholt und mitten in die Mittelstube gerückt worden war. Dann schlossen wir alle um ihn einen großen Kreis – Eltern, Kinder und Hausmädchen – und gingen singend um den Baum: „O Tannenbaum, o Tannenbaum, wie grün sind deine Blätter." So sahen wir ihn noch einmal beim Singen der Lieder, die ihm von jeher besonders gesungen werden, und es kam uns von Herzen ein gläubiges, kindliches Bekennen:

„Der Christbaum ist der schönste Baum, den wir auf Erden kennen." Das ging, bis die Lichter erloschen, dann wurde der Baum geplündert. Alle durften helfen, ihn seines Schmuckes zu entkleiden. Die kleineren Kinder pflückten die unteren Zweige leer, die größeren langten höher hinauf, so weit ein jedes reichen konnte. Von ganz oben nahm der Vater – auf einem Tritt stehend – alles herunter.

Die Sachen wurden zur Mutter ins Wohnzimmer gebracht und gesondert auf den großen Tisch gelegt, die Körbchen und Netze ihres Inhalts entleert.

Nun begann alsbald das Spielen und Losen um die Näschereien, die Kekse und Kringel, Nüsse und Äpfel, die Herzen und Marzipanfigürchen, Datteln, Feigen, Kränze, Bonbons und Schokoladenstücke, die an den Zweigen gehangen, Netze und Körbchen gefüllt hatten. Am Ende waren alle unsere Teller gefüllt, so daß wir lange davon zehren konnten.

Dann durften wir helfen, all die anderen schönen Sachen, die den Baum geschmückt und die wir eine Woche lang mit Liebe betrachtet und mit Entzücken bewundert hatten, vorsichtig zu säubern und bis zum nächsten Christfest wieder zu verwahren. Nun konnten wir alles noch einmal in die Hand nehmen und aus der Nähe besehen: den Schneemann aus Watte, den Schornsteinfeger mit der kleinen Leiter, dem Zylinderhut und den winzigen Pantöffelchen, die Tänzerin in ihrem Flitterkleidchen und den kleinen Kasper, der mit den Beinen schlenkern konnte, die Wachsengel mit den durchsichtigen Flügeln und zarten Gesichtern und die wonnigen Vogelnester, die ganz tief in den Zweigen versteckt gewesen waren! Saß doch auf jedem ein Rotkehlchen oder Zeisig auf Eiern!

Da war ja auch die kleine Zirkusreiterin in ihrem kurzen Seidenröckchen; auf einer einzigen Fußspitze stand sie frei mit erhobenen Armen auf dem schlanken, schwarzen Pferd! Dann hielt ich die kleine, silberne Wiege in der Hand, so zierlich gearbeitet wie für ein Kaiserkind, ebensoschön wie die Körbchen aus Goldfiligran! Und welchen zarten, hellen Ton gaben die blanken, kleinen Messingglocken!

Über alles hinweg von oben nach unten und ringsherum hatten Ketten den Baum bekränzt, goldene und solche von buntgefärbten Zuckerperlen, während ganz oben ein großer, schöner Engel schwebte, von dem ein leuchtend rotes Seidenband sich herabsenkte mit den Worten: „Ehre sei Gott in der Höhe." War das nicht auch für uns Kinder ein Zuruf? Ja, Ehre sei Gott in der Höhe, der in der heiligen, geweihten Nacht seinen Sohn in unsere Welt gesandt hat, damit wir selig werden!

Knecht Ruprecht

Theodor Storm

„Von drauß' vom Walde komm ich her,
Ich muß euch sagen, es weihnachtet sehr.
Allüberall auf den Tannenspitzen
Sah ich goldene Lichtlein sitzen.
Und droben aus dem Himmelstor
Sah mit großen Augen das Christkind hervor.
Und wie ich so strolcht durch den dichten Tann,
Da rief's mich mit heller Stimme an;
‚Knecht Ruprecht' rief es, ‚alter Gesell,
Hebe die Beine und spute dich schnell!
Die Kerzen fangen zu brennen an,
Das Himmelstor ist aufgetan,
Alt' und Junge sollen nun
Von der Jagd des Lebens einmal ruhn;
Und morgen flieg ich hinab zur Erden,
Denn es soll wieder Weihnachten werden!'
Ich sprach: ‚O lieber Herre Christ,
Meine Reise fast zu Ende ist;
Ich soll nur noch in diese Stadt,
Wo's eitel brave Kinder hat.'
‚Hast denn das Säcklein auch bei dir?'
Ich sprach: ‚Das Säcklein, das ist hier;
Denn Apfel, Nuß und Mandelkern
Fressen fromme Kinder gern!'
‚Hast denn die Rute auch bei dir?'
Ich sprach: ‚Die Rute, die ist hier!
Doch für die Kinder nur, die schlechten,
Die trifft sie auf den Teil, den rechten!'
Christkindlein sprach: ‚So ist es recht,
So geh mit Gott, mein treuer Knecht!'
Von drauß' vom Walde komm ich her;
Ich muß euch sagen, es weihnachtet sehr!
Nun sprecht, wie ich's hierinnen find?
Sind's gute Kind, sind's böse Kind?"

Weihnachten im Hause Buddenbrook

Thomas Mann

Die Vorzeichen mehrten sich ... Schon seit dem ersten Advent hing in Großmamas Eßsaal ein lebensgroßes, buntes Bild des Knecht Ruprecht an der Wand. Eines Morgens fand Hanno seine Bettdecke, die Bettvorlage und seine Kleider mit knisterndem Flittergold bestreut. Dann, wenige Tage später, nachmittags im Wohnzimmer, als Papa mit der Zeitung auf der Chaiselongue lag und Hanno gerade in Geroks „Palmblättern" das Gedicht von der Hexe zu Endor las, wurde wie alljährlich und doch auch diesmal ganz überraschenderweise ein „alter Mann" gemeldet, welcher „nach dem Kleinen fragte". Er wurde hereingebeten, dieser alte Mann, und kam schlürfenden Schrittes, in einem langen Pelze, dessen rauhe Seite nach außen gekehrt und der mit Flittergold und Schneeflocken besetzt war, ebensolcher Mütze, schwarzen Zügen im Gesicht und einem ungeheuren weißen Barte, der wie die übernatürlich dicken Augenbrauen mit glitzernder Lametta durchsetzt war. Er erklärte, wie jedes Jahr, mit eherner Stimme, daß *dieser* Sack – auf seiner linken Schulter – für gute Kinder, welche beten könnten, Äpfel und goldene Nüsse enthalte, daß aber andererseits *diese* Rute – auf seiner rechten Schulter – für die bösen Kinder bestimmt sei ... Es war Knecht Ruprecht. Das heißt, natürlich nicht so ganz und vollkommen der echte und im Grunde vielleicht bloß Barbier Wenzel in Papas gewendetem Pelz; aber soweit ein Knecht Ruprecht überhaupt möglich, war er *dies*, und Hanno sagte auch dieses Jahr wieder, aufrichtig erschüttert und nur ein- oder zweimal von einem nervösen und halb unbewußten Aufschluchzen unterbrochen, sein Vaterunser her, worauf er einen Griff in den Sack für die guten Kinder tun durfte, den der alte Mann dann überhaupt wieder mit sich zu nehmen vergaß ...

Es setzten die Ferien ein, und der Augenblick ging ziemlich glücklich vorüber, da Papa das Zeugnis las, das auch in der Weihnachtszeit notwendig ausgestellt werden mußte ... Schon war der große Saal geheimnisvoll verschlossen, schon waren Marzipan und Braune Kuchen auf den Tisch gekommen, schon war es Weihnachten draußen in der Stadt. Schnee fiel, es kam Frost, und in der scharfen klaren Luft erklangen durch die Straßen die geläufigen oder wehmütigen Melodien der italienischen Drehorgelmänner, die mit ihren Sammetjacken und schwarzen Schnurrbärten zum Feste herbeigekommen waren. In den Schaufenstern prangten die Weihnachtsausstellungen. Um den hohen gotischen Brunnen auf dem Marktplatze waren die bunten Belustigungen des Weihnachtsmarktes aufgeschlagen. Und wo man ging, atmete man mit dem Duft der zum Kauf gebotenen Tannenbäume das Aroma des Festes ein.

Dann endlich kam der Abend des 23. Dezember heran und mit ihm die Bescherung im Saale zu Haus, in der Fischergrube, eine Bescherung im engsten Kreise, die nur ein Anfang, eine Eröffnung, ein Vorspiel war, denn den Heiligen Abend hielt die Konsulin fest in Besitz, und zwar für die ganze Familie, so daß am Spätnachmittage des 24. die gesamte Donnerstagstafelrunde, und dazu noch Jürgen Kröger aus Wismar sowie Therese Weichbrodt mit Madame Kethelsen, im Landschaftszimmer zusammentrat.

In schwerer, grau und schwarz gestreifter Seide, mit geröteten Wangen und erhitzten Augen, in einem zarten Duft von Patschuli, empfing die alte Dame die nach und nach eintretenden Gäste, und bei den wortlosen Umarmungen klirrten ihre goldenen Armbänder leise. Sie war in unaussprechlicher stummer und zitternder Erregung an diesem Abend. „Mein Gott, du fieberst ja, Mutter!“ sagte der Senator, als er mit Gerda und Hanno eintraf ... „Alles kann doch ganz gemütlich vonstatten gehen.“ Aber sie flüsterte, indem sie alle drei küßte: „Zu Jesu Ehren ... Und dann mein lieber seliger Jean ...“

In der Tat, das weihevolle Programm, das der verstorbene Konsul für die Feierlichkeit festgesetzt hatte, mußte aufrechterhalten werden, und das Gefühl ihrer Verantwortung für den würdigen Verlauf des Abends, der von der Stimmung einer tiefen, ernsten und inbrünstigen Fröhlichkeit erfüllt sein mußte, trieb sie rastlos hin und her – von der Säulenhalle, wo schon die Marien-Chorknaben sich versammelten, in den Eßsaal, wo Rieckchen Severin letzte Hand an den Baum und die Geschenktafel legte, hinaus auf den Korridor, wo scheu und verlegen einige fremde alte Leutchen umherstanden, Hausarme, die ebenfalls an der Bescherung teilnehmen sollten, und wieder ins Landschaftszimmer, wo sie mit einem stummen Seitenblick jedes überflüssige Wort und Geräusch strafte. Es war so still, daß man die Klänge einer entfernten Drehorgel vernahm, die zart und klar wie die einer Spieluhr aus irgendeiner beschneiten Straße den Weg hierher fanden.

„Tochter Zion, freue dich!“ sangen die Chorknaben, und sie, die eben noch da draußen so hörbare Allotria getrieben, daß der Senator sich einen Augenblick an die Tür hatte stellen müssen, um ihnen Respekt einzuflößen – sie sangen nun ganz wunderschön. Diese hellen Stimmen, die sich, getragen von den tieferen Organen, rein, jubelnd und lobpreisend aufschwangen, zogen aller Herzen mit sich empor, ließen das Lächeln der alten Jungfern milder werden und machten, daß die alten Leute in sich hineinsahen und ihr Leben überdachten, während die, welche mitten im Leben standen, ein Weilchen ihrer Sorgen vergaßen.

Hanno ließ sein Knie los, das er bislang umschlungen gehalten hatte. Er sah ganz blaß aus, spielte mit den Fransen seines Schemels und scheuerte seine Zunge an einem Zahn, mit halbgeöffnetem Munde und einem Gesichtsausdruck, als fröre ihn. Dann und wann empfand er das Bedürfnis, tief aufzuatmen, denn jetzt, da der Gesang, dieser glockenreine A-capella-Gesang die Luft erfüllte, zog sein Herz sich in einem fast schmerzhaften Glück zusammen. Weihnachten ... Durch die Spalten der hohen, weißlackierten, noch fest geschlossenen Flügeltüren drang der Tannenduft und erweckte mit seiner süßen Würze die Vorstellung der Wunder dort drinnen im Saale, die man jedes Jahr aufs neue mit pochenden Pulsen als eine unfaßbare, unirdische Pracht erharrte ... Was würde dort drinnen für ihn sein? Das, was er sich gewünscht hatte, natürlich, denn das bekam man ohne Frage, gesetzt, daß es einem nicht als eine Unmöglichkeit zuvor schon ausgeredet worden war. Das Theater würde ihm gleich in die Augen springen und ihm den Weg zu seinem Platze weisen müssen, das ersehnte Puppentheater, das dem Wunschzettel für Großmama stark unterstrichen zu Häupten gestanden hatte und das seit dem ‚Fidelio' beinahe sein einziger Gedanke gewesen war.

Wird sein Puppentheater groß sein? Groß und breit? Wie wird der Vorhang aussehen? Man muß baldmöglichst ein kleines Loch hineinschneiden, denn auch im Vorhang des Stadttheaters war ein Guckloch ... Ob Großmama oder Mamsell Severin – denn Großmama konnte nicht alles besorgen – die nötigen Dekorationen zum ‚Fidelio' gefunden hatte? Gleich morgen wird er sich irgendwo einschließen und ganz allein eine Vorstellung geben ... Und schon ließ er seine Figuren im Geiste singen; denn die Musik hatte sich ihm mit dem Theater sofort aufs engste verbunden ...

„Jauchze laut, Jerusalem!" schlossen die Chorknaben, und die Stimmen, die fugenartig nebeneinander hergegangen waren, fanden sich in der letzten Silbe friedlich und freudig zusammen. Der klare Akkord verhallte, und tiefe Stille legte sich über Säulenhalle und Landschaftszimmer. Die Mitglieder der Familie blickten unter dem Drucke der Pause vor sich nieder; nur Direktor Weinschenks Augen schweiften keck und unbefangen umher, und Frau Permaneder ließ ihr trockenes Räuspern vernehmen, das ununterdrückbar war. Die Konsulin aber schritt langsam zum Tische und setzte sich inmitten ihrer Angehörigen auf das Sofa, das nun nicht mehr wie in alter Zeit unabhängig und abgesondert vom Tische dastand. Sie rückte die Lampe zurecht und zog die große Bibel heran, deren altersbleiche Goldschnittfläche ungeheuerlich breit war. Dann schob sie die Brille auf die Nase, öffnete die beiden ledernen Spangen, mit denen das kolossale Buch geschlossen war, schlug dort auf, wo das Zeichen lag, daß das dicke, rauhe, gelbliche Papier mit dem übergroßen Druck zum Vorschein kam, nahm einen Schluck Zuckerwasser und begann, das Weihnachtskapitel zu lesen.

Sie las die altvertrauten Worte langsam und mit einfacher, zu Herzen gehender Betonung, mit einer Stimme, die sich klar, bewegt und heiter von der andächtigen Stille abhob. „Und den Menschen ein Wohlgefallen!" sagte sie. Kaum aber schwieg sie, so erklang in der Säulenhalle dreistimmig das „Stille Nacht, heilige Nacht", in das die Familie im Landschaftszimmer einstimmte. Man ging ein wenig vorsichtig zu Werke dabei, denn die meisten der Anwesenden waren unmusikalisch, und hie und da vernahm man in dem Ensemble einen tiefen und ganz ungehörigen Ton ... Aber das beeinträchtigte nicht die Wirkung dieses Liedes ... Frau Permaneder sang es mit bebenden Lippen, denn am süßesten und schmerzlichsten rührt es an dessen Herz, der ein bewegtes Leben hinter sich hat und im kurzen Frieden der Feierstunde Rückblick hält ... Madame Kethelsen weinte still und bitterlich, obgleich sie von allem fast nichts vernahm.

Und dann erhob sich die Konsulin. Sie ergriff die Hand ihres Enkels Johann und die ihrer Urenkelin Elisabeth und schritt durch das Zimmer. Die alten Herrschaften schlossen sich an, die jüngeren folgten, in der Säulenhalle gesellten sich die Dienstboten und die Hausarmen hinzu, und während alles einmütig „O Tannenbaum“ anstimmte und Onkel Christian vorn die Kinder zum Lachen brachte, indem er beim Marschieren die Beine hob wie ein Hampelmann und albernerweise „O Tantebaum“ sang, zog man mit geblendeten Augen und einem Lächeln auf dem Gesicht durch die weitgeöffnete hohe Flügeltür direkt in den Himmel hinein.

Der ganze Saal, erfüllt von dem Dufte angesengter Tannenzweige, leuchtete und glitzerte von unzähligen kleinen Flammen, und das Himmelblau der Tapete mit ihren weißen Götterstatuen ließ den großen Raum noch heller erscheinen. Die Flämmchen der Kerzen, die dort hinten zwischen den dunkelrot verhängten Fenstern den gewaltigen Tannenbaum bedeckten, welcher, geschmückt mit Silberflittern und großen, weißen Lilien, einen schimmernden Engel an seiner Spitze und ein plastisches Krippenarrangement zu seinen Füßen, fast bis zur Decke emporragte, flimmerten in der allgemeinen Lichtflut wie ferne Sterne. Denn auf der weißgedeckten Tafel, die sich lang und breit, mit den Geschenken beladen von den Fenstern fast bis zur Türe zog, setzte sich eine Reihe kleinerer, mit Konfekt behängter Bäume fort, die ebenfalls von brennenden Wachslichtchen erstrahlten. Und es brannten die Gasarme, die aus den Wänden hervorkamen, und es brannten die dicken Kerzen auf den vergoldeten Kandelabern in allen vier Winkeln. Große Gegenstände, Geschenke, die auf der Tafel nicht Platz hatten, standen nebeneinander auf dem Fußboden. Kleinere Tische, ebenfalls weiß gedeckt, mit Gaben belegt und mit brennenden Bäumchen geschmückt, befanden sich zu den Seiten der beiden Türen: Das waren die Bescherungen der Dienstboten und der Hausarmen.

Singend, geblendet und dem altvertrauten Raume ganz entfremdet umschritt man einmal den Saal, defilierte an der Krippe vorbei, in der ein wächsernes Jesuskind das Kreuzeszeichen zu machen schien, und blieb dann, nachdem man Blick für die einzelnen Gegenstände bekommen hatte, verstummend an seinem Platze stehen.

Hanno war vollständig verwirrt. Bald nach dem Eintritt hatten seine fieberhaft suchenden Augen das Theater erblickt ... ein Theater, das, wie es dort oben auf dem Tische prangte, von so extremer Größe und Breite erschien, wie er es sich vorzustellen niemals erkühnt hatte. Aber sein Platz hatte gewechselt, er befand sich an einer der vorjährigen entgegengesetzten Stelle, und dies bewirkte, daß Hanno in seiner Verblüffung ernstlich daran zweifelte, ob dies fabelhafte Theater für ihn bestimmt sei. Hinzu kam, daß zu Füßen der Bühne, auf dem Boden, etwas Großes, Fremdes aufgestellt war, etwas, was nicht auf seinem Wunschzettel gestanden hatte, ein Möbel, ein kommodenartiger Gegenstand ... war er für ihn?

„Komm her, Kind, und sieh dir dies an“, sagte die Konsulin und öffnete den Deckel. „Ich weiß, du spielst gern Choräle ... Herr Pfühl wird dir die nötigen Anweisungen geben ... Man muß immer treten ... manchmal schwächer und manchmal stärker … und dann die Hände nicht aufheben, sondern immer nur so peu à peu die Finger wechseln …“

Es war ein Harmonium, ein kleines, hübsches Harmonium, braun poliert, mit Metallgriffen an beiden Seiten, bunten Tretbälgen und einem zierlichen Drahtsessel. Hanno griff einen Akkord … ein sanfter Orgelklang löste sich los und ließ die Umstehenden von ihren Geschenken aufblicken … Hanno umarmte seine Großmutter, die ihn zärtlich an sich preßte und ihn dann verließ, um die Danksagungen der anderen entgegenzunehmen.

Er wandte sich dem Theater zu. Das Harmonium war ein überwältigender Traum, aber er hatte doch fürs erste noch keine Zeit, sich näher damit zu beschäftigen. Es war der Überfluß des Glückes, in dem man, undankbar gegen das einzelne, alles nur flüchtig berührt, um erst einmal das Ganze übersehen zu lernen … Oh, ein Souffleurkasten war da, ein muschelförmiger Souffleurkasten, hinter dem breit und majestätisch in Rot und Gold der Vorhang emporrollte. Auf der Bühne war die Dekoration des letzten Fidelio-Aktes aufgestellt. Die armen Gefangenen falteten die Hände. Don Pizarro, mit gewaltig gepufften Ärmeln, verharrte irgendwo in fürchterlicher Attitüde. Und von hinten nahte im Geschwindschritt und ganz in schwarzem Sammet der Minister, um alles zum besten zu kehren. Es war wie im Stadttheater und beinahe noch schöner. In Hanno's Ohren widerhallte der Jubelchor, das Finale, und er setzte sich vor das Harmonium, um ein Stückchen daraus, das er behalten, zum Erklingen zu bringen … Aber er stand wieder auf, um das Buch zur Hand zu nehmen, das erwünschte Buch der griechischen Mythologie, das ganz rot gebunden war und eine goldene Pallas Athene auf dem Deckel trug. Er aß von seinem Teller mit Konfekt, Marzipan und Braunen Kuchen, musterte die kleinen Dinge, die Schreibutensilien und Schulhefte, und vergaß einen Augenblick alles übrige über einem Federhalter, an dem sich irgendwo ein winziges Glaskörnchen befand, das man nur vors Auge zu halten brauchte, um wie durch Zauberspiel eine weite Schweizerlandschaft vor sich zu sehen …

Jetzt gingen Mamsell Severin und das Folgmädchen mit Tee und Biskuits umher, und während Hanno eintauchte, fand er ein wenig Muße, von seinem Platze aufzusehen. Man stand an der Tafel oder ging daran hin und her, plauderte und lachte, indem man einander die Geschenke zeigte und die des anderen bewunderte. Es gab da Gegenstände aus allen Stoffen: aus Porzellan, aus Nickel, aus Silber, aus Gold, aus Holz, Seide und Tuch. Große, mit Mandeln und Sukkade symmetrisch besetzte Braune Kuchen lagen abwechselnd mit massiven Marzipanbroten, die innen naß waren vor Frische, in langer Reihe auf dem Tische. Diejenigen Geschenke, die Frau Permaneder angefertigt oder dekoriert hatte, ein Arbeitsbeutel, ein Untersatz für Blattpflanzen, ein Fußkissen, waren mit großen Atlasschleifen geziert.

Dann und wann besuchte man den kleinen Johann, legte den Arm um seinen Matrosenkragen und nahm seine Geschenke mit der ironisch übertriebenen Bewunderung in Augenschein, mit der man die Herrlichkeiten der Kinder zu bestaunen pflegt. Nur Onkel Christian wußte nichts von diesem Erwachsenenhochmut, und seine Freude an dem Puppentheater, als er, einen Brillantring am Finger, den er von seiner Mutter beschert bekommen hatte, an Hanno's Platz vorüberschlenderte, unterschied sich gar nicht von der seines Neffen.

Alle hatten heute früher als sonst zu Mittag gegessen und sich daher mit Tee und Biskuits ausgiebig bedient. Aber man war kaum damit fertig, als große Kristallschüsseln mit einem gelben, körnigen Brei zum Imbiß herumgereicht wurden. Es war Mandelcreme, ein Gemisch aus Eiern, geriebenen Mandeln und Rosenwasser, das ganz wundervoll schmeckte, das aber, nahm man ein Löffelchen zuviel, die furchtbarsten Magenbeschwerden verursachte. Dennoch, und obgleich die Konsulin bat, für das Abendbrot „ein kleines Loch offenzulassen", tat man sich keinen Zwang an. Was Klothilde betraf, so vollführte sie Wunderdinge. Still und dankbar löffelte sie die Mandelcreme, als wäre es Buchweizengrütze. Zur Erfrischung gab es auch Weingelee in Gläsern, wozu englischer Plumcake gegessen wurde. Nach und nach zog man sich ins Landschaftszimmer hinüber und gruppierte sich mit den Tellern um den Tisch.

Hanno blieb allein im Saale zurück, denn die kleine Elisabeth Weinschenk war nach Hause gebracht worden, während er dieses Jahr zum ersten Male zum Abendessen in der Mengstraße bleiben durfte, die Dienstmädchen und die Hausarmen hatten sich mit ihren Geschenken zurückgezogen, und Ida Jungmann plauderte in der Säulenhalle mit Rieckchen Severin, obgleich sie, als Erzieherin, der Jungfer gegenüber gewöhnlich eine strenge gesellschaftliche Distanz innehielt. Die Lichter des großen Baumes waren herabgebrannt und ausgelöscht, so daß die Krippe nun im Dunkel lag; aber einzelne Kerzen an den kleinen Bäumen auf der Tafel brannten noch, und hie und da geriet ein Zweig in den Bereich eines Flämmchens, sengte knisternd an und verstärkte den Duft, der im Saale herrschte. Jeder Lufthauch, der die Bäume berührte, ließ die Stücke Flittergoldes, die daran befestigt waren, mit einem zart metallischen Geräusch erschauern. Es war nun wieder still genug, die leisen Drehorgelklänge zu vernehmen, die von einer fernen Straße durch den kalten Abend daherkamen.

Hanno genoß die weihnachtlichen Düfte und Laute mit Hingebung. Er las, den Kopf in die Hand gestützt, in seinem Mythologiebuch, aß mechanisch und weil es zur Sache gehörte, Konfekt, Marzipan, Mandelcreme und Plumcake, und die ängstliche Beklommenheit, die ein überfüllter Magen verursacht, vermischte sich mit der süßen Erregung des Abends zu einer wehmütigen Glückseligkeit.

Der kleine Johann verweilte ein wenig bei den Erwachsenen, aber er kehrte bald in den Saal zurück, der nun, da er weniger licht erstrahlte und mit seiner Herrlichkeit keine so verblüffte Scheu mehr hervorrief wie anfangs, einen Reiz von neuer Art ausübte. Es war ein ganz seltsames Vergnügen, wie auf einer halbdunklen Bühne nach Schluß der Vorstellung darin umherzustreifen und ein wenig hinter die Kulissen zu sehen: die Lilien des großen Tannenbaumes mit ihren goldnen Staubfäden aus der Nähe zu betrachten, die Tier- und Men-

Krippe aus dem Fernsehfilm „Die Buddenbrooks".

schenfiguren des Krippenaufbaus in die Hand zu nehmen, die Kerze ausfindig zu machen, die den transparenten Stern über Bethlehems Stall hatte leuchten lassen, und das lang herabhängende Tafeltuch zu lüften, um der Menge von Kartons und Packpapieren gewahr zu werden, die unter dem Tisch aufgestapelt waren.

Um neun Uhr ging man zu Tische. Wie alljährlich an diesem Abend war in der Säulenhalle gedeckt worden. Die Konsulin sprach mit herzlichem Ausdruck das hergebrachte Tischgebet:

> Komm, Herr Jesus, sei unser Gast
> Und segne, was du uns bescheret hast,

woran sie, wie an diesem Abend ebenfalls üblich, eine kleine, mahnende Ansprache schloß, die hauptsächlich aufforderte, aller derer zu gedenken, die es an diesem Heiligen Abend nicht so gut hätten wie die Familie Buddenbrook ... Und als dies erledigt war, setzte man sich mit gutem Gewissen zu einer nachhaltigen Mahlzeit nieder, die alsbald mit Karpfen in aufgelöster Butter und mit altem Rheinwein ihren Anfang nahm.

Der Senator schob ein paar Schuppen des Fisches in sein Portemonnaie, damit während des ganzen Jahres das Geld nicht darin ausgehe; Christian aber bemerkte trübe, das helfe ja doch nichts.

Der Puter, gefüllt mit einem Brei von Maronen, Rosinen und Äpfeln, fand das allgemeine Lob. Vergleiche mit denen früherer Jahre wurden angestellt, und es ergab sich, daß dieser seit langer Zeit der größte war. Es gab gebratene Kartoffeln, zweierlei Gemüse und zweierlei Kompott dazu, und die kreisenden Schüsseln enthielten Portionen, als ob es sich bei jeder einzelnen von ihnen nicht um eine Beigabe und Zutat, sondern um das Hauptgericht handelte, an dem alle sich sättigen sollten. Es wurde alter Rotwein von der Firma Möllendorpf getrunken.

Der kleine Johann saß zwischen seinen Eltern und verstaute mit Mühe ein weißes Stück Brustfleisch nebst Farce in seinem Magen. Er konnte nicht mehr soviel essen wie Tante Thilda, sondern fühlte sich müde und nicht sehr wohl; er war nur stolz darauf, daß er mit den Erwachsenen tafeln durfte, daß auch auf *seiner* kunstvoll gefalteten Serviette eins von diesen köstlichen, mit Mohn bestreuten Milchbrötchen gelegen hatte, daß auch vor *ihm* drei Weingläser standen, während er sonst aus dem kleinen goldenen Becher, dem Patengeschenk Onkel Krögers, zu trinken pflegte ... Aber als dann, während Onkel Justus einen ölgelben griechischen Wein in die kleinsten Gläser zu schenken begann, die Eisbaisers erschienen – rote, weiße und braune –, wurde auch sein Appetit wieder rege. Er verzehrte, obgleich es ihm fast unerträglich weh an den Zähnen tat, ein rotes, dann die Hälfte eines weißen, mußte schließlich doch auch von den braunen mit Schokoladeeis gefüllten, ein Stück probieren, knusperte Waffeln dazu, nippte an dem süßen Wein und hörte auf Onkel Christian, der ins Reden gekommen war.

Er erzählte von der Weihnachtsfeier im Klub, die sehr fidel gewesen sei. „Du lieber Gott!“ sagte er in jenem Tone, in dem er von Johnny Thunderstorm zu sprechen pflegte. „Die Kerls tranken Schwedischen Punsch wie Wasser!“

Bevor man zu Butter und Käse überging, ergriff die Konsulin noch einmal das Wort zu einer kleinen Ansprache an die Ihrigen. Wenn auch nicht alles, sagte sie, im Laufe der Jahre sich so gestaltet habe, wie man es kurzsichtig und unweise erwünscht habe, so bleibe doch immer noch übergenug des sichtbarlichen Segens übrig, um die Herzen mit Dank zu erfüllen. Gerade der Wechsel von Glück und strenger Heimsuchung zeige, daß Gott seine Hand niemals von der Familie gezogen, sondern daß er ihre Geschicke nach tiefen und weisen Absichten gelenkt habe und lenke, die ungeduldig ergründen zu wollen, man sich nicht erkühnen dürfe. Und nun wolle man, mit hoffendem Herzen, einträchtig anstoßen auf das Wohl der Familie, auf ihre Zukunft, jene Zukunft, die dasein werde, wenn die Alten und Älteren unter den Anwesenden längst in kühler Erde ruhen würden ... auf die Kinder, denen das heutige Fest ja recht eigentlich gehöre ...

St. Rejehan, Weihnachts-Diner.

Wie der Lübecker Marzipan zu den Kindern kommt

Ihr kennt gewiß den Weihnachtsmann,
Der holt von Lübeck Marzipan;
Viel große Kisten packt er aus,
Trägt Süßigkeiten von Haus zu Haus.

(Aus dem Buch „Lübecker Marzipan.
Ein süßes Bilderbuch für unser kleines Volk“, 1872)

Marzipanmodel um 1900.

Der Sage nach soll das „Marcipanis“ während einer Lübecker Hungersnot 1407 erfunden worden sein. Sicher hat es seinen Ursprung im Vorderen Orient. In Lübeck stellten Apotheker 1530 erstmals dokumentiert aus Mandeln und Zucker Marzipan her. 1794 schlossen sich Zuckerbäcker zu einer Innung zusammen, Wegbereiter des berühmten Lübecker Marzipans war Johann Georg Niederegger aus Ulm, der 1806 eine Konditorei übernahm. Heute gehen täglich 20–30 Tonnen Marzipan durch die Formmaschinen der Firma Niederegger. Der Export geht in 32 Länder.

Weihnachten bei Theodor Storm

Gertrud Storm

Unser Vater war ein echter, rechter Weihnachtsmann, er wußte jedes Fest erst recht zu einem Feste zu gestalten. Den ganzen Zauber der Weihnacht seiner Kindheit wußte er in unsere Weihnacht zu übertragen. Und so feiern auch wir, seine Kinder, unsere Weihnachtsfeste ganz im Sinne unseres Vaters. Der Weihnachtsbaum wird genau so geschmückt, wie er einst von ihm geschmückt wurde, die Kuchen nach den althergebrachten Rezepten gebacken, wie sie schon sein Kinderherz entzückten.

Wenn das alte, liebe Weihnachtsfest wieder naht und ich mich in eine rechte Weihnachtsstimmung versetzen will, setze ich mich in der Dämmerung in einen tiefen Lehnstuhl. Von draußen wirft die Laterne traulich ein mattes Licht durch die Fenster. Ich schließe die Augen, und bald bin ich daheim in unserm großen, alten Hause in Husum in der Wasserreihe. Meine Geschwister und ich wir sind wieder Kinder.

Es wird wieder einmal Weihnachten, und wir Kinder leben in goldenen Träumen, bis das im Leben so seltene Wunder eintritt, daß diese Träume in dem brennenden Weihnachtsbaum verkörpert vor uns stehen. Draußen auf den stillen Wegen des Gartens, den Sträuchern und alten Bäumen liegt glitzernder Schnee. Im ganzen Hause duftet es nach Tannen und braunen Weihnachtskuchen. Feststimmung guckt schon aus allen Ecken wie eine Ahnung von Weihnachtsabend.

Es weihnachtet sehr – die Heimlichkeiten wachsen mit jedem Tage. Vater schließt sich immer häufiger in seiner Studierstube ein, und wir Kinder, die wir um die Zeit der heiligen Weihnacht gerne an den Türen lauschen, hören ihn die Tür des alten Nußbaumschrankes öffnen und leise wieder schließen. Dieser Nußbaumschrank birgt in seinem Innern alle Geheimnisse und Wunder fürs Weihnachtsfest. In einem unbewachten Augenblick treten wir doch ins Zimmer. Vater schließt schnell den Schrank, dann nimmt er uns in seine Arme, macht ein geheimnisvolles Gesicht, sieht uns innig an und sagt mit leiser Stimme nur das eine Wort „Weihnachten".

In der Eßstube ist großes Kuchenbacken. Unsere Mutter und die Mädchen stehen mit aufgekrempelten Ärmeln. Sie rollen weißen und braunen Kuchenteig aus, der in großen weißen Steintöpfen um den Ofen herum steht. Große schwarze Platten stehen bereit, die verschieden geformten Kuchen aufzunehmen, die dann von den Mädchen zum Bäcker getragen werden.

Auch wir Kinder haben unsern Teil bekommen. Wir stehen an unserm kleinen Kindertisch, ein weißes Nachthemd über unsere Kleider, ein gezipfeltes Taschentuch auf dem Kopfe. Jedes von uns hat ein Klümpchen weißen und braunen Kuchenteig vor sich, der bald unter unsern geschäftigen kleinen Händen in die wunderbarsten Dinge gewandelt wird. Die Tür öffnet sich, und unser Vater tritt mit dem freundlichsten Leuchten seiner blauen Poetenaugen ins Zimmer.

„Ihr seid ja alle gewaltig in der Fahrt", neckt er, und bewundert unsere herrlichen Schöpfungen, von denen man meistens nicht zu erkennen vermag, was sie vorstellen sollen. Es beginnt nun ein heimliches Geflüster zwischen Vater und uns, und es gelingt uns, Vater einige kleine Weihnachtsüberraschungen verraten zu lassen, die unsere Freude am Weihnachtsabend keineswegs verringert.

„Morgen wollen wir vergolden und Netze schneiden", spricht Vater verheißungsvoll.

Wenn wir in ein bestimmtes Alter gekommen waren, durften wir vergolden helfen und Netze schneiden. Die langen, schmalen Streifen Rauschgold wurden freilich nur von unserem Vater geschnitten, mit seiner großen alten Papierschere, die ich so deutlich vor mir sehe.

Papiernetze

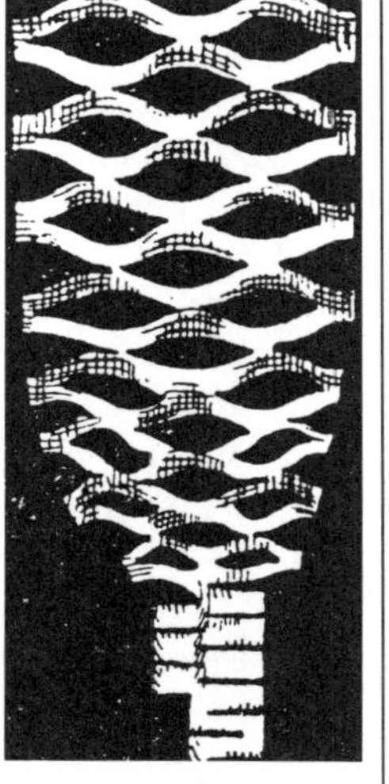

Man schneidet aus farbigem Seidenpapier ein beliebig großes Quadrat. Dieses legt man von einer Ecke bis zur gegenüberliegenden zusammen, so daß ein Dreieck entsteht. Dies wird dann noch vier- bis fünfmal immer von neuem zusammengebogen, bis das Dreieck ganz schmal ist. Nunmehr schneidet man von der Spitze anfangend einmal von der einen, dann von der andern Seite das Papier bis nahe zum gegenüberliegenden Rande ganz dicht nebeneinander ein, wobei man sich nur zu hüten hat, daß das Papier nicht ganz durchschnitten wird, da sonst das Netz nicht zusammenhält. Zum Schluß zieht man es auseinander und hängt es an den Baum. Auf seinen Boden legt man eine Nuß oder ein Stück Konfekt.

(aus: Lehrmeister-Bibliothek Nr. 21, Selbstanfertigung von Christbaumschmuck, 1910)

Morgen ist heute geworden, und Vater nimmt uns am Abend mit in seine Studierstube. Die dunkle Holztäflung der Decke, die tiefrote behagliche Färbung der Wände, an denen rings herum die Bücherregale laufen, und über dem Tische die hell leuchtende Hängelampe schauen uns behaglich und gar verheißungsvoll an. Auf dem Tisch ausgebreitet liegen Nüsse, Tannenzapfen, Eier und Schaumgold. Wir setzen uns alle um den Tisch und beginnen nach Vaters Anordnung Watte in Eiweiß zu tauchen, mit der wir vorsichtig die Nüsse und Tannzapfen betupfen. Dann wird ein Stück Schaumgold auf die befeuchtete Stelle gelegt und vorsichtig mit Watte angetupft. Nun werden 12 Netze vom feinsten weißen Konzeptpapier geschnitten. Uns Kindern klopft das Herz dabei: „Wenn wir nun die Spitze abschneiden!“ In die Netze kommen große viereckige Bonbons, die wir alter Tradition gemäß in farbige Papiere wickeln, die durchaus die Farben: grün, gold und hausrot haben müssen.

Auf diese Netze, in denen schon seine Kinderträume hingen, legte unser Vater besonderen Wert. Wer von uns zum erstenmal in seinem kleinen Leben ein solch wunderbares Netz tadellos ausgeführt hatte, kam sich vor, als sei er nun erst ein fertiger kleiner Mensch geworden.

Die weißen Netze sind geschnitten und tadellos zu unseres Vaters innigster Zufriedenheit ausgefallen. Goldene Nüsse, Eier und Tannenzapfen heben sich leuchtend von der dunklen Tischplatte ab. Wir Kinder stehen ermüdet auf und wollen zu Bett gehen. Vater tritt ans Fenster, öffnet weit beide Flügel – der Mond scheint, und wir Kinder sehen deutlich zwischen Vaters ausgebreiteten Armen in den beschneiten Garten. Da spricht Vater mit leiser, wie von Musik getragener Stimme:

Mondbeglänzte Zaubernacht,
Die den Sinn gefangen hält,
Wunderbare Märchenwelt,
Steig auf in der alten Pracht.

Wir gehen still und nehmen den Zauber dieser Stimmung mit in unsere Träume, aus denen wir mit dem seligen Bewußtsein erwachen: „Heut ist er, der heilige Abend.“ Nun beginnt ein buntes Treiben im Hause. Vater trägt alle seine Schätze selbst ins Weihnachtszimmer, in dem die zwölf Fuß hohe Tanne schon ihres Schmuckes wartet. Wir Kinder schmücken in unserer Kinderstube ein kleines, bescheidenes Bäumchen für arme Kinder. Wir haben es von unsern ersparten Sonntagsgroschen erstanden. Vater und Mama schließen sich unten ins große Weihnachtszimmer ein, gleich wenn man in den geräumigen Flur tritt, links, und der Märchenbaum fängt an sich zu entfalten. Die Brüder Hans und Ernst kommen heim und Karl, unser stiller Musikant. Heute muß Vater alle seine Kinder um sich versammelt haben, damit er so ein rechtes Weihnachtsgefühl empfinden kann. Die Fenster der Weihnachtsstube sind dicht verhangen, die vielen Türen, die ins Reich der Weihnachtswunder führen, verschlossen. Wir schleichen an die Fenster und knien vor den Türen. Meine jüngste Schwester Dodo hat ein besonderes Talent, mit unserer Mutter, verborgen in den Falten ihres Schleppenrockes, in die Weihnachtsstube zu schlüpfen.

Vom frühen Morgen an kommen Scharen von Kindern, die von Haus zu Haus ziehen und im Flur ihre hellen Kinderstimmen ertönen lassen: „Vom Himmel hoch, da komm ich her.“ Ein großer Korb mit Wasserkringeln steht bereit, mit denen die kleinen Sänger belohnt werden. Mittags wird nach althergebrachter Sitte Kaffee getrunken und Butterbrot gegessen. Der Kaffeekanne entströmt an diesem Tage ein wundersamer Duft; so duftet der Kaffee nur einmal im Jahr, und die Butterbröte schmecken uns wie der schönste Kuchen.

Am Nachmittag wandern wir Kinder, jedes ein Körbchen am Arm, ins Kloster St. Jürgen. Wir wollen zwei alte Großtanten dort bescheren. „Tante Anna und Tante Christine." Tante Anna wird von uns bevorzugt. In ihrem kleinen behaglichen Altjungfernstübchen liegen wir schließlich auf der Erde vorm offenen Ofen und schauen in die rote Glut der verglimmenden Kohlen. Die liebe alte Tante sitzt im alten Lehnstuhl neben uns, ihr feines altes Gesicht von einer weißen Spitzenhaube umrahmt. Sie erzählt uns altmodische Kindergeschichten, an die sich immer eine Moral knüpft. Wir hören interessiert zu, knacken Nüsse und werfen deren Schalen in die rote Glut – das knistert so schön. So vergeht die Zeit – vom Kirchturm drüben schlägt es halb fünf. Tante Anna hüllt uns sorgsam in unsere warmen Mäntel und Kapuzen, und fort geht es.

Auf den Straßen liegt tiefe Dämmerung, der Schnee knirscht unter unseren Füßen. Schwärme von Kindern begegnen uns, hier und dort dringt aus einer geöffneten Haustür Gesang zu uns heraus. Wir fassen uns an den Händen und laufen und kommen atemlos heim. Im Flur bleiben wir stehen und singen, als gehörten wir zu den umherziehenden Sängern. Die Köchin kommt aus der Küche gelaufen mit den üblichen Wasserkringeln. Sie jagt uns lachend und scheltend in die Kinderstube. Wir werden nun festlich geschmückt und gehen dann in die Studierstube unseres Vaters, wo wir schon unsere Großmutter mit ihrer getreuen Lebensgefährtin, von uns „Tante Tine" genannt, und zwei alte Freunde des Hauses in behaglichem Geplauder vorfinden.

Seit dem Tode unseres Großvaters schaut Großmutter unserer Bescherung zu. Großvater war zwar niemals bei der Bescherung zugegen, aber wir wußten doch, er saß währenddes behaglich in seinem Kontor und freute sich über die kleinen Sendungen an Geld und Viktualien – meistens ein großes Stück Rauchfleisch –, die er von dort aus an Kinder und Schwiegerkinder gespendet hatte. Nun auch er in das Land der Vergangenheit gegangen ist, läßt die bunte Kinderfreude diesen Abend der Erinnerung sanft für unsere alte Großmutter vorübergehen.

Endlich ertönt der Klang der silbernen Glocke. Wir stürzen die Treppe herunter, die Flügeltüren fliegen auf, wir treten ein, jung und alt. Ein starker Duft von Tannen, brennenden Lichtern und braunen Weihnachtskuchen schlägt uns entgegen – und da steht er, der brennende Baum, im vollen Lichterglanz. Ich will ihn mit meines Vaters eigenen Worten schildern:

„Mit seinen Flittergoldfähnchen, seinen weißen und goldenen Eiern, die wie Kinderträume in den dunklen Zweigen hängen." Oder wie er in einem Brief an Freund Keller geschildert wird: „Der goldene Märchenzweig, dito die Traubenbüschel des Erlensamens und große Fichtenzapfen, an denen lebensgroße Kreuzschnäbel von Papiermaché sich anklammern. Rotkehlchen sitzen und fliegen in dem Tannengrün, und eines sitzt und singt bei seinem Nest mit Eiern. Feine weiße Netze, deren Inhalt sorgsam in Gold und andere in Lichtfarben gewählte Papiere gewickelt ist."

Der Märchenzweig ist eine Erfindung meines Bruders Ernst. Ein großer Lärchenzweig wird ganz vergoldet und so in der Mitte des Baumes befestigt, daß er seine schlanken, feinen Zweige nach allen Seiten ausbreitet. Ein Freund unseres Hauses, Regierungsrat Petersen, der derzeit in Schleswig lebte, taufte den so vergoldeten Zweig „Märchenzweig". Freund Petersen und Vater tauschten alle Jahre kleine Weihnachtsüberraschungen aus. In einem Jahre brachte er Vater kurz vor Weihnachten das erste Paket „Lametta". Vater schreibt darüber:

„Unser Tannenbaum hat in diesem Jahr besonderes Aufsehen erregt. Freund Petersen brachte am Sonntag vor Weihnachten eine Tüte märchenhafter Silberfäden. Mit diesen feinen Silberfäden wurde der Baum umsponnen, daß er aussah wie fliegender Sommer." –

Unser Karl setzt sich ans Klavier und stimmt leise an: „Stille Nacht, heilige Nacht." Wir alle stimmen ein. Das Weihnachtslied ist verklungen, wir umstehen den Baum und lassen die Wunder der Weihnacht still auf uns wirken. Vater nickt uns zu, legt den Arm um unsere Mutter und führt, wie immer, sie zuerst zu ihren Gaben, die geheimnisvoll umhüllt sind. Mitten auf dem Tisch steht zu Mamas grenzenloser Verwunderung Vaters Pelzmütze. Mama erfaßt sie zögernd, ihr Blick hängt fragend an dem unseres Vaters – und hervor rollt eine große Papierkugel. Ein Papier nach dem andern wird abgewickelt, bis sich schließlich in einem kleinen Kästchen verborgen ein feiner, goldener Ring dem erstaunten Blick zeigt. Eine Schlange, die sich in den Schwanz beißt, ein solcher Ring war ein langgehegter Wunsch meiner Mutter. Vater erwartet leuchtenden Auges die Wirkung seiner Überraschung. Meine Schwester Ebbe sagte einmal bei solcher Gelegenheit: „Vater hat ein Weihnachtslicht in seinen Augen!" Nun führt Vater jedes seiner Kinder zu ihren Gaben, uns kleine zuerst. Puppen – wohin wir sehen, kleine und große – und Bücher, die durften niemals auf unserem Weihnachtstisch fehlen.

Wir haben uns müde gespielt – wir nehmen unsere Weihnachtsbücher und setzen uns im trauten Schein des Lichterbaumes und lesen. Gar verführerisch ist es, heimlich ein Stückchen Zuckerwerk abzurupfen und es ebenso heimlich zu verzehren. Vater tritt leise zu uns unter den Tannenbaum, streicht uns sanft mit seiner schönen schlanken Hand übers Haar und fragt: „Hab ichs getroffen?"

Nachdem sich das erste Entzücken gelegt hat, bringt die Köchin das messingene Kohlenkomfort, auf dem gar bald der blitzblank geputzte Teekessel ein melodisches Lied anstimmt, und der Duft feinsten Tees vermischt sich mit dem der Tanne und der braunen Weihnachtskuchen. Die beiden Mädchen in den gleichen maiengrünen Festgewändern, mit Häubchen und blendend weißen Schürzen angetan, präsentieren den Tee, wir Kinder den knusperigen Weihnachtskuchen. So sitzen wir recht traut beisammen.

Da erklingt von draußen, vom Vorplatz, der Gesang einer tiefen melodischen Altstimme zu uns herein:

Münchener Bilderbogen.
Storm schrieb am 2. Januar 1869 an seinen ältesten Sohn Hans: „Wir hatten die Wohnstube voll von allerlei Geschenken. Die Wand der zweiten war mit den schönsten deutschen Bilderbogen tapeziert.“

„O du fröhliche,
O du selige,
Gnadenbringende Weihnachtszeit.“

Ein helles Leuchten verklärt das liebe Angesicht unseres Vaters, er steht leise auf, öffnet die Tür und zieht ein gar liebliches, kleines Bettelmädchen herein.

Das Kind, mit von der Kälte geröteten Wangen, strahlenden Kinderaugen, das Gesichtchen von blonden Locken umrahmt, bleibt stumm und wie verzaubert im Türrahmen stehen.

Wir alle umstehen sie, sie muß noch einmal ihre glockenreine Stimme hören lassen. Dann erfaßt Vater eines ihrer schmutzigen kleinen Händchen und fragt sie liebreich:

„Was willst du nun haben, etwas zu essen oder Kuchen?“

„Danke, ich habe schon gegessen“, spricht das Kind zu unserer grenzenlosen Freude. Da heißt mein Vater sie ihr Schürzchen auftun, Mama nimmt vom Tisch einen vollen Teller Weihnachtskuchen und schüttet ihn in die ausgebreitete Schürze.

Voll leuchtenden Dankes schaut das Kind zu Mama auf, wirft noch einen scheuen Blick auf all den Lichterglanz und die strahlenden Gesichter, und fort ist sie, die kleine Lichtgestalt; denn so erscheint sie uns trotz ihrer Lumpen.

Die Lichter sind erloschen, die glitzernde Pracht des Baumes leuchtet nur noch im matten Dämmerlicht der Lampen. Unsere Mutter ruft zum Festessen. – Wir Kinder trennen uns schweren Herzens vom Tannenbaum, unseren Puppen und Büchern. Sauerbraten und ein großer Apfelkuchen – Tante Moritz genannt – bilden das Festessen, Punsch, nach Vater kurzweg „Landvogt“ genannt, ist das Festgetränk.

Wir alle sitzen an unsern Plätzen, der Punsch ist in die Gläser geschenkt, Vater erhebt sein Glas, er nickt uns allen voll innigster Befriedigung zu und sendet dann in einem kleinen Trinkspruch „einen vollen Gruß der Liebe“ allen denen, die seinem reichen, liebevollem Herzen nah, an diesem Abend aber ferne von ihm sind. Der Apfelkuchen wird aufgetragen, nach dem unsere begehrlichen Kinderaugen schon lange ausschauen.

Einer der alten lieben Weihnachtsgäste wirft an jedem Weihnachtsabend zu unserer heimlichen, unbeschreiblichen Freude die Frage auf: „Ist das nicht Tante Moritz?“ Und jedesmal folgt die prompte Antwort: „Ja, Herr, das ist Tante Moritz!“

Von Tante Moritz ist nach einer Weile keine Spur mehr, und nun geht es noch einmal zurück ins Weihnachtszimmer. Jeder von uns folgt seinen besonderen Neigungen. Meine Brüder ergreifen mit einem wahren Festausdruck in den Augen ihre neuen Bücher und ziehen sich mit ihnen in irgend einen Schmunzelwinkel zurück. Wir Kinder nehmen unsere Puppen auf den Schoß und lauschen; denn Karl, unser Musikus, singt uns ein neu einstudiertes Lied von Robert Franz:

Einen schlimmen Weg ging heute ich,
Einen Weg, den ich nicht wieder geh,
Zwei süße Augen trafen mich,
Zwei süße Augen, lieb und blau.

Karl hat einen wundervollen Bariton und singt einfach, mit tief zu Herzen gehendem Vortrag. Zum Schluß spielen Karl und meine Schwester Lisbeth „Nußknacker und Mausekönig" von Karl Reinecke. Vater liest den Text dazu. So ist es immer bei uns.

Lautlos lauschen wir alle, eine träumerische selige Stimmung umfängt uns. Der letzte Ton, das letzte Wort ist verklungen. Unsere Mutter mahnt leise zum Schlafengehen. Draußen vor den Fenstern stäubt der Schnee, aber während wir Kinder bald in einen tiefen Schlaf fallen, machen die Eltern und großen Geschwister noch einen Besuch im brüderlichen Hause in der Süderstraße.

Jahre kommen und gehen. Es ist unserm lieben Vater nicht mehr vergönnt, alle seine Kinder um den heimatlichen Weihnachtsbaum zu versammeln. Statt dessen werden Kisten gepackt und Pakete gemacht und Weihnachtsbriefe geschrieben. An Hans nach Wörth in Bayern, wo er als Arzt lebt, an Ernst nach Toftlund und Lisbeth nach Heiligenhafen. Sie haben sich inzwischen selbst ein Heim gegründet und schmücken dort ihren Kindern den Baum.

Und Vater klagt in einem Brief an seine Tochter Lisbeth: „So haben wir denn das Weihnachtsfest gehabt, und ich fühle es recht schmerzlich, daß wir gar so getrennt sind. Es ist sehr schön, der Mittelpunkt einer großen Familie zu sein; aber recht schwer, wenn so ein alter Mensch sich in so viele Teile spalten soll. Für mich fehlten zu viele von Euch, als daß das Weihnachtsgefühl so recht hätte aufkommen können."

Noch einmal, noch ein letztes Mal wird es für unseren lieben Vater „Weihnachten". Zum ersten Male fehlt eines seiner Kinder ganz, auch seine liebevollsten Gedanken vermögen es nicht mehr zu erreichen. Unser ältester Bruder Hans ist von uns gegangen. Der Baum steht noch einmal in vollem Lichterglanz, die Flügeltüren öffnen sich weit – Vater legt den Arm um Mama, wir, die wir keine Kinder mehr sind, umstehen das Klavier, und Karl stimmt leise an: „Stille Nacht, heilige Nacht." Wie wir an die Stelle kommen: „Schlaf in himmlischer Ruh", da breitet Vater weit seine Arme aus, Tränen stürzen aus seinen lieben Augen, und leise hören wir ihn sprechen: „Unten in Bayern, da ist ein einsames Grab, darüber weht der Wind, und der Schnee fällt in dichten Flocken darauf."

Wir singen nicht weiter, wir gehen zu ihm und nehmen sanft seine lieben Hände und eine schmerzliche Ahnung, daß wir wohl so zum letzten Male mit unserem lieben kleinen Vater unter dem brennenden Lichterbaum stehen, durchzittert unsere Herzen. So endete das Weihnachtsfest mit unserem Vater.

Eine seltsame Weihnachtssehnsucht

Eduard Juhl

Zu allen Ferien brachte mich das Bimmelbähnchen aus der „Grauen Stadt am Meer" in das kleine Landstädtchen, rings von frischen Weiden umgeben, auf denen die Marschbauern ihre Sommergäste – die Ochsen – „fett fühlten". War das Zeugnis einigermaßen ausgefallen, dann war die Fahrt in die Weihnachtsferien bei weitem die schönste, wie es bei einem richtigen Jungen nicht anders sein konnte. Und die Bummelbahn, die im Frühjahr und Herbst mehr Ochsen als Menschen beförderte und darum oft unerträglich lange auf einigen Stationen rangierte, ging etwas flotter und stellte die jugendliche Ungeduld auf nicht gar zu harte Proben.

Die Tage bis Heiligabend schlichen wie Schnecken dahin. Man wußte eigentlich gar nicht, weshalb sie überhaupt im Kalender standen. Aber dann kam der Weihnachtsabend. Der ganze Tag war schon ausgefüllt. Dies und das mußte noch vom Kaufmann geholt werden. Hier und da durften wir Kinder noch Weihnachtsengel sein und irgendwelchen Kranken und Armen einen Korb mit schönen Sachen bringen und in dankbar leuchtende, manchmal auch tränenfeuchte Augen sehen. Dann kam nachmittags die jährliche offizielle „Armenbescherung" in dem größten Saal der kleinen Stadt. Der Bürgermeister hielt eine Ansprache, einer der Lehrer auch, große lange Tische waren bedeckt mit

Gaben, Kuchen, Äpfeln und Nüssen. Und ringsherum standen erwartungsvoll mit sehnsüchtig leuchtenden Augen die armen Kinder der Stadt und dahinter die Eltern, gespannt, was sie wohl in diesem Jahr „vom Weihnachtsbaum kriegten“. Und den Abschluß im größten äußeren Kreis bildete die übrige Bevölkerung der Stadt – mitleidig oder auch sich als Spender fühlend.

Heute kann man sich gar nicht mehr denken, daß solche öffentliche Armenbescherung überhaupt möglich war, daß sich das innerste Empfinden aller nicht dagegen aufbäumte. Und doch war alles immer so nett gemacht, so freundlich gedacht und so liebevoll gesagt, daß es für alle ein wirkliches Fest war und an Weihnacht etwas gefehlt hätte, wenn man nicht hätte dabei sein können. Ja, ich weiß noch gut, daß meine Jungenseele einmal so davon gepackt war, daß ich meine Eltern flehentlich bat, mich auch „für den Weihnachtsbaum melden“ zu dürfen, und es gar nicht begreifen konnte, daß ich nicht dafür in Frage kam.

Dann kam die Weihnachtsfeier zu Hause mit Lied und Weihnachtsevangelium, mit Gebet und Bescherung. Aber das alles – so schön es war – es war nicht das Schönste. Das Allerschönste kam nach dem Weihnachtsessen. Dann saß die ganze Familie um den Tisch, knabberte Nüsse und spielte Gesellschaftsspiele, aß Äpfel die schwere Menge – Gravensteiner aus dem eigenen Garten! – und plauderte. Und dann las der Vater eine Weihnachtsgeschichte aus einem Sonntagsblatt oder irgendeinem frommen guten Buch. Die packte uns Kinder immer am meisten. Da saßen wir ganz still und lauschten und niemand störte die Stille. Meist waren sie wehmütig, diese Geschichten. Irgendein armer oder unglücklicher Mensch – zu Weihnacht auf der Landstraße – oder in der Fremde – im Ausland – oder im Krieg. Vielleicht auch im Gefängnis oder im Armen- oder im Krankenhaus – oder gar auf dem Sterbebett. „Furchtbar traurig“ war es immer zuerst – aber dann fand sich immer irgendein freundlicher Mensch, der diesem Unglücklichen irgendwie Weihnachtsfreude brachte – wie ein Engel, den Gott selber gerade zur rechten Zeit an den rechten Ort gesandt. Und alles war gut – und endete mit fröhlicher, seliger Weihnacht.

Da stand ein Handwerksbursche in der Kälte unter dem Fenster und sah von draußen die Lichter am Weihnachtsbaum, und eine gute Frau holte ihn herein, nahm ihn an den Tisch, gab ihm ein warmes Bett, und am nächsten Morgen konnte er in sauberen Kleidern weiterziehn. – Da kam gerade zu Weihnacht ein ausgerissener Sohn aus Amerika zurück mit Elend und Not im Herzen und erhielt Vergebung, und alles war Freude und Seligkeit. – Oder es war eine Geschichte aus Rußland mit Wölfen und Bären in endlosen weißen Wäldern und Steppen – mit blutigem Kampf und schließlich mit Weihnachtsbaum und Lichterglanz in einer warmen Bauernstube mitten im einsamen Wald. –

Das Kinderherz klopfte – die Backen wurden heiß – und schließlich lachten selig die Augen, in denen die letzten Tränen noch nicht getrocknet waren. –

Als ich ein bißchen älter ward – so 14 oder 15 Jahre wohl –, da ward es langsam anders. Zweifel wachten auf – nicht nur Zweifel an den schönen Geschichten – Zweifel an Weihnacht selbst! Man hielt es nicht aus unter dem

Weihnachts-Gruß.

Von

N. Fries,

Hauptpastor in Heiligenstedten.

Itzehoe.

Verlag von Ad. Nusser.

Weihnachtserzählungen, 1888.

Weihnachtsbaum. Plötzlich ging man hinaus. Niemand wußte warum. Die Freude der andern quälte einen. Man konnte nichts sagen. Man wußte ja selber nicht, was war.

Aber eine seltsame Sehnsucht wachte auf seitdem in der Jungenseele und ward immer stärker: Man möchte dahinter kommen, ob Weihnacht Wirklichkeit wäre. Selber Weihnachten erleben! Ja: selber einmal so hinter dem Fenster stehn – selber in der Fremde, im Ausland, irgendwo in der weiten Welt – in Not und Kälte – irgendwie auf totem Geleis, so wie die unglücklichen Menschen in den schönen Geschichten – und dann – dann sehen, erleben – oder gar erleiden, ob Weihnachten Wirklichkeit wäre oder nur ein Phantasiegebilde lieber, guter, frommer Menschen, wie Vater und Mutter es waren. Selber sehen, erleben – in harter, rauher, kalter Wirklichkeit, ob Weihnacht wirklich Gewalt hätte gerade über Menschen auf totem Geleis. Ob Weihnacht wirklich Macht hätte Menschen zu wandeln, aus der Kälte in die Wärme zu holen und – alles – alles gut zu machen.

Diese seltsame Weihnachtssehnsucht ließ den Jungen nicht mehr los – bis er ein Mann geworden und die rauhe Wirklichkeit des Lebens und die Brutalität des Schicksals und der Welt – aber auch die Gewalt von Weihnacht zwiefach erleben und erleiden sollte – immer wieder irgendwo – auf totem Geleis!

Anzeige der Firma Topf im Husumer Wochenblatt vom Dezember 1888.

Dreimal Weihnachten feiern

Hans Holtorf

Wenn „*Schiebediekarre*" (Karussell-Besitzer) heimkehrte, war es ein Zeichen, daß das Jahr sich auf Weihnachten zubewegte. Dann hielten die Wagen vor seinem Haus, und zwischen einem Spalier von Kindern wurde der ganze Zauber stückweise hineingetragen, um ausgebessert und neu gestrichen zu werden. Die Hausdiele verwandelte sich in einen Marstall, wohlaufgereiht standen hier die Pferde, der Löwe und der wunderbare Schwan. War erst alles frisch lackiert, wurde bei schönem Wetter die Haustür für mehrere Stunden am Tage geöffnet, damit die Farbe umso besser trocknete. Andächtig standen wir Kinder davor und bewunderten die Herrlichkeit. Jeder hatte sein Lieblingstier, dessen Vorzüge er unermüdlich pries. Nein, wir ließen auf unseren „*Schiebediekarre*" nichts kommen, wir Kinder von der Holmertorstraße. Mochten die Schmähsüchtigen und Verneiner sagen, was sie wollten, sie waren nicht glaubwürdig, gab es unter ihnen doch sogar einige, die auch behaupteten, es gebe keinen Weihnachtsmann. Aber den hatten wir im vorigen Jahre selbst gesehen, wie er durch unsere Straße ging, und daß das *Anni Lorenzen* gewesen sein sollte, die sich verkleidet hatte, war einfach lächerlich.

„*Schiebediekarres*" Tür blieb geschlossen. Die Tiere waren trocken und fertig, wir hatten sie auch genug gesehen. Was geschah jetzt? Eine Zeitlang nichts, aber dann eines Tages hatte Bäcker *Matthiesen* das Knusperhäuschen mit der Hexe und Hänsel und Gretel, die ganz aus Schokolade waren, ins Schaufenster gestellt, und bald darauf folgte der Bäcker am Markt mit dem großen Weihnachtsmann im roten Mantel. Die Ereignisse fingen an, sich zu überstürzen. Der Kaufmann – nun, man mußte nachsichtig sein, was konnte er schon groß ins Fenster stellen? Er half sich mit ein paar Tannenzweigen, mit Lametta und ein paar bunten Kugeln. Auch das war schön zu sehen, aber nicht im entferntesten zu vergleichen mit Klempnermeister *Twiehaus'* Auslage: Schaukelpferde und Rollwagen, Zinnsoldaten und Festungen, Dampfmaschinen und Schiffe, es war unübersehbar. Konnte man es schon wagen, einen Schuh ins Fenster zu stellen? Nein, es war noch zu früh, es lag nur eine Steinkohle darin, aber ein paar Tage später, als man den Versuch zu erneuern gewagt hatte, fand sich ein Kuchen – ein Kuchen, der allerdings denen merkwürdig ähnlich sah, die die Mutter am letzten Sonntag gebacken hatte. Sollte am Ende …? Aber wozu zweifeln, glauben war so schön.

Solange wir in Friedrichstadt wohnten, beging ich das Fest auf eine besondere und üppige Weise, nämlich dreimal. Der häusliche Tannenbaum leuchtete mir schon um einen Tag früher, als es anderen Kindern beschieden war. Am 24. Dezember selbst fuhren wir regelmäßig zu den Großeltern nach Burg, und ohne diese Reise war mir kein Weihnachtsfest denkbar. Warm eingepackt tippelte ich im Stockdunklen und über den knirschenden Schnee zwischen meinen Eltern zu dem, wie mir vorkam, weit vor der Stadt liegenden Bahnhof, und meine Mutter erzählte später, daß ich in einem Jahr auf diesem Wege sehr unweihnachtlich und mit lauter Stimme gesungen hätte: „O Susanna, wie is das Läben doch so schön ...“ Der hellerleuchtete Zug, der von Norden angebraust kam, die auf jeder Station aus- und einsteigenden, mit Paketen beladenen, festlich aufgekratzten Menschen, das waren wunderlich erregende Dinge. Aber der Höhepunkt der Reise lag am Ende. Heute ist es eine Kleinigkeit, von Friedrichstadt nach Burg zu fahren. Beide Orte liegen an der gleichen Bahnstrecke, und in wenig mehr als einer Stunde ist man da. Damals jedoch berührte die Marschbahn Burg noch nicht. Man fuhr bis zu einer Station mit dem schönen Namen Eddelack, die etwa 10 bis 12 km von Burg entfernt liegt, und hier stieg man in Vadder *Vietzens* Omnibus. Ein Omnibus ist heutzutage sozusagen ein Walfisch auf Rädern, ein Ungeheuer mit Platz für viele Menschen und einem großmäuligen Motor, der ein Dutzend Kilometer im Handumdrehen frißt. Vadder *Vietzens* Omnibus dagegen war ein hochbeiniger Nachfahre der alten Postkutsche, ein geschlossener Kasten, in dem man nicht aufrecht stehen konnte und der höchstens acht Personen Platz bot, wenn diese sich sehr aneinanderdrängten. Man hatte von Glück zu sagen, wenn man mitkam. Aber Vadder *Vietzen*, der ein gutmütiger Grobian war und alles, was zur Familie *Kraft* gehörte, in sein Herz geschlossen zu haben schien, riß, wenn er uns kommen sah, die Tür zu seinem Vehikel auf und schrie die schon wartenden Fahrgäste an: „Nu mok sick gefälligs ’n bäten slank dor binnen, de lütt Prinz will ok noch mit, sin Oma luert all op em.“ Und dann wurde ich in viele Decken ge-

Weihnachtspostkarte von 1909.

wickelt und irgendwohin verstaut, und ich saß auf irgendetwas, und der Vater stieg fröhlich lachend zu *Vietzen* auf den Bock. Zehn Kilometer, es ging wohl bis ans Ende der Welt, und unterwegs lagen Kuden und Buchholz. In beiden Dörfern gab es eine Wirtschaft mit einer Durchfahrt, und in beide rumpelte *Vietzen* hinein, stieg ab, warf eine Decke über seine Pferde und ging in die Gaststube. Irgendwann kam er wieder, er hatte seinen privaten Fahrplan. In Kuden öffnete regelmäßig der freundliche Wirt den Wagenschlag, fragte die Reisenden nach ihren Wünschen, und indem er mich wiedererkannte, sagte er: „Na, min lütt Prinz, wiss nah Oma un Wihnachen fiern? De Wihnachsmann is hüt morn all dörchkamen." Ich war hier überall „de lütt Prinz". Wenn er dann den bestellten Kaffee oder Punsch brachte, drückte er mir jedesmal ein Stück Kuchen, ein Stück Schokolade oder einen „Beutjer" in die Hand. Später wurde er Tante *Emmchens* Mann, nachdem er die Wirtschaft aufgegeben hatte und nach Burg gezogen war.

Endlich waren wir an Ort und Stelle, es wurde auch Zeit. So sehr ich die Wagenfahrt genoß, allmählich waren doch die kleinen Füße eiskalt geworden, und Großmutters Bullerofen war eine Wohltat. Wieder begann das geheimnisvolle Wesen hinter der Tür, wieder öffnete sie sich, wieder erstrahlte der Lichterbaum, wenn auch ein etwas kleinerer als zu Hause, und wieder ergoß sich ein Segen über mich. Tante *Emmchen* konnte sich nicht genug tun, alles zu bewundern, was der Weihnachtsmann mir gebracht hatte, sie kniff mit den Äuglein und zuckte mit den Schultern, sie wisperte und kicherte und schlug die Hände zusammen, und dann schnurrte sie in die Küche, um die Soße für den Weihnachtsbraten fertig zu machen. Der Großvater saß wie immer in seinem Stuhl, das Lesepult vor sich, nur noch um einige Grade ehrwürdiger und feierlicher, wie mir schien, und Großmutter trug die neue Haube, „de Wihnachsfladdus", wie sie sie nannte, und hielt den Kopf ganz steif. Der sonst so sparsame Vater rauchte eine Zigarre nach der anderen, „is man eenmol Wihnachen int Johr", und Tante *Emma* kam während der Tage unseres Besuches kaum zum Vorschein. Sie zauberte in der Küche Dinge, die kein Mensch für möglich gehalten hätte. Meine Mutter, die ihr helfen wollte, wurde energisch an die Luft gesetzt, aber wenn die Küchentür sich ein wenig öffnete, drangen mörderische Hitze und unsäglicher Dampf daraus hervor. Gleichzeitig vernahm man das lieblichste Brodeln, und Wohlgerüche erfüllten das ganze Haus.

Wieder über Buchholz und Kuden, woselbst „de lütt Prinz" nicht übersehen wurde, traten wir am letzten Tag des alten Jahres die Rückreise an, fuhren aber nicht ganz durch bis Friedrichstadt, sondern nur bis Heide, und hier bei Großvater Holtorf und Tante *Minna*, seiner ihm den Hausstand führenden Tochter, wurde nun zum dritten Male Weihnachten begangen. Bei aller Gleichheit hatte jede der drei Feiern ihre besonder Note, und das Kennzeichen des Abends in Heide war ein Anflug von – sagen wir – Herbheit. Großvater und Tante *Minna* waren beide bedeutend ökonomische Naturen, und dieser Zug ließ sich selbst dann nicht ganz verbergen, wenn sie sich entschlossen auf den Weg der festlichen Verschwendung begeben hatten. Es war wohl nicht nur

Pietät, wenn der Schmuck des Tannenbaumes noch derselbe war wie in den Kindertagen meines Vaters und seiner Geschwister. Aber Tante *Minna* konnte so viele Worte um den alten Wachsengel mit anderthalb Armen und einem Bein machen, daß er wenigstens für den Augenblick als eine Kostbarkeit erschien. Dies verstand sie überhaupt meisterhaft, und es war eine Kleinigkeit für sie, Pellkartoffeln und Heringe zu einem Festessen von x Gängen zurecht zu schnacken. Sie hatte die Eigentümlichkeit, allen möglichen und unmöglichen Trödel aufzubewahren („man kann nie wissen, wozu man's brauchen kann"), und sie gebrauchte ihn denn auch. Aus diesem Vorrat bestritt sie ihre Geschenke. Ein Paar handgearbeiteter Pantoffeln, die weder ihr noch sonst einem Menschen auf der Welt paßten, konnten immer noch einen Platz auf dem weihnachtlichen Gabentisch ausfüllen. Was ihren Geschenken an Vollständigkeit abging, ersetzte sie durch Worte: „Du sammelst ja Altertümer, liebe Anna. Sieh, dieser Teller ist für dich, ein besonders kostbares Stück, mindestens 200 Jahre alt. Er ist zwar etwas beschädigt, aber das spielt bei Antiquitäten ja keine Rolle." Sie hatte denn auch Erfolg, zumal sie nicht ohne Humor war, aber ich sage wieder: für den Augenblick. Nachher wußte niemand so recht etwas mit ihren Geschenken anzufangen, so daß sie sehr bald da wieder landeten, wo sie hergenommen waren, in der Rumpelkammer. Natürlich ist dies eine Bemerkung aus späteren Jahren, aber mir ging doch schon früh ein Licht auf, daß es mit Tante *Minna* eine besondere Bewandtnis hatte. Auch waren die Erwachsenen in Gegenwart des Kindes nicht immer vorsichtig genug mit ihren Worten. Mein Vater z. B. konnte seine Schwester ganz unschuldig fragen, ob die „Futtjen" – so nennen wir hierzulande ein Gebäck, das man sonst als „Berliner Pfannkuchen" zu bezeichnen pflegt – auch mindestens 200 Jahre alt seien.

Aber trotz dieser Einschränkung war es auch in Heide herrlich, weil nämlich, wie ich bis zum heutigen Tage glaube, nirgendwo Silvester und Jahresanfang so richtig gefeiert werden können wie in Heide. Von jeher scheint die Heider Jugend besonders spektakelfreudig gewesen zu sein, und Spektakel ist nun einmal das Kennzeichen des Jahreswechselfestes. Die mitternächtliche Stunde allein reichte nicht, um alles, was man an Fröschen, Kanonenschlägen, Raketen und „Pottscharen" zusammengeschleppt hatte, los zu werden, und so fing man mit dem Radau schon frühzeitig an, so daß ich, der ich wohl etwas länger, aber doch nicht bis zu dem geheimnisvollen Glockenschlag aufbleiben durfte, auch noch etwas davon abbekam. Zahlreich waren auch die Rummelpottläufer, und es machte mir ein Heidenvergnügen, wenn ein paarmal am Abend die Haustür aufgerissen wurde, und eine Schar schriller Kinderstimmen, von dem tiefen Schrumm-schrumm des Rummelpotts begleitet, den alten Singsang anhob: „Fru, mok de Dör op, de Rummelpott will rin ..." Der Großvater machte sich des öfteren den Spaß, so eine Bande zu sich in die Stube zu zitieren. Aberwitzig verkleidet, mit schwarz bemalten Gesichtern stand die Gesellschaft nun da und wagte vor dem respektierten Schulmann nicht piep und nicht papp zu sagen. „Wat büs du för een?" fragte dann der Großvater. „Och, du büs jo Heine Mehrens, dat kann ick jo an din geele Hoor sehn. Wat, du seggst keen Wurt? Du hest doch sunst dat grote Muul vörweg. Na, Jungs, hier is'n Appel un'n Kook för jedereen, un nu singt nochmol – awer buten, hier binnen mokt dat to veel Larm – ‚dor keem een Schipp vun Holland an, dat harr so moien Wind ...'"

Endlich zog ich wieder wie ein vom Kriegspfade heimkehrender mit reicher Beute beladener Indianer in Friedrichstadt ein. Hier mußte nun schleunigst Onkel und Tante *Ehlers'* Tannenbaum in Augenschein genommen werden, denn der zeichnete sich abermals durch eine Besonderheit aus. Onkel *Ehlers* nämlich hing zäh als einziger an dem alten Brauch, den Baum weniger mit dem modernen Flitter als in der Hauptsache mit dem hierzulande traditionellen Weihnachtsgebäck zu schmücken. „Poppenstuten" oder „Kinnjés" heißen diese Kuchen. ‚Jultiere' nennt man sie im Dänischen, und mit dieser Bezeichnung ist am deutlichsten gesagt, worum es sich handelt: sie stellen allerhand Menschen- und Tierfiguren dar, deren symbolische Bedeutung vielleicht bis ins Heidentum zurückgeht. Sie werden aus einem einfachen, leicht nach Anis schmeckenden Teig gebacken, sehen weiß-gelblich aus, zeigen im Gegensatz zu dem in Süddeutschland üblichen Weihnachtsgebäck keine Innenmodellierung und werden nur mit einigen wenigen roten Strichen – soweit die Kunstfertigkeit des jeweiligen Bäckers ausreicht – bemalt. Das Glanzstück unter diesen Kuchen war eine Form, die das Menschenpaar am Lebensbaum darstellte, kurzweg „Adam und Eva" genannt, und Weihnachten war für Onkel *Ehlers* nicht vollständig, wenn Adam und Eva nicht in gehöriger Anzahl im Baume hingen. Adam und Eva gehörten auch für mich dazu.

Als ich später selbst Vater geworden war und meinen Kindern mit aller mir möglichen Erfindungsgabe Weihnachten zu gestalten suchte, fehlte mir jahrelang immer noch eine Nuance. Schließlich ging mir ein Licht auf: Adam und Eva fehlten. Ich schrieb nach Friedrichstadt um ein Originalmodell, aber der Bäcker am Markt, der einzige, der sie herzustellen pflegte, war längst tot, und sein Nachfolger war wohl ein fortschrittlicher Mann, der sich mit solchen Kindereien nicht abgab. So schnitt ich denn selbst eine Form aus Pappe, wie ich sie in der Erinnerung trug, und gleich noch ein paar andere dazu. Seitdem backen wir alljährlich unsere „Poppenstuten" und bemalen sie, um den großen Tisch herumsitzend, mit dem Saft der roten Bete.

Vun de Kaiser un de Wihnachsmann un'n lütten Barger Jung

Theo Peters

Dor mutt jo mol'n Dag wähn hem, wo ik op düsse snaaksche Welt kaam bün, ower dat is jo al so lang her – is al meist ni mihr wahr. – Dat wir in de Tid, wo se nu de „Kaistertid" to seggn dot, und wer so old is as ik, de het dor jo noch wat vun afkregen, und de kann denn jo ok richtig mitsnacken. Dor kummt ümmer mol'n Aabend, wo dat Fernsehn ni liek ut will, und wo du alleen in Schummern sitten deist und muss di din Gedanken sülm maaken. Denn kann dat wähn, dat din Gedanken di still bi de Hand tofaaten kriegt und mit di torüchlopen dot in din Kinnerland. – Und denn büst du wedder in de Kaisertid.

„Der Kaiser ist ein lieber Mann,
er wohnet in Berlin.
Und wär es nicht so weit von hier,
so zög ich heut noch hin."

Dat dor Leed wir dat ürste, wat wi inne Schol liern mussen, wenn wi noch op de Lüttsiet sitten deen. De Kaiser, de wir jo in Berlin. Dor wir he ebenso wiet ut de Wech as de leewe Gott in Himmel, de kreegen wi jo ok niemols to sehn. Ower de Kaiser sin Bild, dat hung öwert Pult, dor mussen wi de ganze Tid op kieken. Und he keek de ganze Tid op uns daal und leet uns ni ut de Ogen. Du kunnst di hinstelln, wo du wullst, de Kaiser sin Ogen leeten di ni los, de keeken achter di ran, und wenn du di in de ürterste Eck vun de grote Scholstuw verkrupen dest. – De Kaiser, de wir de höchste in de ganze Welt, dor wir ni an to rütteln.

Dor harrn wi Junges dat öwerhaupt mit, wi wullen ümmer weten, wer de höchste wir. Wo dor'n paar Lüd oppen Dutt wirn, muss doch ümmer een de höchste wähn. Min Broder Willy meen, de höchste int Dörp, dat wir de Paster. De har dat meiste liert, sä he, und de har ok'n Barg Geld, und dorum wir he de Höchste. Ower dor keem he bi uns Lütten ni mit dör. In unse Ogen geew dat blots een, de de höchste wir, und dat wir de Schandarf. Dor keem de Paster ni gegenan. – Wenn de Schandarf so op Rad de Dörpstraat daalkeem – in de schwarte Bücks mit de roden Stremels und de gröne Jack mit de blanken Knöp – denn höln wi de Luft an! Denn blinker de gulden Helmspitz in de Sünn, und de lange Säwel bummel bito, dat uns kole Gräsen de Rüch daalloopen de! – Und denn har de Schandarf jo ok noch son Ähnlichkeit mit de Kaiser, meist as wenn he dat sülm wir. De Schnurrbort stunn jüst so piel inne Höch as bi de Kaiser, und he kunn ok jüst so grell ut de Ogen kieken. Wenn de Schandarf uns anluern de, denn kreegen wi al'n slecht Geweten, wenn wi ok gornicks utfreten harn. „Wenn he mol richtig inne Bass kaam deit, denn haut he uns all de

Reeg langs de Kopp af", sä lütt Hinneri. „Dat dörf he ni", sä Willy, „dor het he keen Recht to." „Recht het he ni", sä Hinneri, „ower he het'n Säwel." -- Wenn wi hüttodaags in de grote Politik belewen dot, woans de Gewalt alles bedüden deit, und dat Recht gornicks, denn mutt ik ümmer an min Scholfründ Hinneri dinken: „Recht het he ni, ower he het'n Säwel." –

Och jo, de Kaisertid. – Dat wir domols jo ok ni alles Guld, wat glänzen de, ok de Schandarf sin Helmspitz ni. Ower de Geldstücken, de wirn echt. Dat geew Teihnmarkstücken und Twintigmarkstücken, und de wirn dat reine Guld! Und wenn du dor blots genoch vun harst, denn kunnst du de Düwel oppen Disch dansen laaten. De Priesen wirn noch ni so utverschaamt as vundaag, und denn stunnen se fast as de Eeken int Holt. Fief Teepunschen för'n Mark und teihn Zigaretten för'n Gruschen, dat wir de Satz. Min Fadder smök Zigarrn. He kreeg se vun de Fabrik ut Bremen, ümmer hunnert in een Kiss för fief Mark, fief Penn dat Stück! Und dat wirn ganz menierliche Zigarrn, dor kunn sogor de Paster vun smöken.

Dor het sik ordig wat verännert in de Johrn, wo wi mitmaakt hebbt. Dor wir wat Gudes an de ole Tid, ower dor wir ok wat, dat beter warn kunn und ok beter worn is. So geew dat domols jo ok keen Kinnergeld. Wenn de Scholmeister neegen Kinner har, denn har he jo wull sülm schuld, ni, und denn muss he ok sülm tosehn, wosück he se grotkriegen de. Dor wor ni veel vun hermaakt. – Son Scholmeisterlohn, de reck domols ni hin und ni her, ower uns Öllern hebbt dat jo wull ümmer noch mol wedder hinkreegen, und wi Kinner sünd ok all grot worn. Wi hebbt ümmer wat to eeten hat und Tüch oppen Liew und Tüffeln anne Föt. Und denn hebbt wi ok noch Wihnachen fiert, so as sik dat hören deit, und dor wull ik jo eegentlich vun vertälln.

Dat schönste an de Wihnachen wirn de Wuchen vörut, und wenn ik dor nu öwer naadinken do, denn dücht mi, wi hebbt de ganze Adventstid Wihnachen fiert. Adventskransen harn wi domals noch ni, wi harn en Adventsport. Dat wir son Bögel, as de Dierns se bit Vaagelscheeeten drägen dot. De wir op en Brett fastmaakt, so dat he alleen stahn kunn. De Bögel wor mit Danntwiegen bewickelt und mit Dannappeln und bunte Papierrosen smuckmaakt. De veer Lichen worn ower ni op mol ansteken, ürst blots een und denn de annern, so as wi Wihnachen neeger keemen. Mit de Adventsport, dor fung dat mit an. Wenn de Adventsport ürst up de Kommod vör de Speegel stahn de, denn kunn dat losgahn. Denn kreegen se inne Schol op de Lüttsiet de Wihnachtsgeschicht vun de „Römische Kaiser Augustus" und vun Joseph und Maria, und op de Grotsiet fungen se an to singen. Und wenn wi de Ohren spitzen deen, denn wir dor al ümmer wat vun Wihnachen mit mang.

Wihnachen und Winter, de hörten tosaamen. Dat schull jo am leewsten mol'n beten Frost und Schnee gewen, ower wenn sik dat ni maaken leet, denn wirn wi ok mit Regen und Schiet tofreden. De Hauptsaak wir, dat wor düster.

De Sünn wullen wi gorni sehn, de pass ni to Wihnachen. Neh, dat muss düster wähn oder noch beter – schummerig –. De beste Tid wir denn twüschen Kaffi und Aabendbrot, dat wir uns Schummerstünn. In de Schummerstünn harn unse Öllern Tid för uns. Denn hocken wi op Stöhl und Schemels und op de ruge Footborn und keeken op de rode Füerschien in de grote Kacheloben. Denn muss uns Fadder allens vertälln, wat he wuss, vun Hexen und Röwers und Spökenkiekers. Und he muss bibliewen, bit dat buten vör de schwarten Finsterschiewen to spökeln anfangen de, dat uns de Haar to Barg stunnen!

Wenn dat denn gor to grulich warn de, denn keem uns Mudder dor twüschen und verdeel Pepernöt und Rosinen und dröge Plummen, und denn mussen wi singen. Wenn wi singen deen, denn keeken wi ümmer naa dat eene Licht op de Adventsport, und min lütte Schwester kneep de Ogen dicht to bit op son smalle Splet. Denn kreeg dat Licht dusend gulden Strahlen, sä se, denn wir dat al de Wihnachsstern.

Und denn keem dat Kokenbacken. Dor wor jo ümmer mol backt bi uns, Brot und Koken, so as dat jüst keem. Ower bi de Wihnachskoken, dor dössen wi alltohoop mitmaaken, dat wir'n anner Kraam!

Dat wir ordig vullhandig inne Kök, wenn wi dor mit alle Mann ant Wöhlen wirn, ower dor schull jo ok wat beschickt warn. – Ürst keemen dor'n paar Handvull Mehl op de Dischplaaten, dat de Deeg dor ni an klewen bleew, und denn wor de brune Deeg mit Buddels uteneenrullt, bit he as son blanke Laag öwer de ganze Disch leeg. Bit hierto wir dat allens Mannsarbeid, dor keemen wi Lütten ni ran. Wi stunnen jeder mit'n Wienglas inne Hand anne Wand lang und töwten bit wi anne Reeg keemen. Und wenn de Deeg uteneenrullt wir, denn dössen wi mit de Wienglös son runne Schiewen ut de Deeg drücken. Dat worn denn naaher de brunen Koken. Ower ürst kreegen se all noch 'n Stück Mandelkern op de Näs drückt, ühr dat se op de fettige Plaat in Backoben schoben worn. Wat dor naableew vun de Deeg, dat wor wedder in en Klump tosaamenrullt und mit Peper und Solt und – ik weet ni wat – dörknet. Vun düsse Deeg rullen wi twüschen de Handen son lange Schlangen, de naaher mit 'n Kökenmess in Stücken snen worn. De lütten Stücken keemen ok mit de Plaaten in Backoben, und dat geew denn de Pepernöt, ohne de dat niemals 'n richtige Staapelholmer Wihnachen worn wir.

Wenn denn aabends de letzte Plaat ut de Backoben holt wor, denn wirn Kissen und Kassen und alle Pappschacheln bit an de Rand vull vun brune Koken und Pepernöt, und dat rök naa Sirup und Hirschhorn und Wihnachen dör dat ganze Hus vun de Kellertrepp bit ropp naa de Törfböhn.

Bit nu to harn wi dor blot 's beten vun sehn und hört, ower nu kunnen wi de Wihnachen ok al rüken, nu kreegen wi de Näs al wat höcher.

Wi Lütten keemen ümmer al vört Aabendbrot inne Puch, ower in de Tid vör Wihnachen kunnen de Groten uns jo wull gorni fröh genoch ut de Wech kriegen. Wi marken noch, dat dor wat in Busch wir, wo wi nicks vun weten schullen, ower wi wulln uns ok man lang nicks ut de Näs gahn laaten. Wi wirn öwerhaupt ni möd, und se kreegen uns ürst to Bett, wenn wi Verlöw kreegen, dat wi 'n Tüffel op de Finsterbank stelln dössen. Und denn sä uns Mudder noch, dor keem blots wat inne Tüffel, wenn wi schrecklich ordig wirn und gau inslaapen deen. Ordig wähn, dat kunnen wi wull noch so veel hinkriegen, ower inslaapen, dor wir ni an to dinken!

Wenn de Groten dat Aabendbrot wech harn, denn wor dat so merkwürdig still und lurig in de Grotstuw, und denn fung dat an to spökeln. – Denn klopp und rummel und klöter dat – – und denn wir dat wedder so, as wenn dor mit 'n grote Schier klippt wor. De Wihnachsmann? – Sehn harn wi em jo noch niemols, ower wer weet, viellicht wir dor doch wat an.

De anner Morgen wir dor ok richtig wat in Tüffel, 'n Appel oder 'n tweien Keks oder 'n paar Pepernöt. Min jüngste Broder Hanni har öwer Nacht de Finsterhaak losmaakt hat. De Wihnachsmann keem jo vun buten, sä he.

Dat gifft hüttodaags son kloke Lüd, de seggt, dat mit de Wihnachsmann, dat is jo all Lögenkraam. De Kinner – ok de ganz lütten – seggt se, de schüllt reinen Bescheed hem, wat dat mit de Wihnachen op sik het. Nah, se weet dat sach ni beter. Ik bün nu en Lewen lang mit Kinner tosaamen wähn und kann hier wull ok son lüttje beten mitsnacken. Ik meen dat nu annersrum. Ik meen, unse Kinner – die ganz lütten – de sünd gorni vun düsse Welt, de hebbt sik in Gedanken ehr eegen Welt opbut, wo wi groten Kloksnackers mit uns Bökerverstand gornicks to schnuben hebbt. Wenn wi unse Kinner mit Gewalt de Gedanken opnödigen dot, de wi uns ut de Böker tosaamenlest hebbt und de se gorni naadinken könt und naadinken wüllt, denn is dat jüst so, as wenn du 'n lütten Vaagel ut dat warme Nest stöten deist und nu vun em verlangst, dat he fleegen schall, wo he noch gor keen Feddern het. Neh, laat sik man ruhig Tid, unse Lütten spält sik ganz vun alleen ut ehr Kinnerparadies rut, dat kummt noch veel to fröh.

As ik naaher in de Johrn keem, wo ik naa't Aabendbrot opbliewen döss, keem ik dor achter, wat sik dor an son Aabend in de Grotstuw afspäln de. Min Fadder maak jedes Johr för de Dierns 'n Poppenwaag, ümmer naa dat sülwige Modell. De Koopmann muss för wenig Geld und gude Wöör en lütte Appelsinkiss lewern, und dor wor denn mit Mehlkliester 'n Laag Tapetenpapier opklewt, ümmer mit dat Muster naa binnen. De Rücksiet vun de Tapeten wor naaher mit Waaterfarw anmaalt, und de Waagenkass wir tipptopp! Denn worn twee grote Neihgornrolln in de Mitt dörsogt. Dat geew veer Röd, und mihr schull dor jo ni to, ni?

De Poppen maaken wi ok sülm. De Rump, de Arms und de Been und de Kopp worn ut Linnen neiht und mit Plünnen utstoppt. De Ogen und de Näslöcker maaln wi mit Dinte op dat witte Linnen, und för de Mund und de Backen dössen wi sogor uns Fadder sin rode Dinte bruken, wo he sünst de Fehlers in de Opsätze mit anstrieken de. De Haar, dat wirn schwarte Wullfaadens. De worn dör de Kopp neiht und afklippt und öwer de Teekedel in Damp holln. Denn worn dat son feine, kruse Negerlocken! – Ja, wat denn? 'N Schönheit wirn se jo ni, unse Poppen, ower se harn son söten, roden Mund, und se kunnen so truschüllig ut de Ogen kieken, und denn – – wat hebbt wi dor 'n Spass an hat!

Und denn keem de Dag, wo wi uns Wunschzettel aflewern schulln. De Wunschzettel muss 'n fein Rand hem mit gröne Danntwiegen und bunte

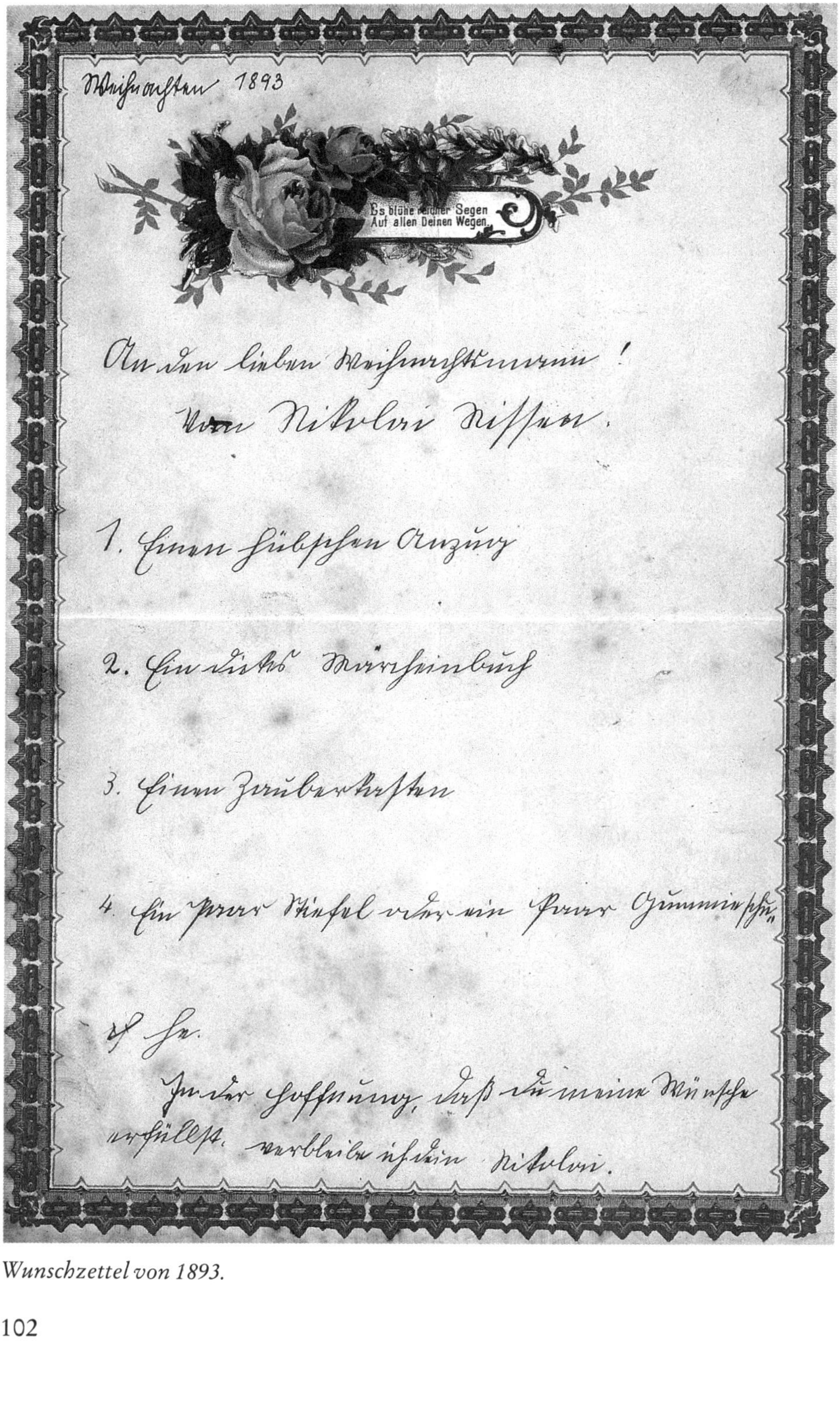
Weihnachten 1893

Es blühe reicher Segen
Auf allen Deinen Wegen

An den lieben Weihnachtsmann!
Von Nikolai Nissen.

1. Einen hübschen Anzug

2. Ein dickes Märchenbuch

3. Einen Zauberkasten

4. Ein paar Stiefel oder ein paar Gummischuh

In der Hoffnung, daß du meine Wünsche erfüllst, verbleibe ich dein Nikolai.

Wunschzettel von 1893.

Lichen. Wi wirn mit alle Mann mit de Buntstiften togangen. „Ohne Fleiß keinen Preis“, har uns Mudder seggt. Min Broder Willy het dat mol anners maaken wullt. He har keen Lust to maaln, und an de Rand, de wi smuckmaaken deen, stunnen bi em de Nummern vun de Wünsche vun een bit dörteihn. An de Rand, dor wull he keen Tid an verwennen, sä he, dat späl jo ok keen Rull, wosück as de utsehn de. Ower dor keem he ni mit dör. De anner Dag kreeg he de numerierte Wunschzettel „postwendend“ wedder tostellt. Vun Punkt een bit dörteihn wirn all de schönen Wünsche dörstrecken, und dor ünner stunn: „Umschreiben.“

Neh, de Wihnachsmann leet sik ni oppen Arm nehmen, ok vun Willy ni.

Ik wuss, wat ik hem wull. An ürste Stell stunn bi mi en Säwel! In min Öller stunn mi dat doch so bi lüttens to, dack ik. Nah, und denn wir dor jo noch wat, wo ik vun drömen de. Dat wir en Isenbahn, so as ik dat int Schaufinster bi Koopmann Matzen in Arw sehn har. De Isenbahn wir mit alle Farwen und ganz ut Blick, und denn kunn se mit ’n Uhrwark optrocken warn und alleen fohrn! – – As ik min Wunschzettel den Aabend in de Tüffel op de Finsterbank leggn de, do kröb min lütt Hart dor ok mit rin in de olen Tüffel.

Unse Öllern und de halwwussen Geschwister verstunnen de grote Kunst, se kunnen uns luern laaten. Dor wor nicks verrabbelt und nicks verraat, und wi kreegen nicks to sehn, ühr dat Fest losgahn de, ok de Dannboom ni. De Dannboom wor bi Nachtstid rinsmuggelt und smuckmaakt. To sehn kreegen wi de ürst, wenn de Dör opgahn de. Und denn stunn he dor in all sin Herrlichkeit, veel schöner, as he uns jemols in Drom vörkaam wir. – Ower dat duer man jo man so lang, bit de Döer opgahn de. – De letzten Stünnen, de harrn dat in sik.

Middags geew dat Brot mit Mettwuss und Tee. Sowat geew dat dat ganze Johr ni to Middag, und dorum wir dat nu mol wat anners. De starke Tee und de peperige Mettwuss, de geewen de Vörgeschmack op de Wihnachen. Nu kunn’t losgahn! Ower wat heet hier losgahn? Dor wirn ümmer noch ’n paar Stünnen naa, und de worn ümmer länger, gorni rumtokriegen! – De Dierns, jo, de kunnen lachen, de wirn inne Kök togangen und hulpen mit bi dat Festeeten to de Aabend, ower uns harn se rutsmeeten. Wi stunnen se blots ünner de Föt rum, harn se seggt. Dat wir de reine Not!

Enmol wir ik ganz alleen naa de Sandbarg rutloopen, de achter dat Scholhus liggen de. De Sandbarg wir ordig hoch. Wenn du dor boben stunnst, denn kunnst du dat ganze Dörp in Schosteen kieken. Dat wir al schummerig, und öwerall in de Hüs und in de Stalln brenn dat Licht. Wenn wi inne Schol de Wihnachtsgeschicht vertällt kregen, denn wir för mi de Stall vun Bethlehem ümmer en vun de Stalln in uns Dörp, und de Hirten vun Bethlehem harn ehrn Schaap oppen Sandbarg loopen, wo ik nu stahn de. As ik dor an dinken wor, kreeg ik dat rein son beten mit de Angst. – Wer weet, wat dor allens passieren kann op son Wihnachsaabend – –, ik wull mi man leewer wedder verdrücken.

Und denn wir’t so wiet! Dat heet, ürst schulln wi jo noch wat eeten. Dat geev toürst ümmer Wiensupp mit Kattenogen. De Kattenogen, dat wir jo wull growe Sago. De Sagokorn, de wirn bit Koken so glaasig oploopen und harn ’n

Punk inne Mitt. Dorum sän wi dor Kattenogen to. Wat dat sünst noch geew, dor weet ik nicks vun af, dat wir uns ok egol. Wenn dat naa uns gahn wir, denn bruken wi öwerhaupt nicks to eeten, wenn dat man blots ürst losgahn de.

Wi seeten mit uns Mudder in de Grotstuw in Halwdüstern to singen und keeken ümmer op dat Schlötellock in de Dör naa de Bestestuv. Dat Schötellock wor langsom heller und heller – und toletz wor de Dör vun de anner Siet opmaakt, und denn gung dat richtig los! Nu wir Wihnachen! – Wi stunnen in de Bestestuw an de Wand lang und keeken op de Dannboom mit all de Lichen und dat Engelhaar und denn naa de lange Disch mit de Geschenken, ower ran dössen wie ümmer noch ni. Ürst schull dor noch wedder sungen warn, und twüschendör mussen wi all naa de Reeg wat opseggn.

Ik luer ümmer röwer naa min Platz oppen Disch. Jo, he wir dor, de Säwel! – Grotsnutig as man een leeg he dor ganz vörn anne Kant! Und he blink naa mi röwer, as wenn he seggn wull: „Nu man ran hier, ol Fründ, wenn wi beiden tosaamenhoolt, denn hürt uns de ganze Welt!“

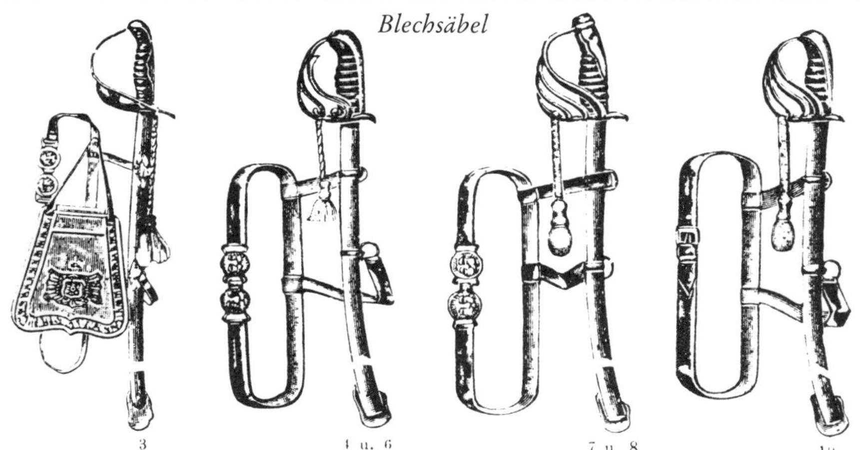

Gebogene Säbel mit schwarz Lacktuch-Koppel.

1605/2	**Verzinnte Scheide,**	Blechgriff	60 cm, Stück	0,30
3	**„ „**	Blechkorb, mit Husarentasche .	63 „ „	0,50
4	**„ „**	bronzierter Gusskorb mit Troddel,	63 „ „	0,50
6	**Vernickelte „**	„ „ „ „	63 „ „	0,90
7	**„ „**	Messing-Spangenkorb m. Troddel,	65 „ „	1,40
8	**„ „**	Nickel- „ Silbertroddel,	65 „ „	1,75

Gebogene Säbel mit schwarz Rindleder-Koppel.

1605/10 **Vernickelte Scheide,** Messing-Spangenkorb, Silbertroddel, 65 cm, Stück 3,00

Aus einem Spielwarenkatalog von 1905.

As ik em denn naaher inne Handen kreeg, do wir dat doch man son beten „leichte Ware“. De Reemen wirn ut Wassdok, und de Säweltasch, dat wir ’n Stück Blick, op de eene Siet rot anmaalt und op de anner gornicks! – Und as ik denn mol blanktrecken wull, do keem dat an Dag! De Säwel, dat wir man son lütten Stummel, ni mihr as fingerlang und ohne Spitz, eenfach afsneeden – –!!!

„Dat is ’n Attrapp“, sä Willy. „Attrapp?“, sä ik, „wat ’s dat nu wedder!“ „Schwindel, Bluff“, sä Willy und keek mi so komisch öwer de Schuller an. – – Schwindel! – Bluff! – und sowat an „Heiligen Aabend“!! – Und denn schull dat ’n Attrapp wähn? – Attrapp! – Siet de Tid kann ik dat Word Attrapp ni utstahn.

Nah, ik har jo noch min Isenbahn, blots dor wir ni veel vun to sehn. Ower dor achter de Pepernötteller, dor leeg noch son lange Rull Papier. Wat schull dat wull op sik hem? Jo, dat wir se, min Isenbahn! Dor wir ’n Lokomotiv, wo de Rook ut de Schosteen keem, en Köhlnwaag, en Packwaag und ’n lange Reeg vun Personenwaagens, alles fein mit bunte Farwen – – op Papier druckt. Ünner de Röd wirn ümmer son Stremels, de schulln mit utsneden warn. – So wir dat ok bi min Pappsoldoten. – Wenn du dor nu ’n Holtklotz achter de Stremels klewen dest, denn kunnen de Dinger stahn, und denn seh dat ut as ’n richtige Isenbahn.

Dat hebbt wi noch de sülwige Aabend hinkregen, min Fadder un ik. Wi späln uns richtig wech, und de Droom vun Blick und Uhrwark wir al meist vergeten. – Ik stell de Isenbahn ümmer so hin, dat de bunte Siet to sehn wir und de witte in Schatten stunn. Und Willy sä, wenn ik dormit fohrn wull, denn müss ik oppassen, dat de Lüd uns ni vun achtern to sehn kreegen. Ni so dicht rankaamen laaten, sä he, und denn „ümmer an de Wand lang, ümmer an de Wand lang …“

De anner Morgen heff ik de Säwel liekers noch mol wedder umschnallt, und wenn ik alleen wir, denn stell ik mi gau mol vör de Speegel.

Dat geew doch noch ganz schön wat her. Und wenn ik de Säwel ’n Stück ut de Scheed trock, denn seh dat rein gefährlich ut, denn blinker dat Isen, as wenn ’n dullen Hund de Tähn wiesen deit! Ik kunn jo blanktrecken, ik muss blots oppassen, dat de Kling ni so wiet rutkaam de.

As ik denn naaher mit min Säwel to Dörp wir und mol de Straat öwerholn de, do reep dor en ut de Stalldör achter mi ran: „Wi hebbt jo wull ’n nien Schandarf kregen!“ Dat klingel mi in de Ohren as de schönste Marschmusik, und ik kreeg noch ’n beten mihr Wind inne Näslöcker.

Bit Sprüttenhus lunger de dicke Hanne Lührs (angenommener Name) rum. Hanne Dick, as wi seggn deen, wir en vun min Johrgang, ower sünst ’n groten Windbütel. As Hanne Dick mi in Sicht kreeg, sett he son smerrige Grin op und denn – und denn sä he ok noch: „Wat hebbt se denn mit di vörhat!“ – Ik höl an – keek mol scharp naa em röwer – keem mit lange Schritten öwer de Straat liek op em daal – legg de rechte Hand oppen Säwelgriff und trock blank – een – twee – fingerbreet – wech wir Hanne Dick! Ik stött min Säwel wedder inne Scheed und wir mit mi sülm und de ganze Welt tofreden.

As ik wedder to Hus ankeem, wir Hinneri dor. Hinneri wir min beste Fründ, wi wirn Naawerskinner und späln meist jeden Dag tosaamen. Nu wull he min Isenbahn sehn, wo ik de ganze Tid vun snackt har. De Säwel har he gorni op de Reken. Hinneri stunn inne Grotstuw und keek sik dat Spillwark vun Isenbahn an. He bekeek dat vun alle Kanten, und ik kunn noch marken, dat he dor ni veel mit in Sinn har, ower he sä wieder nicks.

Naaher stunn wi beiden bi Hinneri sin Mudder inne Kök, wo ik jeden Dag de Melk afholn de. Ik muss vertälln, wat ik to Wihnachen kregen har. „En Säwel“, sä ik, „und ’n Isenbahn, und de – de is so lang as hier de Kökendisch.“ – – „Och“, sä Hinneri, „dat sünd jo blots Biller.“ – – Ik lang min Melkammer vun de Bank, und rut wir ik!

Ürst wir ik bannig inne Fohrt, ik wor mi meist giftig dinken. Ower as ik denn wat langsomer wor, keem ik doch op betere Gedanken. Wenn man dat richtig nehmen de, ni, denn wir dor jo wat an, wat Hinneri seggt har. He har dor jo Recht in, dat wirn jo ok blots Biller. – – Wi wulln man leewer Fründen bliewen.

De anner Dag wirn wi al wedder mit alle Mann oppen Klockturmbarg togangen. Dat harr Schnee geewen öwer Nacht, nu kunnen wi rüschen, und de Wihnachen wir al meist vergeten.

Weihnachtsteller um 1920.

Der vergessene Tannenbaum

Max Lorenzen

Etwa zwei Wochen vor dem Weihnachtsfest lagen plötzlich vor den Läden unserer beiden Kaufleute Ebsen und Petersen viele Tannenbäume. Zwar brachte uns der Weihnachtsmann den Baum, dennoch guckte ich schon mal im Garten umher, ob dort einer angekommen sei, und lag Mutter in den Ohren, wenn er zu lange ausblieb. In einem Jahr waren die Tannen bereits alle bei den Kaufleuten verschwunden, ohne daß ich bei uns einen im Garten entdeckt hatte. Mutter schien bei dieser Nachricht ein schlechtes Gewissen zu haben, denn am nächsten Tag war bereits das große Fest. Der Winter zog in diesem Jahr besonders früh ein, und riesige Eisflächen dehnten sich von Fahretoft bis nach Maasbüll und über Ockholm bis nach Langenhorn aus. Der Vormittag des 24. Dezember war angebrochen, und auch in dieser letzten Nacht wurde kein Baum in unserem Garten abgestellt. Ob der Weihnachtsmann uns vergessen hatte? Mutter und Vater waren offensichtlich ratlos.

Da erbot sich mein großer Bruder Fidi, der damals etwa 13 Jahre alt war, eine Tanne zu beschaffen, und zwar wollte er auf Schlittschuhen nach Langenhorn laufen. Er meinte, den Hinweg in gut zwei Stunden bewältigen zu können, und der Rückweg würde schneller gehen. Mit warmer Jacke, mit Schal, Pudelmütze, Fausthandschuhen und seinem Pikstock ausgerüstet, ein starkes Tau um den Bauch gebunden, zog er mit allen guten Wünschen von uns begleitet los. Es war schon Nachmittag geworden, und der steife Wind blies aus Ost. Zunächst führte ihn sein Weg in Richtung Munksbrück, weil der Kanal noch nicht zugefroren war. Dann empfingen ihn weite, überschwemmte Landflächen, die zu Eis erstarrt waren. Nun hieß es, zügig voranzukommen und dem Ostwind möglichst wenig Angriffsfläche zu bieten. Die Schlittschuhe waren gerade in der Schmiede geschärft, spurten also bestens, und der Pikstock leistete gute Dienste.

Die Pudelmütze tief in die Augen gezogen und weit nach vorne gebeugt, kam er gut voran. Dennoch spürte er schon die Nähe des Abends, und Schnee lag in der Luft. Kein Baum, kein Strauch boten Schutz oder wenigstens einen Anhaltspunkt für die Richtung. Aber schließlich brauchte er nur genau gegen den Wind zu laufen, um Langenhorn zu erreichen. Ab und zu richtete er sich ein wenig auf, um zu prüfen, ob in der Ferne schon erste Häuser in Sicht kamen. Aber das war wohl noch zu früh. Also lief er weiter, links – rechts, Strich für Strich. Seine Zähigkeit im allgemeinen und beim Schlittschuhlaufen im besonderen hatte er schon oft erprobt. Es wurde schon dämmerig, die Schneeluft machte sich bemerkbar. Vor Einbruch der Dunkelheit mußte er den Baum irgendwie erstehen, doch hatte er noch selbst keine rechte Vorstellung, wie er es anstellen wollte. Vielleicht bei einem Kaufmann oder beim Förster? Von Mutter hatte er ja zwei Mark mitbekommen. Oder sollte er in einem Waldstück am

Stollberg einfach eine Tanne abbrechen? Doch dazu fehlten ihm die rechten Ortskenntnisse. Nur einmal war er mit Nachbar Anton dort zum Sandholen gewesen. So hieß es zunächst, Langenhorn erreichen. Ein zufälliger Blick nach vorn überraschte ihn: Das Dorf lag in unmittelbarer Nähe vor ihm, und der Windschatten erleichterte allmählich das Laufen.

Nun kam die schwierigste Aufgabe: Wie an eine Tanne kommen? Er schätzte die Häuser ab. In einigen brannte schon Licht. Dort war ein Bauernhof, und ein Mann lehnte über der Stalltür. Ihn würde er fragen. Doch der Bauer sprach ihn schon von weitem an: „Jung, wo kummst du denn her? Du siehst je ut as en Schneemann." Erst jetzt sah Fidi, daß er völlig weiß bereift war und Eiszapfen an seinem Schal hingen. „Ick kumm ut Fahrtoft un wull mol sehn, ob ick hier wull noch en Dannenboom kriegen kunn." – „Watt, du kummst gans ut Fahrtoft, un dat op Schlittschoh bi dissen stiewen Wind?!" – „Jo, wi hemm noch keen Boom, un ohn ..." – „Recht hest du, ohn Dannenboom is dat keen Wiehnachen. Un dormit du ni länger söken bruukst, schaßt du de Dann vun mi ut de Goorn hemm! Ick hol en Biel ..." Das war ja ein unerhörter Glücksfall! Ein schöner Baum war schnell gefunden und abgehauen. Fidi löste seinen Strick vom Bauch und ließ sich von dem Bauern die Tanne auf den Rücken binden. Als Fidi in seine Tasche griff, meinte der Bauer: „Nee, de schall nix kosten, de kriggst du vun mi to Wiehnachen. Un nu kumm man gut to Huus!"

Nach einem herzlichen Dankeschön machte Fidi sich auf den Rückweg. Es wurde auch schon dunkel, und mindestens anderthalb Stunden würde es dauern, bis er zu Hause sein konnte. Allerdings – und das tröstete ihn – hatte er den Wind jetzt im Rücken. Der Baum war nicht schwer und vermehrte die Schubkraft des Windes.

Kaum hatte er ein Stück des Weges zurückgelegt, da fing es an zu schneien. Das war nun ganz dumm, weil der Schnee ihm die Sicht nahm und die eintönige weiße Fläche es ihm noch schwerer machte, die Richtung nach Fahretoft einzuhalten. Sollte er sich wie auf dem Hinweg wieder auf den Wind verlassen, nur jetzt eben in umgekehrter Weise? Doch vorhin war es noch hell gewesen. Und wenn der Wind sich nun langsam auf Südost drehte, wie häufig beim Wetterwechsel, dann würde er, ohne es zu merken, nach Norden abtreiben und womöglich auf den Bottschlottersee geraten, der sicher noch nicht überall tragfähiges Eis hatte. Oder er landete in der Nähe von Efkebüll an dem offenen Kanal und wüßte nicht, ob er links oder rechts nach der Brücke suchen sollte.

An sich kam er ja mit dem Rückenwind gut voran, aber es gab hier weit und breit kein Haus, wo er nach dem rechten Weg hätte fragen können. So lief er auf gut Glück weiter, immer nach einem Licht Ausschau haltend. Müßte nicht Norddeich allmählich in Sicht kommen? Doch von Sicht war bei diesem dichten Schneetreiben nicht zu reden.

Also weiter! Irgendwo zwischen Ockholm und Efkebüll müßte er ja auf ein Haus mit Licht und Menschen treffen. Doch wenn er nun an den wenigen Gehöften vorbeilaufen würde, ohne sie zu bemerken? Oh, was war das?! Er liegt auf der Seite und rutscht auf dem glatten Eis entlang. Wo ist der Pikstock abgeblieben? Offenbar war er über ein Reetbüschel gestolpert und hingeschlagen. Tut etwas weh? Nein, keine Schmerzen. Das fehlte noch, ein Beinbruch oder auch nur eine Verstauchung hier in der Einöde! Kein Mensch würde ihn finden, und das am Weihnachtsabend! Also besser aufpassen und lieber etwas langsamer fahren! Dort liegt der unentbehrliche Pikstock, und weiter geht's. Nur keine Angst aufkommen lassen! Jeden Augenblick kann ja ein Haus auftauchen, und alles weitere ergibt sich von selbst. Wenn nur die Sicht etwas besser wäre, doch die Flocken werden immer dichter und größer. Typisch für einen Wetterumschwung. Hier auf der glatten Eisfläche kann der Schnee sich nicht halten, stiebt mit Windeseile voraus, füllt die Gräben der Marsch und türmt sich irgendwo zu Wällen auf.

Doch halt, ein Licht voraus! Also dorthin und nach dem weiteren Weg fragen. Doch leider steht er vor dem unüberwindlichen Kanal, und das Licht kommt von der anderen Seite herüber. Wohin nun wenden, links oder rechts? Nichts scheint ihm hier bekannt. Er überlegt, prüft die Windrichtung und entscheidet sich für rechts. Das so verlockende Licht verliert sich schnell im dichten Schneetreiben. Wieder ist er mit sich alleine, aber der Baum auf seinem Rücken gibt ihm Mut. Was werden die Eltern und Geschwister sagen, wenn er damit zur Tür hereinkommt?

War er nun nach der falschen Seite gelaufen, sollte er umkehren? Er bleibt stehen und horcht. Nichts, aber auch gar nichts ist zu hören und zu sehen. Nur das Heulen des zunehmenden Windes und das Gestöber der Schneeflocken. Doch hatte da nicht eben eine Kuh gebrüllt?! Er fährt herum. Noch einmal dieser wohlbekannte, heimatliche Laut, wenn auch kaum vernehmbar. Zögernd nimmt er seinen Weg in die Richtung, und schon bald steht er vor einer geöffneten Stalltür, durch die ein schwacher Lichtstrahl nach außen dringt. Und augenblicklich erkennt er das Haus: Es ist Munksbrück. Natürlich, hier führt die Brücke über den Kanal! Da braucht er gar nicht erst zu fragen, denn von hier aus kennt er alle Gräben im Blomenkoog und kann in zwanzig Minuten zu Hause sein. Was kann ihm jetzt noch passieren? Ein Glücksgefühl durchfährt ihn.

Wir daheim sahen mit großen Sorgen den einsetzenden Schneefall. Vater und Mutter machten sich Vorwürfe, daß sie Fidis Vorhaben nicht verhindert hatten. Statt eines Tannenbaums hätte man auch einen schönen Zweig aus dem Garten mit Kerzen schmücken können. Was war nur zu unternehmen, um diese unerträgliche Wartezeit zu nutzen? Ich ging immer wieder aufs Eis hinaus und rief laut seinen Namen gegen den Wind, obwohl mir die Unsinnigkeit dieses Tuns bewußt war.

Doch dann stand er plötzlich in der Tür. Ein wahrer Schneemann! Mensch und Baum waren eins. Vorsichtig schüttelten wir im Stall den Schnee hinunter, lösten den Baum von seinem Rücken, zogen ihm die Pudelmütze vom Kopf, die steifgefrorene Jacke von den Schultern und die Schlittschuhe von den Füßen. Anschließend packte Mutter Fidi mit vielen Lobreden, aber auch mit Warnungen vor künftigen Unternehmungen ähnlicher Art ins Bett. Vater und ich setzten den hübschen Baum auf den Fuß, und das Schmücken besorgten

Vater und der Weihnachtsmann. Als zu später Stunde alles fertig war, weckten wir Fidi, und es wurde noch ein sehr schönes Weihnachtsfest.

De Poppenspäler

Hein Blomberg

Im Stinkviddel harn wi ne lütte Lodenwohnung. In den Loden, de as Stuv inricht wär, speelte sick unser ganzer Dogesablauf aff. Wenn dat buten drög wär, müssen wi natürlich rut. In de dunkle, kohle Tied bleeben wi ober meist tohus. Jeder seet in de Eck, wo he sien Speeltüch har.

Wi Jungs harn to all den annern Klöterkrom immer noch een Peerstall. Dor stünn ook een twespännigen Ledderwogen mit allerlei Tünns op bin. Wi wärn egolweg an op- un affloden. Achter kunn man sonne Ledder von de Britsch rünnerklappen un de Tünn dor rünnerrolln loten. Dat bröch uns bannig Spoß, wenn se orndlich gegen dat Vertiko ballerten. Wi müssen bloots oppassen, dat Modder dat ni wies wür, denn de har sick bös mit ehre Politur.

Uns Peer sehn good ut, wenigstens de erste Tied, as wi se kreegen harn. Mit de Tied wärn se ober all bös mitnohm dörch de veelen Transporte, welche se dörch den Loden, ünnern Disch un ünner de Stöhl dörchmeeken. De Peer wärn nämlich ut son Pappmaschee. Wi hebb so veele Tourn mit se mokt, dat se an de Been gor keen Maschee mehr an harn un nur noch op dünne Holzbeen stünn.

Vadder segg denn immer to uns: „Wiehnachten ward se utspannt un kommt in't Lazarett. Mol sehn, op de Wiehnachtsmann denn noch een poor schöne in sien Schleedenstall stohn hett."

Miene Schwestern speelten in de annern Eck mit ehre Poppen. Mien Vadder har ut kleene Holtkissen Poppenbetten mokt, för de mien Modder lüttes Betttüch neiht har. Dor würn de Poppen rinpackt un alle Ogenblick wedder rutnohm, rinpackt, rutnohm, rinpackt. Ick glöf, tum Schlopen sind se dorbi gor nich richtig kom.

Jeden Wiehnachten hebb wi wedder nüet Speeltüch kreegen. Dat hebb mien Öllern ober ni köff. Nee, so veel Geld hett mien Vadder ni verdeent. Meistens hett he dat all sülben mokt. He wär Aschwagenkutscher un hett veele Soken mitbröch, de he bloots noch repareern brukte.

Wenn mien Vadder de Düsternbrooktour har, funn he am meisten Speeltüch. Dat harn de Herrschaftskinner wohl obends, wenn dat düster wär, ni mit in ehre Villa mit rinnohm. Morgens, wenn dat regent har, wärn de Poppen natt un de Kökschen hebb se eenfach in den Aschemmer schmeeten.

Im Keller har Vadder all de nokten Poppengestelle op'n Bord liggen, för de mien Modder lütte bunte Kleeder ut ehre Flickenkist neiht hett. Eenmol bröch he sogar een ganzes Schaukelpeerd mit, ober ohne Steerd un Ohrn. Vör Wiehnachten wär he nur noch im Keller am Klütern un hett dat ole Speeltüch för uns toschick mokt. Wi dürfen denn ni mehr in Keller kom, weil wi ni weeten sulln, wat he dor allns för uns wedder tosombuut hett.

Am Wiehnachtsobend hebb wi dat denn to sehn kreegen. So seeten de Poppen in ehre nüe Kleedasch bi uns ünnern Dannboom. As Findelpoppen ut de Aschemmer von de rieken Lüüd ut Düsternbrook rutholt, harn se nun im Stinkviddel in een Arbeiterfamilie een nüet Tohus funn.

Im Jahre 1903 wurde in München der erste Adventskalender gedruckt. Seither ist er aus der Adventszeit kaum wegzudenken. Großer Beliebtheit erfreuen sich bei den Kindern die, hinter deren Türchen sich Schokoladenfiguren verbergen. Dafür liefert seit vielen Jahren die Husumerin Isa Dietrich die Vorlagen. Für dieses Motiv dürfte ihre Heimatstadt Pate gestanden haben.

Kiek ins, wat is de Himmel so rot

Kiek ins, wat is de Himmel so rot!
Dat sind de Engel, de backt dat Brot,
Se backt de Wiehnachtsmann sien Stuten
för all de lütten Leckersnuten.

Diese Zeilen, um die Jahrhundertwende ursprünglich von Johann Beyer in Bremer Mundart geschrieben, wären nicht so volkstümlich auch in Schleswig-Holstein geworden, wenn in ihnen nicht auf so einprägsame Art die große Bedeutung weihnachtlichen Backens verbunden worden wäre mit Engeln, dem Himmel und dem Weihnachtsmann. Als Lehrer kannte Beyer die Sehnsüchte der Kinder. Mochte es zu Weihnachten noch so bescheiden zugehen, für ein besonderes Essen wurde gesorgt, und beim unumgänglichen weihnachtlichen Kuchenbacken waren helfende Kinderhände fast immer willkommen. Kaum eine Kindheitserinnerung, in der daran nicht liebevoll gedacht wird.

Eine Untersuchung über „Das landesübliche Backwerk in Schleswig-Holstein" (Die Heimat, 1892) von der Direktorin des vaterländischen Museums in Kiel, Johanna Mestorf, zeigt, daß schon Weizenbrot und Roggenstuten (aus gesiebtem Roggenmehl) nur zu festlichen Gelegenheiten gebacken wurden.

„De Wiehnachtsmann sien Stuten" aber, das waren die sogenannten „Bunten Stuten", bei denen der übliche feine Hefeteig – bestehend aus Mehl, Milch, Eiern, Butter (oder Schmalz) und Hefe mit einem Zusatz von Zucker und Gewürz – angereichert wurde mit Rosinen, Korinthen, Zitronat und Succade, dadurch also „bunt" wurde.

Für gewöhnlich ernährte man sich mit Schwarzbrot. Frisches Brot wurde um die Mitte des 19. Jahrhunderts auch in den gewerbsmäßigen Bäckereien, die es nur in größeren Kirchdörfern gab, nur zu Sonn- und Feiertagen gebacken. Mit dem, was an die „Kirchgänger" nicht hatte verkauft werden können, zogen Brotträger oder Brotträgerinnen über Land, auch Stutenkerl oder Stutenwief genannt. Fast jeder Hof hatte daher seinen eigenen Backofen, der in der Weihnachtszeit besonders in Anspruch genommen wurde.

Wie mühevoll das Backen darin verglichen mit heute war, wo eine Schalterbedienung zur Erzeugung von Hitze und deren Regulierung genügt, schildert Hans Schmidt-Gorsblock in einem Bericht über die Weihnachtsbäckerei auf einem nordschleswigschen Geesthof um die Jahrhundertwende:

„Frühmorgens begibt sich der Bauer, eine Windlaterne in der Hand, ins Backhaus zur verantwortungsvollen Arbeit des Anheizens. Die Feuerung ist am Vortag herbeigeschafft worden: ein Bund Stroh, trockenes, im Sommer gehauenes dickstengliges Heidekraut in Bündeln und in größerer Menge Eichenbusch, der im Herbst in einem der öffentlichen Nutzung zugänglichen Kratt der Gemeinde auf Vorrat genommen wurde. Außerdem hat der Dienstjunge in mühseliger Kriecharbeit schon einige Korbvoll Flachen an der Rückwand des Ofens zu Paaren dachförmig gegeneinander aufgestellt.

Nun wird am Ofenmund zunächst das Stroh angezündet, das leicht Feuer fängt, und von dort aus soll die Flamme auf Heidekraut, Reisig und Flachen übergreifen. Aber die Herbstluft ist diesig und schwer, der Qualm will nicht abziehen und beizt nur Augen und Lungen, und das Feuer erlischt wegen mangelnder Sauerstoffzufuhr. Mit einem neuen Versuch gelingt es doch, mit gesteigerter Wärme die träge Luft in Bewegung zu bringen, und dann gilt es, den Brandherd allmählich an die Rückwand zu verlegen und dort ein lebhaftes Feuer zu unterhalten, das nach und nach die Steine des Gewölbes zum Glühen bringt und damit den ‚schwarzen Mann', den Ruß vom anfänglich schwelenden Brand, aus dem Ofen vertreibt.

Glühen dann die Steine rötlich-weiß und sprühen sie beim Bestreichen mit einer trockenen Fichtenstange helle Funken, wird das Beheizen eingestellt. Asche und Glut werden mit dem eisernen Feuerrechen in die Aschengrube unter dem Ofenmund herausgezogen und unter Zischen und Dampfentwicklung gelöscht. Schließlich wird der heiße Boden mit einem an einer Stange befestigten nassen Tuch angefeudelt, und durch einen eifrigen Boten ergeht die Nachricht an die Frauen: Der Ofen ist fertig!

Da stehen auch schon die geformten Schwarzbrote auf der flachen Torfkarre und eine kleinere Anzahl von Roggenfeinbroten auf dem Küchentisch zum Abtransport bereit. Die Frauen, leicht bekleidet, wischen sich den Schweiß aus der Stirn, denn Kneten und Formen der Brote – anderthalb Dutzend pflegen es zu sein – erfordert Gewissenhaftigkeit und Kraft. Am Vorabend ist das feingemahlene Roggenmehl im großen Backtrog mit Wasser unter Zusatz von Sauerteig und Salz zu einem zähen Teig vermischt und durchgeknetet worden. Dieser ist über Nacht, mit einem sauberen Leinentuch zugedeckt, in Gärung gekommen und aufgegangen und einer abschließenden Behandlung unterzogen worden, wobei es galt, die Backmasse durch fortwährendes Walken mit geschlossenen Fäusten und öfterem Wenden in einen gleichartigen, bündigen, doch von den Händen sich lösenden Teig zu verwandeln. Die geformten Brote sind dann erst mit einem Überzug aus Roggenfeinmehl und Wasser gegen Verschimmeln versehen und schließlich mit eiweißreicher Rohmilch zur Erreichung eines goldbraunen Glanzes beim Backen bestrichen worden. Mit berechtigter Befriedigung können die Frauen die weitere Behandlung dem Bauern überlassen, und sein anerkennendes Nicken bei der Übergabe hebt die Stimmung. Die Brote werden nun mit der Brotschüffel – eigentlich nur ein Brett, das vorn ein etwa fußlanges, zum vorderen Rand sich verjüngendes Blatt

hat und sich in einen langen Stiel verschmälert – in den Ofen befördert. Hinten, wo die Hitze am größten ist, werden die Roggenbrote mit einigem Abstand nebeneinander aufgereiht, davor kommen die Roggenfeinbrote, und endlich die Weizenfeinbrote, die zwar nicht immer, aber zu Weihnachten bestimmt dabei sind. Noch ist Platz für den Ofenkuchen in großer irdener Schüssel, der das Hauptgericht der Mittagsmahlzeit bildet, und für zwei Feinbrote vom Nachbarshof, die nach bestehendem, gegenseitig geübtem Brauch mitgebacken werden, um bei jeder Benutzung des Backhauses Frischbrot in jedem der beiden Höfe zu haben. Sie werden zurückgereicht mit einer Probe eigener Herstellung. Es käme einer Katastrophe gleich, wenn die Probe in der Güte nicht neben den Gastbroten bestehen könnte.

Nach der Belegung steht der Ofen unter dauernder Beobachtung, indem die eiserne Verschlußplatte von Zeit zu Zeit gelüftet wird und so der Backvorgang mit kritischem Blick verfolgt werden kann. Ist dann nach sachkundigem Urteil die Backreife der verschiedenen Brotsorten eingetreten, so werden sie nacheinander in aller Eile mit der Schüffel herausgeholt und der Ofen sogleich wieder geschlossen. Zur Abkühlung wird das Gebackene auf den Tisch gestellt und die Brote später als Vorrat für etwa drei Wochen in den gesäuberten Backtrog gelegt.

Die geminderte Ofenwärme reicht noch zum Backen der verschiedenen Form- und Kleinkuchen aus, und gerade auf diesem Gebiet wird ein gewaltiger Luxus getrieben, denn Güte und Sortenzahl müssen bei den zahllosen nachweihnachtlichen Abendkaffeegastereien mit Familie und einem meist weitläufigen Umgangskreis, die – bis zur Erschöpfung der Teilnehmer – den Monat Januar fast ausfüllen, Haus und Hausfrau würdig vertreten. Es fällt nicht schwer, eine Liste von zwanzig gebräuchlichen Backvariationen aufzustellen.

Besonders für die Kinder werden die ‚kleinen Pfeffernüsse' gebacken, und das gleich eimerweise. Sie sind als Spieleinsatz sehr beliebt – können sie doch ohne wesentliche Veränderung von Hand zu Hand gehen und frei in der Tasche getragen werden. Aber auch Erwachsene wissen sie als trockene Beikost nach einer reichlich genossenen Mahlzeit zu schätzen.

Obgleich nach einfachem Rezept hergestellt, erfordern sie doch einen beträchtlichen Arbeitsaufwand bei der Herstellung, und auch die Kinder müssen mithelfen – und tun es mit Hingabe.

Am Abend vor dem Backtag sitzen die Kinder auf Bank und Stühlen am Küchentisch, und die Mutter teilt etwa faustgroße Portionen des handlichfesten Teiges zu, und nun gilt es, mit waagerecht gehaltenen Händen, die Finger gestreckt, durch sanften Druck und Bewegung aus dem formlosen Klumpen eine fast meterlange fingerdicke Walze zu zaubern. Das erfordert einige Geschicklichkeit und gelingt nicht immer auf den ersten Wurf, aber es verlangt auch ziemliche Ellenbogenfreiheit, und Grenzstreitigkeiten sind unvermeidlich, wenn ein halbes Dutzend Kinder zur gleichen Zeit sechs Teigschlangen ausrollen wollen. Doch kommt es nicht zu kriegerischen Konflikten, da das nahe Fest wohl schon die Gemütsart zu mildern vermag.

Wird das fertige Produkt von der Mutter als geeignet befunden, trägt sie es auf flachen Händen zur großen Truhe auf der Vordiele und hängt es über den gewölbten Deckel zur Abkühlung. Vor Tau und Tag muß der Bauer morgens aus den Federn, um sie, zu mehreren nebeneinandergelegt, mit dem Brotmesser auf dem Hackbrett noch vor dem Heizen in gleichmäßige nußgroße Stückchen zu zerschneiden. Mit Roggenmehl bestreut lagern sie dann auf Sieben, bis sie vor dem Backen in dünner Schicht auf Kuchenbleche verteilt werden können.

Es zeigt sich nun, daß der Zustrom an Gebäck auf Blechen so groß ist, daß der Ofen auch bei der zweiten Belegung nicht alles zu fassen vermag, und ein schnelles Nachheizen mit Heidekraut erweist sich als notwendig, um vor Sonnenuntergang die Tür des Backhauses befriedigt schließen zu können.

Abends liegt der milde, fast sättigende Duft von Brot, der von fern an den des stäubenden Roggenfeldes erinnert, im ganzen Haus, angenehm verstärkt und gemischt mit Wohlgerüchen aus Mandeln und Sukkade, Zimt und Nelken, Sirup und gebranntem Zucker.

Nach dem Abendbrot sammelt man sich wohligmüde um den Küchentisch: die Kinder, um den übriggebliebenen Bruchabfall zu genießen, die Erwachsenen, um kritisch nachschmeckend die vielen Sorten von Gebäck zu begutachten. Es ist gewiß ein mühevoller Tag gewesen, aber er verspricht auch manche bescheidenen Genüsse für kommende Tage. Bald schon, denn nun steht das Fest vor der Tür.“

Die Fülle des für Weihnachten und Neujahr typischen Gebäcks teilt Johanna Mestorf in acht Gruppen – die Bunten Stuten oder Klöben wurden bereits erwähnt. Zu jeder der Gebäcksorten gibt es zahlreiche Varianten sowohl in Kochbüchern als auch als sorgsam gehütete Hausrezepte. Das Interesse auf diesem Gebiet ist in den letzten Jahren gewachsen. Alte Kochbücher werden neu verlegt und Bücher aus einzelnen Regionen mit Rezepten aus der Vergangenheit vielfach angeboten.

Die hier folgende Übersicht von Johanna Mestorf aus der Zeit um 1900 vermittelt zum einen einen Eindruck von der großen Vielfalt in der Backkunst – vielfältig wie die Landschaften Schleswig-Holsteins –, zum anderen gibt sie sicherlich Anregungen für eigenes Ausprobieren.

Die Aufstellung beginnt mit dem Kringel, der als besonders altes Gebäck in vergoldeter Form zum Innungszeichen der Bäcker wurde:

„*Kringel,* ein uraltes Gebäck in mancherlei Art: der große Butterkringel von feinem Hefenteig mit Zucker und geschnittenen Mandeln bestreut; der Sadenkringel, aus einfachem Teig, wird, nachdem er geformt, in kochendes Wasser geworfen, danach mit Anis, Kümmel oder Fenchelkörnern bestreut und im Ofen gebacken; Milchkringel, kleine einfache knusperige Kringel; Vierknacker, ringförmige gesottene Kringel aus Eiweiß und Mehl bereitet, und endlich Zuckerkringel aus dünnem Blätterteig mit Zucker bestreut."

Es folgen „*Honig-* oder *Braune Kuchen* und *weiße Kuchen:* Ein stark gewürzter mit Zucker oder Syrup gesüßter Teig. Obwohl der Name Honigkuchen sich hier und dort noch behauptet, wird doch der Honig kaum noch zum Süßen des Teiges benutzt. Außer den Kuchen, die mit Zitronat und Mandeln belegt oder mit Zucker bestreut werden, formt man aus dem Teig kleine plätzchenförmige Kuchen, Pfeffernüsse genannt, obwohl unter den dazu gebrauchten Gewürzen der Pfeffer nicht vorherrscht."

Sicherlich ist nur wenigen Kuchen ein so liebevolles Denkmal in der Literatur gesetzt wie den Braunen Kuchen durch Theodor Storm. In seiner Novelle „Unter dem Tannenbaum", die er in Heiligenstadt schrieb, heißt es: „Er brach einen Brocken ab und prüfte ihn genau; aber er fand alles, was ihn als Knabe daran entzückt hatte: Die Masse war glashart, die eingerollten Stückchen Zucker wohl zergangen und kandiert." Und in wehmutsvoller Erinnerung an seine Husumer Heimat fährt er fort: „Was für gute Geister aus diesem Kuchen steigen." Er soll nach folgendem in Husum bekannten Rezept gebacken worden sein:

4 ℔ dunklen Sirup, 1 ℔ Zucker, 1 ℔ Butter, 4 ℔ Mehl, 10 Gramm Nelkenpfeffer, 15 Gramm Zimt, 5 Gramm Kardamom, $^{3}/_{4}$ ℔ dünn geschnittene Mandeln, $^{1}/_{2}$ ℔ dünn geschnittene Succade, $^{1}/_{2}$ ℔ Orangeat feingeschnitten, das Abgeriebene von 3 Zitronen, 25 Gramm Hirschhornsalz und 10 Gramm Pottasche.

Den Sirup bis zum Kochen erhitzen, unter Rühren Zucker und Butter darin auflösen und dann etwas abkühlen lassen. Die Hälfte des Mehls wird mit den Gewürzen vermischt und langsam unter Rühren in den abgekühlten Sirup gegeben. Danach die flach geschnittenen Mandeln, Succade und das Orangeat darunter arbeiten. Zuletzt die Pottasche und das Hirschhornsalz, in etwa 100 ccm warmen Wassers (lauwarm) aufgelöst, darunterrühren. Den Teig mindestens einen Tag ruhen lassen.

Ein anderes, vielfach erprobtes Rezept für dieses Weihnachtsgebäck, das nach wie vor zu den beliebtesten gehört, findet sich bei Ella Orth (Praktisches Kochbuch für die Schleswig-Holsteinische Küche, 16. Aufl. 1948):

$2^1/_2$ kg Mehl, 375 g grobgehackte Mandeln oder Nüsse, 3 bis 5 g Nelken, $1^1/_4$ kg Kuchensirup, 3 g Kardamom, 375 g Zucker, $^1/_2$ kg Butter, 250–375 g Schmalz, $^1/_4$ kg in Stücke geschnittene Succade, 50 g Pottasche, 10 g Hirschhornsalz, Schale einer Zitrone.

Butter, Schmalz, Zucker, Sirup werden aufgekocht. Wenn die Masse etwas abgekühlt ist, gibt man die mit einem Eßlöffel Rosenwasser verrührte Pottasche, das feingestoßene Gewürz, die geriebene Zitronenschale, die Mandeln und das Mehl hinzu und verrührt alles gut miteinander. Aus dem ausgerollten Teig sticht man beliebige Formen. Die Kuchen werden bei mäßiger Hitze auf der mit Fett bestrichenen Platte gebacken. Den Teig kann man mehrere Tage, auch einige Wochen stehen lassen, bevor man ihn zum Backen verwendet.

Meistens wird wohl das halbe Rezept genügen. Der Teig läßt sich auch gut zu Rollen von ca. 4 cm Durchmesser verarbeiten. Sie müssen ebenfalls eine Weile (können auch länger) kaltgestellt werden und können dann in dünne Scheiben geschnitten auf dem Blech gebacken werden. Einen Teil wird man aber sicherlich gerne den Kindern ausgerollt für ihre Ausstechformen überlassen.

Es folgen in der Aufstellung von Johanna Mestorf die Kindjeespoppen, auch Wihnachspoppen genannt. Dieses Gebildgebäck erfährt in jüngster Zeit eine Art Renaissance ebenso wie die Weihnachtsbögen, besonders in der Form, wie sie auf Föhr gebräuchlich waren und zu deren Ausstattung es von altersher gehörte.

„*Kindjeespoppen, Wihnachspoppen:* Vorherrschend von Braunem- oder Weißenkuchenteig, hier und dort auch aus Brotteig, mit Fruchtsaft (Rothebeet- oder Kirschensaft) bemalt und mit Goldschaum beklebt. Die von altersher überall wiederkehrenden Figuren sind: Adam und Eva, Reiter zu Pferde, Pferd, Hirsch, Schwein und Hase. (Kutsche, Mühle, Schiff sind jüngere Gebilde). In Angeln wurden sie, wenn das Brot in den Ofen geschoben war, auf einem Backblech oben auf das Brot gesetzt. Dieses Figurenbrot wird, wie ehemals auch die Honigkuchen, nur um Weihnacht und zu den Jahrmärkten gebacken."

Während das Gebildgebäck wohl meistens in Bäckereien gekauft wird, erfreuen sich die Eisenkuchen in der Hausbäckerei wieder großer Beliebtheit. Mit den elektrischen Eisen, die jetzt im Handel angeboten werden, lassen sie sich bequem herstellen, und gut verwahrt sind sie über eine längere Zeit haltbar.

„*Eisenkuchen, Isenkok:* in der Form den sogen. Karlsbader Oblaten gleichend, entweder aus Weizenmehl, Rahm, Eiern und Gewürz bereitet (Westküste) oder aus gesiebtem Roggenmehl und Syrup mit einem Zusatz von Pottasche. Das Eisen, in welchem sie gebacken werden, gleicht dem Waffeleisen, jedoch mit flachen tellerförmigen Platten, statt der gefensterten Rechtecke. Auf der einen Platte pflegte eine Inschrift angebracht zu sein, auf der andern eine bildliche Darstellung. Nachdem die Eisen mit einer Speckschwarte oder mit zerlassener Butter gefettet, wurde ein Löffel voll Teig darauf gegossen, das Eisen geschlossen und auf die Kohlenglut gelegt. In Wankendorf (Holstein) fand man vor kurzem in den Bauernhäusern noch solche Eisen aus dem 16., 17. Jahrhundert, die jetzt leider an fahrende Händler verkauft sind.

Dort wurden die Eisenkuchen nur um Neujahr aus Roggenmehl, Syrup und etwas Pottasche gebacken. Jeder Hausgenosse bekam etwa 1 Stieg (20 Stück). Sie wurden auch an Nachbarn und Freunde verschenkt."

Die beiden folgenden Rezepte stammen von der Insel Föhr:

Eisenkuchen (flach):

$1\,^1/_2$ ℔ Mehl, $^1/_2$ ℔ Kartoffelmehl, $^1/_2$ ℔ Butter, $^1/_2$ ℔ Margarine, $^3/_4$ ℔ Zucker, 3 Päckchen Vanillezucker, 3 ganze Eier, 2 Eigelb, 1 Prise Salz, 3 Teelöffel Hirschornsalz,

alles zu einem Teig verarbeiten und über Nacht stehen lassen, dann davon kleine Kugeln formen und sie im heißen Eisen backen.

Eisenkuchen (gerollte Form):

200 g Butter oder Margarine, 165 g Zucker, $^3/_4$ ℔ Mehl, 3 Eier, 1 Eßlöffel Rum, $^1/_2$ Backpulver, knapp $^1/_2$ Tasse Wasser,

den Teig jeweils mit einem Löffel in die heiße Form geben und noch heiß Tüten oder Rollen daraus drehen.

Die lustigen Namen für die Pfeffernüsse aus den einzelnen Regionen lassen schon den Schluß zu, daß es sich dabei um hartes, klöterndes Gebäck handelt. Diese kleinen Kuchen, deren Herstellung Hans Schmidt-Gorsblock ausführlich beschreibt, haben überall andere Namen und unterscheiden sich auch in ihrer Herstellung:

„*Kneppelkok,* fingerdicke viereckige Kuchen aus Roggenmehl, Syrup und Fett bereitet. (Nordschleswig).

Knerken (auf den Halligen), auf der Insel Föhr *Halligknecker* genannt, werden aus Rahm, Zucker, Butter und Mehl bereitet, in der Form kleiner Plätzchen oder Pfeffernüsse.

Klieklepper, Klienöt. Auf Föhr aus dem Rest des Gerstenbreies bereitet, mit dem man das Schwarzbrot überstrichen hatte. In Angeln aus den Teigresten, welche man aus dem Backtrog zusammenscharrte. Nachdem man diese Teigreste mit Syrup und bisweilen auch mit etwas Gewürz verbessert hatte, formte man Rollen daraus, die man in fingerdicke Stücke schnitt und auf dem Schwarzbrot gar backte, zur Freude der Kinder. Auch in Holstein kauften die Kinder beim Bäcker Klienöt (auch hölten Pepernöt genannt), die aus Weizenkleie oder aus Roggenmehl, Syrup und etwas Fett bereitet wurden."

Im Elternhaus der Herausgeberin wurden kleine harte Plätzchen für das Pochspielen zu Weihnachten und Silvester Kluttjes genannt. Sie wurden noch bis zum Ende des 2. Weltkrieges gebacken. Für diejenigen, die solche kleinen harten Nüsse auch heute noch lieber für den Spieleinsatz sehen als Bonbons oder Nüsse, die auch früher teilweise genommen wurden, nachfolgend ein Rezept aus Angeln. Dort werden sie Klütjes genannt:

$^1/_2$ ℔ Butter, $^1/_2$ ℔ Zucker, 2–3 ℔ Mehl, 2 Eier, 1 kleine Tasse Milch, 2 Teelöffel Hirschhornsalz.

Alles zusammengeknetet kalt stellen. Einfacher, als von fingerdicken Rollen Stücke abzuschneiden, dürfte es sein, den Teig dick auszurollen und ihn dann längs und quer in kleine Würfel zu schneiden. Die werden auf ein Backblech verteilt bei 200° goldbraun gebacken.

Wenn es sich nicht um eine Großfamilie handelt, wird das halbe Rezept reichen.

Weihnachtspostkarte von 1916.
Auch unseren dänischen Nachbarn schmecken die Förtchen, wie die Nissenmännchen zeigen. Das nordische „Jul" findet sich bei uns noch im „Julklap" wieder.

Den Reigen der Gebäckarten beschließen die Förtchen, die wie auch die Eisenkuchen in den einzelnen Regionen unterschiedlich zu Weihnachten schon oder häufiger zu Silvester gebacken wurden. Sie finden in fast allen Kindheitserinnerungen Erwähnung und werden in den verschiedenen Gegenden sowohl anders benannt als auch abweichend geschrieben. Stellenweise nannte man sie Ochsenaugen.

Förtchenpfanne

„*Förtjen.* Futjen, Bratballen. Ein kugelförmiges Gebäck aus feinem Hefeteig oder aus Mehl, Rahm, Eiern und Gewürz, welches in der ‚Augenpfanne' in Fett gebacken oder in Schmalz gekocht wird. Füllt man dieses Backwerk mit Äpfeln, so heißen sie Apfelkuchen.

Am Neujahrsabend zog früher der Dorfschulmeister mit seinen Schülern von Haus zu Haus, um für ein frommes Lied Gaben an Lebensmitteln, namentlich Förtjen oder Apfelkuchen, entgegenzunehmen, die oft reichlich gespendet wurden. Jetzt geht nur noch die Schuljugend mit dem Rummelpott von Haus zu Haus und ‚schnurrt um Appelkoken'."

Hundert Jahre nach der Erhebung von Johanna Mestorf gehen am Altjahrsabend an vielen Stellen in Schleswig-Holstein immer noch Rummelpottläufer von Haus zu Haus. Sie singen teilweise die alten Lieder und sind häufig phantasievoll angezogen. Rummelpötte haben sie allerdings kaum noch mit. Ebensowenig werden sie wohl Förtchen an den Türen erhalten, obwohl diese vielerorts zu Silvester gebacken werden, jetzt, wo es im Handel die speziellen Pfannen für den Elektroherd gibt. Das folgende Rezept von der Ostküste garantiert gutes Gelingen:

3 ℔ Mehl, 2 Liter Milch, 8–15 Eier, Kardamom, 1 Teelöffel Zucker, 3 Päckchen frische Hefe oder 4 Tüten Trockenhefe, 3 Handvoll Rosinen.

Alles wie gewohnt verarbeiten – von den getrennten Eiern gibt man den Eischnee zum Schluß dazu. Den Teig läßt man wie üblich gehen.

Ein Viertel dieses Rezeptes ergibt in der Förtchen-Pfanne für den Elektroherd (7 Augen) ca. 50 Stück.

Aber nicht nur braune Kuchen und Förtchen tauchen in den Lebenserinnerungen auf. Peter Christian Hansen zum Beispiel, der 1853 in Flensburg geboren wurde und in einfachen Verhältnissen aufwuchs (er war Gründer des Arbeiterbauvereins), erinnert sich neben den „von der Mutter mit besonderer Geschicklichkeit gebackenen knusperigen Apfelkuchen“ an ein herrliches Weihnachtsgericht: „Der Kopf des einige Tage vorher geschlachteten Schweines wurde aufgetragen und daneben stand der dampfende Langkohl. Ach, eine Speise für die Götter! Von dem Kohl wurde so reichlich gekocht, daß der Vorrat für mindestens drei Tage ausreichte. Und an jedem Tage mundete das Gericht besser.“ Es ist ein Gericht, welches an Nord- und Ostseeküste gleichermaßen gegessen wurde. Emil Nolde schreibt: „Und dann kam das Weihnachtsfest! Die Knechte und Mädchen speisten mit in der guten Stube, es wurde gebetet, und der Tisch war festlich mit weißem Leintuch gedeckt und mit dem Silbergeschirr. Der große Schweinskopf mit den Schüsseln voll Grünkohl nebenzu stand unser erwartend.

Das Essen war schwere Kost für Kinder, aber ein Stück Schweinsohr mit weißen Knorpelstreifen darinnen, das schmeckte doch sehr schön. Und dann kam die Reisgrütze mit dem üppigen Butterklecks in der Mitte und mit Zucker und Kanehl darüberhin; das war noch besser. Und dann der herrlich große Teller voll Kuchen zum Sattessen!“

Rezepte für die beiden Gerichte – aus „Die holsteinische Küche“ herausgegeben von Johanna Kuß, 1885 – sollen hier einmal wiedergegeben werden, sind sie doch als weihnachtliches Festessen heute kaum noch vorstellbar.

Den Kopf eines zahmen Schweines wie den eines wilden zubereiten:
Man nehme von einem schon gebrühten Schwein den Kopf und sorge, daß er recht groß abgeschnitten werde, zünde dann ein Feuer von Haferstroh an und halte ihn über die Flamme, bis er gut erwärmt ist. Hierauf wird der Kopf mit Blut bestrichen und mit der Strohasche stark eingerieben, damit sie in die Haut dringe und er gehörig schwarz gefärbt werde.

So gefärbt, nähe man ihn in Leinen, nachdem zuvor die Ohren an den Kopf gebogen und der Knochen des Genickes abgeschnitten ist. Gekocht wird er mit Rothwein, etwa 4 Flaschen (es kann sehr wohl trüber Wein genommen werden), Weinessig, Gewürznelken, schwarzer Pfeffer, Nelkenpfeffer, Ingwer, Citronenscheiben, Zwiebeln, Lorbeerblätter, Salz und Wasser, damit er ordentlich bedeckt ist. Es sind ungefähr 2 bis 3 Stunden, je nach Größe, zum Garkochen erforderlich und es ist nöthig, ihn öfters zu wenden. Bis zum Gebrauch lasse man den Kopf in der Brühe stehen, dann wird das Leinen abgenommen, der Kopf sauber abgeputzt doch vorsichtig, damit die schwarze Farbe nicht abgehe. Verziert wird er mit einigen Streifen Speck und grünem Laub, in die Schnauze wird eine Citrone gesteckt. Zu serviren mit Senfsauce.

Reisbrei oder dicker Reis:
Man läßt 250 Gramm Reis in einem Liter kochendem Wasser aufkochen, schüttet ihn auf ein Sieb und übergießt ihn mit kaltem Wasser. Dann läßt man ihn mit ein wenig Salz und 2 Liter kochender Milch 3/4 Stunde langsam mit der Milch dick einkochen. Beim Anrichten übergießt man den Reis mit geschmolzener Butter und bestreut ihn mit Zucker und feinem Kaneel.

Wie häufiger im Holsteinischen gab es bei Friedrich Hebbel, wie er in einem Brief an Elise Lensing schreibt, zu Weihnachten den Dithmarscher Mehlbeutel. „Dann wurde von den blauen Hirschtellern – so genannt, weil in ihrer Mitte ein Hirsch, den mein Vater gewöhnlich mit Kreide auf den Tisch nachzuzeichnen pflegte, gemalt war – gegessen, es gab einen Mehlbeutel, zuweilen wohl gar mit Rosinen oder Pflaumen gefüllt, später wurde guter Tee getrunken, hauptsächlich der Mutter wegen, die ohne Tee nur halb vergnügt sein konnte. Bevor das Essen kam, sang der Vater in Gemeinschaft mit mir und meinem Bruder ein geistliches Lied, nachher mußte ich aus der ehrwürdigen dickbäuchigen Postille mit den vielen Holzschnitten, die mich seltsam fremdartig begrüßen, das Evangelium und eine Predigt vorlesen …"

Johanna Kuß gibt in ihrem Kochbuch folgendes Rezept für den Mehlbeutel an:

750 g Mehl, 2 Tassen voll geriebenes Weißbrot oder Zwieback werden mit 8 ganzen Eiern und $^{3}/_{4}$ Liter Milch angerührt und zuletzt 250 g geschmolzene Butter hinzugetan. Salz, Rosinen, Korinten nach Belieben. Kann sowohl in eine Form wie auch in einem Tuch gekocht werden. Man kann auch das Eiweiß zu Schaum schlagen und zuletzt an den Pudding geben. Kochzeit 1 $^{1}/_{2}$ Stunden.

Inzwischen sind diese alten Gerichte wohl überall abgelöst worden durch Gänse- oder Putenbraten, Wildgerichte oder Karpfen, die sich kaum von dem unterscheiden dürften, was in anderen Gegenden Deutschlands auf den Tisch kommt.

Interessieren dürfte indessen doch, was Alexander Tille schrieb in dem ersten erschienenen Standardwerk über Weihnachten („Die Geschichte der deutschen Weihnacht", Leipzig 1895). Dort werden die alten Eßsitten im Norden ganz besonders herausgehoben. Gesagt werden muß dazu, daß altem Glauben zufolge reichliches Essen am Beginn eines Jahres – zeitweilig galt dafür der 25. Dezember – die Gewähr bieten sollte für ein gutes neues Jahr.

„Einen besonderen Umfang hatte der Weihnachtsschmaus in Schleswig Holstein bis zu Anfang des achtzehnten Jahrhunderts, oder genauer bis zu der großen Wasserflut von 1717. Vom ersten Weihnachtstag bis auf Heiligen drei König wurde jeder Tag mit Schmaus, Tanz und Spiel hingebracht; die reichen Besitzer dehnten diese Festzeit wohl gar bis Lichtmeß (2. Februar) aus. Alle Tage war ein neuer Wirt, und selbiger wurde nicht gerne eher seine Gäste los, als bis die vorgesetzten Speisen, wozu insbesondere ein Schinken und ein Mehlbeutel gehörten, völlig verzehrt waren; die Nächte hindurch ward getanzt, auch um Nüsse, Äpfel usw. gespielt bis an den hellen Morgen, und nichtsdestoweniger mußte die Gesellschaft um Mittag wieder zusammen sein.

Wo das Jahr über die Polizei ‚die gemeinen Bier in städten, märckten und dörffern' verbot, da gestattete sie sie doch zu Weihnachten, Fastnacht und Pfingsten, als den Erben der drei alten Jahreszeitenfeste. In Norddeutschland nannte man den Weihnachtsabend wegen der reichlichen Mahle sogar ‚Vullbuks Abend', Voller Bauchabend, und dieser Name hielt lange dem Hamburger Ausdruck Kaßabend, d. i. Karsten-, Christians- oder Christabend, die Wage."

M. Gotthilf Anton Eberhard, Privatlehrer zu Leipzig, erzählte im Jahre 1799 über die holsteinische Weihnacht: „Christ heißt in der holsteinischen Sprache Karst, und kommt vom alten Kaß her: daher Kaßabend, Weihnachtsabend, Christabend. Er heißt auch dort Vollbuksabend: der volle Bauchsabend, weil am Abend vor Weihnachten der hollsteinische Hauswirth sein Gesinde außerordentlich zu beköstigen, ihm vollauf Essen zu geben pflegt. Sogar dem Rindvieh und Kühen wird in einigen Gegenden Hollsteins, z. B. im Pinnebergischen, am Weihnachtsvorabend besseres Futter und voller auf und in die Krippe gelegt und vor dieselbe ein Licht gesetzt." Wohl seit dem sechzehnten Jahrhundert wurde dies Mahl zugleich ein Kinderfestmahl. Dabei durften die Kinder selbst zulangen und soviel essen, wie sie wollten. Ihre Weihnachtssehnsucht drückte sich daher in dem Wunsche aus: „O, wenn doch erst de Abend keem, da man sülben snitt und sülben itt!" Auf dem Lande kommt dort noch 1865 Schweinskopf mit Langkohl als Festgericht vor.

Alex Eckener, Weihnacht, Radierung.

Brot för de Welt

Emil Hecker

Günt över 't Feld is
de Heven so rot,
dor backt de Engeln
to Wiehnachten Brot.

Stuten un Koken
mit Mandeln un Nöt,
Sucker, Rosinen
so leevlich un söt.

Stuten un Koken
för Lüd' mit veel Geld!
'nehr backt de Engeln
mol Brot för de Welt?

Denn harrn wi Freeden
un Freud up uns' Er'!
Brot för de Welt, wenn't
man sowiet erst wär!

Hermann Claudius

Wißt ihr noch, wie es geschehen

Wißt ihr noch, wie es geschehen?
Immer werden wir's erzählen:
wie wir einst den Stern gesehen
mitten in der dunklen Nacht.

Stille war es um die Herde.
Und auf einmal war ein Leuchten
und ein Singen ob der Erde,
daß das Kind geboren sei!

Eilte jeder, daß er's sähe
arm in einer Krippen liegen.
Und wir fühlten Gottes Nähe.
Und wir beteten es an.

Könige aus Morgenlanden kamen
reich und hoch geritten,
daß sie auch das Kindlein fanden.
Und sie beteten es an.

Und es sang aus Himmelshallen:
Ehr sei Gott! Auf Erden Frieden!
Allen Menschen Wohlgefallen,
welche guten Willens sind!

Immer werden wir's erzählen,
wie das Wunder einst geschehen,
und wie wir den Stern gesehen
mitten in der dunkeln Nacht.

Hüüt is jüm de Heiland boren

Boy Lornsen

Een Woort geiht üm de Welt.
Vör lang lang Tiet, tweedusend Johren
hett'n Engel uns dat mellt.

Sien Königsriek weer blot Gottslohn.
Sien Zepter weer de Leev.
De Freden weer sien Königsthron.
Un he nöhm nich: He geev.

Wi nenn em Jesus, Gott sien Söhn.
Wi günnt em keen lang Leven,
bit Gott em wedder to sik nöhm.
Dat Woort, dat Woort is bleven.

Dat Woort hett uns de Schrift bewohrt.
Jesus un sien Leven
hett de Mensch den Mensch verklort
un em uns weddergeven.

Vun Jesus ward jüm nu bericht –
is'n Stremel Weltgeschicht.

Kümmt sünst'n Königssöhn to Welt,
ward je wunner wat anstellt.
Denn ward juchheit, denn ward sik tiert,
eten, drunken, dree Doog fiert.
De Kanonen scheet Salut.
De Flaggen ward rutsett.
Vivat! schriggt allns luud.
(De Dynastie is redd)
De Doomprobst kümmt as Karkenmann
mit veel Gottes Segen an.
Ministers, Vuns un Grafenlüüd
(mit Ordenssnall) mokt Kindsvisit,
kiekt ünnerdänigst in de Weeg,
denn stoht se stramm un löög:
Gans de König, op un dol.
Un dat Volk bangt weddermol:
Ward he denn ok so'n Schinner?
Se denkt je an ehr Kinner.

As Jesus keem, weer blanke Noot.
De Öllern arm un slicht.
Keen Salut. Keen Glocken goht.
Een Steern, de för em lücht.

Jüst üm de Tiet (ward vertellt)
weer de Kaiser knapp an Geld.
(Is keen Wunner. Dat Malöör
kümmt bi so'n Lüüd ofteens vör)
Un bi de Verlegenheit
ward de Stüürschruuv andreiht.
Dat em nösten keen Seel fehl,
geev Augustus den Befehl,
dat jedeen Börger in sien Riek
(To Foot, to Peerd, dat weer em gliek)
sik in sien Heimaatflaag begeev
un in'e Stüürlist inschreev.
(Is man eerst Kaiser, denn regeert
man över Meer un Land.
Weet ofteens nich, wat een allns hört:
Wiet langt so'n Kaiserhand.
Un versteken kannst' di narms.
Mit Suldoten un Schandarms.
kriggt he de Lüüd tofoten,
de Lütten un de Grooten)

Josef, he weer Timmermann,
keem wietlöftig ut Davids Stamm,
harr in Nazareth sien Broot,
sünst keen Groschen op de Noht,
de mokt sik furts op den Padd
no Bethlehem, no Davids Stadt,
mit Maria, sien jung Wief
un dat Kind in ehrn Liev.

(Dat se Jungfro blieven müß
un hett een Kind utdrogen,
de Hillig Geist de Vadder is …
Glöven schast'! Nich achterfrogen!)

Dat güng bargop, dat güng bargdol.
Un blot hen un wedder mol
an de Wegkant so'n lütt Rast
för Marias dubbelt Last.

Mööd de Been un mööd de Fööt.
Ok keen Waag keem in de Mööt,
de ehr'n Stück Weg mit sik nöhm.
De Düsternis full in de Bööm.
Dat letzt Enn woor bannig swoor.
De eersten Hüüs ... Nu weern se dor!

För de Nacht söcht se Quarteer
un klopp sik je vun Döör to Döör,
man open güng keeneen.
Un lütt Maria ween.
Geev keen Hüsung för de Armen.
Blot een Stall, de harr Erbarmen
un sparr gans wiet dat Door
för dat arm un footmööd Poor.
Un knapp weern se dorbinn'
keem al Marias swore Stünn.

Een jung Wief. Dat eerste Kind.
Dör de Ritzen fleut de Wind.
Keen Dokter dor un keen Heefamm,
ok keen Winneln, de Luft klamm.
Geev keen Weeg, de dat Kind wipp.
Do lehn de Esel ehr sien Kripp.
(So keem de Heiland op de Welt.
Ward uns in'e Schrift vermellt)

Un as sik dat jüst dreep,
weern dree Scheper bi ehr Scheep
vör de Stadt op beste Weid,
denn dat Gras weer noch nich meiht.
Se smök ehr Piep, un op'n Mol
swevt Goots Engel sacht hendol.
(So'n Engel, de vun boben swevt,
harrn de Dree noch nich belevt)
Se fulln verbiestert op de Knee,
bit de Engel to ehr sä:
Weest nich bang, denn ik verkünn
groote Freid in düsse Stünn.
Noch is de Mensch nich gans verlorn:
Hüüt is jüm de Heiland boren!
Un he ward een Teken setten
den Menschen vör sik sülms to redden.
In een Stall köönt ji em finnen.
Kiekt in'e Kripp. Dor liggt he binnen.

De Engel steeg to'n Heven op.
De Schepers slöög de Hänn vör'n Kopp.
In'e Luft dor weer so'n Klingen
as wenn dusend Engel singen:
Gott in de Höög em geev de Ehr,
un den Freden günnt de Eer.
Noch vör den Liev bewohrt de Seel,
denn dat is joon besten Deel.

Is meist toveel för slichte Lüüd,
wenn man sowat hört un süht.
Wat de Engel ehr utrich'
kunn je wohr ween un ok nich.
Dat best weer wull, se mokt sik klook
in düsse sünnerliche Sook.
Un se funnen ok den Stall
samts Esel, Kripp un Öllernpoor.
Un in'e Kripp leeg krall
dat Kind. – Weer allns wohr.
Se fulln op Knee. Se lövt em luud.
Un denn schütt se ehr Harten ut.

De Eerste sä: Wi sünd arm Lüü',
hebbt nix un köönt nix geven.
Jesus Christ, wi tövt op di!
Un op een beter Leven.

De Tweete sä: Un mook uns frie!
Wi mööt mit bögt Rüch leven.
Jesus Christ, wi höpt op di!
Wi wüllt Gott oprecht löven.

De Drütte sä: Stoh uns ok bi.
Wi Lütten goht sünst ünner.
Jesus Christ, vergeet uns ni!
Denn wi sünd ok Gotts Kinner.

De Schepers trocken över Land,
un mokt de feine Künn bekannt.
(Wenn de Mensch all Wunner süht,
hölpt dat nich – mutt ünner Lüüd)

Dat weer noch in de sülve Week,
do kreeg de Stall noch mehr Besöök.

Dree klooke Lüüd vun't Morrnland,
de harrn ehr Kamels anspannt
un kemen nu anstöven,
den niegen Herrn to löven.
Denn se harrn as klooke Lüüd
den Christussteern al richtig düüd:
De Königssöhn, wo wohnt he denn?
froogt se in Jerusalem.

Herodes, de dunn König weer,
keem düs Konkurrenz verqueer.
Dat güng je üm sien Königsthron.
(Is bi Königs to verstohn:
Wenn een dat so komodig hett,
will he keen annern in sien Bett)
Un wiel he jüst keen Ehrenmann,
mokt he sik an de klook Lüüd ran,
dat se för em utspikeleer,
wo dat Kind to finnen weer.
He wull em as'n König ehrn,
sä he. Wat luder Lögen weern.
Denn he harr to düsse Stünn
al een Moord in'n Achtersinn.

De kloken Lüüd, de stegen op
ehr Kamels un in Galopp
den Barg hendol. Se harrn dat licht:
De Christussteern wies ehr de Richt.
Den helen Weg no Bethlehem
swevt he vörut – un denn
bleev he blank an'n Heven stohn,
wo de nieborn König wohn.

Se wunnert sik. Weer dat de Oort?
Keen Wach dor un keen isern Poort?
Geev keen Borg un geev keen Slott.
Nix tügt vun Pracht un Stolt.
Een Stall stunn dor, windscheef un rott.
De Steern hett em vergoldt.
He mokt den Stall to'n Königsslott,
versülvert Povertee.
In een Kripp de Söhn vun Gott.
Un se böög Kopp un Knee.
Un as sik dat för klook Lüüd hör,
sään se denn ok klooke Wöör.

De Witte sä: De Menschen meen,
blot Geld regeert de Welt.
Sodennig ward ehr Hart to Steen.
Se vergeet, wat noch mehr gellt:
Keen veel hett, kann veel geven.
Denn *dat* tellt för den Heven.
Lütt Herr, dat schust' bedenken!
Ik will di blank Gold schenken.

De Bruune sä: Un Mann un Wief
gellt för Gott liekerveel.
All beid hebbt den Eerdenliev
un all beid hebbt de Seel.

De Liev, de will blot leven.
De Seel, de söcht den Heven.
Lütt Herr, dat schust' bedenken!
Ik will di Weihrauch schenken.

De Swatte sä: Dat Menschenleven
hett as Broder ok den Dood.
Un dat Nehmen hett dat Geven.
Dat Mitleed hett de Noot.
Un to de Freid hört Lieden:
Gifft hell un düüster Sieden.
Lütt Herr, dat schust' bedenken!
Ik will di Myrrhe schenken.

Un no düsse goot meent Wöör
güng dat trüchlings an de Döör.
Se böög den Kopp, se böög de Knee.
Visit to Enn. – De kloken Dree
söcht för de Nacht Quarteer.
(Wat för Geldlüüd eenfach weer)

Gottvadder (de meist allns weet)
wüß mit Herodes' Ploon bescheed.
Merrnacht sä he in'n Droom to een:
Goht nich no Jerusalem!
Seggt keen Woort to Herodes!
Vun den Mann kümmt nix Goodes.
Sehgt jüm vör! Brukt joon Verstand!
Nehmt'n annern Weg in't Morrnland.
Un de kloken Lüüd de höör
stantepee je op Goots Wöör.

Schull sien Ploon wahrachtig glücken,
harr he noch wat to beschicken.
Een vun sien Engel (ok in'n Droom)
geev denn Josef to verstohn:
Mook, dat du no Ägypten kümmst
mit Fro un Kind! Denn sünst
kriggt di Herodes foot.
He söcht dat Kind un will sien Dood.
Dor sünd ji op de seker Siet,
denn sien Arm lang nich so wiet.
Un eerst, wenn ik *gans* wiß weet,
de Luft is rein, geev ik Bescheed.
Josef (He harr nich veel Pack)
smeet sien Plünnen op de Nack.
Maria nöhm dat Kind un so
güng't queerbeet op Ägypten to.

Gleich in der allerlängsten Nacht

Johann Röling

Gleich in der allerlängsten Nacht
Wirst du, o Licht, ans Licht gebracht,
Gleich, da der Kreis der Erden
In Eis und Schnee liegt ganz verstellt,
So mußt du, Leben deiner Welt,
Ihr neu geboren werden;
Da alles tot und abgetan,
So stellst du dein Geburtsfest an.

Wie find' ich dich, mein Jesu, hier?
Ist doch ein unvernünftigs Tier
Weit klüger als wir alle,
Das räumt dir seine Krippen ein,
Da du nicht kannst im Hause sein,
Das ruft dich an im Stalle,
Da keiner an dich von uns denkt
Und dir ein frohes Loblied schenkt.

Dein Armut ist mein bester Schatz,
Dein Stall macht mir im Himmel Platz,
Das Vieh wird mir zum Engel,
Dein Hunger nährt mich, wenn ich krank,
Dein Durst reicht mir des Lebens Trank,
Und alle deine Mängel,
Die ich dir, Jesu, zubereit,
Sind meine ganze Seligkeit.

Der Taufstein (um 1200) aus Kalkstein steht in Borby, Eckernförde, einer der ältesten Kirchen in Schleswig-Holstein. Er ist gotländischer Herkunft und zählt zu den frühesten Christgeburtsdarstellungen im nördlichen Raum.

Drei-Königs-Altar, 13. Jahrhundert, St.-Petri-Dom, Schleswig.
Die lebensgroßen vollplastischen Holzfiguren des Drei-Königs-Altars zählen zu den frühesten Beispielen ihrer Art nördlich der Alpen. Vermutlich haben sie einmal anders gestanden. Das läßt ihre Zuordnung zu Maria – hier als Himmelskönigin dargestellt mit dem Jesuskind auf dem Arm – vermuten. Die Drei-Königs-Gruppe steht im Eingangsbereich des Schleswiger Doms, der ältesten Bischofskirche in Nordeuropa. Sie beherbergt außerdem den berühmten Brüggemann-Altar.

Geburt Christi, Teil eines Flügelaltars aus dem 15. Jahrhundert.
Der Altar steht in der Marienkirche in Hattstedt. Der Meister des spätgotischen Schnitzaltars ist unbekannt. Die beiden quergeteilten Flügel enthalten außer der Geburt die Verkündigung, die Anbetung und die Beschneidung. Im Mittelschrein ist figurenreich die Kreuzigung dargestellt.

Verkündigung, Detail aus dem Marienaltar, auch „Rosenkranzaltar“ genannt. Dieser um 1525 entstandene Schnitzaltar eines unbekannten Meisters stammt aus der Stiftung des Heiligen-Geist-Hospitals, das ab 1517/18 ein weltliches Altersheim war, und dessen Aufsicht vier Lübschen Bürgermeistern oblag. Der Schnitzaltar befindet sich jetzt im St.-Annen-Museum als Leihgabe und ist dort der prunkvollste Schrein.

*Krippe zu Preetz, norddeutsche Schnitzarbeit aus dem 15. oder 16. Jahrhundert.
Sie ist aus einem Stück Holz gefertigt. Als eigenständige Krippendarstellung des Mittelalters gehört sie zu den frühesten in Deutschland. Das Kind in der Preetzer Krippe lag nach alter Überlieferung „lebhaft bewegt die Händchen zusammen auf dem Leib gefaltet, in einem weißen Hemdchen aus feinstem Linnen" und steckte „in einem starken Umschlag mit einer Erweiterung für den Kopf, ... alles mit echten Perlen und Goldbesatz prächtig bestickt, ebenso das Kissen, das als Deckblatt diente". Im Jahre 1718 wurde es durch ein Dekret des dänischen Königs Friedrich VI. vom Altar der Klosterkirche „auf dem es alle Weihnacht liebevoll aufgestellt gewesen" verbannt. (Man wollte „katholische" Bräuche ausmerzen.) Bis ins 18. Jahrhundert hinein hatte die Priorin des adeligen Klosters am Heiligen Abend das Kindlein aus der Krippe genommen und auf den gotischen Hochaltar, der sich jetzt in Kopenhagen befindet, gesetzt und war mit dem Kind auf dem Arm durch die Kirche gegangen, hatte es allen Konventualinnen gezeigt. Eine Sage erzählt von der Weihnachtsfeier im Preetzer Kloster, Karl Müllenhoff zeichnete sie 1921 auf:*

In dem Preetzer Kloster war früher die Sitte in der Christnacht Gottesdienst zu halten, wobei von den Klosterfräulein das Christkind gewiegt ward. Als man diese Sitte abschaffen wollte (jetzt wird sie längst nicht mehr befolgt), so ertönte dennoch die Orgel zu der bestimmten Zeit. Ein Fräulein verwunderte sich darüber und meinte, es solle also doch Gottesdienst gehalten werden, und ging mit ihrer Jungfer zur Kirche. Aber in der Kirche war ihr alles so wunderbar und als sie eben in ihrem Stuhl sich niedergesetzt hatte, kam ein weiß gekleidetes Fräulein zu ihr und sagte, sie solle hingehen und den andern sagen,sie möchten Weihnachtsabend halten; sonst würde sie ihn halten. Die Klosterfrau tat wie ihr befohlen war; aber als die andern darauf zur Kirche gingen, konnte sie schon nicht mehr mitgehn und drei Tage darauf war sie tot.

Krippendarstellung aus der Kanzel in der St.-Jürgen-Kirche Flensburg.
Die Kanzel, aus der Werkstatt H. Ringerings, 1602, stammt aus der Hl.-Geist-Kirche.

Ist dies der Ort, an dem du Mensch geboren?
Brach diese Höhle deinen ersten Schrei?
Hast du in dieser Grotte hier gefroren,
und waren hier die Hirten schon dabei?
Begriffen deine zarten Kinderhände
die kalte Härte dieser Felsenwände?

Du weißt es, Herr, und mir genügt zu wissen,
daß du in diese Welt gekommen bist,
und hast sie aus der Dunkelheit gerissen,
aus Angst und Todesfurcht. – Herr Jesu Christ,
laß mich mit Dank und Freude daran denken
und dir mein Leben, meine Liebe schenken.

Hartwig Alsen

Anbetung der Hirten, evangelische Kirche Kappeln, aus dem ehemaligen Hochaltar von Hans Gudewerdt, 1641, dem Eckernförder Bildschnitzer, Hauptwerk des Barock.

Verkündigung an Maria. Flügel eines Marienaltars in Lübeck, um 1425, Museum für Kunst und Kulturgeschichte der Hansestadt Lübeck.

Zirkelbrüderaltar, Lübeck um 1405/30, Detail mit Geburt Christi, Museum für Kunst- und Kulturgeschichte der Hansestadt Lübeck.

Die Geburt Christi vom Flügel eines Altars aus Schönwalde in Holstein, Lübecker Meister um 1500. Schleswig-Holsteinisches Landesmuseum Schloß Gottorf.

Anbetung der Hirten.
Jürgen Ovens, geb. 1623 in Tönning, malte das Bild 1675. 1956 wurde es vom Städtischen Museum Flensburg erworben. Jürgen Ovens, war in den Niederlanden Schüler Rembrandts. Ab 1651 war er in Schleswig-Holstein vor allem für die Herzöge von Holstein-Gottorf tätig. Nach seiner Eheschließung lebte er in Friedrichstadt, unterbrochen von Aufenthalten in Holland. 1678 starb Jürgen Ovens in Friedrichstadt.

Heilige Familie (1907), Ludwig Dettmann (1865–1944).
Ludwig Dettmann wurde 1865 in Adelby bei Flensburg geboren. Er machte wie Otto H. Engel, sein Freund, Studienreisen nach Föhr. Auf einem Dachboden in Alkersum auf Föhr, wo auch Otto H. Engel Studien zu seinem Bild die „Heilige Nacht“ machte, erhielt er die Anregunge zu diesem Bild: „Auf einem Boden unter dem spitzen Dach erlebte ich eine junge Frau mit ihrem blondgelockten Knaben auf dem Schoß; die Sonnenstrahlen fielen durch einen Dachspalt; die Frau schaute zu dem Sonnenflimmer, als spielten Englein darin.“
Das Bild hängt im Städtischen Museum Flensburg.

Heilige Nacht (1928) von Otto Heinrich Engel (1866–1949).
Das Bild wurde der Nikolai-Kirche in Nieblum auf Föhr vermacht. Otto H. Engel, der von 1933–1949 in Glücksburg lebte, unternahm zwischen 1901 und 1914 viele Studienreisen nach Föhr.

Weihnachtsfenster von Käthe Lassen (1880–1956).
Nach der Zerstörung der Kirchenfenster von St. Marien in Flensburg 1945 durch eine Detonation schuf Käthe Lassen als Krönung ihres Werks sechs Bildfenster zu biblischen Themen. Das Schöpfungsfenster wurde nicht mehr vollendet.

Dat Wiehnachtshemd

Irmgard Harder

Wat dat Kind nu al op dat Hemd luern deit, dat weet ik nich för wiß. Bloots fief Dag noch, denn is dat so wiet: As alle Jahr kriggt he wedder 'n rein Hemd, de lütte Jung, den se „Jesus" nömt un de al siet ole Tieden in een luerlütt Kamer achter en Gitter ut Eekenholt steiht ... Verleden Week hebbt wi em nochmal besöcht, Gustav un ik, in den groten Dom vun de ole Stadt dor günt an de Slie. All, de sik dor den berühmten Snitz-Altar vun den olen Meister Brüggemann ankiekt, könt em ok sehn; un männicheen wunnert sik, wat se dor schall, de ol lütt Holtfigur in dat witte Linnenhemd. De paßt dor doch gor nich hen ... Tjä, wat se dor schall, ik weet dat ok nich, aver dat gifft dor so'n schöne Geschicht vun:

Vör lange, lange Jahrn, dor luern de Köster un sien Fru op ehrn eenzigen Söhn. De weer Seemann, un Wiehnachenabend wull he wedder to Huus sien, harr he schreben. Nu stünn al de 24. Dezember op'n Kalenner – vun de Jungen weer nix to sehn. Wo much he bloots afbleben sien – buten weer't kollt, un dor güng so'n rusigen Wind. Miteens hört de beiden Olen 'n Wenen buten, as weer't 'n lütt Kind. Op de Straat is nüms to sehn, bloots de Wind huult över't breede Karkendack. Wedder hört se dat Wenen, de beiden Olen; dat's so vull Jammer – wo kann dat blots herkamen? „Ik glöv, dat's in de Kark", röppt de Köster miteens, grippt den groten Karkenslötel un löppt na buten. Meist smitt de Wind em üm, so geiht de nu tokehr. Aver de Köster hett denn doch den sworen Slötel in't Slötellock rinkregen un de Dör oprieten kunnt. Nee, dor is nüms in de Kark. He kiekt sik üm, de Köster, lücht mit 'n grote Lanteern in alle Ecken – un as he na den Altar kiekt, dor fallt em dat in: He hett jo vergeten, dat lütt Jesus-Kind 'n rein Hemd antotrecken, hett dat över dat Töben op sien Jung ganz vergeten. Gau haalt he dat hillige Kind ut sien lütt Kamer un will röver na sien Fru, de schall em 'n rein Hemd antrecken. Dor hört he so'n afsünnerlich Gnastern. He kiekt hoch un süht: jüst över de Karkendör, dat urole swore Steenbild, dat hangt so afsünnerlich na vörn över ... De Iesenkrampen hebbt sik löst! Keen dat op'n Kopp kriggt, de ... un noch an düssen Abend kaamt all de velen Lüd to'n Gottsdeenst dörch düsse Dör! De Köster löppt mit dat lütt Jesuskind op'n Arm röver na sien Huus – op de Deel al hört he Snacken un Lachen! De Söhn is dor, he is warraftig kamen! Bloots nu hett de Vadder för de grote Freid keen Tied; sien Fru drückt he dat hillige Kind in'n Arm, sien Jungen röppt he to Hölp un 'n poor Mannslüd ut de Naverschop dorto. Se maakt dat Steenbild wedder fast. Nu kann dor nix mehr passeren. Man wat harr passeren kunnt, wenn dat lütt Jesus-Kind nich so weent har ... Tjä, so vertellt sik de Lüd. Dor kann'n gegen seggen, wat'n will, dat's 'n schöne Geschicht, meen ik.

Aver se is noch nich to Enn. Mi dücht, dat's noch veel schöner! An'n 24. Dezember geiht nämlich ok hüt noch de Köster röver na de Kark un treckt dat lütt Jesus-Kind 'n rein Hemd an. Aver nu is he dor nich alleen bi: Ganz veel Kinner kaamt ut de heele Ümgegend un kiekt to un paßt op, dat ok allens richtig togeiht. De Köster haalt dor sogar den schönen Bruutteppich vör. Dor staht jümmers de Bruutlüd op, wenn se vör'n Altar tosamengeben warrt. Nu stellt he dor den lütten nakichten Jung rop, he schall sik doch sien lütten Föt nich verköhlen. He is doch meist fiefhunnert Jahrn oolt un lacht liekers noch so blied, höllt in de een Hand 'n Appel un bört de anner mit dree Finger – as wull he all de Oogen segen, de em ankieken doot ... Un wenn de Kinner denn sehn hebbt, wo de Köster mit sien groten Finger de luerlütten Knöp vun dat reine witte Hemd toknütt hett, denn kümmt dat lütt Jesus-Kind wedder in sien Kamer, un de Kinner gaht nah Huus – is wieldeß jo Wiehnachenabend ...

Un dat harr ik allens nich glövt, wenn de Köster sülm uns dat Kind nich wiest un uns dat allens vertellt harr. De ol lütt Jung plinkög wieldeß 'n beten – bloots dat brukt'n jüst so wenig to glöben, as dat he mal weent hett, wieldat de Köster dat Hemd vergeeten harr. Dat kümmt nu jo ok nich wedder vör ...

Das Christkind aus dem Bordesholmer Altar im St.-Petri-Dom in Schleswig.

Das Krippenspiel

Edith Golinski

In den letzten Novembertagen, kurz vor dem ersten Advent, fingen sie an, die Vorbereitungen für das Weihnachtsfest. So war es immer gewesen, bei uns, in der Blindenschule, die ich seit meinem achten Lebensjahr besuchte. Frischer Tannenduft erfüllte dann das Haus, denn der Gärtner trug in die Stuben die Adventskränze hinein. Auch fragte man geheimnisvoll nach unseren Weihnachtswünschen. Und auch wir begannen uns zu regen. Kauften in einem kleinen Papierladen, schräg gegenüber, silbernes und goldenes Glanzpapier für die herzförmigen Körbchen, die man zu Hause in den Tannenbaum hängen wollte. Wenn die ersparten Groschen noch reichten, ließ man dazu noch rote und weiße Baumwolle besorgen, um mit einem Paar Topflappen oder einem Staubtuch die Mutter zu überraschen. Das alles bereitete uns großes Vergnügen, und wir freuten uns das ganze Jahr auf diese Zeit. Doch das Allerschönste war, wenn Fräulein Mohr, unsere Lehrerin, des Morgens in die Klasse trat und sagte: „So, Kinder! Heute geht es ans Rollenabschreiben, denn ich habe ein neues Weihnachtsspiel gefunden." Ja, so war es gewesen, bei uns, in der Blindenschule, alle Jahre. Immer wieder hatte Fräulein Mohr in irgendeiner Buchhandlung oder einem kleinen Buchladen ein neues Weihnachtsspiel entdeckt, das wir mit Begeisterung einübten und spielten. War doch uns allen, ob Lehrer, ob Schüler, dieses Spiel zum Glanzpunkt unserer Weihnachtsfeier geworden.

Auch in jenem Jahr, von dem ich erzählen will, war es so zugegangen. Wieder hatten wir silbernes und goldenes Glanzpapier gekauft, wieder rote und weiße Baumwolle, und wieder war Fräulein Mohr des Morgens in die Klasse getreten und ... Nein, zum Rollenabschreiben forderte sie dieses Mal nicht auf. „Wir wollen ein Krippenspiel aufführen", sagte sie: „ein musikalisches Krippenspiel, dessen Handlung eine stumme Handlung ist, die durch entsprechende Lieder – vom Kinderchor, der Gemeinde oder einer Solostimme gesungen – vertieft und verdeutlicht wird." Überrascht hatten wir aufgehorcht. War es nicht fast so etwas wie eine unterdrückte Enttäuschung, die in allen Bankreihen hörbar wurde? – Dann aber lauschten wir der dunklen, vollen Altstimme, die wir an Fräulein Mohr so liebten. Es waren die Lieder des Spiels, die sie sang; und – wie in allen anderen Jahren – waren wir entflammt und begeistert. Jetzt wurden die Personen, die die Handlung darstellen sollten, gewählt. Da waren Maria und Joseph, die Hirten und die Könige; dazu drei Engel und einige bettelarme Frauen, darunter ein altes Mütterchen. Für Joseph hatte Fräulein Mohr schnell den passenden Jungen gefunden. Auch die anderen Darsteller hatte sie ziemlich rasch bestimmen können. Wer aber sollte Maria sein? – Fräulein Mohr schwieg. Wir alle schwiegen. „Maria darf nur eine spielen, die in dem Wunder von Bethlehem auch wirklich das Wunder sieht", meinte Fräulein Mohr und schwieg aufs neue. Endlich sagte sie dann: „Ich weiß keine andere als Edith. Ihr Charakter scheint mir am geeignetsten für diese Rolle zu sein." „Ja, nur Edith", wiederholten sie alle. Ich errötete ... Ich sollte Maria sein, die Mutter Jesu ... Maria – ich ... Ein scheues Glück erfüllte mich, eine schüchterne Freude – Maria – ich! Plötzlich erschrak ich: „Ich weiß keine andere als Edith", hatte Fräulein Mohr gesagt, „ihr Charakter ..." Aber waren nicht gerade in letzter Zeit die entsetzlichen Fragen nach dem „Warum" in mir erwacht? Fragen, die die Zweifel lebendig werden ließen? – Warum gab es so viel Kummer? So viele Krankheiten, die die Menschen unfähig machten, so zu leben, wie gesunde Menschen leben könnten? – Die Sünden der Väter? – War das Liebe? – Und Liebe war es doch, die das Wunder in Bethlehem geschehen ließ – Gottes größte Liebe. – Ich aber sollte dennoch Maria sein – ich ... „Hilf mir, Gott", flehte es unhörbar leise in mir, „hilf mir, daß ich so werde, wie Fräulein Mohr, wie meine Kameraden mich sehen: Am geeignetsten für – Maria!"

Aus dem alljährlichen Krippenspiel in der Geltinger Kirche.

Die Proben begannen. Ich hatte nur an der Krippe zu sitzen und auf das Jesukind zu schauen. Natürlich war die Krippe leer. Ich sollte mir im Geiste das Kind darin vorstellen, so hatte Fräulein Mohr gesagt; und ich versuchte es ernstlich. Schweigend stand Joseph an der anderen Seite der Krippe: Die Hirten lernten ihr Lied zu singen, was nicht ganz einfach war, da der älteste Hirte immer wieder einen falschen Ton dazwischen sang, bis Fräulein Mohr, die ihn oft verbessert hatte, schließlich meinte: „Nun, auch ein falsch gesungener Ton hat Klang, wenn er zum Lobe Gottes gehört." Die Könige erlernten den königlichen Schritt, und die bettelarmen Frauen das andächtige Knien in Demut und Verehrung. Jetzt schauten auch schon mal andere Lehrer und der Direktor bei den Proben zu. Eines Tages aber, es war nicht mehr allzu weit vor Weihnachten, drang etwas an mein Ohr. Etwas, das davon munkelte, daß nun doch nicht ich, sondern eine andere die „Maria" spielen sollte. Eine andere. – Ohne daß es einer Erklärung bedurfte, wußte ich den Grund dafür. Hatte doch meine Krankheit nicht nur das Augenlicht, sondern auch meinen Körper verkümmern lassen. Derselbe krampfhafte Schmerz, der auch die ersten Fragen nach dem „Warum" geweckt hatte, packte mich wieder. Meine Vermutung war nicht falsch. Die Lehrer, der Direktor, sie hatten wirklich gemeint, daß die fremden Zuschauer von draußen sich gestört fühlen könnten, wenn ich ... Aber dann hatte Fräulein Mohr vor versammelter Klasse wiederholt: „Ich weiß keine andere als Edith." Und so blieb ich doch Maria. Zu meinen inneren Nöten aber kam nun noch die Trauer, daß ich keine schöne Maria darstellen konnte.

Endlich war der Tag unserer Weihnachtsfeier gekommen. Inbrünstig, wie nie zuvor, hatte ich kurz vor dem Beginn des Spiels um Kraft, um Haltung und – ja, und auch um Schönheit gebeten. Ruhig und zuversichtlich hatte ich dann meinen Platz an der Krippe eingenommen. Ein weiter blauer Mantel, in Falten gelegt, umwallte meine Gestalt. Ernst und schweigend stand Joseph mir gegenüber. Noch waren wir für die Blicke der Zuschauer verborgen. Zwei hohe, breite Tannenbäume deckten uns zu. Da aber ertönte das Lied. Alle sangen es, die Großen wie die Kleinen: „Stille Nacht, heilige Nacht, alles schläft, einsam wacht –" fast lautlos wurden die Tannenbäume auseinander geschoben, „nur das traute hochheilige Paar ..." Dann kamen die Englein, leis' im Husch: „Tragen in Händen licht und lind, drei weiße Rosenblüten. Wollen das liebe Jesukind ganz sacht im Schlaf behüten." Ihnen folgten die Hirten, die jungen, die alten. Auch heute fehlte der falsche Ton nicht; aber der Weihnachtszauber ließ ihn innig und warm erklingen. Jetzt kamen die Frauen gepilgert, die bettelarmen: „Bist einmal kommen, du Heiland der Welt", klangen hell und zart die Stimmen im Kinderchor: „uns zu erlösen, wie Mutter erzählt. Zitterst vor Kälte, und liebst uns so warm! Bist doch der Reichste! Was macht dich so arm?" – – Von einem wundersamen Glanz erfüllt, saß ich da und schaute auf die Krippe nieder, sah das Kind vor meinem geistigen Auge darin liegen. „Drei Kön'ge wandern aus Morgenland", hörte ich die Solostimme singen. Des Sieges gewiß, klangen im Flügel die Töne auf: „Ein Sternlein führt sie zum Jordanstrand ..." Majestätisch, königlich, wie man es sie gelehrt, näherten sich die drei Könige. „Und hell erglänzet des Sternes Schein – Zum Stalle treten die Kön'ge ein. Sie bringen Weihrauch, Myrrhe und Gold ..." Tief neigten sich die Könige, tief beugten sie die Knie und schauten das Kindlein an, das Himmel und Erde aufs neue mit seinem Herzen verband, auf daß uns Menschen das Wissen um die Erlösung zu einem neuen Wissen wurde. „O Menschenkind halte treulich Schritt! Die Kön'ge wandern, o wandre mit! Und fehlen Weihrauch, Myrrhe und Gold, schenke dein Herz, dem Knäblein hold! Schenk ihm dein Herz!" –

– Der letzte Ton war verklungen. Aber noch vibrierte sein bittender Klang im Ohr, im Raum: „Schenk ihm dein Herz – dein Herz …“ Ja, ich wollte dem Kind mein unruhiges, heißes Herz schenken, das sehr viel Sehnsucht, sehr viel Verlangen nach der Liebe dieses kleinen Kindleins fühlte. Ich wollte ihm dies Herz für mein ganzes Leben lang, und darüber hinaus, schenken. „O du fröhliche“, sangen die Darsteller, sangen die Zuschauer, „o du selige, gnadenbringende Weihnachtszeit! Welt ging verloren, Christ ist geboren, freue, freue dich, o Christenheit!“

Das Spiel war zu Ende. Mit aufmunternden Worten hatte der Direktor uns an die Gabentische gerufen. Auch ich war an meinen Platz gegangen. Im Nebenzimmer hatte ich den blauen Mantel abgelegt, in dem ich mich dem Himmel so nah gefühlt hatte. Ein Kind unter anderen Kindern stand ich nun da und freute mich an dem, was mir von lieber Hand beschert worden war.

Da hörte ich meinen Namen. Und schon stand Frau Tramm, die Frau eines Lehrers, neben mir. „Günther und Rosi möchten der Maria so gern die Hand geben“, sagte sie und legte dabei zwei kleine Kinderhände in meine offenen Hände hinein. Günther und Rosi waren vier und fünf Jahre alt. Wie gebannt hatten sie während der Aufführung auf mich geschaut. Auf mich, die Maria! Keinen anderen Wunsch hatten sie gehabt, als mir ein einziges Mal die Hand zu geben, weil, wie sie leise der Mutter zugeflüstert hatten, Maria so schön sei.

Etwas Unsagbares erfüllte mein Herz. Etwas Leuchtendes, Strahlendes! Gott hatte mein Gebet erhört. Durch den Mund zweier kleiner Kinder hatte er es mich wissen lassen: Maria sei „schön“ gewesen.

Seid gesegnet, Ihr Kleinen!

Lob-Gesang von der freudenreichen Geburt

Johann Rist (1641)

Ermuntre dich, mein schwacher Geist,
und trage groß Verlangen,
ein kleines Kind, das Vater heißt,
mit Freuden zu empfangen.
Dies ist die Nacht, darin es kam
und menschlich Wesen an sich nahm,
dadurch die Welt mit Treuen
als seine Braut zu freien.

Willkommen, süßer Bräutigam
du König aller Ehren,
willkomm, o Jesu, Gottes Lamm,
ich will dein Lob vermehren.
Ich will dir all mein Leben lang
von Herzen sagen Preis und Dank,
daß du, da wir verloren,
für uns bist Mensch geboren.

O großer Gott, wie könnt es sein,
dein Himmelreich zu lassen,
zu springen in die Welt hinein,
da nichts denn Neid und Hassen?
Wie konntest du die große Macht,
dein Königreich, die Freudenpracht,
ja dein erwünschtes Leben
für solche Feind' hingeben?

Ist doch, HErr Jesu, deine Braut
ganz arm und voller Schanden;
noch hast du sie dir selbst vertraut
am Kreuz in Todesbanden.
Ist sie doch nichts als Überdruß,
Fluch, Unflat, Tod und Finsternis;
noch darf sie ihrentwegen
den Scepter von dir legen:

Du Fürst und Herrscher dieser Welt,
du Friedens Wiederbringer,
du kluger Rat und tapfrer Held,
du starker Höllenzwinger,
wie ist es möglich, daß du dich
erniedrigest so jämmerlich,
als wärest du im Orden
der Bettler Mensch geworden?

O großes Werk, o Wundernacht,
dergleichen nie gefunden!
Du hast den Heiland hergebracht,
der alles überwunden;
du hast gebracht den starken Mann,
der Feur und Wolken zwingen kann,
vor dem die Himmel zittern
und alle Berg' erschüttern.

O bleicher Mond, halt eiligst ein
den blassen Schein auf Erden,
wirf deinen Glanz zum Stall hinein:
Gott soll gesäuget werden.
Ihr hellen Sterne, stehet still
und horcht, was euer Schöpfer will,
der schwach und ungewieget
in einem Kripplein lieget.

Du dummes Vieh, was blökest du
dort bei des HErren Mutter?
Immanuel hält seine Ruh
allhie auf dürrem Futter.
Dem alle Welt soll dienstbar sein,
liegt hier, hat weder Brot noch Wein,
die Wärme muß er meiden,
Frost, Blöß' und Hunger leiden.

Brich an, du schönes Morgenlicht
und laß den Himmel tagen!
Du Hirtenvolk, erschrecke nicht,
weil dir die Engel sagen,
daß dieses schwache Knäbelein
soll unser Trost und Freude sein,
dazu den Satan zwingen
und letztlich Frieden bringen.

O liebes Kind, o süßer Knab,
holdselig von Gebärden,
mein Bruder, den ich lieber hab
als alle Schätz' auf Erden:
Komm, Schönster, in mein Herz hinein,
komm eiligst, laß die Krippen sein,
komm, komm, ich will beizeiten
dein Lager dir bereiten.

Sag an, mein Herzensbräutigam,
mein' Hoffnung, Freud und Leben,
mein edler Zweig aus Jakobs Stamm,
was soll ich dir doch geben?
Ach nimm von mir Leib, Seel und Geist,
ja alles, was Mensch ist und heißt:
Ich will mich ganz verschreiben,
dir ewig treu zu bleiben.

Lob, Preis und Dank, HErr Jesu Christ,
sei dir von mir gesungen,
daß du mein Bruder worden bist
und hast die Welt bezwungen.
Hilf, daß ich deine Gütigkeit
stets preis' in dieser Gnadenzeit
und mög' hernach dort oben
in Ewigkeit dich loben.

Vincent Lübeck (1654–1740) war Organist in Hamburg, vermutlich in Flensburg aufgewachsen, wo sein Vater Organist in St. Marien war. Er wählte aus diesem Lied 5 Strophen für seine Kantate „Willkommen süßer Bräutigam“ für zweistimmigen Chor, zwei Violinen, Violoncello und Orgel aus.

Ich fühl's, ein Wunder ist geschehn

Theodor Storm

Vom Himmel in die tiefsten Klüfte
Ein milder Stern herniederlacht;
Vom Tannenwalde steigen Düfte
Und hauchen durch die Winterlüfte,
Und kerzenhelle wird die Nacht.

Mir ist das Herz so froh erschrocken,
Das ist die liebe Weihnachtszeit!
Ich höre fernher Kirchenglocken
Mich lieblich heimatlich verlocken
In märchenstille Herrlichkeit.

Ein frommer Zauber hält mich wieder,
Anbetend, staunend muß ich stehn;
Es sinkt auf meine Augenlider
Ein goldner Kindertraum hernieder,
Ich fühl's, ein Wunder ist geschehn.

Da stand das Kind am Wege

Aus „Immensee“

Theodor Storm

Weihnachtsabend kam heran. – Es war noch Nachmittags, als Reinhardt mit andern Studenten im Ratskeller am alten Eichentisch zusammen saß. Die Lampen an den Wänden waren angezündet, denn hier unten dämmerte es schon; aber die Gäste waren sparsam versammelt, die Kellner lehnten müßig an den Mauerpfeilern. In einem Winkel des Gewölbes saßen ein Geigenspieler und ein Zittermädchen mit seinen zigeunerhaften Zügen; sie hatten ihre Instrumente auf dem Schoße liegen und schienen teilnahmslos vor sich hin zu sehen.

Am Studententische knallte ein Champagnerpfropfen, „Trinke, mein böhmisch Liebchen!“ rief ein junger Mann von junkerhaftem Äußern, indem er ein volles Glas zu dem Mädchen hinüberreichte.

„Ich mag nicht“, sagte sie, ohne ihre Stellung zu verändern.

„So singe!“ rief der Junker, und warf ihr eine Silbermünze in den Schoß. Das Mädchen strich sich langsam mit den Fingern durch ihr schwarzes Haar, während der Geigenspieler ihr ins Ohr flüsterte; aber sie warf den Kopf zurück und stützte das Kinn auf ihre Zitter. „Für den spiel' ich nicht“, sagte sie.

Reinhardt sprang mit dem Glase in der Hand auf und stellte sich vor sie. „Was willst du?“ fragte sie trotzig.

„Deine Augen sehn.“

„Was gehn Dich meine Augen an?“

Reinhardt sah funkelnd auf sie nieder. „Ich weiß wohl, sie sind falsch!“ – Sie legte ihre Wange in die flache Hand und sah ihn lauernd an. Reinhardt hob sein Glas an den Mund. „Auf Deine schönen, sündhaften Augen!“ sagte er, und trank.

Sie lachte und warf den Kopf herum. „Gib!“ sagte sie, und, indem sie ihre schwarzen Augen in die seinen heftete, trank sie langsam den Rest. Dann griff sie einen Dreiklang und sang mit tiefer, leidenschaftlicher Stimme:

„Heute, nur heute
Bin ich so schön;
Morgen, ach morgen
Muß Alles vergehn!
Nur diese Stunde
Bist du noch mein;
Sterben, ach sterben
Soll ich allein.“

Während der Geigenspieler in raschem Tempo das Nachspiel einsetzte, gesellte sich ein neuer Ankömmling zu der Gruppe.

„Ich wollte Dich abholen, Reinhardt", sagte er. „Du warst schon fort; aber das Christkind war bei Dir eingekehrt."

„Das Christkind?" sagte Reinhardt, „das kommt nicht mehr zu mir."

„Ei was! Dein ganzes Zimmer roch nach Tannenbaum und braunen Kuchen."

Reinhardt setzte das Glas aus der Hand und griff nach seiner Mütze.

„Was willst Du?" fragte das Mädchen.

„Ich komme schon wieder."

Sie runzelte die Stirn. „Bleib!" rief sie leise und sah ihn vertraulich an.

Reinhardt zögerte. „Ich kann nicht", sagte er.

Sie stieß ihn lachend mit der Fußspitze. „Geh!" sagte sie. „Du taugst nichts; Ihr taugt alle mit einander nichts." Und während sie sich abwandte, stieg Reinhardt langsam die Kellertreppe hinauf.

Draußen auf der Straße war es tiefe Dämmerung; er fühlte die frische Winterluft an seiner heißen Stirn. Hie und da fiel der helle Schein eines brennenden Tannenbaums aus den Fenstern, dann und wann hörte man von drinnen das Geräusch von kleinen Pfeifen und Blechtrompeten und dazwischen jubelnde Kinderstimmen. Scharen von Bettelkindern gingen von Haus zu Haus, oder stiegen auf die Treppengeländer und suchten durch die Fenster einen Blick in die versagte Herrlichkeit zu gewinnen. Mitunter wurde auch eine Tür plötzlich aufgerissen und scheltende Stimmen trieben einen ganzen Schwarm solcher kleinen Gäste aus dem hellen Hause auf die dunkle Gasse hinaus; anderswo wurde auf dem Hausflur ein altes Weihnachtslied gesungen; es waren klare Mädchenstimmen darunter. Reinhardt hörte sie nicht, er ging rasch an Allem vorüber, aus einer Straße in die andere. Als er an seine Wohnung gekommen, war es fast völlig dunkel geworden; er stolperte die Treppe hinauf und trat in seine Stube. Ein süßer Duft schlug ihm entgegen; das heimelte ihn an, das roch wie zu Haus der Mutter Weihnachtsstube. Mit zitternder Hand zündete er sein Licht an; da lag ein mächtiges Paket auf dem Tisch, und als er es öffnete, fielen die wohlbekannten braunen Festkuchen heraus; auf einigen waren die Anfangsbuchstaben seines Namens in Zucker ausgestreut; das konnte Niemand anders als Elisabeth getan haben. Dann kam ein Päckchen mit feiner gestickter Wäsche zum Vorschein, Tücher und Manschetten, zuletzt Briefe von der Mutter und von Elisabeth. Reinhardt öffnete zuerst den letzteren; Elisabeth schrieb:

‚Die schönen Zuckerbuchstaben können Dir wohl erzählen, wer bei den Kuchen mitgeholfen hat; dieselbe Person hat die Manschetten für Dich gestickt. Bei uns wird es nun Weihnachten sehr still werden; meine Mutter stellt immer schon um halb zehn ihr Spinnrad in die Ecke; es ist gar so einsam diesen Winter, wo Du nicht hier bist. Nun ist auch vorigen Sonntag der Hänfling gestorben, den Du mir geschenkt hattest; ich habe sehr geweint, aber ich hab' ihn doch immer gut gewartet. Der sang sonst immer Nachmittags, wenn die Sonne auf sein Bauer schien; Du weißt, die Mutter hing oft ein Tuch über, um ihm zu geschweigen, wenn er so recht aus Kräften sang. Da ist es nun noch stiller in

Ein denkwürdiges Weihnachten. Illustration von J. B. Sonderland, aus: „Die Kinderlaube", Dresden 1868.

der Kammer, nur daß Dein alter Freund Erich uns jetzt mitunter besucht. Du sagtest einmal, er sähe seinem braunen Überrock ähnlich. Daran muß ich nun immer denken, wenn er zur Tür hereinkommt, und es ist gar zu komisch; sag es aber nicht zur Mutter, sie wird dann leicht verdrießlich. – Rat, was ich Deiner Mutter zu Weihnachten schenke! Du rätst es nicht? Mich selber! Der Erich zeichnet mich in schwarzer Kreide; ich habe ihm schon dreimal sitzen müssen, jedesmal eine ganze Stunde. Es war mir recht zuwider, daß der fremde Mensch mein Gesicht so auswendig lernte. Ich wollte auch nicht, aber die Mutter redete mir zu; sie sagte: es würde der guten Frau Werner eine gar große Freude machen.

Aber du hältst nicht Wort, Reinhardt. Du hast keine Märchen geschickt. Ich habe Dich oft bei Deiner Mutter verklagt; sie sagt dann immer, Du habest jetzt mehr zu tun, als solche Kindereien. Ich glaub' es aber nicht; es ist wohl anders.'

Nun las Reinhardt auch den Brief seiner Mutter, und als er beide Briefe gelesen und langsam wieder zusammengefaltet und weggelegt hatte, überfiel ihn unerbittliches Heimweh. Er ging eine Zeit lang in seinem Zimmer auf und nieder; er sprach leise und dann halbverständlich zu sich selbst:

Er wäre fast verirret
Und wußte nicht hinaus;
Da stand das Kind am Wege
Und winkte ihm nach Haus!

Dann trat er an sein Pult, nahm einiges Geld heraus und ging wieder auf die Straße hinab. – Hier war es mittlerweile stiller geworden; die Weihnachtsbäume waren ausgebrannt, die Umzüge der Kinder hatten aufgehört. Der Wind fegte durch die einsamen Straßen; Alte und Junge saßen in ihren Häusern familienweise zusammen; der zweite Abschnitt des Weihnachtsabends hatte begonnen. –

Als Reinhardt in die Nähe des Ratskellers kam, hörte er aus der Tiefe herauf Geigenstrich und den Gesang des Zittermädchens; nun klingelte unten die Kellertüre und eine dunkle Gestalt schwankte die breite, matt erleuchtete Treppe herauf. Reinhardt trat in den Häuserschatten und ging dann rasch vorüber. Nach einer Weile erreichte er den erleuchteten Laden eines Juweliers; und, nachdem er hier ein kleines Kreuz von roten Korallen eingehandelt hatte, ging er auf demselben Wege, den er gekommen war, wieder zurück.

Nicht weit von seiner Wohnung bemerkte er ein kleines, in klägliche Lumpen gehülltes Mädchen an einer hohen Haustür stehen, in vergeblicher Bemühung sie zu öffnen. „Soll ich Dir helfen?“ sagte er. Das Kind erwiderte nichts, ließ aber die schwere Türklinke fahren. Reinhardt hatte schon die Tür geöffnet. „Nein“, sagte er, „sie könnten Dich hinausjagen; komm mit mir! Ich will Dir Weihnachtskuchen geben.“ Dann machte er die Tür wieder zu und faßte das kleine Mädchen an der Hand, das stillschweigend mit ihm in seine Wohnung ging.

Er hatte das Licht beim Weggehen brennen lassen. „Hier hast Du Kuchen", sagte er, und gab ihr die Hälfte seines ganzen Schatzes in ihre Schürze, nur keine mit den Zuckerbuchstaben. „Nun geh nach Hause und gib Deiner Mutter auch davon." Das Kind sah mit einem scheuen Blick zu ihm hinauf; es schien solcher Freundlichkeit ungewohnt und nichts darauf erwidern zu können. Reinhardt machte die Tür auf und leuchtete ihr, und nun flog die Kleine wie ein Vogel mit ihren Kuchen die Treppe hinab und zum Hause hinaus.

Reinhardt schürte das Feuer in seinem Ofen an und stellte das bestaubte Dintenfaß auf seinen Tisch; dann setzte er sich hin und schrieb, und schrieb die ganze Nacht Briefe an seine Mutter, an Elisabeth. Der Rest der Weihnachtskuchen lag unberührt neben ihm; aber die Manschetten von Elisabeth hatte er angeknüpft, was sich gar wunderlich zu seinem weißen Flausrock ausnahm. So saß er noch, als die Wintersonne auf die gefrorenen Fensterscheiben fiel und ihm gegenüber im Spiegel ein blasses, ernstes Antlitz zeigte.

Die Weihe der Nacht

Friedrich Hebbel

Nächtliche Stille!
Heilige Fülle,
Wie von göttlichem Segen schwer,
Säuselt aus ewiger Ferne daher.

Was da lebte,
was aus engem Kreise
Auf ins Weitste strebte,
Sanft und leise
Sank es in sich selbst zurück
Und quillt auf in unbewußtem Glück.

Und von allen Sternen nieder
Strömt ein wunderbarer Segen,
Daß die müden Kräfte wieder
Sich in neuer Frische regen,
Und aus seinen Finsternissen
Tritt der Herr, so weit er kann,
Und die Fäden, die zerrissen,
Knüpft er alle wieder an.

Advent

Emmy Ball-Hennings

Wie soll ich dich empfangen
Und wie begegn' ich dir,
O aller Welt Verlangen,
O meiner Seele Zier …

Wie gern habe ich dieses Lied im Advent gesungen, allabendlich um vier Uhr in der Schule mit vielen andern Kindern zusammen. Der Lehrer selbst sang mit, und unsere jungen Stimmen klangen so froh, als wollten sie einander umarmen.

Wie wundervoll ist es, in der Freude mit vielen einig zu sein und in Erwartung zu singen: Wie soll ich dich empfangen?

Das ist die Liebesfrage im Advent, die immer wieder in uns auftaucht, wenn das Weihnachtsfest nahe bevorsteht.

Es wurde früh dunkel, und doch war es irgendwo licht und hell. Durch das hohe Fenster sah man am Himmel den ersten Stern schimmern. Jeden Abend war er da, wenn wir sangen. Es war der Herold unter den Sternen, der Millionen kommende Sterne ankündigte. Dann wieder war es Gabriels und Mariens Stern. Oder es war derselbe Stern, den die fremden Könige einst gesehen. Die heiligen drei Könige, die einem Sterne nachgegangen waren, und mit ihnen war die Sehnsucht der fernen Völker gewandert, die noch nichts vom Jesuskinde wußten und sich doch schon nach ihm sehnten. Denn die Sehnsucht nach Erlösung lag in jedem Menschen. Das war uns gesagt worden, und jetzt wußten wir es für immer. So sehr von weitem waren sie gekommen, die drei Weisen aus dem Morgenlande, umgeben von fremdländischem Duft, beladen mit Gold, Weihrauch und Myrrhen, singend auf dem Wege: O aller Welt Verlangen … Wie reich sie doch waren, diese Sternerfüllten, reich an Liebe und an Gold! Irgendwo aber mußten sie doch ihre Paläste verlassen haben, ihre stolzen, glänzenden Häuser ließen sie leer stehen, da sie nach Bethlehem gingen. Sie waren ja Könige, und doch schienen sie ihre Kronen vergessen zu haben um Jesu willen.

Jeder König sang dasselbe, was wir in der Schule sangen:

Mein Herze soll dir grünen
In stetem Lob und Preis,
Will deinem Namen dienen,
So gut es kann und weiß …

Noch stand das Zeichen am Himmel, und nichts war leichter als Sterndeuten. Beim Nachhauseweg von der Schule ging immer der Stern mit mir. Er eilte mir voraus oder folgte mir. Der Stern behielt den Menschen im Auge. Und

Christian Rohlfs, Die Heiligen Drei Könige, Holzschnitt um 1900.

einmal hatte er über dem Stall zu Bethlehem gestanden, zwischen den Zweigen eines Palmbaumes geglänzt. Wir haben seinen Stern gesehen im Morgenlande und sind gekommen, ihn anzubeten.

Oh, ich erinnere mich, wie meine liebe Mutter von der Geburt Jesu erzählte. Was waren alle Märchen gegen dieses eine, das die Wahrheit aller Wahrheiten enthielt? Die Kunde war mir noch neu, und ich hatte noch nicht gar viel von Jesus gehört. Es war so tief erstaunlich und schön, daß das Jesuskind alles von mir wußte, immer gewußt hatte. Und daß es dann so klein war, daß man das Verlangen trug, es wie ein Brüderchen zu betrachten.

Nicht genug konnte man davon zu hören bekommen, und Mutter wußte so lieb Bescheid, als wäre sie dabeigewesen. Alles, aber auch alles ließ sie sich abfragen.

„Mutter, sag, warum ist das Jesuskind nicht daheim geboren worden im Hause seiner Eltern? Hätte der liebe Gott nicht machen können, daß Maria und Joseph nicht in Wohnungsnot kamen? Der liebe Gott hätte auch die Volkszählung leicht verlegen können, meine ich. Und daß die beiden mit ihrem Kinde fliehen mußten! Mutter, du hast vergessen zu sagen, ob wohl ein Ofen im Stall zu Bethlehem war? Wenn das Kind auch gut eingehüllt war in Windeln und Wolle, kann es doch nicht recht warm gehabt haben. Und Maria und Joseph. Ob es nicht kalt war in der Nacht?"

Bei uns im Wohnzimmer glühte und wärmte das Feuer. Die Ofentür stand geöffnet, und wir saßen um den Ofen und sahen in die schöne Glut. Die Lampe war noch nicht angezündet. Mutter liebte es, uns Kindern in der Dämmerung zu erzählen, und man sah und dachte nichts anderes als an die wundersame Geschichte von der Geburt Jesu. Wie lieb und warm war es bei uns! Wie leicht hätte hier ein Kind geboren werden können! Es hätte in meinem Kinderbett schlafen können, unter der hübschen blauen Decke. Wie schade, daß wir damals nicht in Bethlehem waren! Wie sehr ich dies bedauerte! Meine Eltern hätten bestimmt das Jesuskind aufgenommen mitsamt seiner holden Mutter und dem heiligen Joseph. Dies wäre schon gegangen, wenn man sich ein wenig eingeschränkt hätte. Wir hatten ja oben eine Dachkammer, und dann die kleine Abseite, und ich hätte mit Rebekka leicht im Holzraum schlafen können. Rebekka war dazu bereit, daran fehlte es nicht. Und in der Küche, auf unserem Herd mit drei Kochlöchern und einem Wasserschiff, war es eine Kleinigkeit, für zwei Familien zu kochen. Einige Teller und Schüsseln hätten wir vielleicht noch gebraucht, aber das war das wenigste. Das hätten die Nachbarn uns ja auch zur Not geliehen. Etwas Geld hätte Vater sich zum voraus geben lassen können vom Werftdirektor, dem man ja leicht erklären konnte, warum man Geld brauchte und wer bei uns zu Gaste war. Onkel Erich, der gleich nebenan wohnte, war Zimmerer und hatte eine eigene große Werkstatt, und ob der heilige Joseph nicht bei Onkel Erich Arbeit annehmen würde? Mutter hielt dies nicht für ausgeschlossen. Onkel Erich hätte den heiligen Josph so gut wie zum Meister machen können, und beide würden sich dabei nicht schlecht gestanden haben. Aber bei uns hätten alle drei wohnen müssen. O wie wundervoll! Wie unausdenkbar schön! Ob die Heilige Familie wohl einverstanden gewesen wäre? Wenn sie gesagt hätten: „Ja, wir kommen ganz gern –!“

„Mutter, meinst du, daß sie ‚Ja‘ gesagt hätten?“

„Ich weiß es nicht, mein Kind. Es kann sein.“

Aus dem Karnhaus der Christohorus-Kirche in Viöl.

Es kann sein. Es hätte sein können! Ach, wir konnten ja auch nicht dafür, daß wir in eine so späte Zeit geraten waren. Schade, wirklich schade. Aber man konnte doch durch die Jahrhunderte zurücklaufen wie durch eine Allee, bis man nach Bethlehem kam, wo das göttliche Kind im Stall lag.

„Und warum lag es im fremden Stall?“

„Es geschah nach dem Willen Gottes. Und das Jesuskind wollte wohl dadurch zeigen, daß es nur ein Gast und ein Fremdling auf der Erde war. Es kam doch vom Himmel und war bei seinem Vater im Himmel daheim. Auch wir sind nur zu Gaste hier, und einmal müssen auch wir das Haus verlassen ...“

Und dann brach Mutter das Gespräch ab, um uns das schöne Adventslied zu singen: „Vom Himmel hoch, da komm’ ich her ...“

Das Große im Kleinen

Friedrich Ernst Peters

Nun haben unsere Kleinen den Tag herangeharrt, an dem ihr geduldiges Warten belohnt wird. Uns Großen verlebendigen sich Vorweihnachtstage der eigenen Jugend, und während die Kinder uns im Vollbesitz aller Dinge wähnen, werden wir uns vor ihrem Reichtum unserer Armut wehmütig bewußt. Uns hat das Leben arg an seinen Rand gedrängt, hat uns zu klar gezeigt, wie wenig wichtig es uns nimmt. Dagegen stellt sich das Kind in aller Unschuld und Selbstverständlichkeit wie in die Weltmitte überhaupt, so auch in den Mittelpunkt des vorweihnachtlichen Geschehens. Alles, was hinter geheimnisvoll verschlossenen Türen geschieht, richtet sich auf das eine Ziel: ihm Freude zu machen. Und warum hat sich die Welt in dieses Dunkel gehüllt? Damit das Walten der guten Geister sich bis zum Tage der Erfüllung besser verbergen kann! Warum ist es überall still geworden? Weil alle Menschen den Atem anhalten, um vom Wirken der Geister vielleicht dennoch etwas zu erhorchen! Und warum ist Kälte eingebrochen? Weil in der Dämmerstunde am warmen Ofen Weihnachtslieder und Märchen dann so viel heimeliger und verheißungsvoller klingen!

In meiner Jugend wurden den Kindern die vorweihnachtlichen Freuden noch sehr viel spärlicher zugemessen als es in späteren Jahren Brauch war. Dies hatte aber den Vorteil, daß sich die Kraft zum Freuen nicht schon an den kleinen Erfüllungen erschöpfte. Sie blieb vielmehr ganz und gesammelt dem großen Tage verspart. An den kleinen Dingen übte die Kindesseele mit um so größerer Hingabe ihre Fähigkeit des Verklärens. In der Vorweihnachtszeit vereinigten sich alle guten Geister in der Gestalt des „Kindjees", der mit seinem Namen die Vorstellung des Kindes Jesus beschwor und doch ein alter, weißbärtiger, unendlicher gütiger Mann war.

Wenn ein vertrautes, aber im Laufe eines Jahres stark mitgenommenes Spielzeug eines Morgens plötzlich verschwunden war, so hieß es: „Der Kindjees wird es abgeholt haben. Der Kindjees will es wieder heil machen." Von diesem Tage an lag die Welt in der Verzauberung. Der gute Geist ließ sich überall ahnen; aber niemals zeigte er sich. Nur die Großen, die Holzfäller, etwa, die in der Abenddämmerung aus dem Gehege heimkehrten, begegneten ihm zuweilen, wenn er sich in jungen Tannenbeständen zu schaffen machte. Von solchen Begegnungen wußten glaubwürdige Menschen sogar an dem Tage zu erzählen, an dem meine Mutter in die Stadt gefahren war, um den Kindjees zu „bestellen". Der große kindliche Glaube fand hier keine Unvereinbarkeit der Tatsachen. Der Glaube ruhte sicher in sich selbst und bedurfte keiner Bestätigung durch das Schauen. Ich lebte in der vollkommenen Freiheit einer magischen Welt, die der Despotie des Kausalgesetzes noch nicht untertänig geworden war.

In den Abendstunden der Vorweihnachtszeit geschah es zuweilen, daß der

Kindjees hörbare Beweise seiner Allgegenwart gab. Mit seiner Rute führte er einige leichte Schläge gegen eines der Fenster, und noch heute fühle ich den heiligen Schauer, der mich dann überrieselte.

In der Dämmerung eines Dezemberabends, als die Lampe schon angezündet, das Fenster aber, das auf den Garten hinausging, noch unverhüllt war, machte sich der Kindjees auf eine andere, auf eine mehr formlose Art bemerkbar. Es klopfte an eine Scheibe, und in schnellem Aufsehen gewahrte ich auch den gekrümmten Zeigefinger, der das Geräusch verursachte. Der Kindjees! Und ich hatte seinen Finger gesehen! Was aber dies Erlebnis so überwältigend machte, war die Beobachtung, daß er am unteren Glied seines rechten Zeigefingers dieselbe Narbe trug, die ich bei meinem Vater zuweilen mit einem kleinen Grauen betrachtete. Wohl fiel es mir nun auf, daß in der Werkstatt jenseits der Vordiele seit kurzem die Geräusche der Arbeit verstummt waren. Aber ich sprang doch an die Tür, um dem Vater das große Ereignis mitzuteilen. Meine Mutter hielt mich zurück und stellte mir das Zusammentreffen mit dem Hohen als eine Möglichkeit vor, der ich mich in meinem Nichts doch unmöglich gewachsen fühlen konnte. Als aber aus der Werkstatt wieder der vertraute Arbeitslärm herüberklang, war der Bann gebrochen. Ich sprang hinüber und erzählte meinem Vater, was geschehen war. Und er wunderte sich nach Gebühr und betrachtete mit berechtigtem Stolz seinen rechten Zeigefinger, der dem des Kindjees so ähnlich war.

Vielleicht hatte mein Vater hier seine Rolle ursprünglich gar nicht ernst genommen. Das Unternehmen war zu plump ausgeführt und mußte damit rechnen, sofort als Täuchung durchschaut zu werden. Aber der großen Macht des kindlichen Glaubens gelingt eines nicht: zu glauben, daß mit ihm ein frevles Spiel getrieben werden kann. Und so hatte der Kindjees, aus seiner völligen Unnahbarkeit heraustretend, sich mir um einige Schritte genähert, war ein wenig ins Menschlich-Vertrauliche gerückt, ohne dabei von seiner Würde etwas zu verlieren. Der Größe meines Vaters aber war noch ein Stück hinzugetan.

Gar zu schnell jedoch kommt die Zeit, da die Gestalt des Vaters auf Menschenmaß zurückgehen muß. Immer anhaltender und deutlicher sieht das Kind im geheimnisvollen Treiben des Kindjees den Finger des Vaters, den Finger der Mutter. Wohl bleibt alles schön; aber die erste große Entzauberung der Welt ist eingetreten, wenn das Kind den Kindjees als eine Märchengestalt erkannt hat. Ich suchte und fand noch einige Jahre für das Verlorene Ersatz in dem Bestreben, einer jüngeren Schwester ihren Glauben zu erhalten. Auch schlich ich mich in der Adventszeit mit einer Rute unter die Fenster der Nachbarhäuser, und wenn dann in den Stuben mit meinem ersten Schlag die Gebete der kleinen Kinder einsetzten, so genoß ich neben Anderem und Besserem wohl auch den Kitzel eines Machtgefühls.

Jahre, Jahrzehnte gingen hin. Dann war im eigenen Hause ein eigenes Kind, dem man wachsamer und helfender Begleiter sein konnte bei seinen ersten, tastenden Schritten in einer befremdenden Welt. In jenen Jahren gewann die Vorweihnachtszeit auch für mich beinahe ihren ganzen Zauber zurück. Wem das Leben zu oft schon die Grenzen seines Vermögens gezeigt hat, dem tut es wohl, wenn er im Glauben eines anderen noch Zaubermacht verwaltet. Im Frühling stand ich einmal in einer Schar kleiner Kinder am Knick, um jedem seine Weidenflöte zu fertigen. Die Rinde des schieren Schößlings wird zum Zwecke ihrer Lösung vom Holz mit dem Heft des Taschenmessers eine Weile betrommelt, und dabei muß nach altem Brauch folgender Spruch gemurmelt werden:

„Piepen, Papen, Pasterjahn,
laat de wieden Fleut afgahn!
Laat se nich verdarben,
laat's rech lustig warden!"

Wenn sich dann die Rindenhülse unbeschädigt löste und ein Stück des weißen Holzes freigab, labte ich mich an dem ehrfürchtigen Staunen in den Augen der Kinder. Meine kleine Frauke aber umarmte mich in den Arbeitspausen stürmisch, und aus ihrem Gesicht leuchtete der Stolz auf einen Vater, der über Zauberkräfte gebietet. War dieser Stolz vielleicht herausfordernd? Jürgen, ihr kleiner Freund, der von Anbeginn auch ein kleiner Rationalist war, sagte plötzlich sehr trocken und sachlich: „Es geht auch, wenn man das nicht sagt." Das kleine Mädchen hatte aber noch die Macht, den vernünftelnden Lästerer mit einem Blick voll Verachtung zum Schweigen zu bringen.

Aber was hilft es? Vielleicht wird Jürgen schon im nächsten oder übernächsten Jahr seine Behauptung dadurch beweisen, daß er ganz ohne Hokuspokus kaltblütig die Weidenrinde vom Zweige löst. Einmal behorchte ich ein Gespräch der Kinder. Da wurden Osterhase, Weihnachtsmann und derlei Wesen aus einer anderen Welt bündig wegbewiesen. Jürgen hatte im Treiben der Geister schon zu genau den sehr irdischen Finger seines Vaters gesehen. Mit gesenktem Kopf und gerunzelter Stirn hörte Frauke den Belehrungen zu.

Als dann die Weihnacht sich wieder näherte, war in ihrem Verhalten eine Änderung deutlich zu bemerken. Wir sprachen zwar vom Weihnachtsmann ganz so wie in früheren Jahren; aber manchmal meinte ich, an ihrem Munde die Andeutung eines verschmitzten Lächelns wahrzunehmen, und ihre Augen schienen zu sagen: „Die Wirklichkeit ist ja bekanntlich anders; aber wenn es dir soviel Spaß macht, können wir auch in dieser Philosophie des Als ob verharren."

In den Tagen unmittelbar vor dem Fest lag Frauke schon in ihrem Bettchen, als ich im Nebenzimmer etwas zu kramen hatte. Ich hörte sie fragen: „Weihnachtsmann, bist du da?" In den Worten ließ sich der kleine Spott kaum überhören. Ich ging ein auf das Spiel, das mir da vorgeschlagen wurde, und antwortete mit nur ganz obenhin verstellter Stimme: „Ja." Und nun tat sie mit schon verändertem Klang ihre zweite Frage: „Hast du mich lieb?" Es zitterte im Kinderstimmchen eine große innere Bewegung, ein frommes Bangen, eine Unsicherheit. Aber der Weihnachtsmann sprach mit unheimlich tiefen Lauten die beseligenden Worte: „Ja, sehr lieb, mein Kind." Da brach ein Jubel aus, der auch für den Zeugen überwältigend war. In der Glut eines plötzlich wiederhergestellten Glaubens verflüchtigte sich und wurde wesenslos die schale Weisheit, die Jürgen gelehrt hatte. Mit großem Ungestüm rief Frauke nach ihrem Vater. Ich schlich mich die Treppe hinab, um sie im nächsten Augenblick polternd wieder emporzustürmen. „Was ist denn, mein Kind?" – „Der Weihnachtsmann war hier, und er hat gesagt, daß er mich lieb hat." In meine Arme schmiegte sich ein weinendes Kind, und an meiner Brust sprach in lautem Pochen ein kleines Herz von der seligen Mühsal, die ihm die Bewältigung seines großen Glückes bereitete.

Mit solcher Selbstverständlichkeit stellt sich das Kind in die Strahlung einer großen Liebe, und es kommt ihm dabei an seiner Würdigkeit kein Zweifel. Wenn wir Großen es ihm darin gleichtun wollten, so würden wir uns wohl anmaßend vorkommen: denn uns fehlt in allem die Grundvoraussetzung der Unschuld. Auch stehen wir in einem harten Dienst, der von seinen Forderungen nichts abmarkten läßt. Zu unserem Schmerz haben wir erfahren, wie wenig das Glück des einzelnen gilt, so lange die große gemeinsame Aufgabe nicht gelöst ist. Aber das Weihnachtsfest ist uns gegeben, damit wir von neuem unsere Würde fühlen, damit wir uns wieder einmal persönlich angesprochen fühlen von einer großen Macht, die in ihrem Wesen Liebe ist. Advent! Es kommt etwas auf uns zu! Wir horchen hinaus in die bestirnte Nacht und wissen:

„Viel Wandrer gehen fern im Sternenschimmer,
Und mancher noch ist auf dem Weg zu dir." (H. Carossa)

Von ganz kleinen Dingen ist hier erzählt worden. Es geschah, weil in der Vorweihnachtszeit dem Kleinen auf wunderbare Weise immer wieder die Kraft zuwächst, Sinnbild eines Großen zu werden. Wenn der Mensch ein Jahr lang mit dem Sturmblock seines Verstandes das eherne Tor des ummauerten Bezirks letzter Erkenntnisse berannt hat, so läßt er wohl in dieser Zeit von solchem Tun. Träumend geht er an der Mauer hin und entdeckt unter wucherndem Gebüsch ein kleines, vergessenes Pförtchen, das seiner Ahnung freigibt, was dem Verstand am hohen Tor versagt blieb: einen Blick in die Herrlichkeit des Inneren, einen kurzen Blick, der seine stärkende Kraft lange bewahrt.

Weihnachtssperlinge

Gustav Falke

Vor meinem Fenster die kahlen Buchen
sind über und über mit Schnee behangen.
Die Vögel, die da im Sommer sangen,
wo die wohl jetzt ihr Futter suchen?
Im fernen Süden sitzen sie warm
und wissen nichts von Hunger und Harm.

Ihre ärmlichen Vettern, die Spatzen und Krähen,
müssen sich durch den Winter schlagen,
müssen oft mit leerem Magen
vergebens nach einem Frühstück spähen.
Da kommen sie an mein Fensterbrett:
Gesegnete Mahlzeit, wie sitzt du im Fett!

Eine unverschämte Bemerkung!
Aber was will man von Spatzen verlangen,
sind nie in die Anstandsstunde gegangen,
und Not gibt ihrer Frechheit Stärkung.
Und schließlich, hungern ist nicht gesund
und für manches ein Milderungsgrund.

Da lass' ich's dann gelten und kann mich gar freuen,
wenn meine beiden Mädels leise
– leise ist sonst nicht ihre Weise –
den kleinen Bettlern Brotbröcklein streuen.
Ich belausch' sie da gern, es ist ihnen mehr
als ein Spaß, es kommt vom Herzen her.

Ja, sie geben beide gerne,
gütige Hände sind ihnen eigen,
doch will ich mich nicht im Lob versteigen,
und daß ich mich nicht von der Wahrheit entferne:
untereinander gönnt oft keins
dem andern ein größeres Stück als seins.

Oft sind sie auch selbst wie die Spatzen und Raben,
das Brüderchen ist dann im Bunde der Dritte,
da zwitschern sie auch ihr bitte! bitte!
reißen den Hals auf und wollen was haben.
Sommers und Winters, Winters zumeist,
und gar um Advent herum werden sie dreist.

Dann fangen sie an zu bitten und betteln:
Papa, zu Weihnacht, du hast mir's versprochen,
ich möcht' einen Herd, so richtig zum Kochen.
Und ich ein Zweirad. Auf Weihnachtswunschzetteln
wachsen die stolzesten Träume sich aus.
Knecht Ruprecht schleppt das schon alles ins Haus.

Und morgens, da steht von den zierlichsten Schuhen
je einer, ganz heimlich hingestellt,
an dem allersichtbarsten Platz der Welt.
Die Schelme können des Nachts kaum ruhen:
Ob wohl der Weihnachtsmann sie entdeckt?
Ob er wohl was in den Schuh uns steckt?

Der Weihnachtsmann! Er muß ja bald kommen.
Schon stapft er durch die beschneiten Felder,
hat vom Rande der weißen Wälder
ein grünes Tännlein mitgenommen.
Von unseren Buchen die Spatzen und Kräh'n
können ihn sicher schon erspähn.

Gewiß, sie haben den guten Alten
schon gesehn. Sie lärmen und kreischen,
als wollten sie doppelte Brocken erheischen.
Und hätten sie Schühlein vom Herrgott erhalten,
ich fände sie morgens alle, ich wett',
eine zierliche Reih' auf dem Fensterbrett.

Das wär' eine Wonne für meine Kleinen!
Die gütigen Hände würden sich regen
und jedem was in sein Schühlein legen,
ein Bröckchen, ein Krümchen, vergäßen nicht einen.
Und ihr rosiges Kindergesicht
strahlte dabei wie ein Weihnachtslicht.

Ich aber will doch morgen sehen,
– wir haben ja schon Advent geschrieben –
ob es beim alten Brauch geblieben
und wohl irgendwo Schühlein stehen.
Rechte Spatzenpantoffel mögen es sein,
und geht gewiß nicht viel hinein.

Hampel-Weihnachtsmann. Verlag Oehmigke & Riemschneider, Neuruppin, Nr. 9986. Lithographie um 1900.
Bilderbogen waren beliebt im vorigen Jahrhundert. Mit geringen Herstellungskosten erhielt man billiges Spielzeug.

Im Nebel

Wilhelm Lobsien

Eine halbe Meile vom Dorf entfernt, ganz nahe an den hohen Nordseedeich gedrückt, stand eine kleine Hütte. Ihr windschiefes Strohdach, vom ununterbrochen herandrängenden Wind zerzaust, blickte über den grünen Kamm hinüber auf das graue Wattenmeer; die niedern blanken Fenster aber ließen die Blicke frei über Wiesen und Felder bis weit in die Marsch hinausgleiten.

Wenn Ebbe oder niedrige Flut war, breitete sich das Watt wie eine meilenweite, einsame, nur von Möwen und andern Haffvögeln belebte Ebene aus, kamen aber die Herbst- und Winterstürme mit Schnee und Eis, dann dehnte sich seewärts eine große rollende, brüllende, weißüberspritzte Wassermasse, die krachend gegen den Deich stieß und drängte, als wolle sie alle Hindernisse vor sich herschieben und ins Festland hineinstürmen, um auch dieses zu verschlingen.

Frerk Wögens, der Bewohner der Deichhütte, kannte das Nordmeer in Stille und Sturm, und er sowohl als seine Frau und seine Kinder liebten die See, ganz gleich, ob sie sich wie ein weiter, blitzender Spiegel im Sommersonnenbrand ausdehnte, oder sich unter den peitschenden Faustschlägen des Sturmes aufbäumte. Und doch kannten sie besser als alle Bewohner im nahen Dorfe die Macht und die Wut des „blanken Hans“ und wußten, wie er immer auf der Lauer lag, um Deiche und Dämme, die ihn in Fesseln schlagen wollten, zu zerstören oder die Menschen selbst zu packen und mit ihrem Boot in die Tiefe zu reißen. Wenn der Vater an dunklen, sturmdurchwühlten Abenden zum Fischen in die tiefen Wattenpriele hinaussegelte, oder wenn er gar, wie es im Winter seine Pflicht war, das Eisboot durch die berstenden, krachenden Schollen zwang, um die Post nach den Inseln und Halligen zu bringen, dann gab es für Frerks Frau und Kinder manche Nacht, in der der Schlaf ihr Bett floh, und in der in ihrer Hütte nichts zu hören war als Beten und ängstliches Flehen. Und manche traurige, dunkle Nacht hatte die kleine tapfere Frau auf dem sturmumheulten Deiche gestanden und über die finstere See gestarrt, weil ihr Herz vor Sorge um ihren Mann aufschrie. Mochte der Sturm sie auch hinunterzustoßen drohen, sie hielt stand und harrte aus, die flackernde Laterne in den frostkalten Fingern ...

Es war am Tage des heiligen Abend.

In der niedrigen Wohnstube, deren Wände mit bunten Kacheln bedeckt waren, stand ein kleiner, dürftiger Weihnachtsbaum. Bunte Papierketten, von Vaters harten Fischerhänden geklebt, kunstlos gedrehte weiße und rote Rosen und Lilien, mit Silber- und Goldpapier überzogene Streichholzschächtelchen, hier und da verstreut an den Zweigen sitzend, waren der einzige Schmuck. Auf einigen Zweigen lag eine dünn ausgebreitete Watteschicht, und aus diesem künstlichen Schnee lugten zwischen blanken Muscheln sechs blaue, weiße und rote Lichtlein und reckten sich neugierig ins Gezweig.

Eben hatte die Mutter die letzte Hand an die Ausschmückung des Tannenbaumes gelegt, als sie gewahr wurde, daß die hohe, strahlende Spitze aus buntem Glas, die seit vielen Jahren immer den Weihnachtsbaum gekrönt hatte, zerbrochen war. Während sie, schmerzlich berührt, bedauernd die blinkernden Scherben betrachtete, überdachte sie sorgenvoll, was alles sie schon ausgegeben habe und wie weit sie mit dem geringen Rest ihrer kleinen Barschaft reichen werde. Sie hatte schon recht viel gekauft: Wolle, aus der sie eine feste Winterjacke für den Mann und warme Strümpfe für die Kinder machen wollte, dann noch Mützen und Schuhe, für den Gabenteller ein paar Nüsse und Äpfel – und für die heiligen Tage den Braten, der in der Pfanne brutzelte. Das waren große, schwer zu tragende Ausgaben. Aber trotzdem kam sie leichten Herzens zu dem Entschluß, eine Baumspitze zu kaufen; dieser in allen Farben leuchtende, schillernde Flimmer, an dem selbst ihr Mann eine so große Freude hatte, durfte am Weihnachtsabend nicht fehlen.

Fürsorglich hatte sie die Tür verriegelt, um nicht von den ihre Neugier kaum beherrschenden Knaben überrascht zu werden. Die saßen alle vier auf ihren Holzschemeln in der Küche, ganz nahe an die offene Feuerstelle gerückt, sogen den schönen Bratenduft in die Nase und plauderten von früheren Weihnachtsfeiern und den geheimnisvollen Wundern und Freuden, die ihrer heute warteten. Ihr Hektor, ein großer, brauner Jagdhund, lag vor den Füßen der Knaben und blickte mit großen, klugen Augen bald den einen, bald den andern an, als habe er teil an ihren Träumen und Erwartungen.

Vorsichtig, daß kein neugieriger Blick ins Zimmer huschen konnte, öffnete sie die Tür.

„Du, Hans“, sagte sie, „lauf doch schnell ins Dorf hinüber zum Kaufmann und hol uns eine Tannenbaumspitze aus Glas, du weißt ja, solche, wie wir sie immer im Baum oben haben; die alte ist leider zerschlagen.“

Unds während der Knabe, den die Weihnachtsstimmung willig machte, schnell seine Stiefel anzog, wickelte die Mutter das Geld – es waren einzelne Pfennige – in ein Stückchen Papier.

„Hier ist das Geld, mein Junge. Sei vorsichtig, daß du es nicht verlierst, und nun mach fix zu.“

„Soll Peter nicht mit?“ meinte Hans etwas zaghaft; aber die Mutter wehrte gleich ab, indem sie sagte:

„Nein, nein, geh nur allein. Peter muß hierblieben und Vater helfen, wenn er nachher mit dem Eisboot nach Hause kommt. Sie sind schon auf dem Vorland und können jeden Augenblick an den Deich kommen. Und ich habe heute anderes zu tun, als am Boot zu helfen. Nun mach fix!“

Hans drückte seine von Mutters Hand gestrickte Mütze fest auf die blonden Haare, ging schnell hinaus, kletterte behend den hohen Seedeich hinauf und lief dann in gemächlichem Trab dem Dorfe zu. – – –

Der harte Frost, der seit einigen Wochen das ganze Wattenmeer in Eisfesseln geschlagen hatte, war seit gestern einem weichen Tauwetter gewichen. Mit jeder aufkommenden Flut brach das Eis mehr und mehr, weit draußen tanzten schon die befreiten Schollen und zuckten dann und wann wie weiße, blitzende Schwerter aus dem dunklen Wasser auf. Ein feuchtkalter Wind wehte vom Meer herüber und warf in kurzen Zwischenräumen das donnernde Krachen des brechenden Eispanzers bis ans Festland.

Dem Jungen wurde es auf dem Deiche zu kalt; vorsichtig kroch er daher wieder hinunter und lief auf dem schmalen Wege, der an der Landseite den hohen Wall begleitete, weiter. Hier war er gegen den Seewind geschützt und ließ sich daher Zeit; die Dämmerung war ja noch fern.

Nicht weit vor ihm stieg eine dunkle Wand empor, die sich schwarz gegen den grauen Himmel abhob. Das war der Wald, ein kleines, jämmerliches Gehölz, das elend verkümmerte; denn sobald eine Tanne ihr grünes Haupt so hoch geschoben hatte, daß sie über den nahen Deich hinübersehen konnte, erstickte sie unter den eisigen Pranken des Westwindes, der hohnlachend hinüberlangte und alle junge Triebe schon im Keime tötete.

Hans schob, mit sich und der ganzen Welt zufrieden, beide Hände in die Taschen und pfiff ein Lied nach dem andern vor sich hin. Es waren einfache Schullieder, andere kannten sie hier draußen am Seedeich nicht. Die aber pfiff und sang er heute mit einer solch inbrünstigen, gellenden Lust, wie er sie in der Schule noch nie gesungen hatte. Herrgott! es war aber auch etwas anderes, frei am Deiche umherzupirschen oder auf leichte Botengänge ins Dorf zu gehen, als im grauen Morgen, wenn noch der Nebel der Nacht auf See und Land lag, in die Schule zu wandern! Und nun gar im Winter! Die Kinder, die im Dorfe wohnten, hatten es gut. Die liefen über die trockenen Straßen ins Schulhaus, und wenn's Mittag war, eilten sie heim und setzten sich an den vollbesetzten Mittagstisch. Er aber und seine Brüder und die andern, die draußen am Deich wohnten, hatten einen weiten Weg, saßen nachher mit kalten, nassen Füßen den ganzen Vormittag in der dumpfen Schulstube, blieben auch über Mittag in dem engen Raum, um ihr karges Butterbrot zu verzehren, und hatten dann nachher den langen Heimweg durch den dunkel heraufkommenden Abend, der sie oft genug mit Nebel, Regen und Schnee überschüttete.

Heute aber! Weihnachtsferien, von allem Schulzwang befreit! Und Weihnachten, Weihnachtsabend!

Der Jubel füllte die junge Seele so übervoll, daß er sich nicht zu lassen wußte und einen Freudensprung machte, daß ihm die nebelfeuchten Tannenzweige um den Kopf schlugen und ihn in die Backen stachen. Aber was kümmerte er sich darum. Lachend riß er einen großen Zweig herunter und schwenkte ihn jubelnd hin und her.

Weihnachten! Weihnachten! …

Was ihm das Christkind wohl bringen würde?

Schon mehrfach hatte er versucht, durchs Schlüsselloch zu gucken, hatte aber nichts gesehen, die Mutter hielt immer alles gut versteckt. Und doch konnte er sich schon denken, was er bekommen würde, etwas wenigstens, das meiste. Natürlich würde er eine Jacke bekommen, vielleicht auch eine Hose und gewiß auch eine Mütze, sicherlich eine, die seine Mutter selber nähte.

Selbstverständlich würde er auch ein Paar Schuhe bekommen. Die Stiefel, die er trug, waren schon arg zerschlissen, und die Mutter hatte schon vor wenigen Wochen mit wehleidiger Miene geäußert: „Der Schuster kann sie gar nicht mehr zurechtflicken; aber es geht nicht anders, bis Weihnachten müssen sie noch zusammenhalten."

Aus all den Sachen machte er sich nicht viel; es waren ja Dinge, die er sowieso bekommen würde, wenn die alten aufgeschlissen wären. Aber Kuchen hätte er gar zu gerne gehabt, viele, einen ganzen Teller voll, nicht solche Pfeffernüsse, wie seine Mutter sie mit ihren geringen Mitteln bereitete, sondern all die leckeren Sachen, die er vor einiger Zeit drüben in der Kreisstadt gesehen hatte, als er seinem Vater geholfen hatte, Fische auf den Markt zu bringen. Wie schön hatten all diese Leckereien hinter der großen, blanken Ladenscheibe geprangt, und wie schön erst mußten sie schmecken. Bei dem bloßen Gedanken daran lief Hans das Wasser im Munde zusammen.

Und dann war noch etwas da, das so wunderschön war, daß er kaum daran zu denken wagte, weil eine solche Kostbarkeit doch nie den Weg in seine armselige Hütte fand. Das war etwas so Schönes, etwas so unaussprechlich Schönes, daß ihm das Herz pochte jedesmal, wenn es ihm im Traum und Wachen vor die Seele trat!

Vor einigen Tagen, als er ganz allein mit seiner Mutter in der Dämmerung saß, nahm er sich ein Herz und begann, zu seiner Mutter davon zu sprechen; sie aber lachte ihn aus, weil ein so großer Junge noch Spielsachen haben wolle. Als sie aber sein enttäuschtes und bedrücktes Gesicht sah, strich sie ihm mit der Hand leise und zärtlich über den Kopf und sagte mit müder Stimme, daß er sich diesen Wunsch aus dem Sinn schlagen müsse, sie habe kein Geld für solche teuren Spielsachen, die seien für die Kinder der reichen Marschbauern. Das war für Hans eine schmerzliche Enttäuschung, war ihm doch alles gleichgültig, wenn ihm das Christkind nur das eine brachte:

Eine kleine, glänzende Maus, die ganz allein über die Diele laufen konnte!

Bei dem Sohn des Gemeindevorstehers hatte er im vorigen Jahre eine gesehen. O, er wußte schon damit umzugehen, er hatte sie selbst mehrfach in der Hand gehabt. Ein ganz kleiner Schlüssel gehörte dazu. Den steckte man in ein kleines, kaum sichtbares Loch an der Seite des Körpers hinein, drehte vorsichtig nach rechts herum, ganz langsam und vorsichtig, bis es einen Ruck gab.

1813/2 **Kleine Mäuse,** grau, mit Uhrwerk, Stückkarton, Länge 7 cm, Stück 0,50

Aus einem Spielzeugwarenkatalog von 1905.

Dann schnell das kleine graue Ding auf die Diele gesetzt – und schnurr, schnurr rasselte die Maus sausend über die Diele, bis sie an der Wand klingend anschlug. Aber man brauchte das Tierchen nur umzudrehen, dann lief es ebenso schnell wieder durch die ganze Stube zurück, so stark war die Triebfeder, die es im Leibe trug.

Ach, wenn er solches Kleinod besäße, wüßte er sich vor Freude und Glück ja kaum zu lassen. Und dann der Spaß mit den kleineren Brüdern, die doch solche Angst vor Mäusen hatten! Die waren noch so dumm und würden diese künstliche Maus gewiß für eine wirkliche halten und schreiend und schutzsuchend zu Vater und Mutter rennen.

Er sah sich schon zu Hause auf der weißgescheuerten Bretterdiele liegen, er spürte schon, wie er heimlich das Uhrwerk aufdrehte, auf daß niemand etwas merke, er sah schon die Maus hastig über die Diele laufen und hörte schon den lauten Aufschrei der Geschwister. Und während er unter solchen Glücksträumen sich mehr und mehr dem Dorfe näherte, um das sich schon der Dämmernebel spann, wurde ihm immer weihnachtlicher ums kleine Herz, und mit leiser, glückdurchklungener Stimme summte er „Stille Nacht, heilige Nacht“ vor sich hin.

Bald war er im Dorf. Auf den schmalen Straßen war es still. Nur selten begegneten ihm eilende Menschen, die für den Weihnachtstisch noch schnell etwas zu besorgen hatten. Noch lagen die meisten Fenster in tiefem Dunkel; desto heller quoll das Licht aus dem kleinen Krämerladen in den schweigenden Abend hinaus.

Welcher Reichtum an wundervollen Schätzen war in diesem einen kleinen Raum aufgespeichert! Hier lag die Erfüllung auch der kühnsten Wünsche bunt und verschwenderisch umher, und während Hans der Kaufmannsfrau seine Bestellung ausrichtete und sie nun in Kisten und Kasten nach einer Tannenbaumspitze suchte, liefen seine Augen hastig von einem Gegenstand zum andern. Anfangs flimmerte noch alles vor seinen Blicken, und die bunten Farben der vielen Spielsachen liefen ihm durcheinander. Dann aber begann er, klarer zu unterscheiden und zu sondern, und zuletzt sah er nur noch einen einzigen Gegenstand, in der Fülle der Schätze nur ein einziges Kleinod: eine kleine Maus aus grauem, blankem Metall.

Da stieg das Begehren nach diesem einen Schatz noch heißer und wilder in ihm auf, und ganz leise regte sich schon in seinem Herzen der Gedanke, die Maus zu nehmen und heimlich in die Tasche zu stecken. Gleich aber schlug ihm sein Gewissen und zwang ihn, an dem lockenden Ding vorbeizusehen. Wie sehr er sich aber auch zusammenriß, immer und immer wieder, als würden sie geheimnisvoll angezogen, kehrten seine Blicke zu der Maus zurück. Die Gier funkelte in seinen Augen, etwas Fremdes, Wildes kam über ihn, das alles Gute in ihm erstickte. Noch kämpfte er dagegen an, immer schwächer, immer müder, leise streckte sich seine Hand aus ... leise berührten seine Finger die Maus ... hoben sie auf ... leise, ganz leise ... und schoben sie dann hastig in die Tasche ... Nun war sie sein, und ein grenzenloser Jubel füllte ihm das Herz, daß er an sich halten mußte, um vor Glückseligkeit nicht aufzuschreien.

Die Frau hatte inzwischen die Spitze gefunden und eingepackt.

„So, mein Hans, da hast du die Spitze. Sieh dich vor, daß du sie heil nach Hause bringst. Und hier ist noch ein kleines Licht, das schenk ich dir für deinen Baum."

Vorsichtig steckte Hans sein Päckchen in die Tasche und eilte hinaus.

Es war inzwischen dunkel geworden. In allen Häusern waren die Lampen angezündet. Ihr Licht flackerte auf den nebelfeuchten Straßensteinen. Am Ausgang des Dorfes stand eine Laterne und warf einen gelben Dunstkreis auf die Gasse. Hans war bis jetzt mit leichten Schritten gegangen und in Gedanken schon daheim unter dem Tannenbaum. Bei der Laterne blieb er stehen, zog die Maus aus der Tasche und betrachtete das kleine Wunderwerk. Da kam ihm plötzlich das Bewußtsein seiner Tat, und eine quälende Angst vor der Entdeckung packte ihn. In demselben Augenblick hatte er aber auch schon einen Trost bereit: die Frau hatte ja so viele und würde das Fehlen der einen Maus gar nicht merken, wenigstens heute nicht. Und später? Ach, wie konnte sie wissen, wer im Laden gewesen sei oder wieviele Mäuse verkauft worden seien? Vielleicht legte sie gar keinen Wert darauf und hätte ihm wohl gar eine geschenkt, wenn er darum gebeten hätte. Sie hatte ihm doch das Licht geschenkt.

Das große, schöne Weihnachtslicht! Das hatte sie ihm so freundlich gegeben, und er vergalt es ihr mit einem Diebstahl. Dies Bewußtsein quälte ihn und hätte ihn fast bewogen, wieder umzukehren, um das Gestohlene zurückzubringen; aber die Angst vor der Entdeckung seiner Tat trieb ihn weiter, dem Tannengehölz zu.

Der Wind war stärker geworden und riß und zerrte an den Zweigen. Eine Krähenschar, die schlaftrunken in den Kronen hockte, stob auf und flatterte krächzend über den Deich.

Der Knabe lief und lief, von Angst und Grauen gejagt. Endlich war er aus dem Tannendunkel heraus und kletterte den Deich hinauf. Aufatmend blieb er stehen. Aus der Ferne sah er ein Licht durch den Nebel schimmern, das kam aus seinem Elternhause. Da saßen sie nun in der warmen Stube und warteten auf ihn. Er mußte plötzlich an seine Mutter denken. Was würde sie sagen, wenn sie erführe, was er getan. Der Vater würde ihn schlagen; was kümmerte ihn das! Aber seine Mutter würde ganz still in der Ecke sitzen und weinen, wie damals, als er gelogen hatte. Was er heute getan hatte, war viel schlimmer, „Wer lügt, der stiehlt auch", sagte seine Mutter damals, – und nun war es so weit, nun war er ein Dieb. Wie höllisches Feuer brannte die Maus in seinen Fingern, und doch umkrallte er sie, als wolle er sie zermalmen. Wenn er das unselige Ding nur erst wieder los wäre! Aber wohin damit? Wenn er es hier wegwürfe, würde es doch bald gefunden werden und allen Leuten verraten, daß er es gestohlen habe. Und schlimmer als das war, daß er ja jeden Tag diesen Weg zur Schule gehen mußte und jedesmal, wenn er hier vorüberginge, an seine entsetzliche Tat erinnert werden würde.

Der Nebel wurde dichter und dichter, und der stärker werdende Wind pfiff und sauste in den Drähten, die den Deich begleiteten. Von der See her kam lautes Knirschen und Krachen; das waren die Schollen, die losgebrochen waren und nun mit Donnergepolter an die feste Eiskante des Watts geworfen wurden. Da hinaus wollte Hans, weit, weit hinaus, und dort draußen sein gestohlenes Gut in die Wellen schleudern. Von dort würde es nie wieder zum Vorschein kommen. Er stürmte, des neuen Entschlusses froh, den Deich hinunter, lief über das Vorland aufs Watteneis hinaus und kämpfte gegen den Sturm an, weiter, immer weiter in die Finsternis hinaus.

Nichts war weit und breit zu hören als das Heulen des Sturmes, das Krachen und Bersten der brechenden Schollen und das gellende Kreischen der aufgeschreckten Möwen oder das Schreien der angstvoll landwärtsdrängenden Haffvögel. Und nichts war zu sehen weit und breit. Der hohe Seedeich, die fernen Inselfeuer, das Licht im Elternhause, alles war vom dichten Nebel und der schwarzen Dunkelheit verschlungen.

Einen kurzen Augenblick stand der Junge still, als besänne er sich. – Dann schleuderte er mit Aufbietung seiner ganzen Kraft die Maus in großem Bogen in die Dunkelheit hinein.

Er horchte hinaus, ob er das Aufschlagen hören würde; aber nichts als das immer lauter werdende Krachen, Drängen und Schieben der Schollen tönte ihm entgegen. Das klang alles so furchtbar laut, er mußte ganz nahe an der äußersten Kante sein.

Welche Zeit es wohl schon sein mochte? Ob wohl der Vater schon zu Hause war? Dann sollten gleich die bunten Weihnachtslichte angezündet werden und die ganze Stube den Vater festlich hell und froh begrüßen, wenn er eintrat. Wie deutlich alles vor ihm stand! Das tannendurchduftete Zimmer, Vater, Mutter, die Brüder, und nur er fehlte. Von Angst und Sorge getrieben würden sie suchen, ins Dorf laufen – und würden dann doch alles zu wissen bekommen. Und es war gut so. Nur so konnte er wieder zu Ruhe und Frieden kommen, und so beschloß er, heimzukehren. Alles, was in dieser letzten Stunde geschehen war, wollte er ihnen gestehen und sie um Verzeihung bitten, um nie wieder Böses zu tun.

Immer stärker wurde in ihm die Sehnsucht nach Hause. Aber wo war sein Elternhaus und wo das Festland und der hohe Seedeich? Nichts war zu sehen als der dichte Nebel, der sich wie ein schweres Tuch um ihn breitete. Da stieg die Angst um den Heimweg in ihm auf, und er lief und lief über die rauhe, klingende Eisfläche des weiten Watts. Aber wo war er? Weiter hinaus ging es nicht mehr, da schoben sich die Schollen, da mußte also die offene See sein. Er wandte sich und stürmte in entgegengesetzter Richtung weiter. Aber auch da konnte er nicht weiter; denn dort hatte sich das von einer früheren Flut heraufgeworfene Scholleneis aufgetürmt wie eine Wand. Mühsam kletterte er darüber hinweg und rannte weiter.

Nach einer Weile spürte er es glatt unter den Füßen, bei jedem Schritt spritzte es auf, schon reichte das Wasser bis an die Knöchel. Der Angstschweiß trat ihm auf die heiße Stirn … er wußte, die Flut war gekommen, und nun ging es um Leben und Tod. Ein Grauen packte ihn, und gellend schrie er durch den Nebel: „Vater!“

Er lauschte; aber nichts war zu hören als das Krachen und Bersten und Klatschen und Plätschern des Wassers, und abermals gellte sein Angstruf: „Vater!“ durch den grauen, unheimlichen Nebel.

Klang es da nicht aus dem Dunkel heraus? … Er stand und horchte … War das nicht Hundegebell, das aus weiter Ferne gedämpft herüberscholl? Sollte das Hektor sein? Dann war ja alles gut. Der würde ihn schon finden, der war so klug, daß er alles konnte. Der würde auch die Eltern herführen; denn kommen mußten sie, sie mußten ihn doch suchen und finden.

Immer höher stieg das Wasser. Mühsam schleppte er sich vorwärts bis zu einem kleinen Eishügel und kletterte hinauf, um einen Augenblick auszuruhen.

Da hörte er es wieder, ganz deutlich und schon viel näher. Gewiß, das war ihr Hektor, und das war der Vater, der laut „Hans" rief, und mit letzter Kraft schrie er: „Vater!" und sank dann um. – – –

Über das Eis her kam es gegangen. Eine Laterne flackerte aus dem Nebel auf, bald noch eine, aber weiter zurück, bald hierhin, bald dorthin suchend eilend. Und dann kam es gegen den Sturm an, dumpf wie ein Nebelhorn: „Hans! Hans!" Das war des Vaters Stimme, und ab und zu schrie dazwischen die helle, gellende Stimme der Mutter: „Hans!"

Aber keine Antwort kam aus dem Dunkel zu ihnen. Nur das Gebell ihres Hundes, der in weiten Sprüngen bald vor ihnen, bald weit zur Seite war, hörten sie. Kaum ein Wort wechselten sie. Nur hin und wieder, wenn der Hund unruhiger wurde, schnell: „Du, da liegt er!" aber enttäuscht antwortete immer wieder ein zages: „Ach, nein!"

Plötzlich kam Hektor in schnellem Sprung bellend auf die Mutter zu und rannte gleich wieder zur Seite. Sie folgte ihm, und auf einmal schrie sie auf, ganz kurz, aber laut und scharf, und da wußte der Vater, daß Hans gefunden war. So schnell er konnte, lief er dem Schrei nach, nahm den Jungen in die Arme und drückte die feuchten, kalten Kinderbacken an sein bärtiges Gesicht. Als er die Kälte spürte, ging ein Zittern durch seinen Körper, und einen Augenblick legte er die Hand in tiefer Erschütterung über die Augen. Aber dann faßte er den schlaff in seinen Armen hängenden Jungen fester und eilte mit Riesenschritten durch das steigende Wasser vorwärts. Sein Gesicht war hart und unbeweglich; nur um seine festgepreßten Lippen zuckte es dann und wann. Mühsam folgte ihm seine Frau und jammerte:

„Ach, du lieber Gott, hätte ich ihn nur nicht fortgeschickt! Wäre ich selber gegangen! Aber ich konnte es doch nicht wissen, ich meinte es doch nur gut, und nun … nun ist er tot!"

Ihre Stimme erstarb in krampfhaftem Schluchzen unter den tröstenden Worten ihres Mannes: „Laß nur, laß nur! Es ist nur gut, daß wir ihn haben. Am Weihnachtsabend wird ihn der liebe Gott nicht von uns nehmen, weine nicht, es wird schon alles wieder gut werden."

Und schweigend schritten sie weiter durch den dichten Nebel. Hinter ihnen her kam die Flut, vom Sturmwind gepeitscht. Mit Heulen und Pfeifen fuhr er übers Watt, daß die feinen Eiszacken von den verstreut liegenden Eisblöcken aufstoben und wirbelnd über die Wellen flogen. Unter dem steigenden Wasser aber krachte und dröhnte es unheimlich. Von Angst gejagt, eilten die Menschen vorwärts. Das Wasser spritzte unter ihren Füßen, kroch über ihre Knöchel und stieg immer höher. Sie achteten nicht darauf, sondern stürmten nur immer weiter. Der Mann ging vorauf, seine Frau folgte ihm, in zitternden Händen die Laternen tragend. Das Licht hüpfte flackernd über die Wellen und malte die Schatten der Wanderer auf die blinkernde Fläche. Plötzlich stieg der Schatten hoch empor, – sie waren am Deiche.

Aufatmend blieb der Vater einen Augenblick stehen und blickte auf die dichte, graue Nebelwand zurück. Während er sich wandte, fiel das Licht auf das totenblasse Gesicht des Knaben. Ein wimmerndes Jammern quoll der Mutter über die Lippen, ein ganz kurzer Laut nur, aber so voll tiefen Schmerzes, daß es dem Vater wie ein Messer durchs Herz schnitt. Und wie sie dabei aussah! Die Fingerspitzen der rechten Hand hatte sie gegen die Lippen gepreßt, um ihr Schluchzen zu unterdrücken, die Augen waren weit aufgerissen, und ihre Stimme kam wie aus weiter Ferne: „Du ... du ... ist er tot?"

Über das wetterharte Gesicht des Mannes zuckte es, leise schüttelte er den Kopf, und tröstend sprach er: „Laß uns nur schnell machen, Mutter, sonst – sonst wird es zu spät."

Als sie einen Augenblick später den Deich überschritten hatten, flammte ihnen heller Lichterschein entgegen, und als sie die Türe öffneten, standen sie in den hellen Strahlen der Weihnachtskerzen. Aber was sollte ihnen heute dieser Freudenschein! Schweigend betteten sie ihren Knaben im warmen Bette, und ungesehen, freudlos brannte ein Licht nach dem andern nieder. Ganz still war es im Zimmer. Die Brüder hockten in der Ecke und starrten in das sterbende Licht. Hin und wieder flogen ihre Blicke scheu zu Vater und Mutter, die in banger Sorge am Bette ihres Hans saßen. Die Kinder wußten von ihrem Leid nichts; aber sie fühlten, daß etwas Düster-Trauriges über die Schwelle gekrochen war und die Weihnachtsfreude töten wollte. Sie wagten kein lautes Wort. Nur wenn ein Wachströpflein mit leisem Schlag auf die Diele fiel oder ein glimmendes Tannenzweiglein seinen würzigen Duft knisternd in die Luft sandte, stieß eins das andere an und sagte leise: „Guck mal!"

Der Wind tobte ums Haus und preßte sich gegen die Scheiben, als wolle er sie eindrücken, um das letzte Lichtstümpflein auszulöschen. Als es ihm so nicht gelang, fuhr er durch einen Spalt in der Tür und erdrückte die Flamme. Im Zimmer war es finster und still. Nur ein kleiner Funke am Docht glimmte noch. Ein paarmal zuckte er auf, dann erlosch er ganz. Nach einer Weile stand der Vater auf, um ein anderes Licht zu holen. Als er wieder eintrat, öffnete Hans die Augen und lächelte dem Licht entgegen. Dann aber kam ihm plötzlich die Erinnerung an seine Tat, und schluchzend barg er sein Haupt in den Kissen.

Aber nein, er wollte stark sein und alles sagen, bevor sie ihn danach fragen würden, und so begann er zu beichten, bis Scham und Schmerz ihn übermannten. Er wandte sein Gesicht der Wand zu, und dann kam es wieder stoßhaft über seine Lippen, bis er alles gebeichtet hatte: „Bitte, bitte, nicht böse sein. Ich will es nie wieder tun. Nur nicht böse sein! Ich wußte ja nicht, was ich tat."

Die Mutter streichelte seine Backen, und der Strom ihrer Liebe quoll über ihre Lippen, während der Vater mit seiner tiefen, warmen Stimme sagte: „Schon gut, mein Junge, schon gut."

Fröhlich suchten sie aus Stall und Küche Lichtstümpfe herbei, und während der Sturm ums Haus fuhr, sangen sie das alte, ewigschöne Lied

Stille Nacht! Heilige Nacht!

50 Mark und ein fröhliches Weihnachtsfest

Hans Fallada

Wir waren frisch verheiratet, Itzenplitz und ich, und hatten eigentlich gar nichts. Wenn man sehr jung ist, dazu frisch verheiratet und sehr verliebt, macht es noch nicht viel aus, wenn man „eigentlich gar nichts" hat. Gewiß, manchmal kamen so kleine seufzerische Anwandlungen, aber dann war immer einer von uns, der lachend sagte: „Es braucht ja nicht alles auf einmal zu kommen. Wir haben doch alle Zeit, die Gott werden läßt ..." Und die kleine Anwandlung war vorbei.

Aber dann erinnere ich mich doch an ein Gespräch, das zwischen uns im Stadtpark geführt wurde, wo Itzenplitz aufseufzend sagte: „Wenn man doch nicht immer gar so sehr mit dem Pfennig rechnen müßte –!"

Ich hatte keinen rechten Begriff von der Sache. „Na und?" fragte ich. „Was dann –?"

„Dann würde ich mir was anschaffen", sagte Itzenplitz träumerisch.

„Und was denn zum Beispiel?"

Itzenplitz suchte. Sie mußte wirklich erst suchen, ehe sie sagte: „Zum Beispiel ein Paar warme Hausschuhe."

„Ach nee!" sagte ich ganz verblüfft und war völlig außer Fassung über meines Weibes Elisabeth (wurde Ibeth, wurde Itzenplitz) Sinnen und Trachten. Denn wir führten dies Gespräch im Hochsommer, die Sonne prallte, und was mich anging, so gingen meine Wünsche in diesem Augenblick nicht weiter als zu einer kühlen Brause und einer Zigarette.

Doch müssen als Niederschlag dieses Hochsommer-Gesprächs dann unsere Weihnachts-Wunschzettel entstanden sein. „Weißt du, Mumm", hatte Itzenplitz gesagt und energisch ihre lange, spitze Nase gerieben, „wir sollten jetzt schon anfangen, jeden Wunsch, der uns einfällt, aufzuschreiben. Nachher zu Weihnachten geht alles in einer Hatz, und man schenkt sich womöglich etwas ganz Dummes, was man nachher nicht braucht."

Auf einen Zettel aus meinem Abonnenten-Werbeblock schrieben wir also den ersten Weihnachtswunsch: „1 Paar warme Hausschuhe für Itzenplitz" und darunter, weil es doch streng gerecht bei uns zugehen sollte, setzte ich nach vielem Stirnrunzeln und Nachdenken: „1 gutes Buch für Mumm!" Mumm bin ich. „Fein", sagte Itzenplitz und fixierte den Wunschzettel so begeistert, als könnten sich aus dem Papier Hausschuhe und Buch stracks loslösen.

Und dann wuchs unser Wunschzettel aus dem Hochsommer in den Spätherbst, in den ersten Schlackerschnee, in die ersten weihnachtlichen Schaufenster, wuchs, wuchs ... „Das macht gar nichts, daß so schrecklich viel darauf steht", tröstete Itzenplitz. „Dann haben wir die Auswahl. Eigentlich ist es doch mehr eine Streichliste. Kurz vor Weihnachten streichen wir alles, was nicht geht, jetzt haben wir das Wünschen doch noch frei." Sie dachte nach und sagte: „Wünschen kann ich mir doch, was ich will, nicht wahr, Mumm?"

„Ja", sagte ich leichtsinnig.
„Schön", sagte sie, und schon schrieb sie, schon stand da: „1 bleu-seidenes Abendkleid (ganz lang)." Sie sah mich herausfordernd an.

Sophus Hansen, Weihnachtswunderland.

„Na, weißte, Itzenplitz", bemerkte ich.
„Wünschen ist frei, hast du gesagt."
„Richtig", stimmte ich zu und schrieb: „1 Vierröhren-Radioapparat" – dabei sah ich sie herausfordernd an. Und dann gerieten wir in einen heftigen, mit ungeheurem Scharfsinn geführten Streit, was wir nötiger brauchten, Abendkleid oder Radio – und wußten beide ganz genau, daß weder das eine noch das andere in den nächsten fünf Jahren auch nur in Frage kam.
Aber das alles war viel, viel später, vorläufig stehen wir beide noch im sommerlichen Stadtpark und haben unsere ersten beiden Wünsche aufgeschrieben. Ich habe schon ein paarmal Itzenplitz' Nase erwähnt, „Entenschnabel" sagte ich manchmal auch dazu. Also mit dieser Nase wittert sie immer herum, und dazu hat sie die raschesten Augen von der Welt. Sie fand immerzu was, und so rief sie auch in diesem Augenblick: „Da ist er ja! Oh, Mumm, da ist unser erster Weihnachtsgroschen!" Und sie stieß ihn mit der Fußspitze an.
„Weihnachtsgroschen?" fragte ich und hob ihn auf. „Dafür hol' ich mir jetzt im Schützenhaus drei Zigaretten."

„Gibst du ihn her! Der kommt in unsere Weihnachtssparbüchse!"

Lauter neue Dinge. „Hast du denn eine Sparbüchse?" fragte ich. „Nie so'n Ding bei dir gesehen!"

„Ich find' schon eine, du! Laß mich man suchen." Und sie sah sich unter den Parkbäumen um, als solle das Suchen gleich losgehen.

„Wir machen es so", schlug ich vor. „Wir überschlagen uns, was wir uns zu Weihnachten spendieren wollen, sagen wir mal fünfzig Mark ... Bis Weihnachten gibt's noch sechsmal Geld, und da legen wir uns jedesmal 8 Mark, nein, 8,50 Mark zurück. Und jetzt hole ich mir meine Zigaretten."

„Der Groschen gehört mir! Und überhaupt, so was Dummes und Ausgerechnetes wie deinen Quatsch eben, das ist eine stramme Leistung. Das machen wir ganz anders ..."

„Ach nee –? Wie denn?"

„Wenn wir Sonntags vom Ausflug ganz müde sind und möchten mit der Bahn nach Haus fahren, dann nehmen wir die fünfzig Pfennig und latschen zurück, und je schwerer es uns fällt, um so schöner ist es ..."

„Wahrhaftig!" höhnte ich.

„Und wenn du 'ne Brause möchtest und ich Schokolade, und wenn wir Sonntags Rouladen möchten und essen statt dessen saure Linsen – und überhaupt: ein ganz dummer Junge bist du! Und mit dir rede ich drei Tage kein Wort, und auf der Straße gehe ich nun schon überhaupt nicht mit dir ...!"

Und damit ließ sie mich stehen und peeste allein los, und ich ging langsam hinterher. Aber wie wir nachher in die Stadtstraßen kamen, ging sie auf der einen und ich auf der andern Seite, als hätten wir nichts miteinander zu tun. Und nur wenn so ein richtiger dicker Haufe sonntäglicher Bürger daherkam, wurde ich furchtbar gemein und rief nach der andern Straßenseite hinüber: „Pssst! Frollein! Hören Sie doch mal, Frollein!" Die Bürger machten Stielaugen, und sie kriegte ein rotes Gesicht und warf den Kopf wütend in den Nacken ...

Aber einmal lief sie doch zu mir rüber, da war ihr eingefallen, daß wir ja eine leere Büchsenmilchdose hätten, nur mit den zwei Löchern drin, und da könnte ich doch mit dem Stemmeisen einen Schlitz reinhauen, und wir hätten eine knorke Sparbüchse. Wo es doch sogar Büchsenmilch „Glücksklee" war ...

„Großartig", höhnte ich. „Wie das Geld wohl aussehen mag, wenn es ein halbes Jahr im Milchschlamm gelegen hat!" Weg war sie und: „Pssst! Frollein!" Sie war richtig auf achtzig.

Aber dann fiel mir was ein, und ich raste zu ihr rüber und schrie: „Hör mal, du, daran haben wir ja gar nicht gedacht, zu Weihnachten gibt's doch fünfzig Mark Gratifikation!" Erst wollte sie mich ja anfunkeln und fing schon an, wer mir Trottel wohl eine Gratifikation geben würde, aber dann überlegten wir den Fall doch ernsthaft und grübelten, ob es in diesem Jahr bei den schlechten Geschäften überhaupt eine Gratifikation geben würde, und vielleicht doch ja, beinahe sicher doch ja, und kamen zu dem Ergebnis: „Wir wollen so tun, als käme keine. Aber herrlich wäre es ...!"

Nun muß ich aber noch berichten, wieso wir eigentlich so mit dem Groschen rechnen mußten, und wovon wir eigentlich lebten, und was für Aussichten wir eigentlich mit der Gratifikation hatten. Es ist gar nicht so einfach, auseinanderzusetzen, was für eine Art Tätigkeit ich hatte, und ich muß heute selber den Kopf schütteln, und klar ist mir nicht mehr (so kurze Zeit das auch nur her ist), wie ich meine mancherlei Tätigkeiten miteinander vereinigte. Vormittags ab sieben jedenfalls saß ich erst mal auf der Redaktion eines Käseblättchens und machte die Hälfte des lokalen Teils voll, während mir gegenüber Herr Redakteur Preßbold saß und die ganze sonstige Zeitung mit Hilfe von Bildern, Matern, Korrespondenzen, Radio und einer sehr defekten Schreibmaschine füllte. Dafür bekam ich 80 Mark im Monat, und das war unsere einzige feste Einnahme. War das aber überstanden, dann ging ich los auf Abonnenten- und Inserentenfang, dafür bekam ich Tantieme, 1,25 RM für jeden Abonnenten und 10 Prozent von jedem Inserat. Dazu hatte ich aber auch das Inkasso einer freiwilligen Krankenkasse (3 Prozent der Beiträge) und die Erhebung der Mitgliedsbeiträge eines Turnvereins (5 Pfennig pro Mann und Monat). Und um die Sache recht zu krönen, fungierte ich auch noch als Schriftführer des Wirtschafts- und Verkehrsvereins, aber davon hatte ich nur die Ehre und die Spesen und die etwas nebulose Aussicht, daß die Herren mal was für mich tun würden, wenn sich grade mal was fände.

An Tätigkeit fehlte es also nicht, und das Betrübende an der ganzen Geschichte war nur, daß alle Tätigkeiten zusammen kaum so viel einbrachten, um Itzenplitz und mich am Leben zu erhalten – „was anschaffen" war Fremdwort. So manchesmal kam ich vergnittert und trostlos nach Haus, wenn ich den halben Tag umhergelaufen war, an fünfzig Türen geklingelt und keine fünf Groschen verdient hatte. Heut bin ich fest davon überzeugt (wenn sie's auch immer noch nicht wahrhaben will), daß Itzenplitz nur darum so voller aufreizender Einfälle war, um mich in Fahrt und damit auf andere Gedanken zu bringen.

Es muß so im Herbst gewesen sein, nasses Nebelwetter und mieseste Stimmung bei mir, und unsere Weihnachtssparbüchse hatte noch immer keine rechte feste Form angenommen, daß ich nach Haus kam und Itzenplitz mit einem Küchenmesser in der einen und einem der Länge nach durchgesägten Brikett in der andern Hand vorfand.

„Was in aller Welt machst du da?" fragte ich erstaunt, denn sie war dabei, mit der Messerspitze dies halbe Brikett auszuhöhlen. Die andere Hälfte lag vor ihr auf dem Tisch.

„Still, Mumm!" flüsterte sie geheimnisvoll. „Überall sind schlechte Menschen." Und sie zeigte mit dem Messer nach der nur mit Tapete überklebten Tür, hinter der jener Nachbar hauste, den wir unter uns nur Klaus Störtebeker nannten.

„Also, was ist los?" Und nun erfuhr ich es denn im Verschwörerton, sie hatte das Brikett halbiert und wollte es aushöhlen und einen Schlitz reinmachen und mit Syndetikon wieder zusammenkleben, und das sollte unsere Weihnachtssparbüchse werden, und zwischen die andern Briketts wollte sie's stecken. Und ihre Augen funkelten vor List und Geheimnis, und ihre lange

Nase schnüffelte mehr als je ... „Und vollkommen meschugge bist du!" sagte ich. „Und außerdem, Weihnachten, der Heber hat gesagt, an eine Gratifikation ist dies Jahr überhaupt nicht zu denken, der Chef ist sooo, weil's Geschäft schlecht geht ..."

„Fein", sagte sie, „erzähl mir alles schön der Reihe nach, damit ich richtig weiß, wer das Brikett am Weihnachtsabend an den Kopf kriegt."

Ich habe schon berichtet, unser Redakteur war Herr Preßbold. Das war ein feiner Kerl, schnauzig, polterig, immer dicker werdend, aber zu sagen hatte er nichts, so viel er auch sagte. Zu sagen hatte alles Herr Heber, der die Kasse unter sich hatte und die Bücher führte und das Ohr des Großen Häuptlings besaß. Den Großen Häuptling bekamen wir kleinen Indianer nur alle halbe Jahr mal zu sehen, der karriolte ewig mit seinem Mercedes im Lande umher und hatte hier ein Sägewerk und da 'ne kleine Provinzzeitung und hier ein Zinshaus und da ein Gütchen.

Aber bei uns war seine rechte Hand Herr Heber, ein langschinkiger, dürrer, trockener Zahlenmann, und bei dem hatte ich eine Bohrung angelegt von wegen Weihnachtsgratifikation und fünfzig Mark, aber ich war nicht fündig geworden, im Gegenteil, er hatte sich bei mir erkundigt, ob ich denn schon vom ersten diesjährigen Frost was abbekommen hätte, und ob ich 'ne Ahnung hätte, was das hieße, in einem Verlustbetrieb zu arbeiten, und ich sollte froh sein, wenn der Saustall nicht zu Neujahr zugemacht würde.

Und was das Schlimmste war, Preßbold, mit dessen Unterstützung ich fest gerechnet hatte, tutete auf demselben Horn und machte mir noch Vorwürfe wegen meiner Rosinen, ich sollte froh sein, wenn wir nicht abgebaut würden, und den Großen Häuptling bloß nicht reizen. Und während die beiden so auf mich einredeten, dachte ich, daß mir Verlustbetrieb und die Sorgen des großen Häuptlings ganz piepe seien, und an meinem Auge rauschten die Wunschzettel vorbei, weggeweht wie vom Herbstwind, und es tanzten dahin die warmen Hausschuhe und das Abendkleid und das gute Buch mit der Weihnachts-Ente.

Ja, richtig, die Weihnachtsente, sie bietet mir Gelegenheit, eine neue Person (nur einmal flüchtig erwähnt) in meinen wahrheitsgetreuen Bericht einzuführen: unsern Nachbar hinter der Tapetentür, genannt Klaus Störtebeker. Wie Störtebeker richtig hieß, das haben wir wohl nie gewußt, er hatte jedenfalls die nördliche, wie wir die südliche Mansarde hatten. Er war ein richtiger schwarzer Mann, eigentlich kann ich ihn nur so zeichnen, daß ich berichte, daß er völlig schwarz wirkte: schwarze struppige Haare, schwarze wild funkelnde Augen und einen schwarzen strubbligen Bart. In der Stadt und namentlich bei der Polizei war er eine sehr bekannte und gefürchtete Persönlichkeit, weil er ein Säufer und ein Krakeeler war. Nebenbei war er noch Heizer im Städtischen Elektrizitätswerk. Wir wohnten dicht bei dicht: und wenn er sich im Bett umdrehte, hörten wir das, und so wird er denn von uns ja auch alles gehört haben.

Das mit der Ente jedenfalls hatte er gehört, das war auch eine Weihnachts-Diskussion zwischen uns gewesen. Bei ihr wie bei mir war im elterlichen Haus zu Weihnachten die Gans traditioneller Vogel gewesen, aber darauf gerieten wir nun doch bei der Debatte, daß eine Zwölfpfundgans („wenn sie weniger wiegt, sind's nur Haut und Knochen") für uns zwei beide etwas zu viel war. Also eine Ente, sozusagen Gans in Oktav statt Folio, grade das Richtige für zwei, aber wo kaufen und wie teuer ...?

In diesem Augenblick erklang in Störtebekers Kammer ein Gebrüll, ein rauhes, unverständliches Gebrüll, und eine Minute darauf schlug eine Faust gegen unsere Tür. Schwankend, aber wild anzusehen wie ein Urwaldsbiest, direkt aus dem Bett, so stand Störtebeker in unserer Tür, nur in Hemd und Hose, die er mit einem strammen Griff der linken Hand hochhielt.

„Besorg ich euch, den Weihnachtsvogel", krächzte Störtebeker und funkelte uns an.

Wir waren ziemlich erschrocken und verlegen. Itzenplitz rieb sich die Nase und murmelte immerzu nur was von „Sehr freundlich" und „Sehr liebenswürdig", und ich versuchte einen Sermon, daß wir noch nicht völlig entschlossen wären, vielleicht käme doch eine Gans in Frage oder ein Truthahn ...

„Dussels!" brüllte Störtebeker und schmiß die Tür, daß der Kalk von der Decke flog.

Er muß uns aber unsere „Dusselei" trotzdem nicht übelgenommen haben, das Entenangebot erneuerte er zwar nicht, aber als er eine Woche vor Weihnachten Itzenplitz auf dem Vorplatz traf, wie sie versuchte, aus zwei Brettern einen Tannenbaumfuß zusammenzuhämmern, nahm er ihr die Bretter fort und erklärte: „Mach ich. Hab ein gehobeltes Brett beim Kessel. Schenk ich euch zu Weihnachten. Prima Fuß."

Aber das ist schon wieder vorgegriffen, eigentlich sind wir noch bei der Gratifikation. Mein erster Angriff also war abgeschlagen, und gewissermaßen zum Troste unternahmen wir nun eine Überprüfung unserer Finanzlage, stellten fest, was wir denn nun eigentlich seit dem großen Weihnachts-Spar-Entschluß beiseitegebracht hatten. Das war gar keine so einfache Feststellung, denn Itzenplitz hatte ein ganzes System von Einzelkassen: Wirtschaftsgeld, Taschengeld, Mumms Geld, Kohlenfonds, Neu-Anschaffungs-Kasse, Mietefonds und Weihnachtskasse. Und da in fast allen Schachteln und Schächtelchen entsprechend unserer Finanzlage meistens Ebbe herrschte, schliefte das bißchen Geld, das da war, wie ein Dachs aus einer Kasse in die andere, und anzusehen war dem Rest nicht, in welche Kasse er gehörte.

Itzenplitz rieb viele Male ihre immer röter werdende Nase, legte hierhin und dorthin, nahm weg, tat zu, während ich am Ofen stand und sarkastische Bemerkungen machte. Schließlich schien festzustehen, daß der Weihnachtsfonds innerhalb dreier Monate auf 7,85 Mark angeschwollen war, vorausgesetzt, daß die Briketts bis zum Ersten reichten. Falls nein, gehörten noch 2,50 Mark in den Kohlenfonds.

Wir sahen uns an ... Aber es kommt kein Unglück allein, und so tauchten ausgerechnet in diesem Moment vollständiger Pleite in Itzenplitzens Hirn erstens Schwiegermama, zweitens Tutti und Hänschen auf, Nichte und Neffe –:

„Mama und den Kindern habe ich doch immer was zu Weihnachten geschenkt. Das muß gehen, Mumm!“

„Bitte, bitte … aber wenn du mir verraten möchtest, wie –?“

Itzenplitz verriet es nicht, sondern tat etwas Geniales, sie holte mich mal wieder ab vom Käseblättchen und spann dabei den ollen, langweiligen Knochen von Heber in eine geradezu hinreißende Unterhaltung. Ich sehe ihn dort noch sitzen mit seinem langen, betrübten Pferdegesicht, ordentlich mit ein bißchen Rot auf den Backen, sitzen an der einen Seite der Schranke in der Expedition, Itzenplitz auf unserm einzigen Rohrstuhl auf der anderen Seite der Schranke, Itzenplitz mit Glacéhandschuhen und ihrer rotgetupften, weißseidenen Bluse zum Trägerrock, in ihrem billigen Sommermäntelchen. Und sie packte aus, sie plauderte, sie brabbelte, sie schwätzte, sie klönte! Sie gab ihm das Gift, das er haben wollte, sie fütterte sein olles, verstocktes Junggesellenherz mit Klatsch, sie erfand vom Fleck weg, sobald nur ein Name fiel, die schönsten Geschichten. Sie klatschte über Leute, die sie nie gesehen, verlobte, entlobte, es war ein Wirbel, setzte Kinder in die Welt, ließ Erbtanten sterben, aber die Köchin von Paradeisers –!

Und in Hebers alte, glupsche Fischaugen kam richtiges Leben, seine Knochenfaust schmetterte auf die Schranke: „Von dem habe ich mir das doch immer gedacht –! Nein, so was!!“ Und sachte, sachte pirschte sie sich von der Liebe ins Geld, von den teuren neuen Gardinen bei Spieckermanns, wie die das könnten, und wir könnten es jedenfalls nicht, und bei Leisegangs sollte es auch wackeln, aber hier sähe es ja, Gott sei Lob und Dank, glänzend aus, kein Wunder, bei der Geschäftsführung –: „Und überhaupt rechnen wir fest darauf, daß Sie beim Chef ein gutes Wort für uns einlegen wegen der Weihnachts-Gratifikation. Herr Heber, Sie können's erreichen …“

Sie saß da, leergepumpt, aber ihre Augen hatten förmlich einen Strahlenkranz von Eifer und Entzücken und Beschwörung – und ich konnte nicht anders, ich schlich mich hinter sie und stieß sie drei-, viermal mit den Knöcheln in den Rücken, um ihr meine Begeisterung merklich zu machen. Aber das olle lange Ekel von Heber war natürlich keine Spur gerührt, er räusperte sich nur trocken und erklärte mit erhobener Stimme und einem Seitenblick auf mich, er wüßte schon Bescheid, und mit Speck finge man Mäuse, ihn aber nicht, und wer sich die Pfoten verbrennen wollte, der möchte nur immer selbst zum Chef gehen, bitte schön –!

Es war eine vollkommene, schmähliche Niederlage. Mit kläglichem Gestammel flohen wir aus der Expedition, und Itzenplitz tat mir schrecklich leid. Mindestens fünf Minuten sagte sie kein Wort, sondern schnüffelte nur kummervoll vor sich hin, so zerschmettert war sie.

Aber wie dem auch sein mochte, wie tief auch die Aussichten auf Gratifikation stehen und wie düster unser Weihnachtsausblick auch sein mochte – am 13. Dezember schneite es in diesem Jahre zum erstenmal. Es war ein richtiger trockener Kälteschnee, der auf gefrorenen Boden fiel und da liegenblieb, und wir hielten es natürlich nicht aus, sondern liefen los in Frost und Gestöber.

Gott, die kleine, olle, langweilige, geduckte Kleinstadt –! Die Gaslaternen brannten im Schneegestöber für gar nichts, und in unserer Vorstadtstraße liefen die Leute wie blasse Schemen einher. Aber dann kamen wir in die Breite Straße, und alles war strahlend hell von den vielen Schaufenstern. Und die ersten Weihnachts-Kerzen (olle elektrische) brannten, und wir lehnten mit den Köpfen gegen die Scheiben und diskutierten dies und zeigten uns das: „Sieh mal, das wäre grade für uns richtig!" (97 Prozent der ausgestellten Sachen waren grade für uns richtig.)

Und dann war da das alte, gute Feinkostgeschäft von Harland, und eine Welle von Leichtsinn hob uns, und wir gingen hinein und kauften ein halbes Pfund Haselnüsse, ein halbes Pfund Walnüsse, ein halbes Pfund Paranüsse: „Nur, damit es ein bißchen weihnachtlich wird bei uns. Nußknacker brauchen wir nicht, wir knacken zwischen der Tür." Und dann kamen wir zu der Buchhandlung von Ranft, und siehe, da war etwas Herrliches: „Buddenbrooks" für 2,85 Mark ... „Und, sieh mal, Itzenplitz, die haben sicher bisher 12 Mark gekostet und jetzt 2,85, das sind doch bar gespart 9 Mark 15 ... Und es muß doch was an Inseraten zu Weihnachten einkommen!" Und wir kauften die Buddenbrooks und kamen zum Kaufhaus von Hänel und gingen hinein, bloß um mal zu sehen, was für Mutter und Tutti und Hänschen in Frage käme, und wir kauften für Mutter ein Paar schwarze, sehr warme Handschuhe (5,50 Mark) und für Tutti einen Ball, phantastisch groß, für 1 Mark, und für Hänschen einen Roller (1,95 Mark). Und noch immer trug die Woge und hob uns, und noch sehe ich Itzenplitz unter dem Gewimmel von Käuferinnen vor einem Spiegel stehen und den kleinen weißen Kragen auf ihrem Mantel probieren, mit so einem ernsten, glücklichen Gesicht (welch glücklicher Ernst!) –: „Und etwas schenkst du mir ja doch zu Weihnachten, nicht wahr, Mummimännchen, und später ist vielleicht der Kragen nicht mehr da – ist er nicht süß?"

Es schneite noch immer, als wir nach Haus wanderten, wir gingen dicht eingehängt, ihre Hand in der Ulstertasche bei meiner, und richtig wie richtige Weihnachtskäufer waren wir mit Paketen behängt. Und waren unglaublich glücklich, und die Inserate würden schon kommen ...

Aber während zu Haus Itzenplitz die Bratkartoffeln zum Abendessen fertigmachte, packte ich, der ich ein ordentlicher, beinah pedantischer Mann bin, die Pakete aus und legte die Einkäufe zusammen, und dann steckte ich das ganze Einwickelpapier in unsern kleinen Kochofen, genannt Brüllerich, und er brüllte auf und prasselte. Wir waren so glücklich beschwingt über unsere Bratkartoffeln, und plötzlich sprang Itzenplitz auf und rief: „Sei nicht bös, Mumm, ich muß und muß mal schnell den kleinen süßen Kragen anprobieren!"

Ich gewährte es, aber – wo war der Kragen? Und wir suchten, nein, nein ... „O Gott, du hast ihn sicher mit dem Einwickelpapier verbrannt!" – „So blöd werd ich sein, Kragen zu verbrennen, gar nicht mitgebracht hast du ihn ..." Und sie riß den Ofen auf und starrte in die Glut, starrte, starrte („er war sooo süß"), ich aber raste los und drang in das geschlossene Kaufhaus und ängstigte müde Verkäuferinnen beim Zusammenpacken um ein verschwundenes Paket und ging langsam, langsam wieder nach Haus ... und bedrückt und still schlichen wir umeinander herum, bis es Schlafengehzeit war ...

Aber immer wieder wird es Morgen, man wacht auf, und noch liegt der Schnee, blinkend und strahlend unter dem klaren Winterhimmel. Und ein Kragen ist nicht die Welt –: „Warte nur, wieviel Kragen wir uns noch in unserm Leben kaufen können ...“ – „Wir sind die Richtigen, haben's ja dazu, mit Kragen für 3 Mark zu heizen –!“

Doch es war nun der Vierzehnte, und 2 mal 7 ist zweimal meine Glückszahl, und ob ich nun besonders früh auf die Zeitung kam oder ob die olle Lenzen verschlafen hatte, jedenfalls spukte sie da noch rum bei ihrer Reinmacherei, unsere olle Lenzen, ein Reibeisen, mit einem Gesicht wie ein Reibeisen, die neun Kinder großgezogen hatte, unfaßbar wie, aber alle taten nicht gut und ließen lieber ihre olle Mutter für sich arbeiten, als daß sie einen Finger krumm machten.

Und die olle Lenzen erzählte mir krächzend und spuckend, wie sie bei Hesses im Schokoladengeschäft – da machte sie auch rein – einen großen Weihnachtsmann aus Schokolade geschenkt bekommen hatte ... „Bald 'nen halben Meter hoch, war ja man bloß hohl, aber was hätten meine Enkelkinder für 'nen Spaß gehabt! Und ich stell' ihn auf den Vertiko und hab all die Tage meine Freude dran, und wie ich ihn heute beim Staubwischen anfasse, da hat doch das Aas, die Friedel, meine Jüngste, die jetzt in die Spinnerei geht, der verfressene Balg, hat sie doch von hinten den ganzen Weihnachtsmann aufgefressen, nur noch das bißchen Vorderseite ist da ... Hatte 'ne Vase hintergestellt, daß er bloß nicht umfällt ...“ Sie krächzte, schnaubte, röchelte geradezu vor Wut. „Aber warte, wenn ich von Heber meine 20 Mark zu Weihnachten kriege, nicht einen Pfennig kriegt sie ab, und wenn sie mir das ganze Weihnachtsfest rumtückscht, daß sie nicht zu Tanz gehen kann ...“

Wozu ich bemerkte, daß es dies Jahr mit den Heberschen Gratifikationen wohl Essig sein würde. Aber die olle Lenzen ... ein Pulverfaß, wie sie spuckte und spie! „Dem werde ich es zeigen, dem Jammerknochen, dem elenden! Der soll von mir noch was zu hören bekommen! Zu Weihnachten kein Geld? Ach, hauen Sie doch bloß ab, Herr Mumm! Glauben Sie, der Olle kippt einen Klaren weniger wegen der schlechten Geschäfte? So blau! Aber immer auf die kleinen Leute! Der soll was hören!“

Und Heber bekam zu hören. Da stand sie, die Lenzen, grauslig anzuschauen, zerschlissen, verschabt, verrunzelt, und sie gab an ... Der Lärm zog sogar Preßbold aus seiner Höhle, und seltsam, dieser selbe Preßbold, der mich schnöde im Stich gelassen hatte, jetzt, da die Lenzen loslegte, gab auch er Töne von sich, sachte Begleitmusik: „Richtig finde ich es ja auch grade nicht, Heber ...“ Und: „Da hat Frau Lenz ganz recht ...“

Bis Heber, kalkweiß vor Wut, ausbrach: „Raus hier alle aus meiner Expedition! Bewillige ich die Gratifikationen –? Verrückt seid ihr alle, meschugge! Aber warten Sie, Mumm, Sie sind der Stänker, Mumm ...“ Ich wartete nicht. Wieder ein Angriff abgeschlagen. Trübe Aussichten ...

Mein Bericht aber über unser erstes Weihnachten wäre nicht vollständig, wenn nicht Kinder darin vorkämen. Sprachen Itzenplitz und ich von unsern früheren Weihnachtsfesten, so waren es die Feste unserer Kinderzeit, die lebendig wurden. Später gingen sie ineinander über, wie damals hatten nie wieder die Tannenbäume gestrahlt – und ich konnte Itzenplitz noch alles erzählen, wie es gewesen war, als ich das Puppentheater bekam und dann, zwei Weihnachten später, die Bleifiguren zum Robinson Crusoe …

„Richtig schön ist es nur mit Kindern. Ein bißchen allein wird es ja sein bei uns …“ Und Itzenplitz sah langsam um sich, sah in die Winkel, wo die dunklen Schatten standen …

Und dann bekamen wir doch noch ein Kind, kurz vor Weihnachten. Es war der 18. Dezember, aus dem Schnee war Schmutz geworden, grausige, alles durchdringende Nässe, trübe, zähe Nebel, Tage, die nicht hell wurden. An einem dieser Nachmittage, die nicht Tag und nicht Nacht waren, hatte es vor unserer Zimmertür geklagt und geweint, fast wie ein kleines Kind, und als Itzenplitz die Tür aufgemacht hatte, da kauerte dort etwas, halbtot vor Nässe und Kälte: eine Katze, eine junge, grauweiße Katze.

Ich bekam unsern Gast erst ein paar Stunden später zu sehen, als ich nach Haus kam von der Werbung, er sah schon ein bißchen trocken aus und glatter, aber auch da war es kein Zweifel, daß dieses kleine, grauweiße Biest mit einem schwarzen Fleck über das halbe Gesicht eine richtige hundskommune Straßenkatze war … „Hule-Mule“, sagte Itzenplitz. „Unsere Hule-Mule …“

Ja, da war nichts dagegen zu sagen, diese Nacht würde sie noch in der Sofaecke schlafen, und morgen würde Itzenplitz sehen, daß sie beim Kaufmann eine alte Margarinekiste bekam und Flicken darein für Hule-Mule (trotzdem in einem so jungen Haushalt selbst Flicken knapp sind) – nun, und so hatten wir jedenfalls ein Kind und würden nicht ganz, ganz allein sein.

In dieser Nacht aber wachte ich auf, es mußte spät sein, aber das Elektrische brannte, und am Sofa stand eine weiße Gestalt im Nachthemd, stockstill. „Itzenplitz“, rief ich. „Komm doch, du erkältest dich ja …“ Sie machte nur eine abwehrende Bewegung, und nach einer Weile stand auch ich auf und trat neben sie.

„Sieh doch“, flüsterte sie. „Sieh doch!“ Das Kätzchen war wach geworden. Es strich mit den Vorderpfoten den Kopf entlang, dann streckte es eine rosige Zunge aus und gähnte. Es dehnte sich. Itzenplitz sah atemlos zu. Mit zwei Fingern kraulte sie die Katze leise unterm Kopf.

„Hule-Mule“, flüsterte sie. „Unsere Hule-Mule …“

Sie sah mich an.

So was vergißt sich nicht. Eigentlich hatte ich mein Weihnachten schon weg und Ostern, Pfingsten und alle großen Festtage dazu. „Unsere Hule-Mule!"

Und aus dem Siebzehnten wurde der Achtzehnte, und die Tage gingen weiter, und das Geld blieb knapp, und das Annoncengeschäft hielt nicht, was es versprach, und die Aussichten waren düster. Am 22. abends fing Itzenplitz zu bohren an, ob Heber sich denn gar nichts merken ließe und ob ich denn nicht einmal mit dem Großen Häuptling selber sprechen wollte, und es wäre doch keine Art, und es müßte einem doch Bescheid gesagt werden ...

Am 23. strich ich um Heber herum wie ein Bräutigam um seine junge Braut, aber er ließ sich nichts merken und war so knochig und fischig wie je. Und am 23. abends hatten Itzenplitz und ich unsern ersten richtigen Krach, weil ich nichts gesagt hatte, und außerdem hatte Hule-Mule aus einem Alpenveilchen, unserm einzigen Alpenveilchen, das uns Frau Preßbold geschenkt hatte, alle Blütenstiele rausgezogen, und außerdem hatte Störtebeker den Tannenbaumfuß noch immer nicht abgeliefert, sondern Itzenplitz wieder mal auf „morgen" vertröstet.

Morgen brach an, der 24. Dezember, Weihnachtstag, und sah aus wie ein ganz gewöhnlicher, diesiger, grauer Wintertag, nicht warm und nicht kalt. Um zehn ging Heber zum Chef, und ich hab gesessen und auf seine Rückkehr gelauert, hab einen Kohl über den Weihnachtsfilm, der im Olympia-Kino lief, geschrieben, der war nicht von schlechten Eltern. Heber kam wieder und sah knochig und fischig aus wie ehe und je und setzte sich an seinen Platz und rief brummig zu mir rüber: „Mumm, Sie müssen gleich zu Betten-Ladewig gehen. Der behauptet, er hat nur 'ne Viertelseite aufgegeben, und Sie haben 'ne halbe geschrieben. Immer machen Sie so 'nen Mist ..."

Und während ich durch die Straßen trabte, dachte ich immer nur: Arme Itzenplitz ... arme Itzenplitz ... Ich war innen ganz zusammengefallen, fünf Mark hatten wir noch im Haus, aber richtig, richtig hatte ich nie an eine Gratifikation geglaubt. Wenn man was ganz nötig braucht, kriegt man es nie.

Bei Ladewig hatte natürlich ich recht, es fiel ihm wieder ein, und er war so anständig, es zuzugeben. Und ich schlich langsam zurück auf die Zeitung und sagte es Heber, und der meinte: „Na also, ich sag's ja immer ... So was wollen Geschäftsleute sein. Übrigens da, unterschreiben Sie die Quittung, ich hab den Chef doch wieder mal rumgekriegt ..."

Erst war es wie ein Taumel, einen Augenblick war mir richtig schwarz vor den Augen. Und dann wurde alles hell, strahlend hell, und am liebsten hätte ich den ollen Kabeljau rechts und links abgeknutscht. Und dann griff ich nach dem Fünfzig-Mark-Schein und schrie: „Eine Sekunde, Herr Heber ...!" und raste, wie ich ging und stand, den Schein in der Pfote, die Breite Straße runter in die Neuhäuser Straße, über den Kirchplatz, über den Reepschlägergang in die Stadtrat-Hempel-Straße und stürmte die Treppe hinauf und brach wie ein Hurrikan in unsere Bude und knallte den Schein auf den Tisch und schrie: „Schreib auf, was wir kaufen, Itzenplitz! Hol mich um zwei ab!" Und küßte sie und wirbelte sie rum und war schon wieder unten und wieder auf der Zeitung, und dieser Spiegelkarpfen von einem Heber hatte sich doch wahrhaftig noch nicht von seiner Verblüffung erholt und mümmelte nur ganz kümmerlich vor sich hin: „So doof wie Sie möchte ich nur mal 'ne Stunde am Sonntag sein, Mumm!"

Aber als es zwei wurde und Heber gegangen war, kam sie. Dies aber war der Zettel, unser Weihnachts-Besorgungs-Zettel, unser endgültiger, den sie mir zu lesen gab:

1. Fürs Essen:		
1 Ente	5,00	
Rotkohl	0,50	
Äpfel	0,60	
Nüsse	2,00	
Feigen, Datteln, Rosinen	3,00	
Sonstiges	5,00	16,10
2. Für den Baum:		
Unser Baum	1,00	
12 Kerzen	0,60	
Kerzenhalter	0,75	
Lametta	0,50	
Wunderkerzen	0,25	3,10
3. Für Hule-Mule:		
1 Eimer frischer Sand	0,25	
1 Bückling	0,15	0,40
4. Für Mumm:		
Handschuhe	4,00	
Zigaretten	2,00	
1 Oberhemd	4,00	
1 Schlips	2,00	
Noch was	2,00	14,00
5. Für Itzenplitz:		
1 Lotterielos	1,00	
1 Schere	2,50	
1 Kragen	3,00	
1 Schal	6,00	
Haarschneiden und Frisieren	2,00	14,50
Unser Weihnachten:		48,10

„Hör mal zu", begann Itzenplitz im Eilzugstempo, denn um vier war Hebers Mittagspause vorbei, und bis dahin mußte alles besorgt sein. „Hör mal zu.

Es ist ja schrecklich viel Geld für die Fresserei, aber die Ente langt mindestens vier Tage, und es ist ja nur einmal Weihnachten. Für meine Näherei muß ich jetzt endlich 'ne richtige Schere haben, mit der Nagelschere, das geht nicht länger. Und die Preise werden alle so ziemlich stimmen, und bis zum Ersten behalten wir grade 7 Mark übrig, für jeden Tag eine Mark, und damit kommen wir gut aus. Wunderkerzen muß ich am Baum haben, weißt du, die so zischen und prasseln, und ich kann wirklich nichts dafür, daß ich 50 Pfennig besser weggekommen bin als du, ich könnte ja auf das Los verzichten, aber man muß doch auch nach Weihnachten auf was hoffen, wenn wir auch sicher nichts gewinnen ..."

„Was ist ‚noch was' –?" unterbrach ich ihren Redestrom.

„Oh, Mummimännchen, daß ich noch 'ne ganze kleine, klitzekleine Überraschung für dich habe!"

„Ich will auch zwei Mark für ‚noch was' haben", erklärte ich drohend.

„O Gott, da bleiben uns nur fünf Mark übrig, und wenn der Gasmann kommt, und ich schneide zwei Mark fünfzig besser ab als du! Und es ist wirklich nicht nötig, ich bin ja soo glücklich über unser Weihnachten!"

„Ich will aber", beharrte ich.

Und dann ging Itzenplitz und holte die olle Lenzen, und die versprach, bis vier mich stellzuvertreten – und eine einladende Stellvertreterin war sie. Aber wer sollte schon am 24. nachmittags auf die Zeitung kommen?

Wir aber rasten los, und natürlich stimmten alle Preise nicht, sondern mein Oberhemd kostete sieben und dafür ließen wir den Schlips fallen und drückten die Handschuhe um eine Mark. Itzenplitz aber fand einen herrlichen Schal, rot und weiß und blau, aus so 'nem gefältelten Seidenstoff für 4,50 Mark. Und den gleichen Kragen wie den verbrannten bekamen wir auch! Die Ente aber aus dem alten guten Feinkostgeschäft von Harland wog 4 $^{2}/_{10}$ Pfund und kostete 5 Mark 45, was war das aber auch für eine Ente!

Natürlich reichte die Zeit nicht bis vier, aber wir verabredeten, daß ich jetzt rasch, rasch auf die Zeitung sollte, damit der Heber nichts merkte, und $^{1}/_{2}$ 5 sollte ich mir Feierabend erbitten. Bis dahin aber wollte Itzenplitz sich Haare schneiden und frisieren lassen, und dann wollten wir gemeinsam den Rest unserer Einkäufe besorgen.

Fünf Minuten vor vier war ich auf der Zeitung, und siehe, die olle Lenzen hatte einem Brautpaar eine Verlobungsanzeige für 9 Mark 80 abgenommen (alles konnte die Frau), und als Heber kam, ruhte ich nicht, bis er mir meine 98 Pfennig Tantieme ausbezahlt hatte. Und er war ganz fassungslos, daß ich schon wieder Geld brauchte, wo ich doch grade meine Gratifikation bekommen hatte, aber ich muß sagen, schließlich war er richtig weihnachtlich großzügig und gab mir eine ganze Mark.

Gleich nach halb fünf hatte ich wirklich Feierabend und raste in die Steinmetzstraße, und richtig war der gute Unger wirklich zu Haus, der vor drei Wochen seine Verlobung aufgelöst und sich seine Brautgeschenke hatte zurückgeben lassen. Und wir wurden handelseins, und ich kaufte von ihm die süße dünne Goldkette mit dem Aquamarin-Anhänger: 3 Mark Anzahlung (2 Mark „noch was“ plus 1 Mark Verlobungstantieme) und 15 Wochenraten zu 1 Mark ab 1. Januar.

Aber wenn ich gedacht hatte, daß Itzenplitz schon wartend vor der Frisörtür stehen würde, so war das nicht so. Alle Mädchen und Frauen schienen sich ausgerechnet heute frisieren zu lassen. Aber dann war ich, trotz meiner kalten Füße, nicht böse, als sie da vor mir mit ihren Locken und Löckchen und Ringelchen auftauchte, und wir stürzten uns wieder in den Strudel der Weihnachts-Einkäufe, an meiner Brust aber lag der Aquamarin.

Dann waren wir zu Haus, es war schon lange dunkel, und ich kriegte den Eimer zu fassen und raste los ins Baugeschäft nach Sand, und schön knurrig war der Platzverwalter, daß ich da noch mit so ’nem dicken Auftrag auf Katzensand um $^3/_4$ 7 angetrudelt kam. Zu Haus aber fand ich Itzenplitz in heller Verzweiflung. Störtebeker hatte sich noch immer nicht mit seinem Tannenbaumfuß gemeldet, aber zu Haus war er, wir hörten ihn rascheln.

Infolge starken Andranges in Aufträgen ist eine Anzahl Sorten

Tannenbaumfüsse

völlig vergriffen. Wir haben aber noch die umseitig abgebildeten Nummern vorrätig.

Wir bitten, Ihren Bedarf **recht bald** decken zu wollen, damit Sie nicht in Verlegenheit kommen.

Insbesondere empfehlen wir No. 152 und No. 59 Ihrer Beachtung.

Hochachtungsvoll

Aktien-Gesellschaft der Holler’schen Carlshütte.

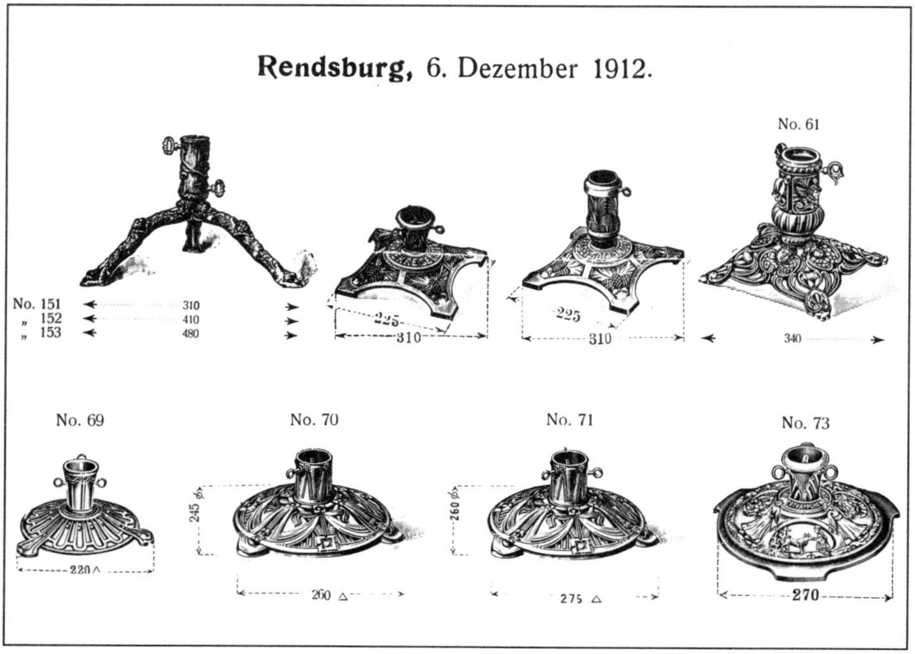

Hand in Hand schlichen wir über den dunklen Vorplatz und klopften an seine Tür, hörten, wie er sich im Bett hin und her schmiß, hörten schnarchen, machten leise die Tür auf: in einer Pulle steckte eine Flackerkerze, und mit einer andern, halb geleerten Pulle war der Klaus Störtebeker eingepennt. Wir hatten ja schreckliche Angst vor ihm, aber wir schlichen doch wie die Indianer in die Kammer und suchten nach dem Fuß. Es war nicht viel zu suchen, und der Fuß war eben noch immer nicht da. Grade aber war Itzenplitz dabei, mit echt weiblicher Hartnäckigkeit eine Schublade aufzuziehen, da krächzte es vom Bett her: „Na, ihr jungen Lauser ... Tannenbaumfuß? Morgen bestimmt!" Und schlief schon wieder.

Fünf Minuten vor sieben raste ich stadtwärts, und im Eisengeschäft von Günther waren Tannenbaumfüße ausverkauft, und bei Mamlock rasselte vor meiner Nase die eiserne Rolljalousie runter.

Zehn Minuten nach sieben trat ich wieder daheim an, ohne Tannenbaumfuß, und da stand unser Bäumchen in einem Sandeimer, in einem Hule-Mule-Katzensandeimer, herrlich drapiert mit einem weißen Tischtuch – stand unser Weihnachtsbaum, strahlte und funkelte.

Schönes, herrliches Weihnachtsfest – und die olle Itzenplitz fing doch wahrhaftig an zu heulen über den Aquamarin-Anhänger. „So was Schönes hab ich nun freilich nicht für dich." Und das Feuerzug war doch wirklich gut. Dann aber standen wir und sahen uns an, wie „unsere Hule-Mule" mit Knacken und Zerren ihren Bückling verdrückte, und leise sagte Itzenplitz: „Im nächsten Jahr brauchen wir keine Hule-Mule."

Am Abend vor Weihnachten

Wilhelm Lobsien

Dämmerstille Nebelfelder,
schneedurchglänzte Einsamkeit
und ein wunderbarer weicher
Weihnachtsfriede weit und breit.

Nur mitunter, windverloren,
zieht ein Rauschen durch die Welt,
und ein leises Glockenklingen
wandert übers stille Feld.

Und dich grüßen alle Wunder,
die am lauten Tag geruht,
und dein Herz singt Kinderlieder,
und dein Sinn wird fromm und gut.

Und dein Blick ist voller Leuchten,
längst Entschlaf'nes ist erwacht ...
und so gehst du durch die stille
wunderweiche Winternacht.

Die Fahrt auf dem silbernen Schlitten

Annemarie Weber

Hört zu, ich will euch von der denkwürdigen Heiligen Nacht erzählen, in der ein silberner Schlitten übers Meer zwischen Amrum und Föhr fuhr, ein silberner Schlitten, wahrhaftig!

Simon Arfsten, müßt ihr wissen, ist ein Mann, der die Hammel nur nach Hunderten zählt. Simon ist reich, er ist ein Fürst unter den Viehhändlern, seine Frau heißt Nanning und ist schön wie Schneewittchen und ebenso schwarz. Gut und sanft ist sie, auch ein wenig geizig, aber was macht's? Simon hat vier Söhne, Jann, Carl, Carsten, Lütt-Simon, und eine Tochter, Nancy Catharina. Sie sind achtzehn, siebzehn, sechzehn, fünfzehn und vierzehn Jahre alt, und wer diese Angaben mit Verstand nimmt, der weiß Bescheid.

Ein schönes Schimmelgespann hat Simon und eine Kutsche, die hat soviel gekostet wie ein Auto, wenn man Simon glauben darf, und wer kann es sich erlauben, ihm nicht zu glauben? Mit den Schimmeln und der Kutsche fährt Simon auf der Insel Föhr umher, spricht mit diesem und jenem, kauft dies und jenes Stück Vieh, ohne auch nur einmal abzusteigen. Nur wenn die Herren aus Hamburg kommen, oder aus Lübeck, um Pferde zu kaufen, dann, ja dann macht Simon den Charmeur, seine Frau Nanning muß einen Schwarzen und einen Likör servieren.

In dem Jahr jedoch, von dem ich nun sprechen will, war Schreckliches geschehen. Die Steuerbehörde hatte ihr suchendes Auge auf Simon und seine Einkünfte gerichtet, und was das Auge als zuviel befunden hatte, das sollte Simon der Steuerbehörde zahlen. Es war eine riesige Summe, wahrhaftig, unsereiner würde nicht wagen, eine solche Zahl auch nur im Traum auszusprechen!

Simon Arfsten aber zahlte diese Summe in bar. Er zahlte sie, in bar, auf einen Hieb. Darauf legte er sich ins Bett, um nicht mehr aufzustehen. Nein, nein, ans Sterben ging es nicht, Simon wollte krank sein, anstatt aufzustehen und Geld zu verdienen, für wen? Für den Fiskus? Simon lag einfach da, er richtete die Augen starr an die Decke, und Nanning, obgleich sie es mit Wärmflaschen, mit Eisbeuteln, heute mit Kräuterkompressen, morgen mit Kamillentee versuchte, und wir möchten meinen, daß Nanning in diesem Falle wirklich nichts unversucht ließ – auch Nanning hatte nicht den geringsten Erfolg.

So ging das Jahr hin. Der Sohn Jann fuhr mit der Kutsche und den Schimmeln die Sommergäste umher, Carl und Carsten fanden keine bessere Beschäftigung, als sich in zwei schöne Mädchen zu verlieben, sehr zu Frau Nannings Verdruß, und nur Lütt-Simon versuchte sich im Handel mit kleinen schwarzen Ferkeln; doch unkundig, wie Lütt-Simon in diesen Dingen noch war, erwies sich dieser Handel als nicht sehr einträglich.

Es war ein Tag im Herbst, als zu Simon Arfsten ein Telegramm aus Hamburg kam. Simon öffnete es nicht. Ein sterbender Mann, so sagte er, liest keine Telegramme mehr. Doch Nanning öffnete es, und sie bekam rote Flecke auf die Wangen, ihre Augen glänzten. Doch wagte sie nichts zu sagen, denn sie war eine wahrhaft demütige Frau. Am Abend sagte Simon: „Du, als meine Witwe, wirst ratlos sein und nicht wissen, was du mit diesem Telegramm anfangen sollst. Deshalb gib es mir, damit ich dich beraten kann.“ Nanning gab es ihm und ging schnell hinaus, denn sie rechnete mit einem Wunder. Einen starken Mann wie Simon läßt man in dem Augenblick, in welchem ihm ein Wunder geschieht, am klügsten allein.

In dem Telegramm stand, daß in Hamburg vierhundert Hammel benötigt wurden, zweihundert sofort, und daß man fest mit Simon rechne. Gegen Morgen hörte Nanning ein Rumoren im Stall, wo die Schimmel standen, und beim Frühstück erschien Simon am Küchentisch. Dann fuhr er fort, im dicksten Nebel, aber seine Augen leuchteten kühn und blau, als er über die Geest fuhr, von Hof zu Hof, und er hatte noch gut im Kopf, wo Hammel zu holen waren. Er brachte den Kindern Schokoladenzigarren mit, den Frauen gab er charmante Worte zu kosten, den Männern sagte er, er, ein Todgeweihter, werde seine Freunde nicht im Stich lassen, er werde ihnen ihre Hammel abkaufen, zu

Höchstpreisen werde er sie ihnen abkaufen, er, der mit dem Leben abgeschlossen habe, jawohl!

Er fuhr eine ganze Woche lang, auch nach Amrum und nach Sylt, und er brachte die zweihundert Hammel spielend leicht und billig zusammen und hatte Hoffnung, auch noch die zweiten zweihundert zu bekommen.

Wer will sagen, daß dies das tollste Geschäft war, das Simon je in seinem Leben gemacht hatte? Ach, nein, da waren schon größere Geschäfte vonstatten gegangen. Immerhin, war nicht das Leben zurückgekehrt? Gewiß, ja, das war nicht zu leugnen. Aber ein anderes Leben war das und ein anderer Simon. Er war von der fixen Idee besessen, daß alles, aber auch einfach alles, während seiner Krankheit vernachlässigt worden sei. Nicht genügend Mettwürste waren da, der Zaun an der Pferdekoppel war nicht ausgebessert, und Lütt-Simon waren die Haare nicht geschnitten. Aber was das schlimmste war, er ging den ganzen Tag mit einem Stock im Haus umher und rief Nanning hierhin und dorthin und sagte: „Hier mußt du sauber machen und hier, und hier, he! Aber gründlich!“ Und er wies mit seinem Stock in alle Ecken, und obwohl da durchaus nichts zu sehen war, kam Nanning mit Besen und Scheuertuch und säuberte diese Ecken nochmals. Aber sie hatte rote Flecke auf den Wangen, und ihre Lippen waren blaß. Doch sie war, das sagte ich schon, in großer Demut vor Simon groß geworden, so daß sie es lange Zeit ertrug. Das Maß ihres Zornes war erst dann voll, als Simon eines Wintermorgens die volle Kaffeekanne durch die gefrorenen Fensterscheiben hinauswarf und dazu schrie, diese geizige Brühe sei gerade so matt, so lau, so geizig wie sie, Nanning. Die Frau fühlte sich in ihrem Innersten um so mehr getroffen, als sie sich von dem Vorwurf des Geizes nicht vollkommen frei fühlte. Sie dachte an die Keksbüchse, die mit heimlich gesparten Fünfmarkstücken fast voll war, und gerade bei diesem Gedanken – so seltsam sind manche Frauen – ergriff sie eine schreckliche Wut. Sie war, man sah es deutlich, kein sanftes Schneewittchen mehr. Sie, Nanning Josina Rebekka Arfsten, geborene Frödden, in geduldiger Unterwerfung achtunddreißig Jahre alt geworden, hatte es satt, mit Simon Arfsten zu leben und seine Launen zu ertragen. Sie nahm Nancy Catharina mit und fuhr zu ihrer Kusine Ingeborg Hansen, die ein Gasthaus auf Amrum besaß, in dem Nancy Catharina schon als Serviermädchen den Sommer verbracht hatte. Dort waltete sie unten in der Küche als kundige Kaffeebereiterin. An Simon schrieb sie, sie wolle noch das und das und das, und wahrhaftig, Simon brachte es ihr, er stellte es hin und sah mit seinen kühnen Augen in alle Ecken, aber Nanning konnte er nirgends entdecken.

Freunde, glaubt mir, das wurde ein toller Winter in Simon Arfstens Haus. „Fünf starke Männer“, so sagte Simon, „sind wir jetzt, fünf starke Männer allein in einem Haus, und wir werden leben, wie es Männern geziemt.“ Sie tranken Rum und Punsch, aßen Mettwürste schon zum Frühstück, und der Sirup tropfte ihnen nur so vom Kinn. Auch ein neues Grammophon kaufte Simon in Wyk, ein elektrisches, es stand in der Schlachteküche, wo alle Abende der Wurstkessel brodelte, und sie hatten eine Platte, auf welcher der Erzengel

Gabriel selbst sang, daß alle Kindlein sich im himmlischen Stall einfinden sollten. Carl und Carsten durften ungestraft zu ihren Schönen gehen, und die Mütter der Schönen standen hinter den Fenstern, und sie sahen, wie hübsch Carl und Carsten waren. Sie sagten zu ihren Töchtern: „Den kannst du nehmen." Und sie verschwanden in die Stube und ließen die jungen Leute in der Küche allein auf dem Sofa.

Erst der erste Adventssonntag brachte eine Trübung in diese Harmonie. Da war ja nun kein Backwerk gebacken, da war kein Schweinskopf bereitet, und aller Reisbrei brannte an. Denn an diesem Tage hatte Nanning immer ihre Freundinnen bei sich gesehen. Feinen Teepunsch gab es, mit viel Zucker, und in Rum eingelegte Früchte, und Adventslieder wurden gesungen. Doch von diesen Erinnerungen sprachen die Männer nicht. Dafür setzten sie einen Butterrum an, nach einem Rezept, das ein seefahrender Vorfahr Simons aus Alaska mitgebracht hatte, ein männermordendes Getränk, und der Tag endete in Lärm und Lallen. Lütt-Simon fühlte sich sehr elend und weinte.

Am Sonnabend vor dem zweiten Advent spannte Simon die Schimmel ein und fuhr durch den Schnee mit seinen vier Söhnen nach Wyk zum Friseur. Er ließ ihnen die Haare schneiden und mit Pomade salben, nur Lütt-Simon nicht, dem durfte niemand mit der Schere nahen, sein rotes Haar sollte lang bleiben und mit Haarwasser besprengt und mit Pomade in schöne Wellen gelegt werden.

Anderntags liefen sie über das Watt von Utersum nach Amrum hinüber. Sie gingen nach Wittdün zu Hansens, ließen sich in der Gaststube nieder, und Simon bestellte fünf Tassen Kaffee. Von seiner eigenen Tochter Nancy Catharina wurde ihnen der Kaffee serviert, das war gewiß seltsam, und Lütt-Simon wurde ganz heiß im Gesicht, von Simon selbst kann niemand sagen, wie ihm vielleicht im Innern war. Vielleicht wollte er etwas ganz besonders Hübsches sagen, etwas, wonach alles gut geworden wäre. Doch da war wohl ein gräßlicher Teufel am Werk, der ihm alle Worte verdrehte, so daß schließlich etwa dies herauskam: „Sieh an! Meine Tochter! Was für ein guter, was für ein wahrhaft ausgezeichneter Kaffee! Hat ihn deine Mutter selbst bereitet? Sieh an! Sieh an! So guten Kaffee kann sie kochen! Und so freundlich bekomme ich ihn vorgesetzt! Wird deine Mutter sich am Ende so weit vergessen können, mir von diesem vorzüglichen Kaffee auch selbst eine Tassee zu kredenzen?"

Nanning, als ihr dies berichtet wurde, stand mit weißem Gesicht am Herd unten in der Küche, sie stellte den Kesssel auf den Herd und sagte mit fester Stimme: eher werde das Meer zwischen Amrum und Föhr zufrieren, ehe sie Simon noch einmal eine Tasse Kaffee bringen werde! Und als ihre Kusine Ingeborg sie fragte, ob sie nicht doch zu ihrem Manne und zu ihren Söhnen heimkehren wolle, antwortete sie: da müsse er schon mit einem silbernen Schlitten übers Meer gefahren kommen!

Dies wurde Simon sogleich hinterbracht, und was darauf geschah, war wirklich schlimm: Simon ließ eine riesige Rumbowle für sich und seine Söhne kommen, er zwang sie zum Trinken, obwohl ihnen unheimlich war, und sie mußten alle singen: „Du bist nicht meine erste Liebe, du wirst auch nicht die letzte sein!“ Und sie sangen es, und es war ihnen schlimm, und Lütt-Simon weinte nach innen hinein, darin war er nun schon geübt.

Von dieser Nacht an setzte ein ungeheuer starker Frost ein. Es wurde ein Winter wie im Jahre 1684, und die Nordsee fror zu, zuerst zwischen Föhr und Amrum. Lütt-Simon hatte sich dieses Wunder erfleht. Nun betete er noch um einen silbernen Schlitten. Er betete fortwährend. Nur wenn er schlief, mußte er sein Gebet unterbrechen. Sie hatten keinen Schlitten, nicht zu reden von einem silbernen. Lütt-Simon betete, es solle sich ein Wunder ereignen. Sie alle brauchten dieses Wunder. Zwei Tage vor dem Heiligen Abend wartete er nachts, bis der Mond aufging, dann lief er heimlich durch den Schnee nach Wyk. Er war am frühen Morgen da, und er ging zu Hansens, zu Carstensens, zu Petersens – aber niemand hatte einen Schlitten zu verborgen, wenn sie überhaupt einen Schlitten besaßen. Zu Jürgen Retelsen wagte er nicht zu gehen, denn er wußte, daß alle Retelsens mit allen Arfstens verfeindet sind, und das geht schon seit mehr als achtzig Jahren so, und es hatte mit einem Pferdehandel begonnen, der wohl nicht ganz als ehrlicher Handel gemeint gewesen war. Jürgen Retelsen besaß einen großen, herrlichen Schlitten. Lütt-Simon aber konnte nirgends einen auftreiben, obwohl er versprach, sein Vater, der reiche Viehhändler Simon Arfsten, werde einen gebührenden Preis für ihn entrichten. Lütt-Simon begriff, daß man Wunder nicht kaufen kann. Als er gänzlich durchgefroren war, na – da ging er doch zu Jürgen Retelsen.

Nun war Lütt-Simon zwar kein besonders hübscher kleiner Junge, aber er hatte so etwas an sich, etwas, das Jürgen Retelsen bewog, ihn wenigstens nicht vor der Tür stehenzulassen. Lütt-Simon war blau gefroren, aber sein Haar leuchtete wie rotes Gold. Nun fing er wahrhaftig noch an zu heulen, so daß Jürgens Schwester, die alte Susanna, ein Wort für ihn bei Jürgen einlegte. Schließlich war es auch ein Triumph über alle Arfstens, daß sie, Retelsens, ihnen etwas geben konnten, was in diesem strengen Winter nirgends aufzutreiben war.

In der Nacht brachte Lütt-Simon den Schlitten nach Utersum. Jürgens Nächstenliebe war nicht groß genug gewesen, ihm auch noch ein Pferd vorzuspannen. So spannte der Junge sich selbst davor und zog ihn. Noch nie hatte er sich mit einer Arbeit so mühen und quälen müssen. Die Straße war von Schnee verweht, aber es hatte aufgehört zu schneien, es klirrte nur noch vor hartem Frost. Als Lütt-Simon gegen Morgen das Haus erreichte, stand Simon schon da, und er hatte sich eine Rute zurechtgebunden. Als er aber zuerst den Schlitten, dann den Jungen sah, ließ er die Hand sinken. Er rieb Lütt-Simon von oben bis unten mit Branntwein ab und gab ihm Punsch zu trinken, aber er selbst trank keinen Tropfen.

Am Heiligen Abend aber stand der Mond über dem Eis. Er warf einen langen glänzenden Schein nach Wittdün hinüber, das Meer war erstarrt wie in heiligem Gehorsam vor der Gewalt des Himmels. Am Strand von Utersum waren alle Utersumer versammelt und sahen hinüber, da sie einen Schlitten mit zwei Schimmeln erwarteten. Auch Simons Söhne standen dort, auch Lütt-Simon, obwohl er kaum etwas sehen konnte, so war er eingepackt in warmes Zeug. Das Pünktchen, das sie sahen, wurde größer und größer, und ein unglaublich starkes Leuchten ging von ihm aus, ein silbernes Leuchten. Das Eis sah weiß und prächtig aus unter den Hufen von Simons Schimmeln, weiße Funken stoben, und oben auf dem Schlitten saß Simon selbst, und neben ihm saß Nanning, und noch ehe sie sehen konnten, wie allerliebst sie lächelte, sahen sie, daß es ein silberner Schlitten war, auf dem sie kamen. Wohlgemerkt, Freunde, nicht nur Lütt-Simon sah es, nein, alle, alle Utersumer schwören noch heute, es sei ein silberner Schlitten gewesen, und es war eine große Heiligkeit.

Simon aber jagte mit Nanning auf dem Schlitten an allen vorbei, und am anderen Tag war es wieder ein gewöhnlicher Schlitten. Denn, müßt ihr wissen, Weihnachtswunder dauern nur die Heilige Nacht. Simon aber legte die Hand auf Lütt-Simons rotes Haar, so schwer, daß Lütt-Simon fast darunter zusammenknickte, und er wollte wohl etwas Großartiges sagen, aber es kam nicht heraus, sondern nur dies: „So, Nanning, nun bringe den Weihnachtsbrei auf den Tisch“, und der war süß, und mit Zucker war nicht gespart worden.

Dies, Freunde, wäre denn meine Geschichte, und nun langt zu und seid fröhlich, bleibt gute Menschen und denkt, daß kein Zorn die Heilige Nacht anhalten darf.

Der Flug mit der Schneedecke

Jochen Missfeld

Allerlei Rauhreif lag auf den Tannenspitzen und Bürgersteigen. Besseres Hinsehen zwei Tage vor Heiligabend 1962 erbrachte mehr: Jeden noch so kleinen Zweig hatte der schon verloren geglaubte Winter herausgeputzt. Still lagen Wälder und Wiesen, Städte und Dörfer. Es sollte noch mehr Schnee kommen und noch mehr Kälte.

Ich erinnere mich an Weihnachten 62 deswegen so genau, weil ich damals in Uetersen an der Elbe Soldat war und Heiligabend Flugplatzwache hatte. Lust hatte ich keine; keiner wollte mit mir tauschen, auch mein Bitten und Betteln um Wachverschonung fruchtete nichts.

Dienst am Heiligabend, also Heiligabend fern von zu Hause, das hatte es bei mir noch nicht gegeben. Heiligabend und Zuhause gehören fest und treu zusammen, so hatte mein erst vor sechs Wochen verstorbener Vater immer gesagt. Und meine Großmutter, die schon seit 1956 unter den Toten weilte, hatte geechot: fest und treu zusammen.

Am Tag vor Heiligabend fiel Schnee wie oben angekündigt. Der Heiligabend-Wachdienst würde ungemütlich und bitterkalt sein. Mit jedem Zentimeter Schnee rief ich still auf, was mir morgen am Vierundzwanzigsten alles durch die Lappen gehen würde: Mutter, Schwester, Tante Lotte. Und Onkel Jakobs Anruf aus San Francisco mit der Botschaft „Hier liegt kein Schnee". Und das Geläute der Boeler Kirchenglocken. Und die Gold- und Silberstimme unseres Pastors. Und der Besuch bei den Nachbarn, und der Besuch der Nachbarn bei uns. Und Kartoffelsalat und Würstchen. Und Tante Lottes Erzählungen Herrn Hörig und das Gut Tralau betreffend, während sie mit uns Canasta spielte. Mit anderen Worten: Jeder Zentimeter Schnee ließ genau entsprechend mein Heimweh auf Heiligabend zu Hause in die Höhe wachsen.

Am Tag vor Heiligabend begann die Standortverwaltung, Schnee zu schieben. Trotzdem wurde der Flugplatz weißer und weißer. Die Balkenkreuze verschwanden im Schnee. Die Flugzeuge schneiten ein. Der Kontrollturm bekam eine dicke Schneehaube auf.

Ohne Weihnachtsstimmung trat ich Heiligabend eine Stunde vor der Bescherungszeit den Wachdienst an, zusammen mit Sami, einem von unseren Afrikanern, die hier fliegen lernen sollten. Wir hatten uns angefreundet. Ich hatte ihm was erzählt. Er hatte mir was erzählt. Wir hatten auch schon die eine oder andere militärische Unbotmäßigkeit ausgeheckt. Sami war so groß wie ich. Er trug die gleiche Uniform wie ich. Da standen wir nun in unseren langen Wintermänteln und Knobelbechern stramm und wurden vom Wachhabenden auf peinlich genaue Pflichterfüllung vergattert. Zwei standhafte Zinnsoldaten. So dachte er wohl. Wir nahmen Äpfel und Apfelsinen von den bunten Tellern im Wachlokal, steckten sie unter den fragenden Blicken der Wachhabenden ein und stapften los. Immer der Flugplatz-Ringleitung entlang, wo wir nur den Knobelbecherspuren unserer Vorgänger zu folgen brauchten, einmal rund um den Flugplatz.

Während Samis schwarzes Gesicht in der Dunkelheit unterging und ihn fast unsichtbar machte, leuchtete mein blasses weit hinaus. Das war nicht gut. Darum führte mich Sami in den Heizungs- und Kohlenkeller der Kaserne, nahm ein Stück Steinkohle und malte mich an. Wir wärmten uns dort unten noch ein wenig befehlswidrig auf und traten dann die Stufen hoch ins Freie. Es hatte aufgehört zu schneien. Der Blick in den Himmel zeigte schon was vom glanzvollen Sternenjahr 1963. Was für eine konkurrenzlose Veranstaltung da oben. Sami und ich standen, die verschieden schwarzen Gesichter dem Firmament zugewendet, auf dem obersten Treppenabsatz über dem Heizungs- und Kohlenkeller, und ließen warme Heizungsluft von unten durch die offen stehende Kellertür die Treppe heraufströmen, unter unsere Mäntel hinein. Noch etwas höher hinauf strömte die wohltuende Luft, nämlich bis in Samis krauses und in mein glattes Haar, als ich Sami fragte, Was meinst du, wieviel Schnee brauchen wir?

Sami wußte, was Sache war. Er ging ein paar Schritte und trat eine fünf mal sieben gleich fünfunddreißig Quadratmeter große Schneedecke ab. So viel Schnee brauchen wir, sagte er. Ich hob mit dem Klappspaten im südlichen Teil der Schneedecke zwei nebeneinander liegende gleich große Löcher aus. Das war's auch schon. Nur die Beleuchtung fehlte noch. Rechts kam der grüne Apfel hin und links die einigermaßen rote Apfelsine. Dann warfen wir unsere Gewehre zum Trocknen in den Heizungs- und Kohlenkeller. Dann riefen wir: Einsteigen und Platz nehmen. Dann steckten wir die Klappspaten vor uns in den Schnee: die beiden Steuerknüppel. Der Flug mit der Schneedecke konnte beginnen.

Bis zum Wachwechsel war noch viel Zeit. Die beiden Schneekristall-Motoren konnten in aller Ruhe zu drehen beginnen. Sami konnte in aller Ruhe die fehlenden Instrumente vor uns, hinter uns und zwischen uns in den Schnee malen. Dann ging es in aller Ruhe los, und in aller Stille. Kein noch so feines Lüftchen wehte, als die Schneekristall-Motoren uns in den Himmel hoben. Nur ein klein wenig Fahrtwind bekamen wir ins Gesicht, als wir im gemütlichen Heiligabend-Tempo geradeaus und immer nach Norden zu fliegen begonnen hatten. Rechts der grüne Apfel, links die rote Apfelsine. Über uns das Sternenlicht aus dem Heiligabend-Himmel. Unter uns die Straßenlampen, Wohnzimmerfenster und elektrisch beleuchteten Tannenbäume.

Im Mondlicht las ich meine alte Straßenkarte. Ich sagte Sami, wo wir waren und wohin wir wollten, und Sami flog entsprechend. Alles, was gestern in der Zeitung gestanden hatte, konnten wir von hier oben bestätigen: Das verschneite Dach des Petri-Domes zu Lübeck weit im Osten, Schnee auf der langen Anna von Helgoland weit im Westen, der verschneite Exerzierplatz von Rendsburg, Schnee auf den Fischkisten im Hafen von Eckernförde. Schnee auf den Hüttener Bergen. Es war hübsch, aber es war uns eigentlich nicht wichtig. Auch unsere fliegende Schneedecke, eine Erfindung, die Sami vom Schnee des

Kilimandscharo mitgebracht hatte, war nicht das Wichtige. Sie war nur das Mittel zum Zweck. Der Zweck der Übung war: Nur mal schnell bei mir zu Hause vorbeischauen, weil ich so Heimweh hatte. Sami war der Kumpel, mit dem ich so was Verbotenes wagen konnte.

Von Schloß Gottorf in Schleswig flogen wir die Schlei Richtung Ostsee entlang, dann bei Missunde links ab. Und da sah ich den glänzenden Goldhahn auf dem Turm der Boeler Kirche. Drauf zu, sagte ich zu Sami. Wir schwebten mit unserer Schneedecke gerade so hoch heran, das heißt: so niedrig, daß wir durch die Veranda ins Eßzimmer meines Elternhauses sehen konnten. Da saßen sie alle: Vater, Mutter, Schwester, Großmutter und Tante Lotte. Alle bei Kartoffelsalat und Würstchen und Bier und Sprudel. Sami setzte die Schneedecke auf, wir schlichen uns rein.

Sind wir tot oder leben wir? Das fragte ich Sami. Er kniff mich, daß es weh tat; also lebten wir. Großmutter strich sich wie zu Lebzeiten mit dem Zeigefinger über die Nase und roch daran. Vaters schöner Baß klang wie zu Lebzeiten, wenn er nach dem Essen vom Weihnachtszimmer aus die kleine Glocke am brennenden Weihnachtsbaum läutete und Ihr-Kinderlein-kommet sang. Und alle traten der Größe nach ins Weihnachtszimmer. Sami und ich fädelten uns wie zwei heilige drei Könige am Ende der Schlange ein.

Wascht euch erst mal das Gesicht, ihr seht ja aus, als wenn ihr aus dem Kohlenkeller kommt, sagte meine Großmutter. Geht nicht, sagten wir, wir sind auf Wache. Sami sah schon auf die Uhr. Nun bleibt man noch ein Stück, sagte meine Mutter. Wir blieben noch ein Stück.

Meine Schwester knackte uns ein paar Nüsse. Tante Lotte legte die Canasta-Karten und begann mit der Weihnachtsgeschichte von Herrn Hörig: Es war in der schweren Zeit. Weihnachten 45. Her Hörig galt als vermißt. Tante Lotte hielt ihn aber für gefallen also für tot und saß Heiligabend 45 im Tralauer Herrenhaus bei Karpfen und Petersilien-Kartoffeln. Plötzlich flog die Tür auf und wer schneite herein? Herr Hörig, sagten meine Schwester und ich wie aus einem Munde, weil wir das Heiligabend immer sagten. Und dann kam die Frage, an der sich auch Sami beteiligte: Und was hat er gesagt?

Fröhliche Weihnachten hat er gesagt, ihr Naseweise, sagte Tante Lotte, lachte und weinte und widmete sich den Canasta-Karten. Dann klingelte das Telefon. Das ist Onkel Jakob aus San Francisco, rief mein Vater. Seid mal alle ganz ruhig.

Mein Heimweh war gestillt. Sami wäre gern noch ein Stück geblieben. Und meine Schwester hätte Sami gern noch ein Stück gehabt. Aber die Pflicht rief: Noch eine halbe Stunde bis zum Wachwechsel. So lange brauchten wir für die Strecke nach Uetersen. Meine Schwester steckte uns braune Kuchen und Marzipanbrote in die Wintermanteltaschen. Dann rauf auf die Schneedecke, rein in die Sitze und die Kristall-Motoren gezündet. Dann ab über den Boeler Kirchturm und den Weg zurück.

Gerhard Fritz Hensel, Linolschnitt 1957.

Matthias Claudius

Es weht bei uns ein kalter Wind

Willkommen in dem Jammertal,
o sei willkommen tausendmal,
sei tausendmal gesegnet!
Du teures, liebes, holdes Kind,
es weht bei uns ein kalter Wind,
es schneiet hier und regnet.
Wir gingen trostlos und verzagt
im fremden Lande viel geplagt,
gefangen alle auf den Tod,
da kommst du zu uns in der Not
zu bringen uns
heim zu des Vaters Haus und Herd.
Wir sind's nicht wert,
wir sind's nicht wert.

Die Weihnachtsflut 1717

Heinrich Heimreich

Gleich wie aber zum öftern um der Menschen Sünde willen, ungewöhnlich hohe Wassserfluthen über die Marschländer ergangen sind: also hat der gerechte Gott dieselbigen vor etlichen Jahren mit überaus hohen Wasser- und Sündfluthen heimgesucht. Denn erstlich ist A. 1717 in der heil. Christnacht eine ganz hohe Fluth unvermuthet ergangen, hat weit um sich gerissen und viele Länder nicht nur an der See, sondern auch auf dem festen Lande betroffen. Und auch wir an diesen Örtern haben es, da mans am wenigsten besorgte und vermuthen war, wohl erfahren. Weil ich nun bin aufm Mohr geboren, erzogen, meinem sel. Vater vor 40 Jahren succediret, viele Fluthen erlebet habe, und in dieser Fluth der größten Gefahr mit exponiret gewesen bin, will Bericht davon ertheilen, und den Anfang von dieser und andern unbedeichten Inseln machen. Tages vorher vor dem heil. Christfest fiel ein großer Platzregen (welcher anhub um 9 Uhr Vormittags und anhielt bis 2 Uhr Nachmittags) mit einem ganz heftigen Winde von Südosten, nach dem Süden und Südwesten gehend. Wie aber der Wind nach dem Südwesten gegangen war, verminderte sich der Wind und hörte auch mit Regen auf gegen Abend. Ob nun gleich der Wind nach dem Westen ging, auf Abend um 8 Uhr härter zu kühlen anfing, und nachgehends ganz stark vom Nordwesten zu stürmen, befürchtete man sich doch keiner so hohen Wasserfluth, sonderlich, weil es sonst wohl so hart gewehet, und doch keine recht hohe Fluth ergangen, das Wasser auch mit der Abendzeit nicht hoch gelaufen war, sondern nur das niedrigste Feld unter Wasser stunde, und um 10 Uhr durch die Ebbe schon viel abgelaufen war, weil wir auch Quartier-Mond und das letzte Viertel hatten, da gewöhnlich das Wasser sich nicht so viel pfleget zu erhöhen, als beym neuen und vollen Mond. Allein der allwaltende Gott ließe uns hier sehen, daß er an keine Zeit verbunden, sondern daß die Winde, welche er auch zum Theil zur Rache erschaffen hat, wenns ihm beliebig ist, seinen Zorn ausrichten müssen, sintemal das von ihm ausgelassene Wasser, welches in der Nacht fast bis 2 Uhr ebben oder gewöhnlich ablaufen würde, mit solcher Geschwindigkeit, als niemalen erlebet hatte, wiederkehrte, und da es damals hieselbst bis 8 Uhr fluthen sollte, das Feld schon vor 3 Uhr ganz überschwemmet hatte. Dem barmherzigen, grundgütigen Gott, der uns diese Fluth so frühzeitig lassen inne werden, unser Leben darinnen vom Verderben errettete, und gnädigst erhalten hat, können wir für solche uns widerfahrende Güte lebenszeit nicht sattsam danken. Denn, wenn wir in harten Schlaf verfallen gewesen, eine halbe Stunde nur länger geruhet, wäre keine Errettung für uns gewesen und dieses, weil wir keine Fluth und Wasser so frühzeitig vermuthen waren, hätte leicht geschehen können, wenn nicht Gott für uns gesorget, und unsere einzige Tochter, ein Mägdlein damaln von 17 Jahren ganz unruhig gewesen, und schon vor Mitternacht voller Angst und Bangigkeit erwachend lamentirte und sagte: Ach, Mutter, Mutter, wie wehet es so stark, diese Nacht vertrinken wir, und ob meine Frau sie gleich zufrieden sprach: Es hätte wills Gott keine Noth, sie sollte sich nur wieder zur Ruhe begeben, und schlafen und uns auch lassen ruhen, damit, weil morgen das heil. Christfest wäre, wir selbiges mit desto munteren Herzen und Gemüthe in Freuden feierlich begehen könnten, schlief sie zwar ein wenig, aber bald erwachte sie wieder und wiederholte die vorige klägliche Rede, welches in 2 Stunden wohl 5, 6 Mal geschah, weswegen um vorerwähnte Zeit ich aufstand, um zu sehen, woher der so starke Wind bliese. Da denn mit Bestürzung sah, daß das höchste Feld schon unter Wasser sich befand. Wie wir nun alsbald uns ankleideten, und nach verrichtetem Morgen- und Bußgebet wie auch Gesängen, mit einigen von unsern Mobilien nach dem Boden zu bringen uns beschäftigten, und inzwischen die Meereswellen im Hause, welches inwendig mehr als 1 Fuß niedriger als draußen war, einzuschlagen begannen, wurden wir genöthiget, alles stehen und liegen zu lassen, und unser Leben wo möglich zu salviren, weswegen wir durch das im Hause schon eingespülte Wasser müssen waten, mit nassen Strümpfen, mitdem, welches wir in höchster Eilfertigkeit mitnehmen konnten, nach dem Boden ausretiriren und das meiste den grausamen Wellen überlassen, welche denn bald darauf die äußern und innern Wände im Pastorat einschlugen und niederwarfen und sich in kurzer Frist bis unter den Boden erhöhten, also daß die brausenden Wasserwogen bey 4 Ellen hoch als eine offenbare See durchs Haus gingen, den Auskeb an der Norderseite mit Rem, Ständer, Dach, Latten und Sparren weggerissen, und auf uns zu schlugen; da denn unser Vieh, als 2 Kühe und 13 Schaafe etc. nicht ohne großes Gebrüll und Blöcken vor unsern Augen ersoffen, Bett und Bettgewand, Kleider, Leinenzeug, Kisten und Laden, Tische und Schränke nebst anderm Hausgeräth und meiner Bibliothek aus 3 bis 400 Büchern bestehend, wegschwemmten, auch an Gold und Silber bey 200 mkl werth verlor, das Kupfer-, Messing- und Zinngeräth mit großem Geräusch niederfiel, und das Haus sich dabey sehr bewegte, daß wir daher den Tod vor Augen sahen und ja recht nur ein Schritt zwischen uns und dem Tode sich befand. Gleichfalls ward die Kirche sehr übel zugerichtet und ganz ruinirt, indem die Kirchenwände, welche nach schlechter Gelegenheit des Landes aus Brettern bestanden, losgerissen wurden, und also Kanzel, Altar, alle Stühle und Fenster sammt allen Kirchenornamenten durch des Meeres Wellen weggenommen sind. Gleicher Unfall betraf auch meine Kirchspielskinder (welche Gemeine nur aus 20 Häusern bestand) indem ihre Häuser, außer 1 oder 2, gleich dem Pastorathause und der Kirche sehr übel verwüstet, ganz durchlöchert und auf Stendern, öde stehen blieben, dadurch die meisten ebenfalls ihr Hausgeräthe mancherlei Art, wie auch Vieh verloren, also daß in dieser kleinen Gemeine 500 Schaafe und 30 Kühe ertrunken sind; 3 Häuser sind mit Menschen, Vieh und allem darin sich befindlichen niedergeschlagen, weggeschwemmet, und also 16 Personen erbärmlich umgekommen sind; 5 Personen kamen mit einer eichen Kiste, hielten sich an einem Balken des Schaafstalles, so etwas höher war aufgebauet, standen auf der Kiste, hielten sich an einem Balken des Stalles und sind also durch Gottes Gnade erhalten; 4 Personen, da sie sich im Hause nicht betrauten, stiegen auf das Dach ihres Schaafstalles, saßen da im Regen, Wind und Wetter und salvirten ihr Leben. Weiln nun das Pastorathaus und die Kirche so sehr ruinirt war, die Mauern allesammt übern Haufen geworfen lagen, alle Thüren, Bettstellen und was von Holz und Bretter abgerissen und weggetrieben, daß wo die Stuben, Küche und Ställe gewesen nicht zu unterscheiden, sondern nur auf den Stendern, deren ein Paar schon weggegangen, etliche loß geworden, standen, und das Haus nach der Süderseite zum Fall sich sehr geneigt hatte, auch in den andern Häusern es nicht besser, sondern allenthalben ein erbärmlicher Zustand sich befand, und der Obertheil oder Werk von 2 Häusern bald nach der Fluth am heil. Christtage niederschoß, die Back- und Kachelöfen alle niedergeschlagen lagen, die Söde und Brunnen alle voll salzes Wasser standen, und ich daher sammt den Meinigen hieselbst nicht subsistiren, aber auch wegen Sturmwetter von hier nicht weg kommen konnte, habe ich, meine Frau und Tochter 8 Tage auf dem Heuboden in Kälte, Wind und Wetter müssen aushalten, sind aus den Kleidern nicht gekommen, hatten fast nichts zu essen und zu trinken, weil Brod und Bier, Butter, Wein und Brantewein nebst Gewürz, Grüz, Weizenmehl, Sauer und Pökelfleisch, womit wir uns nach Nothdurft auf den Winter proviantiret hatten, und im Keller, Speisekammer und Schappen verwahret wurden, weggeschwemmet war, und wegen Consternation und Eilfertigkeit uns nicht einfiel von dem ersten etwas mit uns zu nehmen, doch empfingen wir am andern Feiertage etwas Bier und auch ein Brod, damit wir uns haben behelfen müssen, bis wir uns nach Husum den Tag vor Neujahr begeben. Mit welchem betrübten Herzen wir Abschied genommen und von meiner Gemeine gewandert, und unter welchen Thränen es auf beiden Seiten geschehen, kann ein jeder Verständiger leichtlich nachdenken.

Weihnachtsfluten in Nordfriesland

Eine Sage

In Rungholt auf Nordstrand wohnten weiland reiche Leute; sie bauten große Deiche, und wenn sie einmal darauf standen, sprachen sie: „Trotz nu, blanke Hans!" –

Ihr Reichtum verleitete sie zu allerlei Übermut. Am Weihnachtsabend des Jahres 1300 machten in einem Wirtshause die Bauern eine Sau betrunken, setzten ihr eine Schlafmütze auf und legten sie ins Bett. Darauf ließen sie den Prediger ersuchen, er möchte ihrem Kranken das Abendmahl reichen, und verschwuren sich dabei, daß, wenn er ihren Willen nicht würde erfüllen, sie ihn in den Graben stoßen wollten. Wie aber der Prediger das heilige Sakrament nicht so greulich wollte mißbrauchen, besprachen sie sich untereinander, ob man nicht halten sollte, was man geschworen. Als der Prediger daraus leichtlich merkte, daß sie nichts Gutes mit ihm im Sinne hätten, machte er sich stillschweigends davon. Indem er aber wieder heimgehen wollte und ihn zween gottlose Buben, so im Kruge gesessen, sahen, beredeten sie sich, daß, so er nicht zu ihnen hereingehen würde, sie ihm die Haut voll schlagen wollten. Sind darauf zu ihm hinausgegangen, haben ihn mit Gewalt ins Haus gezogen und gefragt, wo er gewesen. Und wie er's ihnen geklaget, wie man mit Gott und ihm geschimpfet habe, haben sie ihn gefragt, ob er das heilige Sakrament bei sich hätte, und ihn gebeten, daß er ihnen dasselbige zeigen möchte. Darauf hat er ihnen die Büchse gegeben, darin das Sakrament gewesen, welche sie voll Biers gegossen und gotteslästerlich gesprochen, daß, so Gott darinnen sei, so müsse er auch mit ihnen saufen. Wie der Prediger auf sein freundliches Anhalten die Büchse wiederbekommen, ist er damit zur Kirche gegangen und hat Gott angerufen, daß er diese gottlosen Leute strafe. In der folgenden Nacht ward er gewarnet, daß er aus dem Lande, so Gott verderben wollte, gehen sollte; er stand auf und ging davon. Und sogleich erhob sich ein ungestümer Wind und ein solches Wasser, daß es vier Ellen hoch über die Deiche stieg und das ganze Land Rungholt, der Flecken und sieben andre Kirchspiele dazu, unterging, und niemand ist davongekommen als der Prediger und zwo, oder wie andre setzen, seine Magd und drei Jungfrauen, die den Abend zuvor von Rungholt aus nach Bopschlut zur Kirchmeß gegangen waren, von welchen Bake Boisens Geschlecht auf Bopschlut entsprossen sein soll, dessen Nachkommen noch heute leben. Die Ulversbüller Kirche hat noch eine alte Kirchentür von Rungholt.

Nun gibt es eine alte Prophezeiung, daß Rungholt vor dem jüngsten Tage wieder aufstehen und zu vorigem Stande kommen wird. Denn der Ort und das Land steht mit allen Häusern ganz am Grunde des Wassers, und seine Türme und Mühlen tun sich oft bei hellem Wetter hervor und sind klar zu sehen. Von Vorüberfahrenden wird Glockenklang und dergleichen gehört. –

Im Jahre 1590 richtete eine Eisfluth großen Schaden an. Am Weihnachtsabend 1593 entstand wiederum ein schreckliches Wetter mit hoher Fluth. Das Wasser zerriß die Deiche bei Hattstedt, Bredstedt, in Ockholm, Riesummoor,

Ein altfriesischer Prediger schrieb: „Kommt es nicht von der Unheiligkeit der Menschen her, daß der allerheiligen Tag so oftmahls ein Tag des Zorns gewesen ist? – Welche Zeit wird aber wohl unchristlicher und üppiger zugebracht, als eben die heilige Weynachts-Zeit? Warum wundern wir uns denn, daß Gott um solche Zeit die Schalen seines Zornes so häuffig über dieses Land ausgegossen hat. Angesehn wir 10 große Wasserfluthen in den Jahrbüchern zählen, welche zu solcher sonst fröhlichen Zeit die größte Bestürzung bei unseren Nord-Fresen verursacht haben. …“

auf Sylt, und richtete besonders in der Wiedingharde, in dem Gotteskooge und in der Stadt Tondern große Verwüstungen an …

In der Nacht vor dem Christtage, dem 25. December 1717, wüthete ein heftiger Südweststurm, der sich während der Fluth aber, wie das oft der Fall ist, nach Nordwest drehete. Es war, nach dem Olander Archiv, 5 Tage nach dem Vollmonde, als diese entsetzliche Fluth über die Wasserländer erging, so daß das Gewässer eine Elle in den Häusern höher stand, als es Ao. 1634 gewesen. In Pellworm sollen, nach diesem Archiv, in dieser Fluth etliche 70, auf Nordmarsch 17, auf dem kleinen Moor 14, auf Langeneß 14 und auf Gröde 3 Menschen ertrunken sein. – Der jüngere Heimreich, welcher damals Prediger auf dem kleinen oder Nordstrandisch-Moor war, schreibt, daß Südostwind mit Regen am Tage vorher geherrscht habe, darauf gegen Abend der Sturm nach Südwest und in der Nacht nach Nordwest gesprungen sei; daß um 3 Uhr des Christmorgens das Feld schon ganz überschwemmt gewesen sei, obgleich die höchste Fluth erst um 8 Uhr erfolgen sollte; ferner daß 16 Menschen dort ertrunken, die Kirche und fast alle Häuser auf dieser Hallig zerstört worden seien. – Nach ihm wären auf Pellworm keine Menschen ertrunken in dieser Fluth, aber viele in Lebensgefahr gewesen. Die Deichbrüche wären dort, da die Deiche zuvor in gutem Stande gewesen, erst bei fallendem Wasser entstanden. – Auf Hooge wären ebenfalls keine Menschen umgekommen, aber 72 Häuser theils ganz, theils halb zerstört worden, und es hätten die Einwohner sich dort nur unter großer Angst und Noth auf den Trümmern ihrer Häuser und Werften das Leben erhalten. – Auf Nordmarsch scheint das Meer diesmal besonders arg gewüthet zu haben. Alle Häuser waren dort mehr oder minder beschädigt, viele gänzlich ruinirt worden, 16 Menschen und viel Vieh dort ertrunken. Eine Familie hatte bereits ein Kind durch das eindringende Wasser verloren, da trug der Hausvater ein anderes durch die Wellen in ein benachbartes Haus und setzte es, weil er es da am sichersten hielt, auf das Dach desselben; dann kehrte er wieder zurück, um auch die Frau und die übrigen Kleinen zu retten; jedoch die übrigen Kinder waren der Mutter unterdeß schon alle durch das tobende Meer entrissen worden, so daß nur er, seine Frau und der auf's Dach gesetzte Sohn gerettet wurden. Ein Mann, Namens Johann Meinhard, hatte seine Frau, sein einziges Kind und seine Schwestertochter auf dem Boden bei sich. Als nun eine gewaltige Woge das Haus niederschlug, wurden alle drei von seiner Seite weggerissen und in die grausige Tiefe versenkt. Er aber erfaßte in diesem Augenblick, fast bewußtlos, einen Sparren, hielt sich daran fest und rettete sein Leben. – Auf Föhr entstanden große Deichbrüche, das Wasser stieg 4 Ellen über die Marschfläche der Insel, drang in viele stehende Häuser ein, scheint aber, da die Dörfer dort fast alle an dem Rande der Geest liegen, kein Menschenleben daselbst geraubt zu haben. – Auf Sylt riß die Fluth ein dort liegendes Schiff hinweg und drang in viele Häuser ein; jedoch da theils die Häuser dort, freilich nach altfriesischer Weise auf Ständern, aber sehr dauerhaft gebaut sind, theils des bedeutenden Vorlandes wegen, die (am Rande der Geest mehrentheils liegenden) Dörfer vor dem Wogenschlage mehr als die Hallighütten geschützt sind: so blieben fast alle Häuser dort stehen. Nur die Hütte einer alten Frau zu Archsum auf Sylt wurde sammt der Bewohnerin derselben von den Fluthen fortgetragen. Es heißt in der Sage: Inge Mannis zu Archsum wäre sammt ihrer Wohnung von den Wellen fortgespült worden. Bei ihrer Abreise hätte sie aber mit großer Seelenruhe ihrem staunenden Nachbar zugerufen: „Gute Nacht, Buh Tamen!“ und wäre darauf in der Fluth verschwunden. – Auch auf Nordstrand, in Eiderstedt, Dagebüll und Wiedingharde hatte diese Weihnachtsfluth großen Schaden angerichtet, besonders an Deichen, Häusern, Hausgeräth und Vieh.

Die Christnacht der Hallig

Lulu von Strauß und Torney

Hohlbrandender Seegang und Sturmgebraus –
das Lämpchen flackert im Halligaus.
Breitspurig stand er dem Herd zur Seite,
er hieb mit der Faust auf des Tisches Bord:
„Du kennst mich, Weib, Klaas Nilsen hält Wort!
Schweig von dem Jungen! Fünf Jahre sind's heute –
er lief von der Slup in die Welt hinaus –
und ich hab's ihm gesagt: komm du mir nach Haus!
Und kämst du auf eigenen Planken her,
über meine Schwelle kommst du nicht mehr!
Was red'st du? Verzeihen? Bloß weil's ihn reut?
Er sollt sich besinnen zur rechten Zeit!
Nun heul' nicht, Weib, und laß mich in Ruh,
meine Haustür bleibt zu!“

„Daß Gott erbarm!“ Das Weib sah hinaus,
ans Fenster sprühten die Salzschaumflocken.
„Unfriede drinnen, Unfriede drauß' –
Klaas Nilsen, hörst du die Christnachtglocken?“
Auf hoher Wurte, umstöhnt von Sturm,
ein niedres Dach und ein Glockenturm,
und tief aus wuchtiger Mauern Stein
der Fensteraugen gedämpfter Schein.
Und im Sand der Hallig, von Haus und Hütten,
keucht's auf zum Kirchlein mit schweren Schritten,
gepeitscht von Schloßen und Hagelschlag.

Und unterm Südwester spähn sie im Schreiten
auf die dunklen brüllenden Wogenweiten:
„Der blanke Hans hat heut bösen Tag,
Gott helf uns, wenn sich der Wind nicht dreht!" –

Die Christnacht über die Hallig geht.
Im alten Kirchlein, die Wände kahl,
ein Kruzifix nur im Kerzenstrahl.
Klaas Nilsen tritt in den Männerstand,
den Graukopf bar, sein Licht in der Hand –
zwei Schritte von ihm ein andres Licht,
das sieht er nicht, das achtet er nicht.
Nils Klaasen, sein Jung', der steht da vorn,
und zwischen den beiden steht der Zorn.

Und der Halligpfarrer im weißen Haare
tritt mit dem heiligen Buch zum Altare.
Er hebt die Stimme – sie hören's kaum –
an die Fenster prasseln Schloßen und Schaum,
und wild wie höllische Christnachtfeier
umheult's da draußen das Steingemäuer,
daß die kalte Furcht in die Fenster schaut.

Der Greis tritt vor, und sein Wort klingt laut –
doch da – ein Schlag, daß die Mauern schüttern,
daß die Scheiben aus bleiernen Rauten splittern –
und es löschen die Lichter hier und dort,
und am Altartuch zerrt wild der Nord,
und aus hundert Kehlen ein geller Schrei:
„Die See! Die See kommt! Gott steh uns bei!"
Wer denkt an Ruh noch und Christtagsfeier?
Schrill schreit die Glocke vom Halligturm,
den Notruf wimmernd durch Nacht und Sturm,
und dröhnend branden an Wurt und Gemäuer
weißköpfiger Wogen rollende Reih'n –
und es schüttert der Stein!

Sie stehen zusammen, Weib und Mann,
und schluchzende Kinder drängen heran.
Klaas Nilsens Weib bei dem Manne steht.
Er hält noch sein Licht, doch es zuckt und weht,
und es löscht – der Docht nur verglastet rot –
„Klaas Nilsen", spricht sie, „das ist der Tod!"
Er schaut zur Seite, Klaas Nilsen der Alte,

zwischen den Brauen die finstre Falte –
Nils Klaasen, sein Jung', steht zwei Schritte fort,
sie schauen sich an – doch spricht keins ein Wort.

Und wieder ein Stoß, daß die Mauer bebt,
Gischtflocken weiß durch die Fenster sprühen –
der Greis am Altare die Hände hebt,
und um ihn betet's und schluchzt's auf Knien:
„Herr, führ uns Sünder nicht ins Gericht,
Gott sei uns gnädig, die Mauer bricht!"
Klaas Nilsen der Alte betet nicht mit,
auf den Steinen hallt nur sein schwerer Schritt –
„In Gottes Namen", er stößt's heraus –
„Die Hand her, Junge! Willkommen zu Haus!"
Des Jungen Stirne wird flammend rot:
„Ihr ruft mich – Vater – ihr wollt vergeben?"
„Das ist vorüber. Das war das Leben.
Nils Klaasen, hörst du? Nun kam der Tod!
Komm, Jung', wir wollen zusammenstehn
und sterben gehn!"

Ein Licht ums andre verglastet sacht,
und auf den Wassern liegt noch die Nacht.
Es verhallt im Donner von Sturm und See
der Halligfischer „Christ kyrie" –
Sie warten, warten – wann kommt der Tod?
Und endlich dämmert's, ein fahles Rot –
da schweigt der Notruf im Glockenturm,
und polternd stürzt es herab die Leiter
und schreit: „Gerettet! Aus West der Sturm!"
Und einer ruft es dem andern weiter,
und ein schluchzendes Jubeln geht durch die Reih'n.
Klaas Nilsen steht an des Sohnes Seite:
„Junge, schlag ein! 's ist Christtag heute.
War's nicht zum Tod, soll's zum Leben sein!"

Und das Weib daneben lauscht froh erschrocken,
sie faltet die Hände, ihr Auge lacht:
„Die Sonne geht auf aus Streit und Nacht –
Klaas Nilsen, hörst du die Christnachtsglocken?
Über der Hallig will's Weihnacht werden."
Dumpf ebbt der grollenden See Gedröhn.
Der Sturm veratmet. Die Glocken gehn:
Friede auf Erden!

Der Hardesvoigt von Simonsberge

Johannes Wehrmann

Es war kurz vor dem ersten Advent.

Der alte Pfarrer von Simonsberge ging durch das weitverstreute Dorf – von einem Gehöft zum anderen ging er, um die Bauern für den ersten Advent zum Gottesdienst in der alten Kirche draußen außerhalb des Deiches aufzufordern. Es war kein leichtes Unternehmen für den alten Mann, denn einmal brausten über den Deich herüber von der Nordsee her die Winterstürme, so daß der Alte wieder und wieder auf seinen Wegen stehen bleiben mußte, um Atem zu holen, aber vor allem wehte aus den Reden der Bauern, die er hören mußte, fast in jedem Hause ein so kalter Wind ihm entgegen, daß er am liebsten nach den ersten drei Besuchen seine Mühe gelassen hätte, aber er war ein treuer Diener seines Herrn und er wollte den einmal begonnenen Bittgang treulich zu Ende führen.

Vor ihm lag das riesige, stolze Gehöft des Hardesvoigts, der nicht nur für ein Dorf, sondern für eine ganze Landschaft, eine Harde, der Voigt und Verweser war.

Mühsam stieg der Alte die hohe, die ganz besonders hohe Warft zum Gehöft des Hardesvoigts hinauf. Als er vor der Tür unter dem gewaltigen Strohdach stand, blickte er erst, wie zum Besinnen, einen Augenblick gegen Westen über den Deich. Von hier aus konnte man über den ganzen Deich hinweg sehen – ganz in der Ferne schimmerte die Nordsee, davor das Watt mit den unzähligen jagenden und schreienden Sturmvögeln – wenn der Sturm einen Augenblick aussetzte, meinte man ihr wildes Schreien hören zu können.

Der Alte hustete – und trat in die Tür. Der Sturm wollte ihm die schwere Klinke fast aus der Hand reißen – mit der Kraft seines alten Körpers drückte er mühsam den Türflügel wieder zu.

Da stand er in der stolzen Diele des noch neuen Hauses.

Die schweren Balken, die die Decke trugen, rühmten mit ihrer Wucht von dem großen Oberstock, der auf ihnen lastete, die tiefen Türnischen zu beiden Seiten des breiten Raumes erzählten traulich von den stillen Stuben, die hinter ihnen auf den fremden Gast warten mochten, die große Bornholmer Uhr in der Mitte der Hinterwand rief mit hellklingendem Schlag die elfte Stunde des Vormittags durch das Haus; – keine Uhr aus den großen Stuben antwortete ihr, nur oben in einer Schlafstube wiederholte eine dunkle Glockenstimme die elf Stundenrufe. In einer der Gaststuben den Fremden durch eine Uhr an die Zeit zu erinnern, wäre unhöflich gewesen. Hatte man doch auch auf den reichen Höfen Zeit, Zeit, viel Zeit.

Aus der Küchentür hinten unter der Treppe kam Hardesvoigts Ulrike, ein schlankes, schnelles Mädchen. Freundlich begrüßte sie den Pfarrer, sie kannte ihn gut, zu den wenigen Getreuen der Sonntagsgottesdienste in der Kirche draußen vor dem Deich gehörte sie. So kam es, daß sie wie eine Tochter die Hand um den Rücken des Alten legte, als sie ihn in die große Staatsstube hineingeleitete. Sie wußte schon etwas von den Bittgängen des Pfarrers, und ihr freundliches Herz sprach in Gedanken ohne Worte wie tröstend zu dem Alten, wußte sie doch ganz genau, daß er keiner angenehmen Unterredung entgegenging.

Der Pfarrer setzte sich an den langen, schweren Eichentisch, der vor den behaglichen Bänken an der Seite des Raumes stand. Die Augen des Alten gingen über das weite, weltweite Bild draußen vor den Fenstern. Aus keiner Staatsstube in der ganzen Gegend konnte man so weit sehen, man war es sonst gewohnt, daß der Deich den Horizont bildete. Wer über ihn hinweg auf die See sehen wollte, mußte entweder zum Obergeschoß hinaufsteigen oder sich zum Deich selbst hinüberbemühen. Der Hardesvoigt sah aus seiner Staatsstube frei über die weite See.

Dieser Stolz des freien Blickes lag denn auch in seinen Mienen, als er zu dem Pfarrer eintrat, offen stand in seinen Augen die Frage zu lesen: Hast du solch eine Stube schon gesehen?

Der Pfarrer begann: „Hardesvoigt, ich bin gekommen, dich zu bitten, in der Adventszeit in unserer Kirche den Gottesdienst zu besuchen." Schwerfällig kamen die Worte heraus, fühlte der Alte doch, wie gleich bei Beginn seiner Bitte die Absage in den Augen des anderen zu lesen war.

Und der Hardesvoigt richtete sich auf: „Nei, Preister", so sagte er, „dat is hier toland nich Sitte, wie got nich in de Kark, uns Oellern nich und nich uns Grotoellern, dat is hier nich wesen und dat blivt ok so!"

„Ich weiß", sagte der Alte, „aber sollte es darum immer so bleiben müssen, weil es so war?"

„Ick weit nich, aber dat is got wesen, dat wie uns nich en Schnuppen holt in dien kole Kark! Wenn dat Dauwedder is, dann sitt wie in dien Kark op klaternatte Bänk, un wenn dat früst, dann sitt wie op Is, un ob dat so is oder so, ümmer erinnert uns de natte Büchs daran, datt vör uns dat Hokwater op de Bänk in dien Kark seeten hätt; nei dat is nich schoin in dien Kark!"

„Hardesvoigt, das ist nicht meine Kirche, das ist eure Kirche! Ihr habt es nun schon hundertfünfzig Jahre versäumt, eure neue Kirche hinter den Deich zu bauen. Als die Flut von 1634 das ganze weite Land verwüstete, da habt ihr eure Häuser schnell neugebaut und in Sicherheit hinter dem Deich euch eingerichtet. Eure Kirche habt ihr vergessen!"

„Sprich nicht von Rungholt!" Donnernd rief es der Bauer: „Wo war da Gott, als das weite Land mit hunderttausend Menschen und ganzen Herden von Vieh in den Fluten versank? Wo war da Gott? Wir haben ihn nicht vergessen! Wir wollen nicht an ihn denken! Wir wollen nicht! Hörst du? Denn er hat nicht an uns gedacht!"

„So – Hardesvoigt, so siehst du das an –" und der Alte richtete sich hoch auf: „Es fragt sich, was das erste war: daß ihr nicht an Gott dachtet, oder daß Gott nicht an euch dachte! Weißt du etwa nicht, was die Sage von Rungholt erzählt? Dachten die etwa an Gott –?"

„Sage! Sage!"

„Hast recht, was überliefert ist, das ist Sage, die Wirklichkeit wird anders gewesen sein – aber laß dir sagen, wie die Wirklichkeit gewesen ist! Als die Rungholter ihre Kirche leer stehen ließen, gerade so wie ihr es heute tut, da verloren sie die Verbindung miteinander und kümmerten sich nicht mehr um das Schicksal der andern. Sie sahen sich nicht, sie kannten sich nicht, und so kam es, daß sie nicht mehr ihre gemeinsame Not bedachten, sie versäumten den Deich, vergaßen in guten Jahren, wie hoch eine rechte Sturmflut zu gehen pflegte – jeder dachte nur an sich, da kam das Unglück über sie alle!"

„Preister! Haben deine Kirchenleute an mich gedacht und mir geholfen, als vor Jahren mein ganzes Haus abbrannte, hett mie ein wat darto geven? Dar hebben sei all mi nich kennt!"

Der Alte wurde sanft: „Hardesvoigt, ich bitte dich, nun versteh mich doch, das ist es ja, was du sagst, das ist es ja, was ich meine! Ihr kennt euch alle nicht, darum hilft einer dem anderen nicht und läßt ihn sitzen in all seiner Not!"

„Ick bün nich sitten bleben – kannst gern durch mein Haus gehen – ich hab mir selbst geholfen!"

„Aber Hardesvoigt, was hilft dir dein schönes Haus, wenn die Flut kommt und alles zerstört?"

„Go hen un segg dat to den Diekgraf Cornels – mi geit dat nix an!"

„Und was soll der dabei tun, wenn alle sagen: Mi geit dat nix an?"

„So!“ sagte der Hardesvoigt, „so – du weißt ganz gut, wie die Deiche gehalten haben, damals in ganz alten Zeiten, als die Geschlechter der Friesen und der Dithmarscher alle unter sich durch ihre Bundbriefe verbunden waren, du weißt ganz gut, da haben sie zusammengehalten, da haben sie gedeicht – aber da kam die christliche Mission ins Land, und der waren diese Geschlechterbünde zu heidnisch, weil wir mit unehelichen Müttern zu hart verfuhren, weil wir sie lebendig begruben, weil wir unsere Geschlechter stolz und rein hielten, das war euch Christen zu stolz, und da habt ihr alle gejubelt, als 1535 die Bundbriefe vernichtet wurden. Habt ihr nicht? – würdet ihr nicht noch heute jubeln, wenn wieder so etwas geschähe? – in den Geschlechterbünden, da haben wir zusammengehalten, in eure Kirchen da kommen wir nicht!“

„Hardesvoigt, du redest zornig und unversöhnlich über vergangene Dinge und dabei steht der Tod hinter dem Deich! Die Bünde sind vergangen, das neue ist gekommen! Kein nich kann dieken, de mutt wieken! Findet ihr nichts wieder, was euch zusammenführt und zusammenhält, dann geht eines Tages der blanke Hans über eure Deiche, wie er über die Deiche von Rungholt gegangen ist. Ich bitte dich, geh einmal den Deich entlang, es ist so ernst, wie ich dir sage!“

„Für mich nicht!“ lachend zeigte der Hardesvoigt zum Fenster hinaus. „Weißt du, was das bedeutet, daß du aus meinen Fenstern über alle Deiche siehst? Ich hab nach dem Brand meines Hauses meine Wurt erhöht, zwei Meter ragt sie über alle anderen Wurten der ganzen Gegend, wenn nur in diesen Jahren keine Flut über den Deich kommt, bis daß sich die neue Wurt gesetzt hat, dann ist für mich keine Gefahr mehr, dann mag er kommen, Trutz blanke Hans! mi kriegst nich, dann steiht min Hus in Storm un Water!“

Da stand der Alte auf und legte dem Hardesvoigt die Hand auf den Arm. „Mir ist, als verstünde ich mit einem Male die Sprache, die das weite Watt zu uns spricht! So wie du da sagst, so haben die Bauern und die großen Herren von Rungholt auch einst gesagt, die Deiche waren nur für den Pöbel, was ginge der sie an, und so bauten sie ihre eigenen Wurten hoch, mochte das Land des Pöbels versinken – und dann kam die Flut, und das arme Volk versank in der Flut und de Hooge Wurt blieb nach – Hardesvoigt, wann bist du reicher, wenn deine Wurt als eine neue Hallig Hooge aus dem Watt ragt, oder wenn um dich ein ganzes Volk wohnt, dessen Hardesvoigt du bist?“

So egoistisch er war, so ärgerte den Hardesvoigt doch dieser Anruf an seinen Egoismus.

Der Pfarrer merkte, wie das Gespräch darüber abriß, merkte auch, daß den Dithmarscher kein Beweis überzeugt, daß ihm die Gründe viel tiefer kommen müssen als aus klugen Gedanken. Er stand auf und ging zur Tür: „Hardesvoigt, ich sehe wohl, euch muß Gott rufen, Menschenrufen nützt bei euch nicht, und Gott gebe, daß sein Rufen nicht eines Tages zu spät komme, wie bei den Rungholtern – ach, Hardesvoigt, denk dran, wenn Sonntag die Glocken rufen!“

Der Hardesvoigt wehrte ab: „Dann müßt ihr schon läuten von Mittag bis in die Nacht!“

Der Alte hatte bei diesen Worten schon die Tür geöffnet. Die junge Ulrike stand auf der Diele und erwartete den Pfarrer.

Sie sprachen nicht viel miteinander, aber sie hatte ihres Vaters letztes Wort gehört, und dieses Wort und das Gesicht des Alten sagten ihr alles. Freundlich geleitete sie ihn an die Tür, führte ihn auch noch die Wurt hinunter, dann gab sie ihm die Hand: „Ich werde am Sonntag da sein!“

Der Pfarrer ging mühsam gegen den Weststurm weiter, betrübt über das Ergebnis des Gespräches, aber doch ging eine Freude mit ihm, nämlich die Freude auf Ulrikes Gesang, der am kommenden Sonntag zum Klang der alten, schlechten Orgel den Gesang der wenigen anderen Gemeindeglieder übertönen würde.

Und der erste Adventssonntag kam.

Es schneite – aber der Schnee blieb nicht liegen. Ein wilder Nordwestwind jagt ihn auf den Deich zu.

Dunkle Wolkenmassen drückten auf das Land herunter; wenn der Schnee einen Augenblick nachließ, sah man sie wie eine lebendige Wand vom Westen sich heranwälzen.

Seit einigen Minuten sah man je und dann einzelne, oder einige wenige Menschengestalten auf der Deichkrone. Wenn ihre Köpfe über den schützenden Deich ragten, ergriff sie der wütende Sturm, so daß sie ängstlich nach ihren Hüten und Mützen griffen. Aber nur einige Minuten dauerte dieses Hinan- und Hinübersteigen. Dann war der Zug der Kirchgänger schon zu Ende.

Jetzt stemmten sie sich jenseits des Deiches gegen die starken Arme des Sturmes. Von Zeit zu Zeit erhoben sie die Blicke und zwangen sich, durch das Schneetreiben nach der Kirche zu sehen. Im Chorraum sollte der Leuchter mit drei Lichtern brennen. Wenn sie den sahen, mußte der mühsame Kirchgang bald überstanden sein. Aber so nahe die Kirche draußen auf dem Vorland bei gutem Wetter zu liegen schien, so weit war der Gang zu ihr in solcher stürmischen Morgenstunde. Wenn nicht der Wind so klar mit seinem Wehen die Nordwestrichtung gezeigt hätte, es wäre Gefahr gewesen, daß sich jemand in der unsichtigen Luft ins Watt verirrt hätte.

Endlich schimmerte das schwache Kerzenlicht aus den Kirchenfenstern. Als man es sah, war man auch schon in den Schutz der Kirchenmauern gelangt. An der Südseite des alten Gemäuers wischte man sich schon einmal die Augen trocken. Allerdings kam dann noch der letzte schlimmste Gang um die Westseite der Kirche herum zum Turmeingang. Da schüttete der Schneesturm Wasser und Schnee in die Türnische, daß ein dicker Schmutzstrom von Schlackerschnee die Eingangsstufen hinablief. Dabei schüttelte der Sturm die Menschen in dem Mauerwinkel mit solch unbarmherziger Gewalt, daß man meinen konnte, man müßte seine Gespensterarme greifbar sehen.

In die Tür hineinzukommen war jedesmal ein Kunststück, das ohne starke Hilfe des Kirchendieners den Frauen bestimmt nicht gelungen wäre.

Sorgsam wurde die kleine Schar der Kirchgänger von dem treuen Manne hereingeholt.

Die Männer versuchten von den erhöhten Stufen aus einen Blick auf das Wattenmeer zu werfen, über das zu dieser Stunde die Flut heranbrausen mußte. Aber die Schneemassen in der Luft verwehrten den Augen den Weg, niemand konnte auch nur etwas davon sehen, was in der Ferne die tückische Flut unternahm.

Keine Uhr im Turm verkündete die Stunde. Nach Gutdünken der Männer im Gotteshaus begann man den Adventsgottesdienst.

Gegen das Pfeifen des Sturmes hinter den Fenstern und Wänden kamen zunächst die schwachen Töne der Orgel nicht auf – auch der Gesang der Gemeinde konnte anfangs ihn nicht übertönen, denn die wenigen kräftigeren Männerstimmen blieben zuerst noch aus, weil diese Männer es nicht lassen konnten, nach dem Klang des Sturmes die Windstärke zu schätzen. Aber als Ulrikens liebe und frohe Stimme eine ganze Strophe lang wie ein freundliches Mahnen den übrigen Gemeindegliedern in den Ohren gelegen hatte, da kam der Gemeindegesang zum Leben – und wenn jemand draußen an der Leeseite der Kirche auf den Gesang gehört hätte, er hätte gewiß die Zahl der Sänger größer eingeschätzt, als sie in Wirklichkeit war.

Als der Gottesdienst schon seinem Ende entgegenging, da horchten hin und her in den Bänken die Männer auf. Das Geräusch des Sturmes, an das man sich gewöhnt hatte, veränderte sich. Es wischte und raschelte nicht nur an den Fenstern, es heulte nicht nur oben in den Räumen über dem Deckengewölbe – nein es war noch ein ganz anderer Laut dazugekommen – ein Glucksen und Schwalken – waren das nicht schon spritzende Wellen –?

Da sagte hinten in der Kirche eine Kinderstimme ein ganz verwundertes „O sieh!"

Und allerdings war da etwas zu sehen – unter der Tür der Kirche langte ein schmaler schwarzer Finger hindurch – er schob sich stoßweise vorwärts, immer weiter in den Mittelgang hinauf – plötzlich breitet er sich, wurde eine ganze große Hand, – wurde ein Arm mit vielen Fingern – dann schwamm die ganze Kirchendiele vom Wasser – und die Armen, die mit schadhaften Stiefeln ins Gotteshaus gekommen waren, bekamen nasse Füße.

Den Gang der Feier störte das kaum, denn die Menschen der Nordseeküste wissen alle, was Hochwasser bedeutet. Freilich war es nicht gerade angenehm, daß jetzt keiner der Kirchgänger damit rechnen konnte, zum Mittagessen zu Hause sein zu können. Aber daß die See ihnen die Mittagsruhe verdarb, das hatten sie alle unzählige Male erlebt, das war nichts Besonderes.

Als der letzte Gesang verklungen war, war es höchste Zeit, daß sie den Kirchenraum verließen und zum Turm hinaufstiegen.

Der Küster hatte viel Mühe damit, die großen Türen des Turmeingangs mit einem starken Querriegel über die ganze Breite der Flügel zu verrammeln. Als er mit der Arbeit fertig war, spülte das Wasser schon fast in seine hohen Stiefel hinein. Langsam stieg er dann der übrigen Gemeinde nach zum Glockenboden.

Daß die Gemeinde diese Stiegen hinaufstieg, war im Laufe der Jahre seines Amtes nur einmal vorgekommen. Das war lange her! Damals war auch die Sonntagsgemeinde von der Sturmflut überrascht worden. Aber es war auch damals keine große Schar gewesen. Der Turmraum hatte sie auch damals gut aufnehmen und für einen halben Tag beherbergen können.

Für gewöhnlich stieg auf diesen Treppen nur der Küster auf und hinab. Dennoch war die Wand von den Händen und Rockärmeln der auf- und absteigenden Männer abgescheuert. In Gedanken rechnete er aus, daß er jedes Jahr mit Abendgeläut und Sonntagsgeläut an die tausendmal mit seiner Hand sich an der Wand entlangtastete. Durch die vielen Jahrhunderte war es, als wenn ein Heer von vielen, vielen Hunderttausenden sich über die enge Turmtreppe hinauf und hinabgedrängt hätte. Was Wunder, daß sie ihre Spuren wie eine feine Schrift vieler Hände in die harte Steinwand gezeichnet hatten. – Und wie lange würde es dauern, dann würde doch einmal ein Sturm, oder abbrechende Menschenhände diese Schrift der Jahrhunderte beseitigen, dann wird sie unlesbar auf den Steintrümmern im Wattensand versinken.

Jedesmal, wenn er an einem der kleinen Turmfenster vorüberstieg, dann zischte und heulte der Sturm ihm sein wildes Lied in die Ohren. Je höher er aber stieg, um so lauter wurde die gewaltige Sturmsymphonie, die oben durch die großen Fenster und Schallöcher brauste.

Er kannte diese Musik und wußte, welche Klänge, hoch und tief, er in dem wüsten Tonmeer zu erwarten hatte. Darum horchte er aber auch auf jedem Treppenabsatz verwundert in das Gebrause hinein. Waren da nicht Töne, die er aus den Orgelregistern des Sturmes nicht kannte? Klang da nicht eine Glocke in dem Tongedränge? Eine Glocke hat es an sich, daß ihr Ton sich aus dem wildesten Tonmeer heraushebt. Waren das nicht sogar zwei Glocken? Alle Glocken? Wer läutete denn? Die Sitte des Sturmläutens gab es nicht in Simonsberge, denn wenn es stürmte, konnte für gewöhnlich kein Mensch mehr zur Kirche hinüber.

Neugierig reckte der Alte seinen Kopf, als er aus der Treppenluke zum Turmraum auftauchte. Richtig! da wurde geläutet. An den Glockenseilen, an allen dreien, zogen gestraffte Arme. Aber die Läuter waren besonderer Art. Wohl noch nie hatte der Turm eine solche Läutergruppe gesehen. An der großen Glocke zog der alte Pfarrer. Neben ihm an der zweiten zog Ulrike, des Hardesvoigts Tochter, an der dritten wechselten die Kinder aus dem Kirchenchor. Der Pfarrer aber und Ulrike ließen sich eine halbe Stunde lang nicht ablösen, und dabei sahen sie sich mit eigentümlichen Blicken an, halb lächelnd und zugleich ernst und entschlossen. Endlich wischte der Pfarrer sich den Schweiß von der Stirn – aber erst als er einen Mann der Gemeinde neben sich hatte, dem er das Glockenseil in die Hand drücken konnte mit den Worten: Das Läuten darf nicht aufhören, bis die Nacht kommt! da ließ sich auch Ulrike ablösen und ging tiefatmend an das Fenster nach der Landseite. Da sah sie

hinüber nach dem Dorf. Das Schneegestöber hatte etwas nachgelassen und man konnte drüben die Häuser erkennen. Da lag der Pfarrhof, und die kleinen Höfe alle, und mitten drin auf seiner hohen Warft ihr Elternhaus, die Hardesvoigtei.

In der großen Stube beim Hardesvoigt brannte ein Licht. Der Vogt hatte in der großen alten Chronik gelesen. Er wußte wohl, was da von der Küste erzählt wurde, kannte wohl Geschichte und Sage, und war wohl gewohnt, die gewissen Überlieferungen der Geschichte mit den nachdenklichen Zügen der Sage zu ergänzen. Daß die Sage von Rungholt den Sinn haben konnte, den der Pfarrer darin gefunden hatte, auf den Gedanken war er nie gekommen, er nicht und seine Vorfahren nicht, man hatte sorglos gemeint, schlecht und recht seiner Wege gehen zu dürfen, ohne sich um die anderen zu kümmern. Wenn nun aber der Pfarrer wirklich recht hatte? Wenn es doch so war, daß diese Gleichgültigkeit gegen die anderen durch die Jahrhunderte das Land Millionen von Menschen gekostet hatte?

Die alten Bünde hatten gehalten und mit ihnen die Deiche – die Bünde waren dahin – keine Kunst der Menschen holte sie wieder! Die Kirche mit ihrer Gemeinschaft war jeden Tag zu schaffen, wenn man sich nur mit Ernst daran machte – und hatte er als Hardesvoigt nicht die allergrößte Verantwortung in dieser Sache? Wenn er mit seinem Hause den Ernst der Kirchenfrage anerkannte, dann kamen über kurz oder lang die anderen auch! Wenn er nur erst wieder an jedem Sonntag auf seinem Platz in der Kirche saß, dann kam bald der Deichgraf auch – und wenn er nur erst wieder sonntäglich allen in die Gesichter sehen konnte, die er mit seiner Deichgrafenarbeit zu schützen hatte, dann – – es war ein heilloser Zustand mit dem Deich – er wußte wohl, warum er bei dem Aufschütten seiner Wurt sich gesagt hatte: Besser sich auf sich selbst verlassen, als auf andere Menschen!

Als das Dunkel des Schneegestöbers sich ein wenig lichtete, war er an das Fenster gegangen – da stand er nun, und sah in die Landschaft hinaus, für deren Wohl und Wehe er als Hardesvoigt verantwortlich war.

Der Schneeschleier hob sich – man sah bis hinüber zum nächsten Gehöft, jetzt erkannte man den Deich – hier und da ging schon jemand auf dem Deich entlang – das Wasser stand doch nicht schon bis an die Krone? – Da tauchte aus dem Nebelschleier über der See der große Himmelsweiser, der alte Kirchturm auf – und wie der Hardesvoigt den Turm sah, da wurde er auch auf einen Klang in der Sturmsymphonie aufmerksam – was klang da mitten in dem Sturmesheulen? Waren das die Glocken? Die Glocken um Mittag, nach der Kirchzeit?

Als er ihren Klang erst mit dem Ohr ergriffen hatte, da wunderte er sich, daß er sie nicht schon lange gehört hatte.

Er ging an die Tür und rief zur Diele hinaus: „Ulrike! wo ist Ulrike?"

Die Magd kam über die Diele gegangen: „Ulrike ist drüben in der Kirche."

Der Hardesvoigt sah mit verwunderten Augen das Mädchen an. Aber er antwortete nichts. Dann ging er mit gebeugtem Kopf in seine Stube zurück.

Er stand am Tisch vor der alten Chronik; scheinbar las er – aber er las nicht, seine Gedanken waren bei dem Geläut, das jetzt, wie ihn deuchte, seine ganze Stube füllte, so daß fast nichts anderes zu hören war als nur das Geläut!

„Warum läuten sie?“ Er wußte es wohl, warum sie läuteten, er dachte wohl an sein letztes Wort im Gespräch mit dem Pfarrer – er wußte wohl, es wird nun läuten bis in die Nacht hinein, sie werden nicht eher nachlassen, nicht eher nachlassen, mich an mein Wort zu mahnen und – an unsere ewigen Pflichten. –

Aber um dem quälenden Gewissensruf auszuweichen, suchte er die schrecklichsten Gedanken auf, die seine Vaterseele kannte: „Warum läuten sie?“ sagte er sich immer wieder, „es wird doch kein Unglück geschehen sein? rufen sie um Hilfe? – hat etwa gar Ulrike – Ulrike versucht, noch durchs Watt nach Hause zu kommen? “ – Er konnte über den Deich hinwegsehen, wie hoch an der Kirchenmauer die Flut schon stand, konnte sehen, daß die Wellen schon in die Kirchenfenster hineinschlugen – „bei dem Seegang Hilfe bringen? – Unmöglich!“

Aber da fährt ihm ein anderer Gedanke durch den Kopf: „Wenn die Flut in die Kirchenfenster hineinschlägt, dann – dann steht sie hier am Deich bis zur Krone! Herr Gott, bis zur Krone!“

Er greift nach dem dicken Wollsweater und der Mütze. Rasch! Er muß zum Deich! Er sieht noch einmal durchs Fenster. – Richtig, da laufen sie schon in Aufregung auf dem Deich. Sandsäcke! Da schon ein Wagen – und ich noch hier in der Stube. – Die Tür schlägt, ein Windstoß fährt durchs Haus. – Der Hardesvoigt rennt die steile Böschung seiner hohen Wurt hinunter. Er sieht zurück nach seinem schönen Haus. – Wenn der Deich bricht, bin ich zum letzten Male durch meine Haustür gegangen – wenn der Deich bricht – gehört der Hardesvoigt auf die Deichkrone! –

Von der Orgelempore kam der Kantor zum Turmraum herauf. Er machte ein besorgtes Gesicht und ging von einem zum andern und rief jedem ins Ohr – anders konnte man sich nicht verständigen: „Das Wasser steht in der Kirche bis an die Fenster!“ Jeder wußte, was das bedeutete, und jeder suchte einen Platz an den Ostfenstern, um nach dem Deich hinübersehen zu können: – Noch stand der Deich, das konnte man sehen – aber wenn der Sturm nicht nachließ? Dann würden sie hier auf dem Turm die einzigen Überlebenden von Simonsberge sein! „Gott mag verhüten, daß unser Geläut das Totengeläut der ganzen Landschaft wird!“

Einige aus der kleinen Gemeinde stiegen im Turm zur Orgelempore hinab. Sie wollten doch sehen, ob das Wasser wirklich so hoch stand und ob es noch stieg.

Die Orgelempore war niedrig – nur einen Meter erhob sie sich noch über dem graudunklen Wasser, das in ganz schwacher Dünung den Kirchenraum füllte. Der Gekreuzigte über dem Altar hatte den Kopf geneigt, als sähe er wartend auf die steigenden Wasser hinab. Je und dann schwalkte schon eine Welle durch zerschlagene Kirchenfenster herein in den feierlichen Raum – an den Fenstersplittern kreischte und pfiff dazu der Wind.

Da plötzlich dröhnte ein anderer Laut in das wilde Konzert von Sturm und

Geläut. Es hatte etwas gegen die Turmwand gestoßen – ein ungeheurer Schlag war es gewesen – und nun scharrte und wühlte etwas mit wüstem Toben an der Nordseite der Kirche entlang.

Da – ein zweiter Stoß – zitterte nicht das ganze Gebäude? wieder das Scharren an der Nordwand – da – ein Klirren, eine große Scheibe der Nordseite zersplittert und ein geheimnisvolles Etwas, halb dunkel, halb glitzernd, wird von der Welle durch die Scheibe geworfen – jetzt schwimmt es drinnen im Raum und Wellen schaukeln darum – Eis!

Und wieder dröhnt der ganze Bau und wieder, wieder.

Da kracht und dröhnt es gegen die Tür. Sie ist schon fast ganz unter Wasser, und das Holz gibt unter den Stößen des Eises einen dumpf stöhnenden Ton von sich.

Eine gewaltige Eismasse hat sich in der Türnische gefangen. Mit jeder Woge schwankt sie zurück und rennt von neuem gegen das Holz. Stoß um Stoß dröhnt durch den Raum – noch hält die Tür, noch hält sie – immer noch – immer noch – – nun nicht mehr. –

Ein Splittern, ein Bersten – alle Laute im Kirchenraum scheinen sich, wie in Verwunderung, zu wandeln, – der Raum ist offen – eine große Eismasse schwalkt unter dem Orgelchor herein – dreht sich, tanzt, sieht sich um im Raum – wird immer lebhafter, als erkenne sie, daß sie hier gefangen ist – dann fängt sie an, ganz gewaltig sich zu heben und zu senken – der ganze Wellengang der See draußen dringt jetzt durch die offene Tür in die Kirche herein. Neue Eismassen dringen mit –

Der erste große Eisblock ist bis vor das Kruzifix am Altar gelangt, das jetzt in dem Wellengang bald ganz frei steht, bis auf den Altartisch hinunter sichtbar, bald unter dem Kopf einer Woge völlig verschwindet.

Der Eisblock steigt vor dem Heiland auf und ab, als hielte er sich ehrfürchtig vor ihm zurück – aber nur um seine Stellung richtig zu wählen – als die nächste große Welle in die Kirche hereinschwillt, höher und gewaltiger als alle vorhergegangenen – da hat sich der Eisblock von oben auf das Kruzifix gelegt – er ist davon gespalten – aber der Heiland ist verschwunden – die Wellen steigen und fallen vor einer leeren Fensterwand.

Da geht ein Seufzen und Klagen durch die kleine Gemeinde auf dem Orgelchor: „Der Heiland ist verschwunden, der Heiland ist gefallen!"

Dem Kantor zuckt es um den Mund: „Der Heiland ist nicht gefallen, es ist erster Advent – der Heiland kommt, er kommt!"

Und er meint einen guten Einfall zu haben. Er setzt sich an die Orgel und schickt einen Jungen zu den Bälgen, sie zu treten, dann beginnt er zu spielen: „Wie soll ich dich empfangen, und wie begegn' ich dir."

Die kleine Gemeinde beginnt auch zu singen, aber nicht, wie er erwartet hatte, den ersten Vers, sondern den, aus dem er ja vorhin den Anfang gesagt hatte: „Er kommt zum Weltgerichte, zum Fluch dem, der ihm flucht!"

Mit Entsetzen hört es der Kantor, wie einer der Jungen ihm diesen Versanfang mit gellender Stimme ins Ohr singt – er läßt die Tasten los – der Gesang verstummt – nicht getröstet haben die Töne, vielmehr in allen Herzen den Schreckensklang geweckt: Weltgericht – Weltgericht –

Der Lärm in der Kirche ist jetzt so groß, daß man kaum mehr das Geläut aus dem Turm hört – nur dann und wann dröhnt ein tiefer Ton herab. Inzwischen haben die Eismassen im Kirchenschiff ein wunderliches Werk begonnen. Mit jedem Wellental greifen sie tief zu den Bänken in der Kirche hinunter – und fast kein Griff ist vergeblich. Fast jedes Mal heben sie Teile des Gestühls vom Grunde herauf – ganze Bänke steigen steil aufwärts aus der Tiefe, neigen sich übereinander, stoßen mit dem Takt der Wellen zum Fenster hinaus, werden von draußen wieder hereingestoßen – alles kracht und splittert gegeneinander, übereinander, die hochhängenden Bilder werden von den Wänden gehakt, eins hebt mit derber Faust ein Holzteil vom Gestühl herunter – ein anderes fegt wie mit Geisterhand der Sturm von der Wand – von neuen Eisblöcken draußen dröhnt und zittert der ganze Bau – aber seine Wände sind fest – wenn auch Holz und Glas zersplittert und zerbirst – kein Stein rührt sich von seinem Platz – der jahrhundertealte Mörtel und Kalk hält und tut seinen Dienst.

Die Kälte treibt allmählich alle von der Turmhöhe hinunter in den Kirchenraum – und mit Ausnahme der Läuter, die treulich alle halbe Stunde abgelöst werden, ist nun alles auf der Orgelempore versammelt.

Nur eine geht nicht mit hinunter in den wärmeren Kirchenraum, sie kann es nicht lassen, immer oben im Turm zum Ablösen beim Läuten bereit zu sein – sie läutet und läutet – und in ihrem Gesicht steht eine Herzensangst, die sie selbst nicht begreift, die sie aber nicht bannen kann, das ist des Hardesvoigts Tochter.

Sie weiß, daß in ihrer Familie, wie in vielen an der Küste, die unheimliche Gabe des zweiten Gesichts wohnt. Sie erinnert sich kaum einer Gelegenheit, wo sie diese geheimnisvolle Anlage in sich beboachtet hätte. Heute aber ist ihr, als sähe sie immerfort ihren Vater – sie kann seine Umgebung nur undeutlich erkennen, aber doch sieht sie immer ein wildes Wogen, als wäre Wasser um ihn, hinter ihm, schlüge über ihn – und in den Wogen sieht sie wunderliche Bilder – Engel und Teufel – als stritten sie um seine Seele.

Die Dunkelheit ist vom Land herübergekommen. Der Westen liegt noch in hellem Licht über der weiten See – aber im Osten breitet sich die schwarze Nacht.

Einer nach dem anderen kommen die Männer von unten herauf, um aus den Turmfenstern nach dem Lande hinüberzusehen. Und jeder, der kommt, zeigt dem Nachbarn mit Erleichterung die vielen Lichter, die drüben in den Höfen angezündet werden. Ulrike hört, wie sie sagen: „Die Deiche haben gehalten. Sie gehen schon wieder in die Häuser." Es tröstet sie nicht – ihr ist, als gälte es noch eine ungeheure Gefahr zu bannen.

Der Pfarrer kommt herauf und sagt ihr: „Jetzt ist genug geläutet, wir haben geläutet von Mittag bis in die Nacht, wie dein Vater es gewollt hat!"

Ulrike schüttelt den Kopf – ob auch die beiden großen Glocken verstummen, die kleine gellt weiter ihren Ruf über das brausende Meer.

„Das Wasser steht!“ ruft ihr einer der Männer zu, „es steigt nicht mehr!“

Sie läutet dennoch weiter und ihre Lippen zittern im ängstlichen Gebet. –

Und ihre Ahnung war richtig, sie täuschte sich nicht.

Der Hardesvoigt war in größter Eile zum Deich gelaufen und gerade gekommen, als an der ersten Stelle die Deichkrone zu reißen begann.

Ruhig ordnende Hände packten Sandsack neben Sandsack in das Geriesel des Wassers – aber als endlich die Gefahr gebannt war, schlug ein gewaltiger Eisblock hundert Schritt davon eine Bresche in den Deich. Die Peitschen schlagen auf die Pferde ein, der Wagen mit Sandsäcken schwankt auf der ungepflegten Deichkrone zur neuen Gefahrenstelle. Das Eis verstopft selbst eine Zeitlang den Einstrom des Wassers – aber das kann nicht lange dauern – und es dauert auch nicht lange, eine gewaltig heranbrausende Woge hebt den Block und stürzt ihn über den Deich in das Hinterland. Mit Entsetzen sehen es die Männer – so pflegen die großen Deichbrüche zu beginnen.

Ganz in der Ferne winken aufgeregte Männerhände – was winken die? – hier ist Arbeit genug – trotzdem werfen sie schnell so viel Sandsäcke von dem Wagen herunter, als sie hier zu gebrauchen gedenken, dann kämpfen die Pferde sich weiter gegen den Sturm – aber sie kommen nicht weit, denn eine starke, breite Wellenfront hat eine ganze Barre von Eisblöcken auf den Deich geworfen – Männerhände arbeiten, daß die Sehnen zu reißen scheinen – der Weg wird wieder frei – aber kaum sind sie hundert Schritt gefahren, da wirft eine noch viel gewaltigere Welle den ganzen Deich voll schimmernder Eisplatten, eine ganz große glatte Fläche stürzt sich, fast als wäre sie lebendig, gerade vor die Füße der Pferde – die Tiere scheuen, sie springen weit zur Seite – aber der Deich ist nicht breit – die Eisplatte, als hätte sie eigene teuflische Kräfte in sich, bewegt sich weiter, hebt sich und springt, in fünf große Teile zerberstend, den Pferden vor die Hufe – da sind die Tiere nicht mehr zu halten, sie brechen zur Seite aus, die Deichsel ganz herumreißend, der Wagen schwankt, die Deichsel bricht – da stürzt der Wagen vom Deich hinunter in das Grabenwasser, das hinter dem Deich fließt.

Ganz hinten die Männer winken und winken – es muß ernst sein – der Deichgraf ordnet und verliert keinen Augenblick die Ruhe – er kennt seinen Dienst – er ist nicht schuldig an dem Zustand des Deiches – aber er redet nicht davon, wer Schuld hat – er tut seinen Dienst wie der einfachste Arbeiter – aber der Hardesvoigt, der dicht neben ihm ebenso still und unermüdlich arbeitet und schafft, der weiß, wo die Schuld liegt, und unaufhörlich redet er es in sich hinein: „Ich weiß, wer schuldig ist – – wir alle!“

Er ist schon so ermüdet, daß er sich kaum mehr bücken kann – aber trotzdem macht er sich auf den Weg nach der Stelle hin, wo die Männer so aufgeregt winken.

Freilich ist der Entschluß leichter gefaßt, als ausgeführt – in seinem Weg liegen die Eisblöcke so hoch, daß er nur ganz langsam vorwärts kommt. Minutenlang sieht er gar nicht mehr nach dem Ziel, das er erreichen will, vielmehr steigt er nur mühsam und unermüdlich über Eis und wieder Eis, während die Wellen hochspritzend ihm sein Zeug übereisen und sein Gesicht peitschen.

Als er einmal die Blicke erhebt, um nach den winkenden Männern zu sehen, da sind sie fort – wo sind sie geblieben? – im Feld unten sieht er sie laufen – sie haben offenbar das Unglück des Sandwagens gesehen und wollen nun selbst Deichmaterial holen – –

Der Hardesvoigt hält einen Augenblick an – wo ist nun die Stelle, um die die Männer besorgt waren? – Er steigt auf einen Eisblock – da sieht er dicht vor sich, zwischen Eismassen versteckt, aufgewühlte Grasnarbe – da ist die Stelle – es ist deutlich zu erkennen, wie die Männer versucht haben, den Bruch mit Eis zu verstopfen – noch stehen die großen Platten aufrecht festgekeilt – aber da kommt gerade eine besonders starke Welle heran, greift wie mit teuflischen Fäusten das ganze künstliche Bauwerk zusammen und – schüttet es über den Deich ins Hinterland – und da fließt die Rinne, schon tief eingeschnitten in die Deichkrone – jede Welle reißt sie breiter – das Gras neben der Rinne sinkt langsam in den fließenden Strom.

Unten am Deich, in der sogenannten Deichgerechtigkeit, liegen Spaten – soll er hinunterlaufen und Schaufel um Schaufel Erde hinaufschleppen? – und wenn er in der Minute hundertmal hinauf- und hinunterlaufen könnte, es würde nichts nützen, nichts, nichts, denn lose Erdmasse würde das Meer wie Spielzeug durch die Rinne spülen – wenn nicht eine feste Masse wie ein Sandsack in das fließende Wasser fällt, so steht es nimmer – –

Ratlos sieht der Hardesvoigt, wie zu seinen Füßen das Rinnen stärker und stärker wird – –

Ist es so immer gewesen, wenn ein Stück Welt der Westküste untergehen sollte – war es wohl immer so, daß Eis und Unglück die Sandwagen von der gefährdeten Stelle fernhielten, bis das Wasser seinen Weg hatte – war es wohl immer so? – kam schon das grauenhafte Verstehen der untergegangenen Familien und Geschlechter über ihn – grüßten sie schon, die Hunderttausende, die vor ihnen in dem weiten Friedhof des Wattenmeeres in den eisigen Tod gegangen waren? Grüßte zum letzten Male sein Hof und Haus zu ihm herüber – galt es Abschied nehmen von der schönen Welt? – Nur noch einige Minuten lang mag der langsam sich vertiefende Wasserstrom im Deich zu bändigen sein – gehen die Minuten vorüber – dann ist alles verloren – dann fahren des Todes Prachtwagen hinter vieltausend Wellenrossen in die Landschaft hinunter und über die Dörfer dahin – –

Mit der Anstrengung der Verzweiflung bückt der Hardesvoigt sich nach den Eisblöcken vor seinen Füßen – er will es noch einmal versuchen, eine Eisbarre in die Bresche zu bauen – und er stemmt und hebt, er drängt und rückt – bald steht der Strom – immerhin ein Gewinn von Minuten – aber jedesmal kommt eine neue Welle, stürzt das ganze mühsam Gebaute wieder durcheinander – wieder baut er – noch einmal baut er – noch einmal hält das Bauwerk – wieder zerschüttet es eine Meereswoge – da verlassen ihn seine Kräfte – er sieht nicht mehr, daß in einiger Entfernung, allerdings noch viele Minuten weit, die Männer mit Sandsäcken beladen kommen – er fühlt nur, daß er nicht mehr sich rühren kann, daß seine Sehnen reißen – sein Herz hämmert – aber es gilt doch seinen Hof zu retten – die neue Wurt hält noch nicht – die Flut darf nicht kommen – sie darf nicht – und dann kommt es wie ungeheure Verantwortung über seine Seele – die Männer, die da unten in der Tiefe hinter dem Deich eilen und hasten – auch ihre Höfe – ihre Kinder und Frauen, ein ganzes Geschlecht – das Volk einer ganzen Landschaft – und er sieht nicht mehr seine Wurt – er sieht nicht mehr sein Haus, seine Felder – jetzt sieht er das ganze Dorf – die ganze Landschaft, vom Deich bis hinten an den Donn, die fernen Dünen, bis zu denen einst vor sieben Jahrhunderten die Flutwellen über die ungedeichten Lande wogten – damals haben die Väter das Land erobert – sollen wir es verlieren, weil wir zu schwach waren, nein zu gleichgültig waren, die alten Deiche zu betreuen? – jetzt rinnt es einen Meter tief – es rauscht – Eis zerschrundet die Ränder unter der überhängenden Grasnarbe – es ist alles aus – verzweifelt stürzt der Hardesvoigt vor dem dämonischen Element nieder, als könnte man mit ihm reden – als könnte man es erbitten – es braust weiter, immer schlimmer – da bückt sich der stolze Mann vor einem anderen, er schreit zu Gott in letzter furchtbarster Not – hat nicht einmal ein Heerführer durch ein Wasser eine Brücke aus Soldatenleibern gebaut – kann nicht ein Menschenleib das grausame Wasser dämmen? – so hat er nicht nur bei sich gedacht – so hat er Gott gefragt – und dann kaum mehr wissend, was er tat, hat er sich in den Strom hineingewälzt, den Rücken gegen die eindringende Flut gestemmt. Zwar läuft das eisige Wasser ihm sofort über die Schultern, aber er merkt, wie neben ihm dicke Eisblöcke sich festkeilen, wie hinter ihm eine dicke Masse von Eis sich festpackt, in wenigen Sekunden kann er sich nicht mehr rühren, es beugt ihn vornüber, er hat Mühe, seinen Mund vom Wasser freizuhalten, aber die Wassermengen, die über seine Schultern hinweg rinnen, sind nicht mehr gefährlich – wenn er's nur halten kann, bis die Männer aus dem Feld heraufkommen, dann ist die Landschaft gerettet – da vergeht ihm das Bewußtsein – nur einmal noch schimmert etwas aus der Wirklichkeit herüber: läuten da nicht Glocken? – dann wird es in ihm still – –

Als der Abend über das Land dahergeschritten kommt, da tragen drei Männer in Mäntel gewickelt einen Menschen den Deich entlang – er lebt noch, aber er ist an allen Gliedern steifgefroren und kann sich nicht bewegen – – –

In tiefem Schnee liegt die ganze Marsch.

Sonnenschein gleißt über die stillen Flächen.

An der Wand und unter der Decke schimmert der Widerschein der gleißenden Fläche.

Am Tisch sitzt der Hardesvoigt, in Decken gehüllt, dem Ofen nah.

Er kann durch die offene Seitentür nach der Küche hinüberhören: „Was machst du jetzt, Ulrike?"

„Ich rühre Kuchenteig!"

„Kommt denn immer noch neuer Besuch?"

Da geht die Tür. Ulrike bringt nach einigen Minuten den Deichgrafen herein. Ruhig grüßen sich die Männer.

„Veel Arbeit?" fragt der Hardesvoigt.

„Beeter, as veel Dode!" und ein dankbarer Gruß blickt aus den Augen des Deichgrafen.

Die Unterhaltung der beiden Männer fließt nicht.

Ulrike kommt mit einem Frühstück.

„De Kinner singt bi de Buern to Advent?" fragt Ulrike.

„Sünd güstern bi mi wesen!" antwortet der Deichgraf. „Apel un Nöt un Botterkoken!" Das verwetterte Gesicht lacht.

Ulrike geht wieder an ihre Arbeit.

Die Uhr draußen auf der Diele schlägt zehn.

Mit schweren Schritten geht wieder jemand unter den Fenstern der großen Stube – die Türglocke schellt.

Boi Timm kommt herein: „Hardesvoigt, ick wull die de Hand geben –" viel mehr hat Boi Timm in der ganzen halben Stunde, die auch er bei Butterbrot und Kaffee in der Stube beim Hardesvoigt verweilt, nicht gesagt. Aber es lag eine ganze Welt von Gedanken in diesem einen Gruß und in seinem Verweilen. Der Kätner Boi Timm hatte zwar als Kind einst mit dem Hardesvoigt gespielt, aber seit zwanzig Jahren war nie einer in des anderen Haus gekommen, der eine war Kätner und der andere war Hardesvoigt. Heut saßen sie wieder beieinander und fühlten, wie etwas Großes, Besonderes zwischen ihnen geschehen war.

Am Nachmittag, als die Männer von den Deichen nach Hause gehen, da kommt auch ein ganzer Trupp aus dem Watt. Als sie auf der Deichkrone erscheinen, fragt der Hardesvoigt in seine Stube hinein: „Wo kommen denn die her?"

„De komt ut de Kark!"

„Ut de Kark?"

„Jo – ut de Kark!"

Niemand hält es für nötig, ein erklärendes Wort hinzuzusetzen, vielmehr greifen sie nach dem Butterkuchen und nach den Kaffeetassen.

Gegen Abend kommt der Pfarrer. Er findet keine leere Stube. Acht Männer und fünf Frauen leisten dem Kranken Gesellschaft.

Auch der Pfarrer bringt das Gespräch nicht in Fluß. Aber gerade mit seinem Schweigen ist er den schweigsamen Männern ein unterhaltsamer Mensch.

Als der Mond aufgegangen ist und die weiten Flächen in sanften Dämmer taucht, kommt Kindergesang den Weg vom Deich herauf. Vor der Tür ist dann bald danach ein Schurren und Gerede – die Haustür wird aufgemacht und Weihnachtslieder klingen in das stille Haus hinein.

Ulrike hat einen Fichtenzweig über der Tür der großen Stube angebracht – jetzt zündet sie das Licht auf dem Zweige an. Die Männer stehen auf, auch der Hardesvoigt wickelt sich aus seinen Decken und steht zuhörend am Tisch. Ulrike winkt ihm, er soll sich wieder einwickeln – er lächelt: „Dat wärmt beter, as dien Decken!"

Als die Lieder verklingen, da geht ein Lärm und Geschwatz auf der Diele an, wie es der schöne Raum wohl noch nie gehört hat. Die Kinder bekommen Kuchen und Äpfel und Nüsse.

Die sauber gescheuerte Diele sah allerdings bald so aus, daß sie einer dithmarsischen Hausfrau das helle Entsetzen verursachen konnte. Aber heute waren die Weihnachtslieder stärker als alle Hausfrauenbedenken.

Nach einigen Tagen ging der Hardesvoigt schon wieder gesund und fröhlich den Deich entlang. Das war ein seliges Gehen, als wär die ganze Welt voll von Weihnachtszauber.

Die Kälte hatte nachgelassen, und nun konnte die Arbeit an den Deichen mit aller Kraft betrieben werden. Aber deswegen wurde nicht etwa weniger in der Kirche draußen im Vorland gearbeitet. Wie hätte man sonst kleinlich und scheu davon gesprochen, daß man nicht zwei Arbeiten auf einmal betreiben könnte. Jetzt waren die gewaltigen Kräfte einer Gemeinde aufgewacht, man sah mit Staunen, was man konnte. Und der Hardesvoigt sah es mit Freuden und verstand, was er sah.

Wie ging es ihm durchs Herz, wenn er jetzt von jedem Trupp arbeitender Männer wie ein Freund, wie ein lieber Bekannter begrüßt wurde. Die Freundlichkeit galt ihm, es war leuchtende Dankbarkeit, und doch fühlten alle, daß es mehr war, daß es das Erleben eines Neuen war, das von Gott herab und aus der Tiefe der Menschenseele herauf die ganze Bevölkerung der Gegend ergriff.

Als der Weihnachtsabend herankam, waren die notwendigsten Sicherungsarbeiten am Deich alle erledigt und die sorgfältigste Überholung des ganzen Deiches geordnet. Man hatte vor sich selbst und vor den anderen ein gutes Gewissen. Und je mehr das ein Neues war, um so tiefer griff das Geheimnis der Weihnachtsgemeinde ihnen allen an das Herz.

Auch in solchen Gegenden, wo seit Menschenaltern von Kirchlichkeit nichts, gar nichts zu sehen gewesen ist, lebt doch in den Menschen die eigentümliche Empfindung, als wenn sie in einer vollen Kirche in stille, schöne Wunder ihrer Jugend zurücksähen. Die Seele trägt die Bilder der Wahrheit in sich, auch wenn sie sie mit ihren Augen nie gesehen hat.

So standen denn die Männer und die Frauen von Simonsberge am Weihnachtsabend in ihrer Kirche, ganz ergriffen von dem, was sie sahen – es tauchte wohl gar die Frage in ihnen auf: Warum haben wir das nicht schon immer gehabt – und manche, die die norddeutsche Art kannten, sagten wohl gar schon mit dunklen Ahnungen: Warum können wir das nicht immer behalten?

Die Kirche war mit Tannengrün geschmückt. Es war nicht leicht gewesen, so viele Zweige zu beschaffen. Die Westküste hat nicht so viele Wälder. Der Kanzel gegenüber, neben dem Altar, stand ein Tannenbaum. Von der neuaufkommenden Sitte hatte man gehört, und mit Staunen sahen alle das neue Wunder, den Lichterbaum.

Die etwas verspätet vom Deich her zur Kirche hinübergingen, konnten gar nicht begreifen, was das für ein Lichterglanz hinter den schmalen hohen Scheiben des Chores war. Sie eilten über die weichgetaute Grasfläche, und wenn sie

Wilhelm Claudius, Weihnacht in der Hallig-Kirche.

durch die offene Tür in den weihnachtsseligen Raum hineinsahen, dann standen sie lange still, und Tränen der Freude füllten ihre Augen.

Die alte Orgel tat ihren Dienst, so gut es mit den feuchten Abstrakten und den verquollenen Bälgen gehen mochte.

Der Pfarrer hielt eine Weihnachtspredigt, in der wohl die Ereignisse der letzten Wochen widerhallten, in der er aber doch nicht davon sprach; er wußte, daß die Ereignisse stärker redeten, als seine Worte es je gekonnt hätten. Er wußte vor allem, daß die hier endlich einmal wirklich versammelte Gemeinde die allergrößte Predigt war, die je in diesem Gotteshaus gehalten worden war. Nicht die Gedanken, nicht die Musik, nicht die Lichter, nein, die Wirklichkeit der Weihnachtsgemeinde ist es, an der unser Herrgott im Himmel sein Wohlgefallen hat, und diese Wirklichkeit ist auch das Große, das die Seele erleben, und das sie zu Gott erheben soll.

Und auf den Flügeln dieser Weihnachtsgemeinschaft stieg die Gemeinde der harten Männer und der derben Frauen und Kinder zu ihrem Gott. Das fühlten und erlebten sie alle. Und Gott kam zu ihnen mit all seiner Weihnachtsgnade und Liebe, und redete ihnen nichts vor von dem, was alles früher nicht gewesen war, sondern segnete ihnen nur das, was jetzt so wunderselig ihre Herzen und den ganzen schönen Kirchenraum füllte.

Ganz langsam leerte sich die Kirche nach dem Gottesdienst – ganz langsam gingen die Andächtigen über das Vorland zum Deich hinauf – ganz langsam – keiner mochte sich von der seligen Stunde trennen. Und so kam es, daß, als die ersten schon in ihren Häusern die Lichter anzündeten, die letzten noch auf dem Deich gingen, und sie sahen ihre Heimat so schön, wie sie sie alle noch nicht zu kennen meinten, Lichter in den Häusern, bis weit ins Land hinein, Lichter von vieltausend Sternen oben im Himmel, und draußen im Vorland die Kirche mit ihrem langsam vergehenden Lichtschimmer, wie eine Insel der Seligen zwischen Himmel und Erde – und all das Leuchten mitten in der Nacht wie ein großer Lichterbaum, nicht vieltausendfältig in die Welt hinausgestreut, nein, all das Leuchten wie die Lichter eines Weihnachtsbaumes, nur scheinbar verstreut, in Wirklichkeit und im Verborgenen verbunden von dem Baum des Lebens Gottes mitten in Gottes großer Welt.

Ewige Weihnacht

Elfriede Rotermund

Die Hallig lag im ersten Schnee, dem Vorboten der nahen Weihnacht. Auf dem polarartig vereisten Wattenmeer türmte sich gigantisch das Eis, das in seinen Formen wohl an seltsame Gletscherbildungen gemahnen konnte.

Das Tief, das die Hallig mit der großen Nordseeinsel verband, zeigte in der Mitte noch einen schmalen Spalt offenen Wassers, und hungrige Möven überflogen, nach Atzung suchend, die Rinne. Eine stieß frohlockend nieder, erhob sich mit höhnischem Geschrei und verspeiste auf einer Bake gierig den Leckerbissen. Die andern schaukelten vergebens auf den eisigen Wellen, bis Schollen aus der Tiefe aufstiegen und die erschöpften Vögel vertrieben. Noch lange hörte man ihr lautes Gezank.

Wolkenlos stand das Himmelsgewölbe über der winterlichen salzen See, über der großen, langgestreckten Hallig und schimmerte lichtblau durch die kahlen Äste der knorrigen Holunderbäume, die im Süden vor den niedrigen Häusern standen.

Unter der dicken, weichen Schneedecke, die seit Wochen alles einhüllte, schienen die Häuser, wo ihrer mehrere beisammen standen, näher aneinandergerückt, während die Kirche wie eine trutzige Burg schattenhaft aufwuchs. Und auf allen Rethdächern und an allen Fenstersimsen lagen die schneeigen Flocken wie Hermelinstreifen.

Unvermutet verdunkelte sich die Sonne, und klirrend ging ganz plötzlich eine Hagelböe nieder, und die Hallig, die Warfen und selbst das steile Ufer waren verhüllt. Als sie vorüber war, wirbelten noch Wolken feinster, spitzer Körnchen in den Dezemberabend.

Dann wurde es ganz dunkel. Lautlos fiel der Schnee. Flockige Wolkenballen schüttelten sich aus, und unaufhörlich rieselte es herab.

Die weißschimmernde Decke wies vom Westufer her Fußspuren auf, die andeuteten, daß vor kurzem jemand zu der einsam gelegenen Knutswarf gegangen war. Neben den beiden Holzschuhen, die im Schnee deutlich abgezeichnet waren, sah man in regelmäßigen Abständen einen scharfen runden Kreis, der von einem Eimer herrühren mußte. Die Spuren führten bis vor Akke Olesens Tür.

Das Haus war nicht niedriger als die übrigen Halligäuser, wohl aber bedeutend kleiner und viel windschiefer und baufälliger. Es stand allein auf der Knutswarf.

Trat man durch die zweiteilige Tür, bei der man erst die obere Hälfte öffnen mußte, um den inneren Riegel der unteren lösen zu können, so stand man auf einer schmalen Vordiele, und daran stieß der Stall, der den weitaus größten Platz unter dem Rethdach einnahm.

An einem der Deckbalken hing eine runde Schiffslaterne, deren trübes Glas gar nicht zu der sonstigen Sauberkeit des Stalles passen wollte. Eine Kuh mit so glänzend gestriegeltem Fell, als sollte sie mitten im Winter zur Preisbewerbung, kaute geruhsam an ihrem Heu.

In dem matten Laternenlicht sah man auf verschiedenen Stangen zahlreiches Hühnervolk im Schlaf geduckt sitzen, und wo der Stall am dunkelsten war, kauerten etwa zwanzig große Milchschafe dicht aneinander gedrängt und lautlos mit den Kiefern mahlend; nur ein munteres Ferkel grunzte vor Behaglichkeit in dem wohlig warmen Raum.

Durch eine schmale seitliche Tür, die ins Innere des Hauses führte, kam im Dämmerschein eine Gestalt. Erst als sie den Milchschemel, der gerade unter der Schiffslaterne stand, aufhob, sah man, daß es eine Frau war. Die rissige pergamentene Gesichtshaut der bald achtzigjährigen Akke Olesen schien dunkelgrau. Über wimperlosen, leicht geröteten Augen waren die spärlichen Brauen von Ruß und Schmutz verklebt. In dem zahnlosen, wackligen Frauenmund hing eine lange Pfeife. Um Kopf und Hals war ein dunkler, gestrickter Schal gelegt, der auf der Brust zusammengeknotet war. Den Oberkörper umschloß eine dicke, graue Männerjacke, und ein mit ungeschickter Nadel vielfach geflickter und dennoch nicht heiler Frauenrock, aus groben Pferdedecken kunstlos angefertigt, hing mehr, als daß er saß, um die breiten Hüften. Was für Strümpfe sie anhatte, war nicht zu sehen. Die Füße steckten in ungefügen Holzschuhen.

Akke Olesen nahm den Melkschemel in die eine Hand und stellte mit der andern vorsichtig, als sei es ein kostbares Kleinod, die dampfende Pfeife an die Wand. Über das runzelvolle, welke Gesicht lief dabei ein unmerkliches Zucken. Sie wußte wohl, wieviel Anlaß zum Lästern sie durch ihr Rauchen gab, aber das kümmerte sie herzlich wenig.

Akke Olesen wußte Bescheid. Sie wußte auch, daß von ihrer Urahne an sämtliche weibliche Vorfahren dieses zahlreichen Geschlechts immer gern und so lange zu der Männerpfeife und zum duftenden Knaster gegriffen hatten, bis sie schließlich von dem Laster nicht mehr lassen konnten. Alle diese Frauen waren groß, stark und herrschsüchtig gewesen. Von ihnen, mit ihren leuchtenden, stahlblauen Augen und dem in der Jugend bernsteingelben Haar, hatte nicht eine einen weichen Zug um die ein wenig flaumigen, im Alter bärtigen Lippen gehabt, und keine hatte je den Nacken gebeugt.

Sie alle hatten zu jeder Stunde den Kopf trotzig zurückgeworfen und waren sich ihrer Leidenschaft als ihres Rechtes bewußt gewesen. Und alle waren in früher Jugend zum Weibe begehrt worden, nur Akke nicht. Wohl hatte auch in ihr zu der Zeit eine helle Flamme geloht, tief und leuchtend, aber sie hatte niemanden gewärmt, nur alle versengt und verbrannt.

Außer dem aufrechten Gang war nun nichts mehr von der herbstolzen Schönheit ihrer Jugend an der Achtzigjährigen zu finden.

Den rechten Arm, der in der groben Mannsjacke steckte, legte sie eben zutraulich um den Hals der Kuh und führte ein längeres, halblautes Selbstgespräch mit ihr. Wie viele Einsame machte sie ihre Tiere zu ihren Vertrauten und redete, je nach dem Bedürfnis des Herzens, freundlich oder scheltend auf sie ein.

Als die Unterhaltung zwischen ihr und Mieken, der Kuh, beendet war, setzte sich Akke Olesen auf den Melkschemel, langte den verzinkten Eimer von der Futterkiste, und willig und freudig strömte die schäumende Milch hinein.

„Büst Akkes lewe, gode Mieken, o ha ja, wat ne feine, düchtige Mieken!" Dann stand sie auf und kraulte der also Gelobten anerkennend und voll Zärtlichkeit den Kopf und die Ohren.

Als sie den Schemel auf seinen Platz gestellt hatte, gab sie der Kuh einen großen Korb Heu vor, tätschelte sie nochmals und nahm den Eimer, der dreiviertel voll köstlicher Milch war, in die Rechte und mit der Linken die Pfeife, aus der sie zwischendurch ein paar Züge getan hatte.

Beim Hinausgehen grunzte das Ferkel schlaftrunken. Sofort machte Akke kehrt und gab dem listig blinzelnden Schweinchen seinen Trog voll warmer Milch. Hühner und Schafe ließen sich in ihrer Ruhe nicht stören und blieben deshalb ohne Erquickung.

Wenn Akke Olesen in ihrem blitzsauberen Stall wirtschaftete, in dem sie nicht das kleinste Spinngewebe duldete, noch verstreutes Heu oder andere Futterreste, und liebreich ihre Tiere, ihren ganzen Reichtum ansah, so nannte sie sie alle ihre lieben Kinder und hatte für alle, selbst für die kleinsten Küken und die weißen Lämmer, Kosenamen, die sie auch nie verwechselte oder vergaß. Hier war sie gegen alles mild und versöhnlich gestimmt, draußen aber war sie eine ganz andere. Trat sie, wie eben jetzt, heraus, so schloß sie noch behutsam die Tür, als könnte von dem harten Ruck einer der Stallbewohner aus seinem Schlaf erwachen. Dann aber verhärtete sich ihr Herz.

Akke Olesen stellte den Milcheimer in den dunklen Gang, der den Stall von der Vordiele trennte. Er enthielt eine offene Herdstelle, einige Borte, einen eichenen, halbrunden Tisch mit hochklappbarer Platte, zwei einfache Schemel und bildete ihre kleine Küche. Die Greisin tastete sich mit vorgestreckten Händen weiter bis zur Tür des Pesels.

Ein Schemel stand mitten im Weg und wurde durch einen Fußtritt unsanft in eine Ecke befördert.

Im Stall löschte sie die Laterne niemals aus; sie brannte jede dunkle Winternacht und auch selbst jede kurze Sommernacht, damit, wenn eins der Tiere einmal aufwache, es sich gleich in seiner Umgebung zurechtfinde, oder falls der Blitzstrahl einmal nachts Knutswarf treffen sollte, alle den Weg ins Freie finden könnten. Aber zur Beleuchtung der Küche opferte die Alte nicht einmal ein Streichholz, geschweige denn einen Lichtstumpf.

Unter Poltern und Schelten hatte sie den Messingknopf der Stubentür gefunden und trat in den Pesel. Die Tür war so niedrig, daß Akke Olesen ordentlich den Kopf ducken mußte. Auf dem runden Klapptisch zwischen den beiden Fenstern nach Süden brannte eine schmale Stehlampe mit grünem Blechschirm. Der Pesel wurde nur kümmerlich von ihr erhellt, und so blieb die darin herrschende Unordnung verborgen. Nur im Bereich des Lichtkreises sah man auf dem seit langem nicht gefegten Fußboden zahlreiche Aschenhäufchen und angebrannte Fidibusse liegen.

Auf dem Tisch stand eine schwarze Pfanne mit einem Rest kalter Bratkartoffeln. Brot und Butter war auf dem einen Teller, Schafschinken und Käse auf dem andern, und dazwischen brodelte auf einem uralten Gefäß, das glimmende Holzkohlen enthielt, ein ebenso alter Teetopf. Die Porzellantasse, der henkellose Rahmtopf und die Kandisdose waren schadhaft und entstammten neuerer Zeit.

Ein schwerer, ungefüger Eichenlehnstuhl, in dem Akkes Urahne schon vor bald zweihundert Jahren gesessen und geraucht hatte, stand vor dem Tisch. Ein paar andere alte Stühle ohne Kissen und eine in gotischem Fältelwerk reichgeschnitzte Truhe vervollständigten die bewegliche Habe, während der Beileger, das Wandbett und kleine, in die getäfelte Wand gelassene Schränke zum festen Inventar gehörten. Die rohgezimmerte und buntbemalte holländische Kastenuhr, die schon bald vierzig Jahre nicht mehr ging, zählte nicht für voll.

Kein Bild schmückte die dunkelgeräucherten Wände; auf den Fensterbänken suchte man vergebens nach irgendeinem Blumentopf, der Freundlichkeit ins Zimmer getragen hätte. Jedoch der Winter ließ nicht von seinem Recht. Die niedrigen, bleigefaßten Scheiben waren mit duftlosen, märchenhaften Blumengewinden überhaucht.

Akke Olesen stand mit dem Rücken an den beinahe kalten Beileger gelehnt. Sie spürte, so nahe sie auch ihren Körper hinschob, nichts von einer wohltätigen Wärme. Fröstelnd hob sie die Schultern und band den großen Wollschal fester um den Kopf. Dann blies sie in die hohlen Hände und ging mit müden Beinen nach dem Tabakskasten, der in ansehnlicher Größe an der Fensterwand auf dem Fußboden stand.

Der Pfeifenkopf war schnell geleert; es zierte ein wenig mehr Asche den Boden, der Abguß floß ebenfalls achtlos hinterher. Mit einem Fidibus setzte sie die Pfeife an den Holzkohlen in Brand, rückte mit vielem Geräusch ihren Stuhl vom Tisch ab, bis er endlich zwischen Wandbett und Ofen zu stehen kam und taumelte hinein.

Die Schwäche war bald überwunden, man sah das an den blauen Rauchwolken. Akke Olesen kümmerte sich nicht um frühe oder vorgerückte Zeit, ihr zeigte ja auch die Uhr keine Morgenstunde noch Schlafenszeit an.

Draußen kam Wind auf, der rasch zum Sturm wuchs. Der peitschte mit schweren Flügeln auf die Eisdecke, daß bis in Akke Olesens Häuschen das Bersten der Schollen, das Jauchzen und Verklingen der hin und her laufenden Risse vernehmbar war. Von dem matten Lampenlicht war weder im Pesel selbst noch von draußen her viel zu sehen, eine so dichte Tabakswolke stand in der nächtlichen Stube.

In das Krachen und Schieben der Schollen mischte sich das Knarren des Daches, das Beben der Sparren im Stalle, und oft schien es, als zittere das ganze morsche Haus in seinen Grundfesten. Der Schnee flog vom Dache, daß aus dem Reth die unbedeckten braunen Röhrchen wie frierend in die kalte Christnacht hervorlugten.

Um Mitternacht wurde es stiller. So plötzlich, wie der Sturm aufgekommen war, legte er sich auch wieder.

Akke Olesen war in ihrem Lehnstuhl eingeschlafen. Als nun der Südost, dessen Sturmlied sie ins Traumland geführt hatte, verstummt war, wachte sie mürrisch auf. Die kalte Pfeife hing im Mundwinkel. Eine große, graue Spinne kroch aus einem Loch, blieb an dem Deckenbalken gerade über Akkes Kopf sitzen und starrte die Alte mit ihren dunklen, unbeweglichen Augen unheimlich an.

Die Lampe flackerte, als wäre sie nahe am Verlöschen. Akke Olesen rieb sich die frosterstarrten Hände, hauchte hinein und versuchte mit Anstrengung, die Pfeife wieder in Brand zu setzen, was ihr aber nicht gelang.

Mit zitternden Beinen schlürfte sie durch die Stube und holte aus einer Ecke ihre Feuerkieke, die sie am Tisch mit dem winzigen Rest glimmender Holzkohlen füllte. Sie rüttelte und schüttelte die alte Messingkieke, und als sie den erwünschten Erfolg sah, warf sie noch eine Handvoll Kohlen darauf und stellte das Feuerbecken in ihr Wandbett. Dann nahm sie die trübe Lampe in die Rechte und tat, was sie keinen Abend vor dem Zubettgehen vergaß: sie hielt sie hoch, damit die mattsilbernen Buchstaben im Lampenlicht aufleuchteten, die als Inschrift über dem Wandbett an einem Balken geschnitzt waren.

Akkes Mutter hatte es auch so gehalten, und die wußte es wieder von ihrer Mutter, die eine Zeitlang Haushälterin bei dem Pastor der kleinen Nachbarhallig gewesen und von ihm, der als Sonderling bekannt war, erzählt hatte, er habe jeden Abend, ehe er sich in sein Wandbett zum Schlafen gelegt, laut und vernehmbar in die stille Stube gerufen: „Welt, gute Nacht."

Akke Olesen las die hochdeutsche Schrift mit harter Stimme, die sie immer beim Lesen hatte. Die silbernen Buchstaben, die sie in jedem Frühling neu bronzierte, lauteten:

„Wie Gott es füget – So mir genüget.
Nur wünsch' zu erwerben – Ein seliges Sterben."

„Amen!" setzte sie kräftig hinzu und stellte die schwelende Lampe, ohne sie auszulöschen, auf den Tisch zurück.

Akkes Blick fiel auf den Tannenzweig, um den Silberfäden geschlungen waren. Der hatte mittags auf ihrer Türschwelle gelegen. Ihr erster Gedanke war gewesen, ihn fortzuwerfen, aber als sie durch den Kieker sah und gewahr wurde, daß die kleine Deern des Pastors, die siebenjährige Maria, ihn ihr gebracht, nahm sie ihn auf und legte ihn achtlos auf die Fensterbank. Vor Monaten waren die Pastorsleute mit dem Kinde bei ihr gewesen, das sie ja aber nicht mit dem Kosenamen Mite, wie üblich, sondern Marielli nannten. Akke war's zufrieden gewesen, denn sie meinte, noch nie so viel Liebreiz gesehen zu haben. Jetzt hielt sie den Zweig in ihren Händen. Zwei silberne Kugeln tanzten wunderlich auf und nieder und klingelten heimlich wie kleine Glocken, und an dem oberen Zweig war ein Stern befestigt, der die Inschrift trug: „Welt ging verloren, Christ ist geboren, freue dich, freue dich, o Christenheit!" Und auf der andern Seite stand mit ungelenker Kinderschrift: „Ich wünsche Dir eine gesegnete Weihnacht."

Weihnacht? Morgen war Weihnacht? Bilder stiegen in der Einsamen empor aus ferner, ferner Zeit. Wie sie selbst ein Kind gewesen und mit heißem Herzen zum Kind in der Krippe gebetet hatte. Längst Verschüttetes wurde lebendig, und an die Vorbereitungen und kleinen Heimlichkeiten mußte sie mit einem Male denken.

Lange saß sie sinnend da, und viele Christfeste zogen vorüber. Dann kam eine unruhvolle Geschäftigkeit über Akke. Sie fegte und säuberte die Stube, streute frischen weißen Sand, räumte alles fort und legte reine Bettwäsche auf.

In der Küche brachte sie den großen Kessel zum Feuer, wusch sich in heißem Wasser und zog ihr schwarzes Kleid an. Mit einem Talglicht ging sie dann in den Stall. Auf der hölzernen Krippe erhielt das Licht seinen Platz. Akke ging nochmal zurück und holte sich Bibel und Brille. Ein Schimmer lief von dem kleinen Talglicht über die grauen Stallwände. Nur die Balken warfen ihre dunklen Schatten in den Schein.

Akkes Augen suchten nach der Krippe, von der das Licht herkam, und ihre Gedanken wanderten weit zurück zur heiligen Geschichte: „... und legten ihn in eine Krippe, denn sie hatten sonst keinen Raum in der Herberge." So arm und elend war das Jesuskind auf die Welt gekommen, in Bethlehems Stall auf Heu und Stroh. Und war doch zum Höchsten auf dieser Welt berufen gewesen!

Dann setzte sie die Brille auf und las mit feierlich gedämpfter Stimme das Weihnachtsevangelium in den dumpfen Schlaf der Tiere hinein: „Es begab sich aber zu der Zeit, daß ein Gebot von dem Kaiser Augustus ausging ..." Ein kleiner Stern stand oben am Himmel und blinkte freundlich durch das Fensterloch. Das kleine gelbliche Licht auf dem Krippenrand begann zu flackern, und Akke war es, als käme ein Engel vom Himmel herniedergeschwebt, der ihr die selige Botschaft brachte: „Fürchtet euch nicht; siehe, ich verkündige euch große Freude, die allem Volk widerfahren wird; denn euch ist heute der Heiland geboren, welcher ist Christus, der Herr, in der Stadt Davids."

Sie ließ das Licht niederbrennen, während hoch oben vom Himmel noch immer der kleine Stern tröstlich in das Stallfenster blinkte. Dann schloß sie behutsam die Tür hinter sich. Im Pesel holte sie die beiden schweren Silberleuchter aus dem Wandschrank, stellte sie auf den Tisch und löschte die Petroleumlampe aus. Und siehe, Akke meinte nun deutlich den alten, schönen Duft der Weihnachtszeit zu spüren. Ehe sie ins Wandbett stieg, strich sie mit scheuer Gebärde liebkosend über den Tannenzweig, an dem mit zartem Klingling die beiden Kugeln wie Weihnachtsglocken läuteten. Sie legte den Kopf in das breite, kühle Kissen, und die Augen blickten nach der Decke. Die alten steifen Hände zogen das Deckbett bis hoch an das Kinn, und der Kopf sank matt und schmerzend tief auf die Brust.

Akke Olesen dachte noch einmal an den Spruch über dem Wandbett. O ha ja, was gäbe sie um einen schnellen, kurzen Tod. Welt, gute Nacht! Ginge wohl einer lieber aus dieser kalten Welt als sie? Einschlafen und nicht wieder aufwachen, damit fiele man keinem zur Last ... Und es wäre kein Abschiednehmen von Mieken, der Kuh, und ihren andern lieben Tieren nötig. Schlafen, so tief schlafen, und im ewigen Vaterhause aufwachen ... O ha ja, schlafen, schlafen, bis die ewige Weihnacht anbrach ...

Sie zog die schwere Federdecke ganz über den Mund, und bald umgab sie das Meer der Vergessenheit. Ihre Seele wanderte, wanderte auf Wegen fernab der rauhen Wirklichkeit, und ihre Gedanken verloren sich in tiefen, traumlosen Schlaf.

Akke Olesen war nicht immer die Ärmste und Verachtetste, die Verfehmte auf der Hallig gewesen. Die Geschichte ihrer Jugend war froh und sonnig und friedvoll zugleich. Akke war in einem Kranz blühender Geschwister aufgewachsen, von treuer Elternliebe und Fürsorge behütet und beschützt. Innig und fest war das Band des Herzens um die zahlreiche Familie geknüpft, und als innerhalb dreier Jahre die Nachrichten kamen, daß die beiden ältesten Brüder auf See geblieben, da schlossen sich die übrigen nur noch herzlicher zusammen.

Dann aber kam das Leid. Sie mußten durch tiefes Dunkel.

Auf einem Weg über das vereiste Watt ertranken vier starke Männer, die bei plötzlich aufgekommenem Sturm auf eine trügerische Treibscholle geraten waren. Akkes Vater und Großvater waren mit dabei. Nur wenige Monate später starb die Mutter an einer heftigen Lungenentzündung.

Nicht nur, daß das Elternhaus nun öde und leer war, nein, es glich einem Vogelnest, das ungeschützt zwischen kahlen Ästen am Baum hin und her schwankt, und Regen, Sturm und Hagel wettern hinein, ohne daß es verhütet und verhindert werden kann.

Die Vögel wurden flügge. Das heimatliche Nest gefiel ihnen nicht mehr. Drei Brüder wanderten gemeinsam nach Kalifornien aus. Die älteste Schwester ging nach Nordamerika und verheiratete sich dort. Zwei andere zogen als Seemannsfrauen nach Sylt und Röm. Die Zweitjüngste, Mite, an der Akke ganz besonders gehangen hatte, war nach kurzer, romantischer Ehe in Hamburg verschollen.

So war Akke Olesen allein im verwaisten Elternhause auf Knutswarf geblieben. Sie hielt keinerlei Beziehungen mit den Geschwistern aufrecht. Obwohl sie sie noch alle am Leben wähnte, konnte leicht das Gegenteil der Fall, oder doch der eine oder die andere längst zu den Voraufgegangenen gesammelt sein.

Die Freude war allmählich aus Akkes Leben geschwunden, und Hohn und Verachtung, Spott und Verfehmung an ihre Stelle getreten. Aber auch das ärmste Leben entbehrt nicht ganz der Helle, der Liebe und des Lichtes, und das brachten die Tiere in Akke Olesens Leben.

Die Halligleute wollen nicht anders angesehen sein als Menschen, die hart mit dem Leben und seinen Naturgewalten zu ringen haben. Reichtümer sind bei dem steten Kampf mit dem Meere, der salzen See, nicht zu sammeln. Jeder Tag gibt ihnen sein schweres Sorgenpäckchen und seine noch größere Arbeitslast auf den Rücken.

Diese gar nicht so geringe Mehrarbeit in Haus und Garten, in Stall und Warf, dies immer auf dem Posten-sein-müssen, das macht den an sich schon ernsten Friesenstamm noch besinnlicher. Die Halligfriesen schämen sich weder ihrer Armut, noch schlagen sie Kapital daraus. Es liegt in ihrem bewußten Stolz und geraden Charakter, daß sie die harten Seiten des Lebens aufrecht und unverzagt auf sich nehmen und mutig tragen. Ihre Häuser blitzen und blinken innen und außen vor Sauberkeit, und auch darin suchen sie ihren Stolz.

So war es natürlich, daß Akke Olesens Unordnung, als sie die fünfzig noch nicht überschritten hatte, den ersten Anstoß zur Reibung gab. Alles wollten sie ihr verzeihen, aber den starrenden Schmutz ihrer Kleidung wie ihres Körpers und den furchtbaren Zustand, der ihre Stube und Küche zum Gespött aller Halligen und Inseln machte, den vergab man ihr nicht. Es kam, wie es vorauszusehen war: es fielen die ersten harten Worte gegen Akke Olesen, und eine tiefe Entfremdung zwischen ihr und den übrigen Menschen ihrer Heimathallig wuchs heran und wurde mit den Jahren immer größer.

Die Schläferin da drinnen im Wandbett führte seit nun bald zwei Jahrzehnten ein Einsiedlerleben, wie es einsamer kaum gedacht werden konnte. Oft vergingen Monate, ohne daß sich ein Erwachsener oder ein Kind nach der abgelegenen Knutswarf verirrte. Sah die wunderliche, menschenscheue Alte den

Besuch kommen, so verriegelte sie früh genug Haus und Stalltür. Drei Monate waren bis heute mittag vergangen, seit sie das letzte Zeichen ihrer Mitmenschen erhalten hatte. Ein größeres Schulkind war es gewesen, das an einem stürmischen, nassen Oktobertag vor ihrer Tür gestanden hatte. Weil ihm nach langem Klopfen nicht aufgetan wurde, schob es einen weißen Zettel durch einen schmalen Türspalt, damit er so ins Innere des Hauses gelangen mußte. Akke Olesen hatte sich an jenem Herbstabend gebückt, den Zettel hochgehalten und mit verächtlichem Achselzucken gemurmelt: „O ha ja, ein Sßirkulier."

Ja, es war ein Zirkular, wie es der Gemeindevorsteher häufig mit irgendeiner Verordnung oder einem Verbot über sämtliche Warfen schickte. In diesem wurde streng verboten, mit offenem Licht auf den Boden zu gehen, schulpflichtige Kinder abends ohne Aufsicht zu lassen, und vor allen Dingen nach alter Weise mit glimmenden Kohlen gefüllte Feuerkieken in die Federbetten zu stellen.

Die Fälle lagen gar nicht so weit zurück, daß aus diesen Ursachen namenloses Brandunheil auf den Halligen entstanden und bitterste Armut geblieben war.

Die Halligleute dankten zumeist ihrem Gemeindevorsteher seine Umsicht. Akke Olesen jedoch, als sie mit ihren schwachen Augen das Verbot mühsam entziffert, hatte das Zirkular wütend zerknüllt. Und hatte gerade von dem Tage an, um vieles früher, als sie es sonst zu tun pflegte, mit bösem Blick das Feuerbecken in das hochgetürmte Wandbett gestellt; hatte es auch noch keinen Abend bisher unterlassen. Mochten sich all die andern an die Vorschrift des Gemeindevorstehers halten und eine neumodische Wärmflasche ins Bett legen! Ihr hatte niemand zu gebieten. Sie kümmerte sich nicht darum; sie tat immer, wie sie es gewohnt war ...

Nun tat sie zwar nichts, die Schläferin, sondern atmete schwer.

Die beiden vor Jahrzehnten selbstgegossenen Kerzen in den Leuchtern schwelten und verbreiteten einen abscheulichen, übelriechenden Qualm, und wäre Akke aufgewacht, so würde sie noch einen andern brenzlichen Geruch bemerkt haben. Sie aber schlief.

Ein leises verdächtiges Knistern stieg aus der Bettstatt, und zugleich war ein Knacken hörbar. Bald war das Zimmer von einer undurchdringlichen Wolke durchzogen.

Schärfer und beißender wurde der Brandgeruch, dichter und zäher der schwelende Qualm. Aus der Tiefe des Wandbettes drangen vereinzelte schwache Laute. Der dichte Qualm benahm ihr den Atem, aber sie wußte nichts mehr davon. Sie wachte aus den freundlichen Weihnachtsträumen, die ihr im Schlafe gekommen waren, nicht mehr auf, und es erfüllte sich an ihr das Wort: „Gott kann durch des Todes Türen schlafend führen."

In dem Augenblick, als Akke Olesen unbewußt im Erstickungstod den letzten Seufzer tat, schlugen die hellen Flammen aus der Bettstatt. Gierig leckten sie an Balken und Decken entlang bis nach den rauchgeschwärzten Fensterrahmen.

Bald sprangen mit heftigem Geklirr die oberen gefrorenen Glasscheiben, und triumphierend kletterte ein Flammenheer um die vorstehende Kante des schneefreien Daches, um in gewaltiger Lohe über das Reth zu züngeln. Funken sprühten auf, die größeren unter ihnen glichen grausigen Fackeln, die in

der Dunkelheit leuchteten. Die kleineren verloschen bald. Im Niederfallen trafen sie den großen Heuschober, und wie rote Blutstropfen sickerten sie durch die Mengen von duftendem Halliggras.

Eine Weile schien es, als sei der Brand auf unerklärliche Weise zum Stillstand gekommen. Aber dann erhoben sich mit dämonischer Gewalt feurige Garben in fast wahnsinniger, taumelnder Freude.

Im Stall wurde es unruhig.

Die Kuh brüllte laut durch den stickigen Raum. Die Schafe, die von der ungewohnten Wärme nichts Gutes ahnten, setzten alle Kraft in ihr dumpfes Blöken. Sie stießen mit ihren schweren Leibern fortwährend aneinander und vermehrten so die grauenvolle Unrast.

Das Hühnervolk war aufgescheucht. Auch sie riefen im Chor um Hilfe und flatterten in tödlicher Angst und ahnendem Bangen hin und her, bis alle Tiere den rettenden Ausgang fanden. Nur das Ferkel schlief unbeirrt seinen schnarchenden Schlaf in Sattheit weiter.

Da, ein lauter Krach! Die Decken stürzten ein. Eine ungeheure Glut von Feuer, ein Aufstieben von Millionen Funken verwandelte den Stall in einen rauchenden Trümmerhaufen. Den von den Nachbarwarfen herbeigeeilten Halligleuten blieb nur übrig, das Vieh in Sicherheit zu bringen.

Weiß und still lag wieder die heilige Nacht über der einsamen Hallig.

Die Flocken rieselten. Unsichtbare Hände woben dem Eilande ein weihnachtliches Kleid. Kein Stern leuchtete am Himmel. Schnee, nichts als Schnee, lautlos fallender Schnee. Stunde um Stunde ...

Tiefes, schweigendes Dunkel lastete längst wieder auf der Hallig und dem Meer und hüllte alle Nähe und Ferne ein.

Aber über der Knutswarf, über die der fallende Schnee noch vor Tagesgrauen ein weißes Bahrtuch legte, leuchtete ein hoher Schein.

Die Lichter der großen Weihnacht in der ewigen Heimat winkten.

Weihnacht

Günter Kunert

In allen Häusern ist schon Licht.
Hingegen in den Hauptessachen: Dunkelheit.
Unhörbar, was die Nacht verspricht
an kurzer Freude und an langem Leid.

Was hier als Zeichen in der Wiege ruht,
Jahrhundert um Jahrhundert fromm verehrt:
Ein bißchen Fleisch und Bein und Blut
ist allemal auch uns beschert.

Doch alles Feiern gilt dem einen Kind,
das später einmal unter Folter stirbt.
Trotz allem Licht: Wir bleiben blind:
auf daß uns nichts den Appetit verdirbt.

Ein denkwürdiger Weihnachtsabend 1863

Fritz Junge

Die Zeitungen berichteten im Sommer 1863, daß der Gesundheitszustand des Königs Friedrich VII. recht bedenklich sei. Er starb am 15. November, und wichtige Ereignisse standen unsern Landen bevor.

In diesem Monat erhielt unser Flecken Pinneberg plötzlich Einquartierung: ein Regiment Infanterie und bald darauf die 2. Schwadron der Randers-Dragoner. Auch die Dörfer waren stark belegt. Im Hause meiner Eltern lagen 4 Mann, Stockdänen, die keines deutschen Wortes mächtig waren. Sie zeigten sich jedoch in jeder Weise bescheiden und höflich. Nur der Dragoner – er war Trompeter – suchte uns oftmals durch Fuchteln mit den Händen zu verstehen zu geben, daß wir noch einmal tüchtig Haare lassen müßten.

Das Weihnachtsfest kam heran. Die Tage waren bitterkalt, und eisiger Nordost pfiff über die kahlen Fluren. Nun kamen auch unsere Dänen, denen es in dem oberen ungeheizten Stübchen zu ungemütlich wurde, zu uns in die Stube herunter. Am 24. Dezember, nach dem Appell morgens 9 Uhr, kamen alle erregt nach Hause und meldeten: „Marschieren, gleich marschieren!" Schon jagten Dragoner auf der Straße ihren Sammelstellen zu. Auch die Infanteristen packten ihre Tornister, nahmen auch dankbar Butterbröte von meiner Mutter als letzte Gabe mit.

Schon nachmittags 4 Uhr zogen die Dragoner gen Norden ab. Die Infanteristen aber mußten bei der bitteren Kälte in voller Rüstung noch bis 5$^1/_2$ Uhr ausharren. Als in einzelnen Häusern schon die Lichter des Tannenbaums erstrahlten, erklang plötzlich auf der Straße unser liebes „Schleswig-Holstein, meerumschlungen". Auch die liebe Jugend war dabei. Mehrere patriotische Bürger, unter ihnen auch mein Vater, hatten blau-weiß-rote Kokarden verteilt. Nach langer Zeit erscholl es zum ersten Male wieder in den Straßen: „Stehe fest und nimmer weiche, wie der Feind auch dräuen mag!" Plötzlich drang in diese Freude der Ruf: „Die Dragoner kommen zurück!" Deutlich hörten wir Pferdegetrappel, und im nächsten Augenblick sausten 5 dänische Reiter daher, den blanken Säbel in der Hand. Kurz vorher war von einigen Bürgern aus dem nahen Altona die Nachricht mitgebracht worden: „Die Bundestruppen sind in Altona eingerückt!" Gegen 8 Uhr erschallten wiederum Hufschläge. „Sie kommen!" ging es von Mund zu Mund. Die letzten Dänen waren es, die bei Schnelsen stationiert gewesen waren. Über ihren Köpfen flatterten lustig die schleswig-holsteinischen Fahnen, und aus allen Kehlen klang ihnen unser Lied entgegen. Unser Nachbar Reimers hatte eine besonders große Fahne aus dem Giebel seines Hauses herausgesteckt (das Eckhaus der Dingstätte). Als die Truppe um die Ecke bog, in Pinnebergerdorf hinein, hob einer der rechts reitenden Dragoner sich hoch im Sattel empor und führte einen Säbelhieb nach jener Fahne. Bald jagten die Dragoner ihren Kameraden in der Richtung nach Itzehoe nach.

In der Bostelmannschen Gaststube hatten sich inzwischen viele angesehene Bürger unseres Fleckens versammelt. Unter ihnen befanden sich der hier seit vielen Jahren lebende Hofrat Barth, der am Hofe Christian VIII. erzogen, dennoch aber vom Kopf bis zur Sohle ein echter Schleswig-Holsteiner war, und sein Freund, der Justizrat Langreuter. Man beschloß, den durchziehenden Bundestruppen einen würdigen Empfang zu bereiten und dem dänischen Landdrosten von Scheele das Abschiedslied zu singen. Dieser, ein echt dänischer Beamter, galt im Volke als die rechte Hand des verstorbenen Königs in manchen Fragen der Politik. Man mußte ihm den Ruf lassen, daß er ein tüchtiger Beamter war; in manchen Dingen aber hatte er sich in der kritischen Zeit der letzten Jahre als der reine Despot gezeigt. Der Kapellmeister des Fleckens, Singelmann, erhielt Bescheid, sich mit allen seinen Musikern einzufinden.

Inzwischen war man sich in der Gaststube einig geworden, daß Barth und Langreuter den Landdrosten in seiner Wohnung aufsuchen und ihn auffordern sollten, den Ort zu verlassen. Bald rückten die versammelten Bürger, jene beiden Herren an der Spitze, unter den Klängen des Schleswig-Holstein-Liedes vor die gegenüberliegende Landdrostei. Die erwählten Herren begaben sich die Treppe hinauf. In der Empfangshalle trat ihnen von Scheele in Uniform mit Orden und Degen entgegen. Bevor noch der alte Hofrat zu Worte kam, redete jener die beiden in barscher Weise an: „Was wollen Sie von mir? Wollen Sie mich vielleicht umbringen? Lassen Sie nur den dort unten versammelten Pöbel auch heraufkommen! Ich fürchte Ihre Drohungen und Verhöhnungen nicht! Verstanden!“ – „Exzellenz“, erwiderte Hofrat Barth, „es ist besser für Ihre Person, daß Sie diesen Platz, so schnell es die Umstände erlauben, verlassen.“ Scheele sprach weiter: „Hören Sie, Herr Hofrat, spielen Sie doch Ihr „Schleswig-Holstein“ nun recht ausdrucksvoll, Sie haben ja eine kurze Spanne Zeit dazu erhalten, damit Sie und Ihre Anhänger es nicht ganz verlernen!“ Barth entgegnete: „Exzellenz, die Zeit ist ernst. In einer knappen halben Stunde geht der Zug, den Sie noch erreichen können. Mein Auftrag ist zu Ende.“ – „Ich gehe“, erwiderte von Scheele, „aber fest und sicher vertrauend auf den Sieg der dänischen Waffen; ich werde zurückkehren und dann mit allen – er deutete nach unten –, die dies ins Werk gesetzt haben, streng ins Gericht gehen.“ Den beiden Herren reichte er dann die Hand und sagte in weichem Tone: „Leben Sie wohl!“ Als die beiden Vertreter heraustraten, stimmten die draußen Harrenden das Lied „Was ist des Deutschen Vaterland!“ an.

Unterdessen verließ von Scheele in aller Stille, nur von einem Diener begleitet, sein Heim und ging durch die an den Park stoßende Allee nach dem Bahnhof, wo bald darauf der nach Altona fahrende Zug einlief. Der Kapitän eines im Altonaer Hafen liegenden Schiffes nahm ihn mit; ein dänisches Kriegsschiff führte ihn nach Kopenhagen. Schon am 1. Weihnachtstage zogen die Bundestruppen in Pinneberg ein, sächsische Dragoner. Am Nachmittage des folgenden Tages kam mit klingendem Spiel das 3. hannoversche Infanterie-Regiment. Mit der Eisenbahn passierten die Preußen und Österreicher, die Holstein besetzten und bald den blutigen Reigen eröffnen sollten, unseren Ort.

… *un Freeden op Eerden*

Dierk Puls

Wenn so de eerste Adventsdagen kamen doht, denn mutt ik jümmers an een Adventssünnabend in mien Kinnertied dinken, as ik ja wull so'n fiev Jahr old west bün. Adventskränze as hüttodags weern dartomalen noch nich in de Mod. Aver wi Kinner dörfen vör jeden Adventssündag den Schoh vör dat Finster stelln, un den annern Morrn weern dor Appels un Nööt in. Un denn harrn wi in'n Pasterhuus noch en lütten Vörsmack up Wiehnachten: en lierlütten Dannenboom mit veer Lichten an. Jede Adventsweek, wenn wi in de Schummerstünn dorüm seeten un Wiehnachtsleeder sungen, dörf dor een Licht mehr an brennen. Un dit Johr – harr Mudder seggt – schull ik den Adventsboom halen. Dat weer ja nu en groote Ehr für mi, un ik kunn dat meist garnich aftöben, bit Vadder un ik de Mantels ankreegn un he mi bi de Hand faat und dat denn endli losgüng.

Dat weer en kloren Winderdag, noch keen Snee, aver al so'n beeten överfrorn, un de Sünn, de al deep in'n Westen stünn, harr meist keen Kraft mehr. Wi gungen över de Brügg un an de Kaat vörbi, wo Anna Grimm achter de Pantüffelbloom seet to spinnen. Un gliek bi dat nächste Huus keem op holten Tüffeln en Fru rutlopen: „Her Paster, Herr Paster, is dat wohr, wat dat nu Freeden ward?“ De Breefdräger harr allerwegen vertellt, dat in de „Reichsbote“ ut Berlin, de bloot mien Vadder kriegn däh, in dicke Öwerschrift „Friede mit Rußland“ stahn harr. „Mien Hannes is doch in Rußland“, sä de Fru. „Wat he nu wull to Huus kamen deiht?“

Vadder meen, dat dor wull in Rußland allerhand in de Gang und en niee Regierung kamen weer. Dor weer wull so'n lütt Hapen, dat de Krieg tominst in den Osten to Enn güng. Aver wat Seekers kunn he darto nich seggn. Dat vertell he ok noch en paar anner Lüüd, de dor ut de Hüüs keemen, em to fragen. So gung'n wie an de School vörbi und keemen na Bäcker Tams sien Schaufinster, wat för mi de Hauptsaak weer. Denn dor leggn de Kindjees-Poppen, fein ut en witten Deeg utsteeken un mit roode Farv anmalt, Wiehnachtsmänner un Hirschen un Dannenbööm un en Sleeden mit Rehen darvör mit Paketen dar op, un en Mann un en Fru un noch veel mehr. Dat müß ik erstmal all mit de anner Jungs bekieken, de sik ok de Neesen an de Schieven breeddrücken dähn.

Aver dann gungn wi nah de Kark rop, de dor mit den dicken Torn breed as so'n Gluckhehn över dat Dörp ligg'n däh. Dicht dorvör hörn wi al de Orgel speeln, un as wi rinkeem'n, seet de ole Köster Petersen baben op de Orgelbank to öben. As he in sien Speegel mien Vadder dor neern an den Altar stahn seeg, dor trock he mit veel Geklapper all de Registers, un mit de dicksten un deepsten Orgelpiepen bruust dat denn dörch de Kark, dat een dat vörkeem, as wenn de meterdicken Muurn beevern dähn:

„Macht hoch die Tür, die Tor macht weit,
es kommt der Herr der Herrlichkeit.“

Nu leet de Köster mit so'n lütten nüdlichen Swanz de Orgel utklingn, dat klapper wedder mächdi in de Registern, un denn pultert dat op de Trepp, un se keem'n dal, de Köster und de Karkendeener un Kuhlengräber, de em dor baben de Bälgen pedd't un Wind makt harr. Vadder beschnackt noch so'n beeten mit se över de Kark an de nächste Dag, un denn sä de Köster Adjüs. De Karkendeener sloot mit en groote Slötel de Döör vun den dicken runnen Torn up un haal sien Äscher dar rut. Denn gung'n wi op den Westerdeel vun den Karkhoff, wo de Dannen dortomalen noch gans lütt weern. Ik dörf mi een darvun utsöken. De graaf de Karkendeener mi ut, un ik klemm ehr gans fast ünner de Arm. –

Dar hörn wi mit eenmal vun de Kark her en deep un mächdig Singen.

„Dat sünd de Russen von Jarplund“, sä de Karkendeener, „de wull'n vondaag nochmal kamen, en Krüüz op dat Graff von ehrn Kameraden to setten. Alltosaam kaamt se wedder anmarscheert, so as se bi de Beerdigung den Sark de acht Kilometer vun Jarplund op de Schullern dragen hebbt.“

Nu keemen wi achter de Bööm rut un worrn se an de Kark wies: In ganz lieke Reegen stunn'n se, ehn paar hunnert Mann, all in lange graue Mäntels, de grauen Mützen op den Kopp un mit groote swatte Bärte in't Gesich, vör den mächtigen runnen Feldsteentorn. Un vör se op dree Graffstäden dar stunn'n dree slichte Breederkrüüzen, de weern aver en beeten anners as uns; se harrn ünn'n noch en Balken, de dar ganz verdwars stünn. Een vun de Krüzen weer witt un nie, un op dat frische Graff darünner brennen en paar Lichten. De graue Muur vun Soldaten de stünn un sung, sung en gans langsam un truurig Leed, sung'n dat mit deepe Bässe, de jümmers mehr ut de breede Bost vun de Soldaten opschwellen dähn un denn gans liesen verklungn. Vadder un ik stünn'n nu gans in de Neegde, un Vadder nehm sien Hoot af un ik nehm de Mütz af. Dar weer dat truurige Leed to Enn. Un de, de dor vör de Front stunn'n un den Gesang dirigiert harr, de gung nu to en paar annere, de ja wull de Offizieren weern, un wies op mien Vadder un snack mit se. Dar nickköppten de un keemen all op uns to. De junge Dirigent, wat ja wull de Dolmetscher weer, sä, dat he sik nochmals för all sien Kameraden bedanken wull, dat mien Vadder an dat Graff von sien doden Landsmann so'n schöne Truerfier hool'n harr. Un denn wull he doch den Herrn Paster beed'n, wat he se nich wat verteIln kunn, wat door in ehr Heimat Rußland vör sik gung. Dor steeg mien Vadder op so'n olen Graffsteen, de dor leeg. Un de Wintersünn, de as so'n grooten roden Ball jüß in'n Westen an't Ünnergahn weer, stünn liek achter sien Kopp as so'n grooten Hilligenschien, un so mag he ja wull de Russen as de Freedensengel sülven vörkamen sien. Denn nu snack he vun den Freeden un höll en lütte Reed, un de Dolmetscher översett en jeden Satz: dat en niee Regeerung in Rußland weer un dat dor nu wull Freeden kamen kunn. As de Dolmetscher düssen Satz up Russisch seggt harr, dar bruust dat mit eenmal in de Reegen vun de Soldaten op. Se schreegen un lachen un smeeten de Mützen in de Luft, un denn störmen se vörwarts op uns to. Een so'n riesigen Kierl mit en grooten Baart kreeg mi to faaten un böhr mi hoch in de Luft. Un de annern, de dräng'n sik üm Vadder, drücken un küssen em de Hann'n, un een so'n Olen bück sik sogar un küss em den Suum vun sien Mantel. Se weern all rein ut de Tüüt vör Freud.

Aver denn geef dat en paar scharpe Kommandos, un all weern se gau wedder op ehrn Platz torügg. De Dolmetscher entschullig sik hunnert mal, aver Vadder sä, dat makt nix. Wat he den Herrn Paster nich ok en Freud maken kunn, fraag he denn. Wat se nich wat för em singen kunnen? He harr to Wiehnachten en Chor vun Bortnjanskij mit sien Lüüd instudeert. Wat se dat för den Herrn Paster sing'n dörfen? Dar nickt mien Vadder, un de junge Kierl steeg nu op den Steen un heev de Hand. Dar worr dat gans still. Bortnjanskij, sä he bloot. Un denn fung dat liesen an und schwull jümmers luuder un dröhn in de Bässe, as bi de Orgel, wenn Köster Petersen sien deepste Registers trocken harr. Ik heff nahdem noch menni Chor hört, in't Gwandhuus in Leipzig, in mennich Kark, Kunzertsaal un Opernhuus un ünner de gröttsten Dirigenten, sogar ünner Furtwängler den Schlußchor von Beethoven sien 9. Symphonie. Aver so'n Gesang, so vull Freud un ok vull Weh, vull Lengn un vull Low un Dank mit soveel Hengaaw un mit so en Kraft sungn, wat dat een kold de Rügg dalleep, dat heff ik miendaag nich wedder beleevt. Verstahn kunn ik vun dat Russisch keen Woort, aver ik föhl, wat dat en Leed full vun Low un Dank weer.

Ik harr mien Vadder fast bi de Hand to faaten un keek eenmal to em rup, un dor seeg ik, wat ik noch mien Daag nich sehn harr: dat mien starke Vadder, de nah mien Meenen allns wüß un allns kunn, twee blanke Traanen över de Backen in den Baart leepen. Nu bruust de Chor noch eenmal up, un denn weer dat still. Vadder gung to den jungen Dirigenten hen un drück em de Hand. Segg'n kunn he nix. De Offiziers leggen de Hand an de Mützen. Denn geef dat wedder en paar Kommandos, un de Russen marscheern af dör dat Karkhoffdoor na Jarplund to. Wi gung'n still dör dat anner Door un dör dat Dörp. Dar klung dat achter uns dör den klaren Winterabend, wedder Gesang. Aver nu weer dat en vergnögte Suldatenleed, en Marschleed, mit dat se afmarscheern und dat denn jümmers lieser woor un in de Feern verklung. Endlich kunn ik nu all de Fragen anbringen, de ik all lang op't Hart harr. Vadder verkloor mi, wat de Feldmarschall v. Hindenburg an de Anfang vun den Krieg in de Schlacht bi Tannenberg hunnertduusend Russen gefang'n nahmen harr. Darvun weern düsse paar hunnert nah Jarplund henkamen un harrn door an't Moor in ehr Baracken achter Tackeldraht seeten un al dree Johr lang Törf makt. Jeedereen vun se harr tweeduusend Kilometer vun hier Vadder un Mudder to Huus oder Fru un Kinner, un leng nah se un kreeg jümmers mehr Heimweh. Un nu seeg dat so ut, as wenn dor endlich Freeden warrn wull un se wedder tohuus fohrn kunnen nah de Heimat un nah de, de se leev harrn. Darför weern de Suldaten so ut de Tüüt west, as Vadder ehr dat vertellt harr.

So gung'n wi dör dat lütte Dörp. Dat weer Schummerstünn un Melktied. Hier un door smeet achter de Ruuten en Petroleumlamp ehrn geelen Schien op de Straat. En Koh brüll in de Stall, un denn gung en Döör op, un dar klapper dat mit Ammers un Melkkann. Sünst weer dat still. Un nu sloog achter uns op den Torn mit'n mal de groote Klock an, dat dat över de Hüüsen wiet in't Land dröhn un fung an, den eersten Adventssündag un de Wiehnachtstied intolüden. Dar fung ik an in mien lütt Kinnerhart so'n beeten to begriepen, wat dat heet:

Freeden op Eerden!

Ünner den Klockenklang keemen wi to Huus an. Dor töven se al op uns. Mien Bröder harrn en grooten Bloomenpott parat. Dor worr de lütt Dannenboom insett't, veer Lichten un noch so'n beeten Lametta an de Twiegen makt un een darvun ansteeken. Wi setten uns all dicht an den Aaben, in de dat Holt un Törf buller, Mudder sett sik an't Klaveer un speel, un wie sung'n „Macht hoch die Tür, die Tor macht weit …“.

Denn vertell Vadder vun de Russen, vun ehr groote deepe Freud un vun ehr Singen. As he to Enn weer, meen Mudder, dat se mit Vadder ja ok dat vun Bortnjanskij sung'n harr. Se nehm en anner Notenbook ut de Notenstänner un fung an to speel'n, un denn sett Vadder mit sien deepe klaare Stimm in; un se sung'n datsülbige, wat de Russen sung'n harrn. Ditmal verstunn ik ok de Wöör un wüß nu, worüm dat bi de Männer mit soveel Dank un Hengaav rutkamen weer:

„Ehre sei Gott in der Höhe
Und Friede auf Erden
Und den Menschen ein Wohlgefallen.
Wir loben dich,
wir benedeien dich,
wir beten dich an!
Wir loben dich,
wir sagen dir Dank!“

Postkarte aus dem 1. Weltkrieg.

Weihnachten in Kudenow

Arno Surminski

Lohnt es sich, Weihnachten 46 zu beschreiben? Vor allem war es kalt, weit unter null Grad. Am 24. nachmittags fiel der Strom aus. „Nicht einmal Schnee haben sie in diesem Holstein“, klagte die Mutter.

Knecht Stolten mistete den Pferdestall aus, seine letzte Arbeit am Heiligen Abend. Melker Kassebohm versorgte die Kühe mit Haferstroh und Steckrüben. Er machte früher Schluß als sonst. Auch Ella kam schon um halb sieben vom Melken zurück in den Hühnerstall und brachte mehr Milch mit als an anderen Tagen, denn es war Weihnachten.

„Haben wir keinen Tannenbaum?“ fragte Kurt.

Ach du lieber Himmel, daran hatte niemand gedacht, nicht einmal Ella; denn Tannenbäume kann man nicht essen, die stehen nur so herum.

„Du hättest ja einen holen können“, meinte Ella bissig.

„Unser Bruno hätte uns einen schönen Tannenbaum besorgt“, sprach die Mutter mehr zu sich als zu den Kindern.

Kurt sah sie an und begriff, daß Bruno den Tannenbaum nicht aus dem Kudenower Wald geholt hätte, sondern aus dem Borkener Forst in der Nähe von Kruglanken, wo in Mutters Erinnerung die allerschönsten Tannenbäume der Welt standen. Kurt nahm sich vor, für künftige Weihnachtsfeste Tannenbäume zu beschaffen, Berge von Tannenbäumen, so viel die Mutter wollte. Er lebte erst ein paar Tage in Kudenow, aber in der kurzen Zeit war ihm klargeworden, daß er etwas tun mußte. Du hast Pflichten, Kurt Marenke! Du bist nicht zu deiner Mutter heimgekehrt, um unter ihren Rock zu kriechen und Kind zu spielen.

Ella zündete die Hindenburgkerzen an, die auf der Fensterbank standen. Fünf Stück, die reinste Verschwendung.

„Ein richtiger Weihnachtsmann kommt natürlich nicht“, sagte die Mutter. „Ihr seid schon groß genug. Und viele Geschenke gibt es sowieso nicht.“

Du brauchst dich nicht zu entschuldigen, Mutter. Es ist doch eine ganze Menge, was du im Laufe des Jahres zusammengeschleppt hast. Eine Schürze voller Äpfel, von wilden Bäumen im Knick gepflückt und für Weihnachten auf dem Schrank verwahrt. Sie sind zwar nur gebraten und mit Sirup bekleckert genießbar, aber doch richtige Weihnachtsäpfel. Auch ein Beutel mit Haselnüssen tauchte auf, die Ella im Knick geerntet hatte. Schließlich Pfefferkuchen wie zu Hause, dazu eine Kaffee-Torte, aus Kaffee-Ersatz-Pulver gebacken und mit Vanillepudding garniert. Ein Geheimnis blieb, wo die Mutter das Marzipan aufgetrieben hatte. Kein Lübecker Marzipan, kein Königsberger Marzipan, nur Marzipanersatz, zusammengemischt aus Grieß, Puderzucker und Mandelöl. Die Mutter hatte den Brei zu Herzen geformt und über der heißen Ofenplatte flambiert. Zum Wärmen gab es Ersatz-Glühwein aus Holunderbeersaft. Ersatz-Weihnachten. Ersatz-Zuhause.

Falsche Marzipantorte:
Für den Teig: 2 mittelgroße Eier, 6 Eßlöffel Wasser, 125 g Zucker, 1 Päckchen Vanillezucker, 175 g Weizenmehl, $^1/_2$ Päckchen Puddingpulver (Vanillegeschmack), 3 gestrichene Teelöffel Backpulver.

Für die Füllung: 1. 2–3 gehäufte Eßlöffel Marmelade (rot); 2. Kartoffelmarzipan: 200 g ungesalzene, gekochte Kartoffeln, 125 g Zucker, 1 Päckchen Vanillezucker, 7–12 Tropfen Bittermandelöl.

Marzipan wurde nach folgendem Rezept hergestellt: 4 Tassen Grieß, 3 Tassen Zucker, $^1/_2$ Päckchen Puddingpulver, $^3/_4$ Tassen Wasser, 30 g geschmolzene Butter, Mandelessenz.

Alles kalt verkneten, Kugeln in Kakao umdrehen.

Mit solchen Rezepten haben auch viele „Einheimische" 1945 versucht, Weihnachten einen festlichen Anstrich zu geben. Die Rezepte stammen aus Flensburg.

„Wer weiß, wo unser Bruno Weihnachten feiert ..." sagte die Mutter plötzlich.

Ella stieß Kurt an. „Wenn sie so früh mit Bruno anfängt, wird es schlimm", raunte sie ihm ins Ohr.

„Manchmal denke ich, Bruno ist schon zu Hause in Kruglanken. Der ist gar nicht erst in den Westen gekommen, sondern gleich aus der Gefangenschaft nach Hause gegangen. Da sitzt er nun und wartet auf uns. Und wir treiben uns in der Weltgeschichte herum."

Die Mutter kam nicht zur Ruhe. Sie saß, die Hände im Schoß, auf einem Stuhl zwischen Kanonenofen und Fenster und erzählte. Meistens von Bruno. Wenn der nach Hause kommt, fängt das Paradies an. Der allein kann helfen. Zweiundzwanzig Jahre ist er alt, in der besten Kraft der Jugend. Er wird zur Arbeit gehen und so reichlich Essen heranschaffen, daß alle Marenkes satt werden. „Vor zwei Jahren hat er zuletzt geschrieben. Erinnert ihr euch noch daran, Kinder? Damals war er in dem Gebirge hinter Pillen, das so groß ist wie die Alpen. Und wir lebten noch zu Hause ... Denkt ihr überhaupt noch an zu Hause, Kinder? Am Weihnachtsmorgen sind wir mit dem Schlitten in die Kirche gefahren. Kein Schmuddelwetter wie hier in Holstein, sondern herrliche, trockene Luft. Die Glocken am Pferdegeschirr bimmelten. Und die Kirchenglocken bimmelten auch. Zu Mittag gab es Kalbsbraten, so viel jeder essen wollte. Weißt du noch, Kurtchen, wie dir nachmittags ein Tortenstück auf den Pullover fiel? Das gab einen fürchterlichen Kleister auf dem schönen neuen Pullover ..."

So erzählte sie und erzählte. Die große Angst der Mutter war es, die Kinder könnten die Heimat vergessen, könnten sich wohl fühlen in diesem Kudenow und eines Tages nicht zurückwollen, wenn die große Fanfare zur Heimkehr ertönte. Für den Abend fuhr die Mutter aus der Kruglanker Erinnerung Schinken, Rauchwurst und Sülze auf, auch ein Glas mit eingelegten Klopsen. Für Kurt gab es extra Bauernfrühstück mit mehr Eiern als Kartoffeln. Auch vergaß sie den Punsch nicht, den sie in Kruglanken spätabends aus der Röhre des Kachelofens geholt hatten; ferner gab es in der Erinnerung reichlich Bratäpfel und ein Glas eingelegter Gurken nach polnischer Art.

„Wenn wieder Weihnachten ist, sind wir zu Hause", behauptete die Mutter zuversichtlich. „Die können uns nicht ewig wie Zigeuner durch die Welt ziehen lassen. Einmal kommen die Menschen zur Ruhe. Die Russen und die Polen können das viele deutsche Land überhaupt nicht bewirtschaften. Die brauchen uns, sonst verfallen die Höfe, und die Felder verwildern." Plötzlich griff die Mutter nach Kurts Hand. „Du bist schon über eine Woche hier, Kurtchen, und hast noch nicht erzählt, wie es dir ergangen ist. Haben sie dir weh getan, Kurtchen?"

Die Mutter blickte ihn fragend an. Er spürte, daß er etwas sagen mußte, weil er ihr nahe war. Aber ihm fiel nichts ein. Was gab es da viel zu erzählen? Es war ihm nicht anders ergangen als den anderen. „War es nicht schrecklich, zwei Jahre allein zu sein?"

Aber nein, Mutter, allein ist Kurt Marenke nie gewesen. Immer gab es Menschen in seiner Nähe, böse und gute. In den Schlangen vor der Essenausgabe, in den Entlausungshallen, an Lagerzäunen und in überfüllten Zügen. Überall Menschen: Soldaten, feindliche und deutsche, Frauen, Kinder, alte Männer, Gefangene, Kranke, Tote, Aufseher, Ärzte, Krankenschwestern, Essenausteiler ... alles Menschen.

„Weißt du noch, Kurtchen, wie ich geweint und gebettelt habe, sie sollten dich nicht mitnehmen? Aber die Russen wollten Kinder haben, die die erbeuteten Pferde aus der Frontlinie nach hinten brachten. Den deutschen Männern trauten sie nicht. ‚Du brauchst keine Angst zu haben, deutsche Mutter', sagte der russische Offizier und lachte. ‚In zwei Stunden hast du deinen kleinen Fritze wieder.' Von wegen zwei Stunden – zwei Jahre hat es gedauert. Kaum warst du weg, da kam der deutsche Gegenangriff. Wir wurden befreit, aber du warst mit den Pferden bei den Russen."

„Hört endlich auf, von früher zu reden", mischte sich Ella in das Gespräch. „Davon wird es auch nicht besser."

Ella saß am Fenster und blickte zur Burg, die verschwenderisch in das weihnachtliche Dunkel leuchtete, eine strahlende Lichtquelle, die die Motten anlockte und die Gedanken.

„Da prassen sie wieder", meinte die Mutter.

Vom Hühnerstall aus war der Weihnachtsbaum in der guten Stube des Bauern Kock deutlich zu erkennen. Das Licht der Kerzen fiel auf den Hof; es hätte sogar die dunkle Scheune erreicht, wäre es nicht von dem mächtigen Buschholzberg aufgehalten worden.

„Drei Enten hat sie geschlachtet", fuhr die Mutter fort. „Wenigstens das Blut hätte sie uns für Schwarzsauer geben können. Aber sie haben einen Kopf aus Holz und ein Herz aus Stein, diese Holsteiner." Ella drückte die Nase an die Scheibe. Breit und behäbig lag die Burg vor ihr, von keinem Sturm zu erschüttern, ein Fels in der Brandung, von allen Fluten verschont.

Kurt starrte seine Schwester an. Was denkst du, liebes Schwesterlein? Möchtest du eines Tages in einer solchen Burg leben mit drei geschlachteten Enten auf dem Weihnachtstisch und einer Speisekammer mit Eingemachtem?

„Wenigstens euch Kindern hätte Kock etwas schenken können", beschwerte sich die Mutter. Sie dachte nur an Ella und Kurt, nicht an das Dutzend in der Scheune. Aber wenn Bauer Kock zu schenken anfängt, muß er denen in der Scheune auch etwas geben, und das wird alles viel zuviel. In dieser Flut des Elends fand man keinen Anfang und kein Ende mit den Weihnachtsgeschenken, und deshalb ließ Kock es lieber ganz.

Es war der Augenblick gekommen, Mutters Lieblingslied anzustimmen: *Was frag ich viel nach Geld und Gut, wenn ich zufrieden bin?* Es war eine fromme Lüge, dieses Lied, denn natürlich kam es auf Geld und Gut an, allein darauf. Die Mutter liebte jene Strophe, die ihrer Meinung nach eigens für Bauer Kock in Kudenow gedichtet worden war und in der es hieß:

So mancher lebt in Überfluß,
hat Haus und Hof und Geld.
Und ist doch ständig in Verdruß
und freut sich nicht der Welt.
Je mehr er hat, je mehr er will,
nie schweigen seine Klagen still.

Bevor die Mutter zu ihrem Lied kam, fingen sie in der Burg an zu singen. *Stille Nacht.* Bauer Kocks Stimme vorneweg, dahinter der brummende Opa, etwas schrill die Bäuerin, verhaltener Ina, die Köksch. Melker Kassebohm schwieg ganz, machte nur die Mundbewegungen mit; dafür sang Knecht Stolten um so lauter.

Und sie bekamen Antwort. Die Scheune sang *O du fröhliche.* Was gab es denn da Fröhliches? In der Lautstärke war die Scheune überlegen, denn sie bot fünfzehn Sänger auf, die Kinder nicht mitgerechnet. Außerdem eine Flöte zur Begleitung. Der Hühnerstall in der Mitte vernahm die frohe Botschaft von beiden Seiten. Kurts Sorge war, der Gesang aus der Scheune könnte nicht in der Burg ankommen, sondern von den dicken Mauern abprallen. Aber die Burg sollte hören, wie die Scheune sang.

Lange hielt Kurt es im Hühnerstall nicht aus. Er rannte über die gefrorenen Pfützen des Hofplatzes zur Scheune und stand staunend vor der mächtigen Fichte, die der alte Petschelies auf seinem Handwagen zusammen mit dem gebildeten Menschen aus dem Kudenower Wald geholt hatte. Ein Weihnachtsbaum ohne Kerzen, weil so etwas feuergefährlich ist in der Scheune. Im Vordergrund sah Kurt den Gebildeten steif und feierlich mit funkelnden Brillengläsern den Gesang dirigieren. Die beiden Flötenkinder nahe bei ihm, die übrigen Kinder im Halbkreis. Aus den Scheunenfächern blickten die Gesichter der Alten. Da fehlten nur noch ein Esel, die Krippe und ein schreiender Säugling. Bethlehem in der Kudenower Scheune bei sechs Grad unter Null und steifem Nordostwind, der gegen das Holz der Scheunenwand drückte.

Der Gesang lockte Pastor Thormählen an. Nach dem Gottesdienst zum Heiligen Abend kam er auf Kocks Hof, ein gewaltiger Kerl, mehr Bauer als Kirchenmann. Er war im Ersten Weltkrieg unter einen einstürzenden Bunker geraten und hatte geschworen, Pastor zu werden, falls er jemals wieder das Sonnenlicht erblicken sollte.

„Wenn ihr nicht die Kirche besucht, muß ich zu euch in die Scheune kommen", sagte Thormählen.

„Wir haben jeden Tag Kirche, wir leben in der Kirche", sagte der alte Petschelies lachend und zeigte hinauf zum Eulennest im Kirchenschiff, zu dem weitläufigen Gebälk, in dem die Kockschen Tauben, vom Gesang aufgeschreckt, unruhig umherflatterten.

Thormählen improvisierte einen kleinen Notgottesdienst im Notaufnahmelager von Kudenow, wußte aber auch nur zu erzählen, daß die Letzten irgendwann die Ersten sein würden. Und wer heute mit Tränen säe, werde morgen in Freuden ernten. „Wir sind alle bloß Menschen!" schloß er die kurze Ansprache. Das war seine ständige Redensart, die alle menschlichen Schwächen und Verirrungen in einem Satz einschloß und mehr bedeutete als Amen.

Die Frau Nuschtnich machte aus der feierlichen Stunde gleich wieder eine Uns-geht-es-so-schlecht-Veranstaltung, in dem sie Thormählen vorführte, wie bescheiden ihr Weihnachtsessen war. Nicht mal ein Stück Pfefferkuchen gab es! Da zog der Pastor es vor, die Burg aufzusuchen. Kurt folgte ihm, trieb sich unter den Fenstern des Bauernhauses herum und sah, wie drinnen die Kerzen langsam niederbrannten.

Es war ein großer Fehler, sofort nach Kriegsende die Verdunkelung in Deutschland aufzuheben. Kurt konnte hinter den unverdunkelten Fenstern mühelos erkennen, was der Weihnachtsmann dem Bauern Kock gebracht hatte. Eine Hose für den Sonntag und einen Regenmantel für alle Tage. Der Frau ein schwarzes Kleid für Hochzeiten und Beerdigungen. Opa Kock saß in der Altenteilerecke am Ofen und beschäftigte sich mit einem halben Dutzend Tabakpäckchen, die der Weihnachtsmann für ihn abgegeben hatte. Auf dem Tisch eine Flasche Rum aus Flensburg. Schokoladenriegel im Tannenbaum. In einer Obstschale merkwürdige Früchte, die Kurt in seinem zwölfjährigen Leben noch nie gesehen hatte, gelb und länglich, vielleicht aus Afrika. So großzügig kann der Weihnachtsmann sein, wenn du einen Keller voller Kartoffeln hast und in der Rauchkammer Speck hängt, Speck zum Braten und zum Tauschen.

Kurt sah, wie Thormählen sich neben Opa setzte, einen Grog eingeschenkt bekam und sich eine Zigarre ansteckte. Wir sind alle bloß Menschen. Als die Zigarre in Asche zerfallen war, schlenderte Kurt frierend zurück zum Hühnerstall. Die Mutter hatte sich hingelegt, weil sie im Liegen besser an zu Hause denken konnte. Ella wusch ab.

Er konnte nicht einschlafen. Als es schließlich doch gelang, schreckte er nach kurzer Zeit hoch und schrie nach der Feuerwehr.

„Was hast du, Kurtchen", fragte die Mutter besorgt.

„Der träumt vom Krieg", meinte Ella.

Die beiden Frauen umstanden sein Lager. Mit ihren aufgelösten Haaren glichen sie zwei Engelsköpfen, die von hoch oben traurig auf Kurt Marenke herabblickten. Friede sei mit dir!

„Der muß sich erst an Kudenow gewöhnen", flüsterte die Mutter.

Ella hob die Joppe auf, die Kurt sich abgestrampelt hatte, und deckte seine Füße zu. So, nun schlaf man schön, Kurtchen.

Eine Art Bescherung

Siegfried Lenz

Damals lebten wir in einer Baracke mit Tarnanstrich, sieben Familien in sieben Räumen, und von den alten Jegelkas trennte uns nur eine Wand aus zerknittertem Packpapier. Wie eine Ansammlung von reglosen Schiffen lagen die Baracken in der verschneiten Ebene, leichte, hölzerne, transportable Bauwerke, kühn konzipiert von den Architekten des 20. Jahrhunderts, Gemeinschaftswasserleitung, Gemeinschaftstoilette, dazu von außen ein Tarnanstrich: weiße gezackte Zungen, dunkelgrüne hochschlagende Flammen, rostrote, ungleichschenkelige Dreiecke –: gegen Sicht waren wir sehr gut geschützt. Nachdem die Feuerwerker verschwunden waren, die hier während der letzten Kriegsjahre getarnt an einer Mehrzweck-Mine gefeilt hatten, machten sie die Baracken zu einem Auffanglager, zweigten ein Rinnsal von dem großen Treck ab und ließen die Baracken einfach vollaufen, bis jeder Winkel ausgenutzt war. Auch Mama wurde hier aufgefangen wie all die andern, die das Trapez der Geschichte verfehlt hatten; wir erhielten einen der sieben Räume und dekorierten ihn mit den Sachen, die Mama während der ganzen Flucht mitgeschleppt hatte: mit dem Elchgeweih, dem riesigen Küchenwecker und dem Vogelbauer, in dem sie jetzt Papiere aufbewahrte.

Wir hatten soviel zu tun, um satt zu werden, warm zu werden, daß wir uns um kein Datum kümmerten, und wir hätten auch nichts von Weihnachten gemerkt, wenn nicht Fred zurückgekommen wäre aus dem Donezbecken. Nur weil sie ihn zu Weihnachten aus der Gefangenschaft entlassen hatten, wußten wir, daß es uns bevorstand; doch obwohl wir es nun wußten, erwähnten wir es nie, forschten nicht heimlich nach Wünschen, handelten nicht lieb hinterm Rücken. Fred machte sich ein Lager aus Zeitungspapier, deckte sich mit seiner erdgrauen Wattejacke zu und schlief Weihnachten entgegen, vier Tage und vier Nächte, während Mama und ich frierend herumgingen und verhalten mit den alten Jegelkas zankten, um für Fred Ruhe zu schaffen. Als uns der Heilige Abend ereilt hatte, war immer noch kein Wort über Weihnachten gefallen, doch jetzt stand Fred auf, hauchte die Eisblumen vom Fenster, blickte lange über die traurige Landschaft Schleswig-Holsteins und zu dem rötlichen Himmel über der Stadt; dann ging er hinaus, rasierte sich über dem Gemeinschaftsausguß, und als er zurückkam, sagte er: „Ich fahr mal in die Stadt rüber."

Gegen Mittag spürte ich, daß Mama mich am liebsten rausgeschickt hätte, doch sie sagte nichts, und da nahm ich mir einen der kratzigen Zuckersäcke, verschwand heimlich, stapfte durch den Schnee zum Bahndamm, stieg den Bahndamm hinauf, dort wo die Steigung beginnt und die Züge langsamer fahren. Hinter einem Baum, einem harzverkrusteten Fichtenstamm, wartete ich. Es begann heftig zu schneien, und die Schienen blinkten matt in der Dämmerung. Ich trampelte, um die Füße warm zu bekommen, denn es war wichtig für den Sprung auf den fahrenden Zug; der Fuß mußte den Sprung kalkulieren, verantworten: mit einem gefühllosen Fuß war man verraten wie der kleine Kakulka, der sich enorm verschätzte und es bezahlen mußte.

Den D-Zug, der wie ein Büffel durch das Schneetreiben donnerte, ließ ich in Ruhe, aber der Güterzug dann: von weitem schon hörte ich ihn rattern, schlingern, und ich kam hinter dem Baum hervor, machte mich fertig zum Sprung. Ich fühlte mich nicht sehr sicher, denn ich hatte kein verläßliches Gefühl im Sprungbein, doch ich war entschlossen, den Güterzug anzugreifen. Und da kam er heran: eine schwarze drohende Stirn, die durch das Schneegestöber stieß, die Lokomotive, der Tender, auf dem die Kohlen lagen, die uns Wärme bringen sollten an den Weihnachtstagen. Ich streckte die Hände aus, suchte nach dem Gestänge; in diesem Augenblick hörte ich den Ruf des Heizers, sah sein Gesicht, oder vielmehr das Weiße seiner Augen, das Weiße seiner Zähne, und ich entdeckte den gewaltigen Kohlenbrocken, den er über dem Kopf hielt und jetzt zu mir hinabschleuderte. Der Heizer wußte, daß wir manchmal an der Steigung des Bahndamms warteten, wenn die Kohlenzüge kamen: diesmal hatte er auf uns gewartet.

Ich schob den gewaltigen Brocken in den Zuckersack, rutschte den Bahndamm hinab, stapfte durch den Schnee zu den getarnten Baracken und blieb zwischen den Erlen stehen, als ein Schatten den Lehmweg herunterkam. Es war Fred. „Schnell", sagte er, „ich kann nicht so lange draußen bleiben."

Er zeigte auf eine Zigarrenkiste; der Deckel hatte eine Anzahl von Luftlöchern, und im Kasten kratzte und scharrte und flatterte es. Gemeinsam betraten wir die Baracke, schoben uns zu unserem Appartment. „Woher kommst du?" fragte ich Fred. „Vom Schwarzen Markt", sagte er, „das ist eine sehr gute Einrichtung."

In unserm Raum hatte sich etwas verändert. Es war da eine ganz gewisse Verwandlung erfolgt. Auf einer Bierflasche steckte eine Kerze, und das Elchgeweih, das Mama als wesentliches Fluchtgepäck mitgeschleppt hatte, war mit Tannengrün behängt. Auch an den Wänden hing Tannengrün, nur der Küchenwecker war nackt und ungeschmückt – vielleicht, weil man kein Tannengrün an ihm befestigen konnte. Aber es hatte sich noch mehr verändert, und ich brauchte eine Weile, bis ich merkte, daß der Vogelbauer fehlte. „Wo ist denn der Käfig?“ fragte Fred. „Hier“, sagte Mama, und ließ uns in einen Topf blicken, in dem ein weißliches Stück Speck lag, „ich habe den Käfig eingetauscht gegen den Braten. Das ist mein Geschenk.“ – „Und das ist mein Geschenk“, sagte Fred und gab Mama die Zigarrenkiste, in der es kratzte und scharrte und flatterte. Vorsichtig öffnete Mama die Kiste, doch nicht vorsichtig genug, denn als sie den Deckel lüftete, schoß ein Dompfaff heraus, kurvte durch den Raum und ließ sich erschöpft auf dem Küchenwecker nieder.

Jetzt wandten sich beide mir zu, blickten auf den Sack, forschend, räuberisch, und da erlöste ich sie aus der Ungewißheit und ließ mein dreißigpfündiges Geschenk herausplumpsen.

Später zerschlug ich den Kohlebrocken mit dem Hammer. Wir heizten ein, daß der Kanonenofen glühte und das Packpapier, das uns von den alten Jegelkas trennte, zu knistern begann vor Hitze; und dann brachte Mama den geschmorten, glasigen Speck auf den Tisch: schweigend aßen wir, mit fettigen Mündern: nur unser Seufzen war zu hören, mit dem wir die Wärme in uns aufnahmen, ein tiefes, neiderregendes Seufzen über die unermeßliche Wohltat, die uns geschah, und Fred zog seine erdbraune Wattejacke aus, ich den Marinepullover, so daß wir schließlich nur im Hemd dasitzen konnten – winters in einer Baracke im Hemd! – und auch jetzt noch die Wärme spürten, die unsere Gesichter rötete, das Blut in den Fingern klopfen ließ. Und dies vor allem spüre ich, wenn ich an das Weihnachten von damals denke: die erbeutete Wärme, und ich höre Mama sagen: „Daß sich keiner, ihr Lorbasse, unterstehen mecht’, das Fensterche aufzumachen oder de Tier: den schmeiß ich eijenhändig raus, daß er Weihnachten haben kann mit de Fixe, pschakref.“

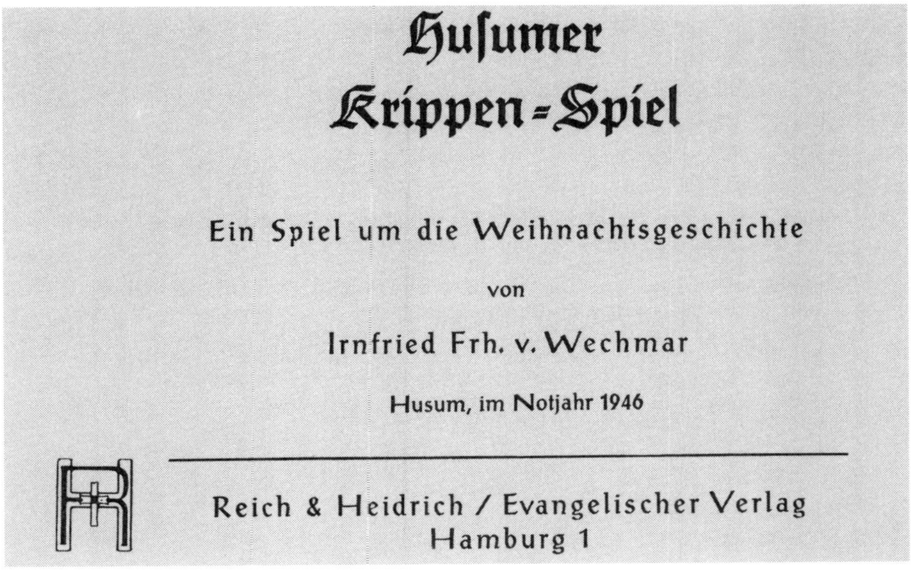
Husumer
Krippen-Spiel

Ein Spiel um die Weihnachtsgeschichte

von

Irnfried Frh. v. Wechmar

Husum, im Notjahr 1946

Reich & Heidrich / Evangelischer Verlag
Hamburg 1

Erschütterung und Not nach dem Krieg schlagen sich in zwei Krippenspielen nieder, die 1945/46 in Schleswig-Holstein entstanden. Das eine schrieb Irnfried Freiherrr von Wechmar, den es wie unzählige andere als Flüchtlinge nach Schleswig-Holstein verschlagen hatte. Sein Anliegen bringt er zum Ausdruck in der

EINFÜHRUNG

Das „Husumer Krippenspiel" — geschrieben im Notjahr 1946 — entstand aus den Gedanken eines Soldaten über den Frieden, eines Mannes, der den Krieg zweimal (1914—1918 und 1939—1945) an der vordersten Front in des Wortes ureigenster Bedeutung „am eigenen Leibe" verspürte.

Der Verfasser will mit dem „Husumer Krippenspiel" einen bescheidenen Beitrag liefern zu der völkerverbindenden, völkerversöhnenden Idee des Friedens auf Erden — zu jener großen, beglückenden Idee der Vereinigung aller Menschen, insonderheit aller Mütter, zu einer Liga des Weltfriedens, wie sie im Spiel die Mutter zum Ausdruck bringt, die an der Krippe des Christkindes um die Heimkehr ihres letzten Sohnes aus der Kriegsgefangenschaft bittet und dann ausruft:

Ihr Mütter hört's — nun seid bereit! —
Nun ist für Euch die Hohe Zeit
dafür zu wirken ohne Rast,
daß neuer Kriege Tod und Last,
sich nimmermehr herniedersenke.

Gott gab die Botschaft zum Geschenke,
daß endlich nun auf dieser Erde
der Friede Gottes Wahrheit werde.

*

Das „Husumer Krippenspiel" — auch für die Aufführung durch Laienspieler gedacht — kann in jedem Gotteshaus vor dem Altar, aber auch in Räumen mit und ohne Bühne gespielt werden. Wo ein Chor fehlt, mag an seine Stelle Schüler- oder Gemeindegesang, Orgel-, Harmoniumspiel oder ein Streichorchester treten. Dekoration und Ausstattung entsprechen den bescheidenen Verhältnissen, unter denen der Erlöser seinen dornenvollen Erdenwandel begann — Verhältnissen, die vieles gemein haben mit dem derzeitigen Los unserer Vertriebenen, Flüchtlinge und Ausgebombten in Nah und Fern.

Das andere entstand in einem der großen Gefangenenlager. Fritz Grasshoff schrieb das Spiel 1945 im Herbst für die Gefangenen und Flüchtlinge zu Heiligenhafen in Ostholstein. „Gefangene und Flüchtlinge spielten es unter Leitung von Mathias Wiemann dort in Scheunen und Sälen vom 1. Advent bis zum Heiligen Dreikönigstage 1946 48mal. Walter Unger schrieb die Musik dazu.“ Als Geleitwort für sein **„Heiligenhafener Sternsingerspiel“** schrieb Fritz Grasshoff:

DENEN, DIE IM STALL LEBEN BEI OCHS UND Schaf; denen, die nachts ſchlaflos auf ihrer Schütte liegen und unter Tränen die Hände ballen; denen, die hart und ohne Hoffnung ſind und ſagen: mag es kommen, wie es will, mir iſt es einerlei; den Herzen, die noch einen Funken Licht bewahren, und denen, die erloſchen ſind; allen iſt dies kleine Laternenlicht angezündet, das einer von euch, der heimatloſen Soldaten einer, empfangen durfte in Heiligenhafen im Barackenlager, in der Baracke 7, unweit der See.

Vielleicht hat nach langen, langen Jahren Wartens und Blutens, Sterbens und Reifwerdens bei uns ein Gnadenſchiff der Heiligen angelegt. Vielleicht ſind Caſpar, Melchior und Balthaſar an Land geſtiegen und eine Schar guter Geiſter dazu. Denn immer dann kommen die Heiligen zur Erde, wenn niemand ſie noch erwartet, und die Nacht am allertiefſten iſt. Sie ſagen von Gott, ſie ſuchen das Heil in der Welt und finden es immer in einem armen Stall.

Es wird eine neue Welt werden. Eilande der Liebe tauchen aus dem Meere des Haſſes und der Tränen. Da wird wieder die Krume des Sinns beackert und der Kern der Liebe gelegt. Früchte wird er tragen. Denn das Gute hat mehr Kraft als das Böſe. Wiewohl das Säckel der Sonne klein und das Feld der Nacht groß iſt, geht allenthalben das Licht in den Furchen der Nacht auf.

Wir müſſen dornenvolle Wege gegangen ſein, bis wir das Bittere als heilſam, das Verachtete als koſtbar und das Gefürchtete als einen Quell des Segens erkennen.

Hirtenanbetung von Niko Wöhlk, 1946.
Das Aquarell entstand während seiner Internierung im Lager Skrystrup.

Merry Christmas 1945

Jürgen Dunker

„Ist das nicht toll!" Mein Freund Klaus jubelte mir zu. Wir sprühten vor kindlicher Ausgelassenheit. Er ritt bei Mike auf dem Nacken. Ich saß rittlings auf der breiten Schulter von John.

Ich klammerte meine Arme um Johns Kopf mit seiner rothaarigen Stoppelfrisur, um bei dem Ritt durch den weihnachtlich geschmückten Festsaal ja nicht herunterzufallen.

John galoppierte mit mir vorbei an den Tischen mit Weißbrot und Butter, mit einfacher und gefüllter Schokolade, vorbei an den beiden riesigen Weihnachtsbäumen, die von oben bis unten nach englischer Sitte bunt und glitzernd geschmückt waren.

Weihnachten 1945.

Mike und John waren englische Soldaten. Sie gehörten zu der Kompanie, die nach Ende des Krieges unseren Teil des Dorfes als Besatzungsmacht beschlagnahmt hatte.

Den Platz neben dem großen Seminargebäude, in das alle Familien aus den besetzten Häusern einquartiert waren, benutzten die Engländer als Abstellplatz für ihre Militärfahrzeuge. Der Betrieb auf dem Platz übte auf uns Jungs einen starken Reiz aus. Von den höher gelegenen Fenstern beobachteten wir, wie die Soldaten mit den Panzern und Jeeps hin und her rangierten, wie sie sich zwischen den Fahrzeugen auf Spirituskochern ihre Mahlzeiten zubereiteten.

Der Drang, dorthin zu gelangen, trieb Klaus und mich – trotz des elterlichen Verbots und trotz des Stacheldrahtzauns. Wir bogen die Drähte so weit auseinander, daß wir ungesehen und ohne Dreieckslöcher in den Hosen hindurchschlüpfen konnten. Wir schlichen uns an eine Gruppe heran, die zwischen zwei Panzern um einen Spirituskocher herumsaß. Es roch nach Boullion und gebratenem Corned Beef, nach dampfendem Kaffee und heißem Kakao.

Die Soldaten entdeckten uns. Sie luden uns zur Mahlzeit ein, feixten und spielten mit uns. Unsere Taschen voll von englischen Süßigkeiten und Leckerbissen machten wir uns auf den Rückweg. Unsere Geschwister freuten sich über unsere Mitbringsel, die wir alle zum erstenmal in unserem Leben zu sehen und zu schmecken bekamen.

Regelmäßig krochen wir, Klaus und ich, hinüber zu Mike und John, die zu der gastfreundlichen Gruppe gehörten. Sie freuten sich, die beiden Besatzungssoldaten aus dem fernen England, wenn wir angeschlichen kamen.

Doch die Freundschaft fand ein jähes Ende – vorerst.

Als wir eines Tages von unserem nahrhaften Besuch fröhlich und mit Schätzen beladen durch das Stacheldrahtloch zurückgekrochen kamen, stand plötzlich der Hausverwalter des Seminargebäudes vor uns. Die Standpauke und die

Ohrfeigen waren erträglich. Viel schlimmer war, daß der Drahtverhau verstärkt wurde und unser Loch zu Mike und John für immer versperrt war.

Das Jahr 1945 nahm seinen Lauf. Die Weihnachtszeit nahte. In der winzigen Wohnung direkt unter dem Dach des Seminargebäudes war Mutter fleißig bemüht, uns vier kleinen Kindern mit den einfachsten Mitteln ein behagliches, unvergeßliches Weihnachtsfest zu bereiten. Trotz der quälenden Ungewißheit über das Schicksal unseres Vaters, der noch im Frühjahr 1945 in russische Kriegsgefangenschaft geraten war.

In dem großen Seminargebäude erklangen die schönen Weihnachtslieder aus den verschiedenen provisorischen, mit Wolldecken aufgeteilten Wohnungen, und der süße Duft vom Backen der kleinen Weihnachtsplätzchen durchdrang die Flure und Treppenhäuser.

Zugleich war da die Trauer und Sorge um all die Spuren und Wunden, die der Weltkrieg in vielen Familien hinterlassen hatte.

Mitten in diese unvergeßliche Weihnacht platzte die Einladung der Engländer. Der Besatzungskommandant lud alle kleinen Kinder aus den evakuierten Familien zur Weihnachtsfeier ein.

In spannungsreicher Erwartung marschierte eine große Kinderschar in Begleitung einiger Soldaten hinüber in das besetzte Missionsgebäude.

Der große Festsaal erstrahlte im weihnachtlichen Glanz. In der Mitte die beiden Weihnachtsbäume, deren Spitzen bis unter die Decke reichten. An den Seitenwänden rechts und links prasselte wärmendes Feuer aus zwei offenen Kaminen. Die Mitte des Saales war ausgefüllt mit zwei langen, weiß gedeckten Festtafeln, auf denen die schönsten Leckerbissen zu sehen waren.

Soldaten in festlicher Uniform führten uns zu unseren Plätzen. Sie bedienten uns mit heißer Schokolade, sie ermutigten uns, kräftig zuzugreifen.

Klaus und ich, wir ließen uns das nicht zweimal sagen. Wir taten uns gütlich an dem schneeweißen Weißbrot mit Butter, an Schokolade, Bonbons und Kuchen. Zwischendurch sangen wir Weihnachtslieder, die von einem Soldaten am Klavier begleitet wurden.

Als nichts mehr in unsere kleinen Bäuche hineinpaßte, machten die Soldaten mit uns die schönsten Spiele.

Längst hatten wir Mike und John wiedererkannt. Das war ein fröhliches Wiedersehen. Sie versorgten uns mit allen Leckereien, so daß unsere Teller nie leer wurden.

Dann holten sie uns zu den Reiterspielen.

Ganz unauffällig teilten die Engländer uns während des Bunten Treibens mit, wann wir mit unseren Familien wieder in unsere Häuser und Wohnung ziehen konnten, was im nächsten Frühjahr dann auch tatsächlich geschah.

Zum Abschluß standen die deutschen Kinder und die englischen Soldaten Hand in Hand um die beiden Weihnachtsbäume herum und sangen: „Welt ging verloren, Christ ist geboren, freue, freue dich, o Christenheit.“

Weihnachten 1945.

Anfang der 50er Jahre – um die Mitte wurde es untersagt – gab die Fabrik Wagner in Elmshorn Krippenfiguren als Beigabe zu ihrer Margarine. Sie waren aus Kunststoff im preisgünstigen Spritzgußverfahren hergestellt. Außer der heiligen Familie mit den drei Königen, einem Esel, zwei Hirten und Schafen, einem Elefanten und einem Kamel gehörte als Besonderheit ein Engelkonzert, bestehend aus acht Figuren, dazu. Ergänzt wurden die insgesamt 20 Krippenfiguren durch einen Bastelbogen für einen bäuerlichen Krippenstall. An diesen Krippen werden sicher nicht nur Kinder ihre Freude gehabt haben. Es ging allgemein noch recht bescheiden zu.

Claus Stolley (1898–1965), Weihnachten 1926, Bleistiftzeichnung.

Fru, maak de Döör up

Fru, maak de Döör up
de Rummelpott will rin.
Dar kommt en Schip von Holland,
dat het so'n goden Wind.
Schipper, wiß du wieken?
Bootsmann, wiß du strieken?
Set de Segel in de Topp
un giff mi wat in de Rummelpott.

Zwischenlandung

Sarah Kirsch

Wenn es auf Weihnachten geht
kehren die Dichter
zu ihren tüchtigen Frauen zurück
Ach was sind sie das ganze Jahr
über die Erde gelaufen
was haben sie alles gehört was
nachgedacht, ihre Zeitung geschrieben
durch Fabriken gestiegen, den Kartoffeln
brachten sie menschliche Umgangsformen bei, sahn
dem Rauch nach der kriecht und steigt
sie haben alles geschluckt manchmal Manhattan-
Cocktails wegen des Namens, sie verschärften
den Klassenkampf meditierten
über das Abstrakte bei Fischen, bis eines Tags
durch ihre dünnen Mäntel die Kälte kommt
Sehnsucht
nach einem wirklichen Fisch in der Schüssel
sie jäh überfällt und Erinnrung
an die Frau die sich am Feuer gewärmt hat
da bleibt
der Zorn in den großen Städten zurück, sie kommen
mit seltsamen Hüten für ihre Kinder
spüln sogar Wäsche spielen Klavier, bis
sie es satt haben nach Neujahr, da
brechen sie Streit vom Zaun, gehen erleichtert
weg in den Handschuhen von unterm Weihnachtsbaum

Was ich in meiner Jugend zum Rummeltopf gesungen habe

C. H. Dannmeyer

Am Altjahrsabend des Jahres 1865 war es, als sich die kleine Geschichte ereignete, die ich hier erzähle. Mein Bruder Rudolf und ich saßen hinter dem warmen Ofen und spielten Nutt-butt-jiepsteert um Haselnüsse. Draußen begann die Dämmerung sich langsam auf das stille Dorf zu senken; in dichten Flocken rieselte lautlos der Schnee herab und hüllte die schwarzen Strohdächer bald in ein weißes Gewand.

Unsere Haustür klingelte, und herein wankte, am kräftigen Eichenstabe gestützt, eine alte, von den Jahren tief gebeugte Frau, die uns allen wohlbekannte Mutter Geestmann, eine ungefähr im 85. Lebensjahre stehende Altenteilerin, um ein Viertel Kaffee, ein Viertel Kandis und ein Viertel „Peter-kumm-up-mien-Jung" zu kaufen. Das zuletzt Genannte war die in meiner Heimat nächst dem Hahn-Tabak beliebteste Tabaksorte und führte den Titel: *Petum optimum supter solem* von Ernst August Wriedt in Altona, was allgemein mit „Peter, kumm up, mien Jung, up em, versahl em!" übersetzt wurde. Diese Nummer rauchte auch Mutter Geestmann aus ihrer langen Kalkpfeife.

Als sie ihre Ware in der Schürze geborgen hatte, hörten wir sie sagen:

„Watt ick seig'n wull, Nawersch, könnt Ehr Jungs ok Rummelputtleeder sing'n?" Sogleich hörte ich meinen Namen rufen.

„Segg mi mal", so redete Mutter Geestmann mich an, „kannst du Rummelputtleeder sing'n?"

Ich vermutete sofort, daß wohl mal wieder irgend ein Unfug im Dorfe passiert war, wobei ich, wie gewöhnlich, die Hauptperson gewesen sein sollte. Ich besann mich deshalb wenig und sagte kurzweg: „Nee!"

„Nee? hm, hm", sagte Mutter Geestmann und gab noch Laute des Bedauerns mit der Zunge dazu – schriftlich lassen dieselben sich nicht wiedergeben, sie haben einen Klang, wie bei plötzlichem Tauwetter die großen Tropfen des Strohdachs auf dem Steinpflaster verursachen – „datt is aber schad', heel un heel schad', ja, ja, datt harr'ck nich dacht. Weeß du denn ok nich, watt'n Rummelputt is?"

„Ick heff all' mal davon hört."

„Süh, süh, datt's doch watt. Denn kennst du ock wull Rummelputtleeder, nich? As ick noch jung Deern wehr, da güng'n welke Jungs all Oldjahrsabend mit'n Rummelputt in't Dörp herum. Un watt för feine Leeder süng'n se denn! ‚Fieken, mak den Dör ap'n', kenns datt? Nee? Kenns denn ditt: Wir wünschen dem Herrn einen goldenen Tisch ... Ok nich?`datt is doch jammerschad', ja, ja, so to seig'n heel un deel schad! Denn hett mien Trinadochter de schönen Pförtchen ja gans umsüns backt. – Na, Nahwersch, denn helpt datt ja nix, denn will ick man werer na de Eck gahn." So hieß der Winkel des Dorfes, wo sie wohnte. „Na, denn atüs ok, un fröhlichs Neejahr, un nix vör ungood."

Sie nahm ihren Stock und schickte sich an, das Haus zu verlassen, während ich mit wässerigem Munde der schönen Pförtchen gedachte, die mir entgangen waren.

In diesem Augenblicke kam doch noch Hilfe, nämlich aus der Küche. Unser Dienstmädchen Gretchen horchte sonst niemals nach dem, was vorn gesprochen wurde. Diesmal hatte sie aber doch ein wenig gelauscht. Sie stammte aus dem benachbarten Dorfe Henstedt, in dessen Nähe die Quelle der Alster liegt. Henstedt ist ein wohlhabendes Dorf:

In Henster, in Henster,
Dar liegt de Stut'n vör't Fenster!

pflegt man dort mit Stolz zu sagen. Die Henstedter haben die alten Gebräuche am längsten festgehalten. Bei ihnen ging damals am Altjahrsabend noch der Rummeltopf um, ob heute noch, kann ich nicht sagen, möcht es aber bezweifeln.

„Dar lat S' mi man vör sorg'n", rief Gretchen der alten Frau zu, „ick weet'n gansen Barg schöne Leeder to'n Rummelputt."

„Du, Greten? Watt du seggst! Datt is god, datt is so to seig'n heel good! Büs du nich ut Henster, Greten? Ja? Ick glöv, ick kenn dien Vadder. Is de dor nich Nachwächter? Ja? Denn kenn ick all lang'n. Wat weest du denn vör welck? De beid'n, de ick nöhmt heff?"

„Jawull, un noch'n paar mehr! So as: ‚De Kuckuck un de Nachtigal' und ‚Tein Ehl Bottermelk'!" „Datt sünd Dansleeder, Gret'n, aber datt schad nix! Weeß du, Greten, as ick noch jung Deern wehr, do dansen wie dorna, wenn de Musikanten all von de Köst na Hus gahn wehrn. Kenns denn ok ditt: ‚Nu sünd de Beesen all'?"

„Ja, datt kennt in Henster jedes Kind. Un'n Rummelputt kann ick ok mak'n. Gahn S' man na Hus, ick will wull vör all'ns sorgen."

Nun ging die Alte beruhigt heim „na de Eck". Sofort begannen unsere Vorbereitungen. Große Kruken, die zum Einmachen dienten, wurden mit einer Schweinsblase geschlossen, in deren Mitte das Ende eines Rohrs befestigt war, das Rohr wurde mit Harz bestrichen und sofort konnte man den Instrumenten ihre herrlichen Töne vom lieblichsten Pianissimo bis zum feurigsten Fortissimo durch Auf- und Abstreichen mit der Hand oder den Fingern entlocken. Ich begreife nicht, warum dieses musikalische Instrument so gänzlich in Vergessenheit geraten konnte, kann man doch nach einiger Übung die ganze Scala des menschlichen Gefühlslebens, von der Wehmutstimmung eines gebrochenen Herzens bis zum stürmisch rasenden Haß auf demselben wiedergeben.

Wir begannen dann das Einüben der neuen und das Repetieren der alten Döntjes nach Gretchens Anweisung und Belehrung. Die durchdringende Musik lockte bald die Nachbarskinder Jochen und Hinrich Timmermann herbei, welche nichts Eiligeres zu tun hatten, als sich unseren Übungen anzuschließen. Ihre bedeutend kleineren Töpfe repräsentierten vorzüglich den 1. und 2. Tenor als klangvolle Ergänzung zu unseren in Baßstimmung arbeitenden beiden Instrumenten.

Auch einige unwillkommene Mitwirkende fanden sich ein, nämlich die Köter der Nachbarschaft. Unser Polli hatte schon gleich zu Anfang den Schwanz zwischen die Beine genommen und war ins Freie geeilt. Dort alarmierte er durch sein Geheul seine Freunde. Schnell kamen sie herbei, um zu sehen, was da los war. Johann Biels Polli und Hinerk Biels Polli und Johann Finnerns Ammi nebst unserm süßen Polli postierten sich auf der Bleiche hinter dem Küchenfenster. Mit zum Himmel erhobenen Blicken ließen sie jene bekannten, aus der Tiefe der Hundeseele kommenden, wehmutvollen Laute ertönen, die allein schon imstande sind, Steine zu erweichen – eine würdige Ergänzung zu unserem ländlich-klassischen Konzert. Wir lernten unsere Sachen mit spielender Leichtigkeit, denn das meiste davon war dort allgemein bekannt. Gegen acht Uhr erklärte Gretchen uns für genügend ausgebildet und nun konnte das Ständchen beginnen.

Die Künstlerfahrt begann. Unser Aufzug bot jedoch wenig Künstlerhaftes: auf Holzpantoffeln schritten wir, auf dem ballenden Schnee schwankend, dahin; unsere Jacken, deren Ärmel im Laufe der Jahre um ebensoviel zu kurz geworden wie die Hosen, boten nur geringen Schutz gegen den Wind, desto wärmer war bei uns allen der Hals geschützt, nämlich durch einen langen Woll-Shawl, der drei bis vier mal umgewickelt und vorn mit einem festen Knoten versehen war. Auf dem Kopfe trugen wir einen wollenen Ackermann, der auch die Ohren warm bedeckte. Die Hände tief in die Büchsenklappen gesteckt, den Rummeltopf unter dem Arm – so schlichen wir dahin, hoffend, daß unsere Schulkameraden uns nicht sehen oder gar begleiten würden.

Bald standen wir vor dem niedrigen Fenster der Frau Geestmann. Mit den Köpfen stießen wir an die langen Eiszapfen, die von dem niedrigen Dache der Altenteilerkate herabhingen. Es wurde uns schwer, den Anfang zu machen. Wir hatten nämlich so starkes Lampenfieber, daß uns buchstäblich die Zähne klapperten. Endlich begannen wir. Einige zwanzig Takte mit kräftigem Tone bildeten die Introduktion zu dem folgenden „Rummelputtleed“.

Fieken, mak de Dör ap'n,
lat'n Rummel in,
lat'm nich to lang stahn,
mutt vun abend noch wieder gahn,
Bab'n in de Fass'n
hängt de lang'n Mettwüß,
geev mi de lang'n,
lat de korten hang'n,
sünd se'n bet'n to kleen,
gev mi twee vör een,
sünd se'n bet'n to fett,
je bäter as se smeckt,
sünd se'n bet'n tobraken,
lat se sik beter kaken,
Fieken, mak de Dör ap'n,
lat'n Rummel in.

Das Lied wurde piano begleitet, nach Schluß desselben folgten wieder einige 20 Takte im stürmischen Fortissimo.

Klopfenden Herzens blickten wir dann auf den rotkatunen Fenstervorhang. Nun schob eine Hand ihn beiseite und Mutter Geestmanns Tochter Trina wurde sichtbar. Sie lachte übers ganze Gesicht, nickte uns zu und wollte offenbar etwas sagen, aber wir mußten ziemlich lange darauf warten, denn sie stotterte etwas. Schließlich kam's heraus: „Sch... sch... schölt rin kam'n!“

Drinnen, in der warmen Ecke zwischen Ofen und Wand, saß tief gebückt auf ihrem altmodischen Strohstuhle Mutter Geestmann, die Kalkpfeife im zahnlosen Munde. Der liebliche Duft des Peter-kumm-up-mien-Jung füllte das niedrige Zimmer und machte uns husten.

„Sett ju dahl, Jungs! Trina, mien Dochder, bring de Förtchen rin, hörst du? Wickelt ju Halsdook aff, Jungs, ji verköhlt juch süns, wenn ji werer rut kamt! Sett dat Schöttel man hin, mien Trina! So, nu langt man to, Jungs, so'n lütje Mahltid kann nich schaden, de stärkt de Kehl.“

Wir ließen uns die Pförtchen gut schmecken. Als die Schüssel leer war, rüsteten wir uns, unser Programm fortzusetzen.

Zunächst aber statteten wir in geziemender Weise unseren Dank für das Genossene ab, wie des Sängers Höflichkeit es gebietet, indem wir sangen:

Wir wünschen dem Herrn einen goldenen Tisch,
Auf allen vier Ecken einen gebratenen Fisch,
Und in der Mitte ein Gläschen Wein,
Das soll dem Herrn sein Abendbrot sein,
Wir wünschen der Frau gehorsam Gesind,
Und in der Wiegen ein krausköpfiges Kind.

Hier schüttelte Mutter Geestmann ganz bedenklich den Kopf. Desto vergnügter sah jedoch ihre Trinadochter drein, als sie hörte, daß wir ihr bald einen hübschen Mann wünschten, wie dem Sohn des Hauses eine hübsche Frau. Leider sind mir die Zeilen aus dem Gedächtnis entschwunden und ich kann auch nicht für die völlige Richtigkeit der beiden vorhergehenden einstehen ...

Vergnügt kehrten wir heim. Wir sind jedoch niemals wieder mit dem Rummeltopf losgegangen, weil wir uns vor unseren Schulkameraden genierten, die es richtig herausgebracht hatten, daß wir auf Pförtchenschnorren, wie sie unser schönes Ständchen nannten, ausgegangen waren und uns noch lange damit uzten. Mutter Geestmann hätten wir doch nicht wieder ansingen können; sie starb im folgenden Jahre. Vor einigen Jahren fand ich ihren Grabstein auf dem Kaltenkirchener Friedhofe wieder und gerade dieser Stein war es, der mir das harmlose kleine Ereignis meiner Jugendzeit in lebendige Erinnerung brachte.

Mit'm Rummelpott gehen

Georg Asmussen

Weihnachten war gewesen. Auf Schnarstruphof hatte man am Weihnachtsabend Langkohl und Schweinskopf gegessen und Punsch getrunken, am ersten Weihnachtsfeiertage war man in der Kutsche zur Kirche gefahren, und die Pferde hatten das silberbeschlagene Geschirr angehabt. Bei Peter Greggersen und Hans Thordsen hatte es Reisgrütze mit Butter und nachher Fördchen gegeben. Meta Norgaardt hatte Pellkartoffeln mit Speck bekommen und nachher von ihrem Vater Schläge, denn er hatte sein Lieblingsgetränk, Schnaps, mitgebracht, und als nichts mehr davon da war, ärgerte er sich; darum schlug er seine Tochter und dann seine Frau. An den Festtagen sammelte Meta Holz, das am Strande angeschwemmt war, und trug es nach Hause.

Jens Norgaardt stammte nicht von der ehemaligen Komödiantin ab, er hatte kein Tröpflein adeligen Blutes in den Adern; er war ein eingewanderter Däne. Früher war er Kutscher auf Geltinghof gewesen und hatte dort das Kindermädchen kennengelernt, von deren Herkunft man so schnurrige Sachen erzählte. Er fragte nichts nach Schnackereien. Man hatte von ihm, ehe er der Heimat den Rücken kehrte, auch allerlei geredet. So verheiratete er sich denn, erhielt freie Wohnung auf der Birk, wofür er ein Auge auf den zum Gut gehörigen Strand zu werfen hatte; auch sollte er aufpassen, daß kein Unberufener den Hasen des Barons nachstellte. Seinen übrigen Unterhalt erwarb er sich – wie er sagte – durch Fischen.

Außer den drei Norgaardts wohnte im Birkhaus noch eine Familie Böhm, bestehend aus einem alten Ehepaar und drei erwachsenen Söhnen. Diese kannte man weit und breit im Lande. Wenn es hieß: „Die Böhmen kommen!" dann liefen die Kinder ins Haus und riefen nach Vater und Mutter. Und wenn sie vorbei waren, dann sahen die Eltern nach, ob nichts auf dem Hofe fehlte, oder ob es nicht am Scheunendach oder im Strohdiemen glimmte. In einer Gegend, wo man nachts die Türen nicht zu schließen brauchte und die Wäsche draußen auf der Leine hängen ließ, hob sich die Unehrlichkeit besonders schwarz vom

Hintergrund ab. Sie waren zudem faul und arbeitsscheu, die Böhmen, auch das galt als ein Verbrechen, in einem Lande, wo jeder ehrliche Mann arbeitete.

Zwischen Weihnachten und Neujahr trat starke Kälte ein. Der Frost bemühte sich, eine feste Brücke zu schlagen, über die Flensburger Förde, von Angeln bis nach Alsen. Die Wellen aber störten ihn beim Bau. Der Wind trieb das Eis an die Küste und die Dünung hielt es in Bewegung; sie türmte Blöcke und Wälle auf. Die Fischer konnten das offene Meer nicht mehr erreichen, das sich schwarzblau von dem glitzernden, schneeweißen Saum am Strand abhob. Jede Nacht aber setzten Frost und Wind eine Bahn mehr an den Saum, der es den Fischern unmöglich machte, ihre Netze auszusetzen. Sie standen auf der Drecht neben ihren Booten und schauten nach den Wolken und nach dem Winde, ob es nicht bald Tauwetter würde.

„Wenn der Wind nicht herumgeht, nützt es nichts", sagte Fritz Braak. „So lange er aus der Ostsee kommt, müssen wir den Hosenriemen immer noch ein Loch strammer ziehen."

„Du hast ja noch Speck im Schornstein hängen", meinte Peter Lassen. „Aber ich mit meinen sechs Kindern! Die Kartoffeln werden auch knapp, und den Kohl haben mir dem Baron seine Hasen aufgefressen."

„Fang' sie doch weg, zieh ihnen das Fell über die Ohren und leg sie in die Pfanne, dann hast du deinen Kohl mit Zinsen wieder", lachte Hans Boysen, der Uhrmacher von Lesumfeld.

„Und wenn Jens Norgaardt davon hört und mich anzeigt, dann muß ich Brüche zahlen, oder ich komme ins Loch. Nein, stehlen will ich nicht", sagte Peter Lassen und ging fort.

Hans Boysen lachte immer noch, er wußte wohl warum.

Während auf der Ostsee der Frost mit den Wellen kämpfte, hatte er auf dem flachen Wasser des weiten Noores viel leichteres Spiel. Eine dicke, spiegelglatte Eisfläche dehnte sich aus vom einsamen Birkhaus bis zum Beveröer Damm. Wo die Noorgräben waren, hieben nun Norgaardt und zwei der „Böhmen" Löcher ins Eis und stachen mit dem Elker Aale, die sich dort an die Luftlöcher heranzogen. Das war ein einträchtiges Geschäft.

Auf dem offenen Herde des Birkhauses stand die dreibeinige, eiserne Pfanne über dem Holzfeuer, und über ihren Rand spritzte das Fett der dicken Aalstücke in die lodernde Glut. Da brauchte man die Hosenriemen nicht strammer zu ziehen. Aber so viel Fett schmeckt nicht gut, man muß auch mal was anderes haben! – Jedenfalls hatte Jens Norgaardt das Bedürfnis, und er wußte Rat.

„Du gehst heute abend mit dem Rummelpott los!" sagte er am Neujahrsabend zu seiner Tochter, „damit wir Brot und Stuten auf den Tisch kriegen und auch ein paar Schillinge für Schnaps. Man verdirbt sich sonst mit all dem fetten Aal den Magen". – Er hatte schon am Nachmittag eine trockene Schweinsblase über einen braunen Topf gespannt und in ihrem Mittelpunkt ein Stöckchen befestigt. Rieb man an diesem mit der Hand auf und nieder, so gab's brummende Töne. Das war der Rummelpott, der nun in Vergessenheit gerät.

Meta gab keine Antwort, als ihr Vater seine Ansicht kundgab.

„Hörst du nicht?“ rief er ärgerlich.

„Ich gehe nicht mit'm Rummelpott!“ Sie sah ihn etwas unsicher an.

„Was?“ schrie er. „Ich will dir zeigen, was du willst.“

„Ich will aber nicht. Die Leute lachen mich aus, und die Jungen rufen mir nach: ‚Betteldeern von der Birk!‘ Und sie sagen, wir sind Lumpen und Faulenzer!“

„Hol sie der Deutscher! Wenn einer mir das sagt, dann geht es ihm schlecht. Die Falshöfter sind nicht besser als wir, und wenn wir nichts fischen können, müssen wir doch sehen, wo wir sonst was kriegen.“

„Ich mag nicht betteln“, wiederholte Meta etwas zuversichtlicher.

„Mit'm Rummelpott gehen, das ist doch kein Betteln“, erklärte nun Jens Norgaardt. „Das tun in Danmark viele Kinder aus Spaß, und kriegen Kuchen zu essen und Punsch zu trinken, wenn sie ihr Lied nett gesungen haben.“

„Ich sing' aber nicht aus Spaß, ich muß betteln“, war die trotzige Entgegnung.

Da hob er drohend die Hand: „Du gehst!“ ...

Als die Dämmerung einbrach, ging das Mädchen ganz langsam über das Eis des Noors, sie trug einen Korb am Arm, der war sorgfältig zugedeckt mit einem großen rotbunten Taschentuch. Als sie bei der letzten Falshöfter Kate die Straße erreichte, traf sie auf eine Schar Jungen, die berieten, bei wem heute abend Töpfe an die Tür oder auf die Hausdiele geworfen werden sollten. Das war für die Ausübenden und die Betroffenen ein gleich großes Vergnügen. – Sobald sie die kleine Geächtete sahen, ging es los: „Hallo, der Birkfuchs!"

„Birkfuchs, wo willst du hin mit dem Korb?"

Und dann schrie einer ganz laut: „Der Birkfuchs geht rund mit'm Rummelpott." Im Nu hatte man sie umringt und einer riß ihr das Tuch vom Korb. – Richtig! – Der Rummelpott. Ein fürchterliches Hallo erhob sich.

„Laßt die Deern gehen!" rief der Fischer Peter Jachum, der nebenan wohnte und den Lärm gehört hatte.

„Laßt mich in Ruhe, ihr Räuber und Spitzbuben", kreischte Meta Norgaardt, zerrte voller Wut an ihrem Korb und wehrte sich mit Händen und Füßen gegen die Angreifer.

„Laßt die Deern los, oder ich komme euch fix aufs Fell", rief Peter Jachum wieder und gab seinem August eine kräftige Ohrfeige. Das half. Im nächsten Augenblick war der Birkfuchs den Peinigern aus den Fingern und an der Wegecke verschwunden. Im Trab lief sie den Schmiedeberg aufwärts; einmal fiel sie hin und fürchtete schon, daß der Topf zerbrochen sei. Sie nahm ihn aus dem Korb, und es kam ihr im Zorn der Gedanke, ihn gegen den nächsten Baum zu werfen. Sie dachte dann aber an die abgezehrte, kümmerliche Frau, die sie lieb hatte, und ging weiter. – Hinter dem Fuchs schlichen in angemessener Entfernung die „Jäger". So leicht ließen die ihre Beute nicht fahren!

Inzwischen war es dunkel geworden. Sie kam an der Schmiede vorbei, blieb stehen, getraute sich aber nicht mit ihrer beschämenden Arbeit hier zu beginnen. Meister Bustedt stand noch am Amboß. Im Schuppen schalt ein Knecht seine beiden Pferde Schinner und Racker, weil sie nicht still stehen wollten. Das waren Ottens Füchse, deren Hufeisen scharf gemacht wurden; wahrscheinlich sollten sie morgen am Neujahrstag vor den Schlitten.

Vom dunklen Hintergrund der rußigen Esse hob sich die rote Glut des Schmiedefeuers ab, aus dem die Funken des schweißenden Eisens wie Sternschnuppen umherspritzten. Jedesmal, wenn der Meister den Blasebalg anzog und der Atem aus der weiten Lunge des ledernen Gehilfen durch die dunkel glühende Kohlendecke fuhr, lohten gelbe Flammen auf, und ein heller Schein huschte durch die angelehnte Tür über die weiße Schneedecke der Straße. Die Augen des Schmiedes folgten dem Licht; er erkannte die kleine Gestalt, die, in ein altes, zerrissenes Umschlagtuch gehüllt, unschlüssig ihm zuschaute. – Da dachte Meister Bustedt an die Zeiten, wo er als wandernder Handwerksbursche sich selbst nach einem wärmenden Feuer, einem Mund voll warmen Essens und einem warmen Wort gesehnt hatte: „Meta, komm' mal her!" rief er.

Langsam kam sie heran und blieb in der Tür stehen.

„Was willst du denn heute abend noch hier?“ fragte er; ein gutmütiges Lächeln flog über sein schwarzes Gesicht.

Sie sagte nichts, sie blickte nur beschämt vor sich hin. Er aber sah den leeren Korb und dachte sich das Weitere. Er nahm den Handhammer und schlug auf das Horn des Ambosses ein paarmal nacheinander einen harten und zwei leichte Schläge. Das klang hell durchs Haus und war seiner Frau ein wohlbekannter Ruf. Es bedeutete: „Hitz! Hitz!“ Meister Bustedt hatte nämlich keinen anderen Gesellen als den ledernen, der das Feuer anblies. Wenn jemand nach Feierabend mit Arbeit kam, so pflegte er mit dem Daumen auf den Blasebalg zu deuten und zu sagen: „Mein Geselle mag nicht mehr!“ – Wenn er aber „Hitz“ hatte und zwei größere Stücke zusammenschweißen mußte, wobei er dann mit jeder Hand eins auf dem Amboß hielt, dann mußte seine Frau den Vorhammer nehmen und draufschlagen.

„Nanu, kann man heute abend nicht einmal in Ruhe seine Fördchen backen?“ sagte sie halb ärgerlich, halb lachend und griff zum Hammer.

Er aber drehte nur die Zange im Feuer herum, daß die andere Seite des Eisens in die rechte Glut kam: „Laß nur, Marie, hier werde ich allein fertig; aber dort kannst du helfen!“ Und er deutete nach der Tür. Sie begriff schnell, wie es gemeint war. „Ich komme gleich wieder, Kind!“ rief sie und lief in die Küche.

„Mach’ nur zu, Meister, daß du fertig wirst!“ brummte Thomas Ottsens Knecht, der zur Hintertür hereingekommen war. „Mach’ fix zu, sonst essen sie zu Hause alle Reisgrütze auf, und ich krieg nix!“

„Laat di man Tied!“ sagte Meister Bustedt gemütlich. „Du wirst noch leicht satt!“

„Was will denn die da?“ fragte der Knecht. „Das ist ja der Fuchs aus der Birkkate!“ Er lachte verächtlich.

Die Frau war wiedergekommen, sie legte dem Kinde ein in Papier gewickeltes Päckchen in den Armkorb und gab ihm einen warmen, runden Pfannkuchen in die Hand. Meta Norgaardt dankte schüchtern und wollte gehen. „Halt!“ rief der Schmied. „Wünsch’ mir erst noch Prost Neujahr!“ Dann griff er in die Westentasche und gab ihr einen Schilling. „Ist gut! ist gut!“ wehrte er den Dank ab. Sie ging.

„Gottverdammi!“ fluchte der Knecht. „Du scheinst viel Geld zu verdienen, daß du die Lumpen und Faulenzer fett machst.“

„Wat geit di dat an!“ war die Antwort des Schmieds.

„Solche Bande soll arbeiten und nicht betteln!“ schrie der Knecht …

Meta Norgaardt war weiter gegangen; die Schmiedeleute waren freundlich zu ihr gewesen, das machte sie etwas ruhiger und zuversichtlicher.

Sie kam nun an das Haus, wo der alte Schuster Tramm wohnte. Er hatte nicht viel zu schustern und daher auch nicht viel zu brechen und zu beißen, denn an den Wochentagen lief alles auf Pantoffeln oder Holzschuhen und nur am Sonntag und bei besonderen Gelegenheiten wurden Stiefel angezogen. Das waren in dieser Winterzeit kräftige Schmierstiefel, die nicht so leicht aus den

Fugen gingen. Flickarbeit gab's also nicht viel, und das neue Fußzeug machte Johann Hansen in Kronsgaard. Er mußte sich mit Steingutnieten oder Kitten und mit Haarschneiden etwas mit hinzuverdienen, denn zur Feldarbeit war er zu alt und stackelig. Seine Frau verdiente ein bißchen mit Spinnen. Aber als arme Leute wußten sie, wie es armen Leuten zumute ist. –

Meta klinkte leise die Pforte auf und ging mit vorsichtigen Schritten ans Fenster. An der einen Seite konnte sie am vorgehängten Laken vorbeisehen in die Stube. In einem Holzleuchter brannte das Talglicht, es warf seinen gelblichen Schein auf das runzelige Gesicht und die großen Brillengläser des alten Tramm. Er las seiner Frau etwas vor. Meta hörte die stockenden Worte seiner hohen, dünnen Stimme, die das Surren des Spinnrades übertönten.

Sie klinkte dann die Haustür auf, leise, daß man sie nicht hörte. Der Schuster drinnen las nicht weiter, es war ganz stille. Hatte man das Geräusch gehört? – Da blieb Meta keine Zeit zum Zögern, schnell sang sie zu den brummenden Tönen die eintönige Weise des alten Volksreimes:

„Fruken, maak de Dör opp,
De Rummelpott will in;
Dor kömmt en Schipp von Holland,
Dat hett so'n moje Wind.
Schipper, wist du wieken,
Bootsmann, wist du strieken,
Sett en Segel op dien Topp
Un giff mi wat in min Rummelpott!"

Während das Lied erklang, war von drinnen die Stubentür aufgemacht, und neugierig schaute der Schuster über die Messingbrille hinweg auf die Diele hinaus. Da erkannte er, in die dunkelste Ecke gedrückt, Meta Norgaardt. Als das flackernde Licht der Kerze auf ihr Gesicht fiel, zitterte ihre Stimme, sie sah nieder auf die ausgetretenen Steine des Fußbodens und regte sich nicht.

„Mutter, das ist die kleine Rote von der Birk", rief der Schuster. Dann standen beide Schustersleute auf der Türschwelle.

„Komm herein, lütt Deern", sagte die alte Frau freundlich. „Komm man herein, brauchst dich nicht zu schenieren, wir sind ja man zwei arme, alte Leute. Komm man her!" – Damit faßte sie Meta an der Hand und zog sie hinein in die Stube.

„Wir haben heute ein bißchen Kaffee gemacht und ein bißchen Honig haben wir auch noch von unseren Bienen. Komm, setz' dich an den Tisch. Bist gewiß verfroren. Sollst gleich was haben!" – Damit trippelte sie fort. Bald stand eine Tasse mit Zichorienkaffee auf dem Tisch und ein Stück Kandiszucker lag dabei; das nahm man in den Mund und trank den Kaffee. So gehörte es sich. Dazu gab es ein Stück Schwarzbrot, mit Honig dick bestrichen.

„Vielen Dank!" sagte Meta etwas verlegen, langte aber gleich zu.

„Iß man und laß dir Zeit! Es ist doch noch zu früh, ins Dorf zu gehen, die Bauern haben noch nicht gegessen", meinte der Schuster. „Ich bin als Junge auch mit dem Rummelpott gegangen. Da ist nichts bei los. Damals gingen die meisten Jungen damit bei den Bauern herum. Die freuten sich und gaben einen Bankschilling oder einen Sechsling, und dann gab es auch noch ein Ende Wurst oder ein Stück Speck. Das war'n Spaß!"

„Ich mag nicht gern gehen, mein Vater sagt, ich soll!" wandte Meta ein.

„Na ja, für Deerns ist da ja auch nicht so viel Spaß bei", meinte denn der Schuster. Nach einer Weile setzte er aber begütigend hinzu: „Aber es macht doch nichts!" ...

Sie lief eine halbe Stunde lang, und kam dann in eine Gegend, wo man sie nicht kannte. Hier zog sie singend von Haus zu Haus, fand harte und mildtätige Leute, hörte spöttische und freundliche Worte; das ging alles über sie hinweg, sie mußte singen und betteln und so füllte sie ihren Korb mit Gaben.

Als sie spät abends übers Eis des Noores nach Hause ging, stand der Mond hoch am Himmel und beleuchtete ihren Weg. Vom Lande her drang noch dann und wann der dumpfe Knall eines Flintenschusses herüber, denn bis Mitternacht wurde von den Knechten vor den Fenstern geschossen und gelärmt. Aber auch hinterm Noor fiel jetzt ein Schuß und dann noch einer. Das waren nicht die Bauernknechte. Das waren Hans Boysen von Lesumfeld und einer der „Böhmen" aus dem Birkhaus. Die schossen des Barons Hasen und legten sie in ihre eigene Pfanne.

Zu Hause wollte sie sich leise nach dem Boden schleichen, wo sie in einem Verschlag ihre Lagerstätte hatte, aber Jens Norgaardt hörte die Tür gehen und schrie gleich:

„Herein mit dir! Was hast du denn mitgebracht?" Er riß das Tuch vom Korb und packte aus: Brot und Speck, Eier und Fördchen, auch ein paar braune Weihnachtskuchen.

„Her mit dem Geld", hieß es dann. Da zeigte sie auf das Tuch und holte aus dem Knoten in der Ecke etwas Kupfergeld hervor. Die Schillinge hatte sie wohl verborgen, die zählte sie nachher ihrer Mutter vor. Den Taler drückte sie ihr ganz zuletzt in die Hand, und als sie das tat, verschwanden all die Schatten des Abends; aus ihren Augen leuchtete, als das alte Jahr schied, die Sonne des Glücks.

Rummelpottspieler, aus: Carl Schildt, Holsteinisches Bauernleben, Hamburg, 1894.

Neujahr 1850

Johann Hinrich Fehrs

Dat Johr 1850 harr en eernst un fierlich Gesicht, as dat in de Döör treden dee. Weer 't de Johrtall, dat halve Johrhunnert? De Lüüd frogen mit mehr Nadruck as sünst: wat warrt düt Johr uns bringen? Sünst worrn al Weken vörher all de tobraken Schötteln un Pött opheegt to Niejohr, denn schullen se noch mal mitspreken, man söch sik al de Hüüs un Dören ut, wo se klingen un klötern schullen; jung Lüüd halen den olen Scheetprügel vör 'n Dag, de dat Johr över in Smook, Rook un Stuff rein verrost un veraast weer, üm em mit Pumpstock un Ööllapen wedder optomuntern, Gewehr un Pistool mit Steenslott oder Kopperhoot – enerlei! wenn 't man en Donnerbüß weer mit en baschen Knall to en Proost Niejohr. De dull is oder överut lustig, prahlt luut un haut op 'n Disch, dat gifft sien Woort eerst Kraft, un wenn en Proost Niejohr den rechten Smack hebben un Indruck maken schall, denn mutt en düchtigen Dröhn dor achterher.

Aver düt Johr weer 't anners as sünst. Man ganz wietlöftig full en Schuß oder rassel un röter en Pott an Döör un Door un danz achterna in Stücken op 'n Steendamm, sogor de Rummelpott keem ni recht to Woort. Bruun Koken worrn backt un Förten, as sik dat höört to Niejohr, Appeln un Nööt legen in 't Röhr, aver de Gäst bleven ut in veel Hüüs, un dat Dörp weer still, binah so still as an en gewöhnlichen Alldagsavend. Blot de Finstern bleven hier un dor länger hell; Jochen Haack sää de Tiet an un maak al sien tweten Rundgang, un ümmer noch funn he Licht un Lüüd, de em rinnödigen to en lütten Drunk un en Mundvoll Snack, wat he sünst noch nie beleevt harr: bet na Klock twölf weern dütmal hier und dor noch Finstern hell.

Bi Paul Struck gung 't den Avend vergnöögt to. De Lüüd seten in de Stuuv bi Paul un Maren, knacken Nööt, smöken, snacken un vertellen. Sogor Klas, de sünst an Niejohrsavend dörchut sien Gang maken müß dör 't Dörp, weer to Huus bleven. Dat harr sach sien besunnern Grund. Siet den Larm mit Elsbe Suhr harrn he un Cillja dat heel wichtig mit enanner un huken veel tosamen. So maak he gor keen Anstalt to gahn un keem dorbi doch op sien Reken. Denn Madam sett na 't Eten en schönen Punsch op 'n Disch un bedüüd Cillja intoschenken.

Besunners munter weer Paul, em maken Tiet un Stunn nich bang, as 't schien. De Tokunft antobohren un veel to fragen, wat dat niege Johr woll bringen woor, weer ni sien Oort. Ok quääl em ni de Sorg üm 't lütte Land un sien Volk, he seh överhaupt ni wiet över Nees un Huus un Hoffstell rut. He föhl sik wedder sund un stark, Larm un Spitakel weern överstahn, in Huus un Stall un Schüün harr allens goden Tier. De Haver weer afdöscht un bröch en vollen Sack, nu weern se bi den Roggen, de en schöön un rieklich Brootkoorn geven woor, as de Döschers sään, un wenn de Zinsen ok nich all op 'n Dag ingungen, so weer Maren doch tofreden, un wenn sien Maren man ümmer goden Moot harr un ümmer so nett un nüüdlich weer, denn bruuk he sik to Niejohr keen Glück to wünschen, he swömm merrn dorin. Förten un Ries harrn em ganz unbannig goot smeckt, so 'n Niejohrseten weer doch sien Best. Un dat dat an den Niejohrsavend mal riev hergung mit Eten un Drinken, weer ganz in Ordnung. Dat ole Johr geiht to Rauh för ümmer, un düt is de Liekenkost, de Gräff, un so 'n Eten mutt goot ween, dat is de letzt Trumpf, den dat ole Johr utspeelt. Dor harr Maren recht in. Un en Spaaß weer 't antosehn, wo de Lüüd sik plegen. He wüß nich, wo 't togung, he kenn sik sülven ni mehr: fröher harr he sik argert, nu freu he sik, wenn dat Jungvolk bi Disch mal inhau, dat sogor Maren dat Verwunnern kreeg ...

De Blangendöör woor apen reten, un dree deftige Jungskehlen grölen in de Köök rin, half sproken un half sungen se, un in Takt dorto klung de Rummelpott:

Huka huka huka ...
O Vader Barkmann
Hett en roden Rock an,
All, wat he verdeen deit,
Stickt he in sien Rummelpott.
Een twee dree veer
Wenn 't ok man 'n lütt Fört weer.
Sünd se noch so kleen,
Gifft dat twee för een,
Sünd se kroß un fett,
Je beter as se smeckt.
Laat uns ni to lang stahn,
Mööt noch 'n Huus wieder gahn.
Huka huka huuk!

„O, wat 'n Spaaß, Maren", lach Paul un reev sik de Hannen. „Dat is de eerst Rummelpott, de in düt Huus höört worrn is! De allereerst! Laat de Jungs rinkamen, wat?"

Klas maak de Stuvendöör apen. „Hierher mit den Rummelpott!"

Aver de Jungs weern al utneiht, se stunnen mit Lachen un Gluddern achter 'n Knick bi de Poort.

„Her schüllt se!" Klas gung mit grote Schritten na buten. „Wat schall dat bedüden? Hier ran, de keen Bangbüx is!"

„Ik do 't – wokeen geiht mit?" sää Bartel Rolff. De beiden annern, Hannes Holm un Timm Voß, gungen en beetjen tögerig achterher. Mit en Schubs dreev Klas alle dree in de Stuuv, wo se mit Lachen opnahmen worrn.

Dat woor en groot Vergnögen för alltosamen. Paul leet sik den Rummelpott wiesen: en dennige Kruuk, wo en Swiensblaas över spannt weer mit en glatten Reetstummel in 'e Merr, de pielliek opstunn. „Wokeen hett den maakt?" froog he. „Dat is ja en Trummel mit 'n Stock in!"

„De hett Hannes maakt", sää Bartel.
„Süh süh, kann Hannes ok sowat! Denn rummel uns mal wat vör, Hannes!"
„Aver dorto singen!" reep Maren, „Ji weet gewiß noch anner Stückschen as Jehann Barkmann."
Klas plink ehr to. „Man fix, Jungs, wi singt all mit!"
Hannes woor root as en Buurroos, aver he drück den Rummelpott mit de linke Hand gegen de Bost, spie mal op de Finger von de rechte, dormit se goot glieden deen, un denn trock he den Stummel op un dal, dat dat klung:

Huka huka huka ...
Ool- un Niejohr,
Moder, sünd de Förten goor ...

un gliek achterher: „Wenn dat Schipp von Holland kommt – mit en goden Wind" – un to 'n Sluß sogor hoochdüütsch: „Wir sind die drei Weisen aus dem Morgenland." Se sungen all mit, ok de Deerns. Hillige Kinnerlust lach dör de Stuuv, dat de Biller an de Wand verwunnert opkeken un de Klock anfung to singen mit ehren vollen depen Klang.
Bartel verschraak sik. „Al negen? Ik mutt na Huus!"
„Na nu?" Klas heel em trüch.
„Nee nee, heff man Verlööv bet negen! Vader sää ..."
„Laat em, Klas! Kaamt neger, Jungs, de Taschen op!" reep Maren. Un nu regen dat Appeln un Nööt un Muusbeern un Förten, un mit volle Taschen un en Hart voll von Freud sprungen de Jungs to Dörp an.
„Glücklich Volk!" reep Klas. „Weer doch schöön, wenn man mal wedder ümkehren un en Jung warrn kunn!"
Cillja keek rasch na em op. „So? Wat woorst denn opstellen?"
„Wat? Doran dach ik ni, woor sach even so 'n Slüngel ween as fröher un mennig Jackvoll kriegen. Aver herrlich weern se doch, de Kinnerjohren, so 'n Tiet kommt ni wedder."
„Meenst dat, Klas, meenst du dat? Mien Kinnerjohren weern trurig, rein trurig! Oha, ik müch ni wedder trüchhoppen, düsse Daag sünd teinmal schöner, teinmal!" Dorbi seh Paul sien Maren ganz verleevt an.
De Avend gung prächtig hin. Klas un de annern Knechten stoppen een Brösel na 'n annern an un leten sik von Cillja flietig inschenken, de Deerns neihen, stoppen Strümp, tuscheln un gluddern. Mit den Klockenslag tein keem Klas en beetjen möhsam tohööcht un drunk sien Glas ut. „Wüllt man to Bett gahn! Uns' Herrgott gifft sien Kinner dat Best in Slaap, plegt mien Moder to seggen."
Dat weer dat Teken, de annern sään nu ok Go' Nacht un gungen to Rauh. Maren harr sik al Fedder un Papier torecht leggt, se wull noch an Tyge schrieven, un Paul studeer in den Kalenner dat Weder, wat dat niege Johr bringen woor.
Op'n mal woor hart an 't Finster kloppt: Proost Niejohr – bumms! En Knall, as weer't en Kanoon un en Füürstrahl as 'n Blitz. Paul sprung vör

Schreck steil op, un Maren maak en groten Klex op ehren slohwitten Bagen.

„Dau dausend, wat 's dat!“ Paul gluup mit apen Mund ut 't Finster, kunn aver nix sehn.

„Proost Niejohr!“ reep de Stimm noch mal, „Kann man noch besöken?“

„Döör is apen, Meister, man ümmer rin!“ Maren lee Breef un Schrievgeschirr in de Sekretär un nehm en Strickstrümp to Hand.

„Ik wull doch noch mal her in 't ool Johr“, sää Neels Kiwitt un geev ehr sien brede Schoosterhand. „Kaam en beetjen laat, harr noch Besöök, aver langwieligen. Se kemen binah all ahn Pott un Donnerbüß, dat lett, as wenn dat niege Johr keen Schuß Pulver weert is. Is en sunnerbore Tiet! Den Spaaß is de Wind afknepen, un bringt man een en Proost Niejohr achter 't Finster, fallt he binah vör Schreck von 'n Stohl.“ He lach so 'n beetjen wietlöftig achterher.

Otto H. Engel, Silvesterglocken.

Blei gießen

Jochen Missfeldt

Komm gehn wir zu den
brennenden Scheiten gießen wir
Hexen aus Blei und sagen uns
zärtlich die Zukunft

Tante Peerkes Neujahrsfeste

James Krüss

Meine Tante Peerke – Gott hab sie selig – war das, was manche Leute eine alte Jungfer nennen. Sie lebte nach dem frühen Tode ihrer Eltern ganz für sich allein in einem kleinen Haus, spielte aber für alle Nachbarskinder Tante. So hatte sie denn auch ein Dutzend Patenkinder, und für das junge Volk von vier bis vierzehn war Tante Peerkes Haus ein Taubenschlag: Vorn, in der Kaiserin-Augusta-Straße, ging's hinein; hinten, zur Schnepfengasse, ging's hinaus. Und wer das Haus verließ, der hatte immer etwas Süßes in der Hand oder im Mund.

Einmal im Jahr nur war's den Kindern untersagt, das Haus der Tante Peerke zu betreten. Das war am Altjahrsabend, wenn ein Jahr zu Ende ging und wenn ein neues Jahr begann.

„Am ersten Tag des Jahres muß man Menschen helfen, die allein sind", sagte Tante Peerke. „Da braucht ihr Kinder nicht dabeizusein. Ihr habt ja noch Familie." So suchte Tante Peerke denn an jedem Jahresende einen Einsamen, was auf der kleinen, dichtbewohnten Insel Helgoland, auf der wir lebten, gar nicht einfach war; denn jeder auf der Insel hatte Freunde, Nachbarn und Verwandte. Aber wie mir berichtet worden ist (und wie ich einmal selbst feststellen konnte), fand sich zu jedem Neujahrsfest ein Gast bei Tante Peerke ein. Und von drei solchen Neujahrsfesten will ich euch berichten.

Das erste fand schön passend nach dem ersten abgelaufenen Jahr unsres Jahrhunderts statt, am ersten Januar des Jahres neunzehnhunderteins, das, wie es damals üblich war, um Mitternacht mit ein paar Böllerschüssen der Marine eingedonnert wurde. In dieser Stunde, als Matrosen böllerten, saß in der guten Stube Tante Peerkes gleichfalls ein Matrose, ein rotbackiger junger Mann aus Schottland, der John Campbell hieß. Mit ihm zusammen sang die Tante nicht sehr schön, doch laut: „My bonny is over the ocean ..." Denn Tante Peerke konnte Englisch sprechen, weil sie noch in der englischen Zeit der Insel auf die Welt gekommen war und in dem Haus des Gouverneurs, Sir Timothy, gedient hatte.

Mein Onkel Paul, damals ein Junge von elf Jahren, hat mir erzählt, daß er durchs Fenster, dessen Vorhang nicht ganz zugezogen war, die Tante, die zu jener Zeit noch jung war, zusammen mit dem gleichfalls jungen Mann gesehen habe. Sie hätten sich umarmt und auch geküßt, hätten Glühwein getrunken, süßes Schmalzgebackenes gegessen und von dem Liebsten gesungen, der über dem Ozean ist.

Warum bei Tante Peerke ein Matrose saß, ist rasch erzählt: John Campbell hatte auf der „Bandaneira", einer englischen Viermastbark, gedient. Die aber war zehn Tage zuvor bei einem der Stürme, wie sie um Weihnachten im Nordmeer üblich sind, auf eine Sandbank aufgelaufen und dann von Wind und Wogen Stück für Stück zertrümmert worden. Mit Mühe nur hatte das Rettungsboot der Insel die Besatzung bergen können, darunter auch John Campbell, dem das rechte Schlüsselbein gebrochen war; er wußte nicht, wie.

Da es zu jener Zeit nun noch kein Krankenhaus auf unserer Insel gab und jedes Haus für Sommergäste Fremdenzimmer hatte, waren die Schiffbrüchigen auf verschiedene Inselhäuser verteilt worden. John Campbell hatte Tante Peerke aufgenommen und gepflegt, und so war es gekommen, daß sie nun gemeinsam Neujahr feierten.

Was bei dem Neujahrsfest weiter geschehen ist, weiß ich von Onkel Paul. Der nämlich hat durchs Fenster sehen können, wie Tante Peerke nach dem munteren Gesang plötzlich zu weinen angefangen hat.

Warum, werdet ihr fragen, hat die Tante denn geweint? Nun, das haben die Insulaner später durch die Tante selbst erfahren. Der Grund war, daß John Campbell sie gebeten hatte, seine Frau zu werden. Da hatte Tante Peerke, die den jungen Schotten gerne mochte, zuerst zugestimmt, dann aber die Zustimmung heulend zurückgezogen, als sie erfahren hatte, daß sie dann allein im schottischen Hochland leben müsse, während John Campbell als Matrose meistens auf dem großen Wasser wär.

„Was tu' ich denn allein im schottischen Hochland?" soll die Tante da gefragt haben. „Was nützt es mir, daß dort die Glockenblumen blühn? Was fang' ich an mit Männern, die karierte Röcke tragen? Muß ich dann etwa Hosen tragen?"

Kurzum, das Neujahrsfest des Jahres neunzehnhunderteins war traurig abgelaufen für die damals junge Tante Peerke; und es mag sein, daß die Erinnerung an diese Neujahrsnacht sie später davon abgehalten hat, sich einen anderen Mann zu nehmen. Von diesem Tag an aber suchte sie für jeden Altjahrsabend einen Gast, um ihm zu helfen oder ihn zu trösten. Und immer fand sie einen, wie man mir erzählt hat. Das nächste Neujahrsfest, von dem ich weiß, fiel in das erste Jahr des Ersten Weltkrieges. Als da um Mitternacht das neue Jahr begann, das zweite Kriegsjahr neunzehnhundertfünfzehn, das diesmal ohne Böllerschüsse eingeleitet wurde, hatte die Tante wieder einen Gast.

Doch niemand auf der Insel wußte, wer es war. Mein Vater, zehnjährig zu jener Zeit, erzählte später, mindestens sechs Kinder hätten hinterm Haus gelauert, um herauszufinden, wer denn, zum Teufel, bei der Tante wäre, da man doch jemand mit ihr habe reden hören. Doch niemand hat's erfahren.

Daß es ein allen wohlbekannter Insulaner war, der bei der Tante saß, wußte kein Mensch. Und dennoch war es so. Erst drei Jahrzehnte später hörte ich von Nicky Holtmann, unserem alten Nachbarn, daß niemand anders als sein Vater es gewesen war, dem Tante Peerke damals Glühwein, süßes Schmalzgebackenes und Spargelhuhn gespendet hatte.

„Und was, du lieber Himmel, suchte denn dein Vater bei der Tante Peerke?" fragte ich. Worauf mir Nicky sagte, daß die Tante ihn versteckt habe. „Mein Vater", so erklärte er, „war doch der erste in der deutschen Zeit geborene Insulaner. So mußte er deutscher Soldat werden, anders als jene, die noch in der englischen Zeit geboren worden waren. Doch zum Soldatenspielen bei den Preußen hatte Vater keine Lust."

„Das kann ich gut verstehen, Nicky", sagte ich. „Aber was hat das alles mit Tante Peerke zu tun?"

„Sie hat einen Fischkutterkapitän bestochen, ihn nach Schottland zu bringen", sagte Nicky.

„Nach Schottland, lieber Gott: Warum nach Schottland?" rief ich aus. „Und er ist wirklich hingekommen?"

„Ja", sagte Nicky. „In der folgenden Nacht brachte die Tante meinen Vater auf den Kutter. Und er ist heil nach Schottland gekommen, wo er als Bootsbauer, der er ja war, Arbeit bekam. Ein alter Freund der Tante, der John Camel oder ähnlich hieß, hat ihm geholfen. Mein Vater war den ganzen Krieg über in Schottland, mit einem falschen Paß. Er nahm sich dort auch eine Frau. Du weißt, daß meine Mutter Schottin ist."

„Ja", sagte ich, weil mir das wieder eingefallen war, „ja, stimmt, das weiß ich. Und von dem schottischen Bekannten Tante Peerkes hab' ich auch gehört." Doch bei mir dachte ich: Dann hat der erste Neujahrsgast der Tante ihrem fünfzehnten geholfen. Das war hübsch von ihr eingefädelt. Sie ist nicht nur sehr liebenswürdig, sondern auch sehr listig.

Den letzten Neujahrsgast der Tante, von dem ich etwas weiß, habe ich, als ich zwölf war, selbst gesehen. Ich sah ihn durch das Schlüsselloch der Hintertür, die in die Küche führte. Dort saß nämlich der Gast am kleinen Küchentisch, der Tante gegenüber, und aß Spargel und Hühnerfrikassee.

Ich kannte diesen Mann recht gut. Er kam vom Festland, war Friseurgehilfe, wurde Ralf genannt und hatte das, was man ein „lockeres Mundwerk" nennt. Da aber zu jener Zeit die Hitlerei in Deutschland herrschte – man mußte immerzu „Heil Hitler" sagen und durfte über Adolf Hitler und sein Reich nur Gutes reden –, war so ein lockeres Mundwerk nicht ungefährlich. Ralf, der Friseurgehilfe, war denn auch ein paarmal schon verwarnt worden Und nun, zwischen Weihnachten und Neujahr, hatte er wieder Schlimmes gesagt. Und alle Insulaner munkelten, daß er im neuen Jahr verhaftet werden würde.

Dieser Friseurgehilfe also saß bei Tante Peerke, aß Huhn mit ihr und süßes Schmalzgebackenes, trank (was wir Kinder durch das Schlüsselloch gut sehen konnten) Glühwein und ging zum Schluß, als Mitternacht vorüber war, vorn aus dem Haus hinaus, doch ganz verändert.

Wir Kinder waren durch den Nachbargarten zur Augustastraße vorgekrochen und sahen Ralf nun, uns hinter den Zaun duckend, die Kaiserin-Augusta-Straße pfeifend abwärts wandern mit einem schwarzen Schnurrbart, den er nie gehabt, mit einer Brille, die er vorher nie benutzt, und einer Mütze, die er vorher nie getragen hatte. Die Tante, die den Karneval und das Verkleiden liebte, hatte ihn wohl so ausstaffiert. Als der Friseurgehilfe Ralf war er jetzt nicht mehr zu erkennen.

Wir warteten hinter dem Zaun, bis wir die Schritte des Friseurgehilfen sich entfernen hörten und Tante Peerkes Haustür mit dem üblichen Getöse zugeschlagen war. Dann rannten wir zum Felsrandweg des Oberlandes, lehnten uns auf die Mauer, schauten nieder auf das monderhellte Unterland der Insel und sahen bald, wie Ralf durch Gassen bis zum Hafen wanderte und dort einen uns unbekannten Fischkutter bestieg, der wenig später aus dem Hafen tuckerte und um die Inselsüdspitze herum mit nur zwei kleinen Bordlichtern nach Westen fuhr.

Da wir die Mittelschule schon besuchten und daher länger als die kleinen Kinder noch aufbleiben durften, rannten wir nun zur Südspitze der Insel und sahen von dort die Kutterlichter sich entfernen, kleiner werden und dann in der Dunkelheit verschwinden.

Bis heute hat keiner von uns verraten, was wir in jener Neujahrsnacht gesehen haben. Die Insel redete noch eine Weile über den verschwundenen Ralf. Es wurden auch Ermittlungen von den Behörden angestellt, doch ohne ein Ergebnis. Bald drängten andere Neuigkeiten das Verschwinden des Friseurgehilfen in den Hintergrund, und niemand hat jemals erfahren, wohin er wohl verschwunden ist. Ob Tante Peerke ihn gleichfalls nach Schottland schickte, weiß ich nicht.

Ich weiß nur, daß die letzte Neujahrsnacht in Tante Peerkes Leben traurig war. Da war sie nicht daheim, sondern auf einem Bauernhof im Holsteinischen. Das war im Jahre neunzehnhundertfünfundvierzig. Der Zweite Weltkrieg war zu Ende und unsere kleine Insel so zerbombt, daß niemand darauf wohnen konnte. Als da das Neujahr neunzehnhundertsechsundvierzig von Glocken auf dem Festland eingeläutet wurde, bekam die Tante von den Bauersleuten Glühwein eingeschenkt – als Gast.

Kein halbes Jahr danach starb Tante Peerke. Einer von ihren vielen Neujahrsgästen, Nicky Holtmanns Vater, ging hinter ihrem Sarge her.

Postkarte um 1900

Hilf, Herr Jesu, laß gelingen

Johann Rist (1642)

Hilf, Herr Jesu, laß gelingen,
hilf, das neue Jahr geht an;
laß es neue Kräfte bringen,
daß aufs neu ich wandeln kann.
Neues Glück und neues Leben
wolltest du aus Gnaden geben.

Was ich sinne, was ich mache,
das gescheh in dir allein;
wenn ich schlafe, wenn ich wache,
wollest du, Herr, bei mir sein;
geh ich aus, wollst du mich leiten;
komm ich heim, steh mir zur Seiten.

Laß dies sein ein Jahr der Gnaden,
laß mich büßen meine Sünd',
hilf, daß sie mir nimmer schaden
und ich bald Verzeihung find,
Herr, in dir; denn du, mein Leben,
kannst die Sünd' allein vergeben.

Herr, du wollest Gnade geben,
daß dies Jahr mir heilig sei
und ich christlich könne leben
ohne Trug und Heuchelei,
daß ich noch allhier auf Erden
fromm und selig möge werden.

Jesus richte mein Beginnen,
Jesus bleibe stets bei mir,
Jesus zäume mir die Sinnen,
Jesus sei nur mein Begier,
Jesus sei mir in Gedanken,
Jesus lasse nie mich wanken!

Jesu, laß mich fröhlich enden
dieses angefangne Jahr.
Trage stets mich auf den Händen,
stehe bei mir in Gefahr.
Freudig will ich dich umfassen,
wenn ich soll die Welt verlassen.

Quellenangaben und biographische Daten

Hartwig Alsen: *Ist dies der Ort, an dem du Mensch geboren?*
Aus dem Gedicht „Die Krippe von Bethlehem“, 2. und 3. Strophe.
Hartwig Alsen wurde 1926 in Hamburg als Sohn eines Arztes geboren. Er war Pastor an der Domkirche in Schleswig, in Haddeby und Propst in Husum. Dort lebt er jetzt.

Georg Asmussen: *Mit'm Rummelpott gehen*
Aus „Stürme“, herausgegeben vom Heimatverein der Landschaft Angeln, Husum Druck- und Verlagsgesellschaft, Husum 1995.
Georg Asmussen wurde 1856 in Pommerby bei Flensburg als Lehrersohn geboren. Er war lange Jahre Oberingenieur der Werft Blohm & Voss in Hamburg und Leiter des „Deutschen Guttemplerordens“. Er starb 1933 in Westerholz an der Flensburger Förde.

Friedrich Augustiny: *Eine Christabend- und Silvesterfeier auf Hallig Oland*
Aus „Feierabend-Erzählungen eines Siebzigjährigen mit kulturgeschichtlichen Beiträgen“, Neumünster o. J.
Friedrich Augustiny, geboren 1837, wuchs auf der Hallig Oland auf, wo sein Vater Pastor war.

Emmy Ball-Hennings: *Advent*
Aus „Blume und Flamme“, st1355 © Suhrkamp Verlag, Frankfurt am Main 1987.
Emmy Ball-Hennings, geborene Cordsen, wurde 1885 in Flensburg geboren. Sie lebte viele Jahre in der Schweiz, wo sie 1948 starb. Sie war Lyrikerin und Erzählerin.

Hein Blomberg: *De Poppenspeeler*
Der Beitrag wurde vom Autor als Manuskript zur Verfügung gestellt.
Hein Blomberg wurde 1915 als Sohn eines Müllkutschers in Kiel geboren. Seine Kindheitserinnerungen beschreibt er u. a. in einem Buch über das „Kieler Stinkviertel“. Er lebt in Kiel.

Hermann Claudius: *Wißt ihr noch wie es geschehen* (Lied), und *Erinnerung* (Gedicht)
„Wißt ihr noch wie es geschehen“ aus Evangelisches Gesangbuch, Verlagsgesellschaft Wittig, Hamburg, und Lutherische Verlagsgesellschaft Kiel, 1. Auflage 1994, „Erinnerung“ aus „Daß Dein Herz fest sei“, Albert Langen Georg Müller Verlag, München 1935.
Hermann Claudius, Urenkel von Matthias Claudius, wurde 1878 in Langenfelde bei Altona geboren. Von 1900–34, bis zu seiner Übersiedlung nach Grönwohld bei Trittau, wo er 1980 starb, war er Volksschullehrer. Er schrieb neben vielen volksliedhaften Gedichten in hoch- und plattdeutsch Erzählungen historischen und autobiographischen Inhalts.

Matthias Claudius: *Es weht bei uns ein kalter Wind* (hier als Überschrift über den Choral „Willkommen in dem Jammertal“ aus Weihnacht-Kantilene)
Aus „Matthias Claudius, Sämtliche Werke“, Winkler Verlag, München 1984.
Matthias Claudius wurde 1740 als Sohn eines Pfarrers in Reinfeld in Holstein geboren. Von 1770–75 war er Herausgeber des Wandsbeker Boten. Ab 1777 lebte er als freier Schriftsteller in Wandsbek. Er starb 1815.

C. H. Dannmeyer: *Was ich in meiner Jugend zum Rummeltopf gesungen habe*
Ein Kulturbildchen aus dem Kirchspiele Kaltenkirchen (Holstein)
Aus „Niedersachsen, illustr. Halbmonatsschrift für Geschichte, Landes- und Volkskunde, Sprache, Kunst und Literatur Niedersachsens“, 15. Dez. 1900.

Jürgen Dunker: *Merry Christmas 1945*
Aus „Weihnachtsgeschichten am Kamin Band 3“, © 1988 by Rowohlt Taschenbuch Verlag GmbH, Reinbek.
Jürgen Dunkert lebt in Hemmingstedt.

Gustav Falke: *Die Weihnachtsbäume* (Gedicht) und „*Weihnachtssperlinge*" (Gedicht)
Aus „Gesammelte Dichtungen von Gustav Falke" in 5 Bänden, Jansen Verlag Hamburg und Berlin 1912.
Gustav Falke wurde 1853 in Lübeck geboren. Er war Buchhändler, Musiklehrer, später lebte er als freier Schriftsteller in Hamburg, wo er 1916 starb.

Hans Fallada: *Fünfzig Mark und ein fröhliches Weihnachtsfest*
Aus „Hans Fallada, Weihnachtsgeschichten", ©Aufbau-Verlag Berlin und Weimar 1990.
Hans Fallada, eigentlich Rudolf Dietzen, wurde 1893 in Greifswald geboren. Er war 1929/30 als Anzeigenwerber und Reporter beim „General-Anzeiger" in Neumünster tätig. Später hatte er mit einigen seiner Romane großen Erfolg. Er starb 1947 in Berlin.

Johann Hinrich Fehrs: *Neujahr 1850*
Aus „Maren, Johann Hinrich Fehrs, Sämtliche Werke Band 3", Edition Fehrs-Gilde, Karl Wachholtz Verlag, Neumünster 1991.
Johann Hinrich Fehrs wurde 1838 in Mühlenbarbek bei Itzehoe als Sohn eines Tierarztes geboren. Er war Lehrer in Reinfeld bei Lübeck und Itzehoe, wo er 1916 starb.

Ludwig Frahm: *Wihnachen-Abend up'n Lann'*
Aus „Wihnachsklocken utlüdt för uns' plattdütschen Jungs un Deerns", Sunner-Utgaav vun de plattdütsche Monatsschrift „Modersprak", Wihnachen 1923.
Ludwig Frahm wurde 1856 in Timmerhorn in Holstein geboren. Er war Lehrer in Tremsbüttel, Dürenstedt und Rethwischfeld bei Bad Oldesloe, zuletzt in Poppenbüttel, wo er 1936 starb.

Edith Golinski: *Das Krippenspiel*
Aus „Blick nach unten, Erlebnisse einer Blinden", 2. Aufl. 1971.
Edith Golinski wurde 1912 in Preetz geboren. Sie lebte in Kiel, wo sie 1985 starb. Sie schrieb Märchen und Erzählungen.

Fritz Grasshoff schrieb 1945 das „*Heiligenhafener Sternsingerspiel*"
Er wurde 1913 als Sohn eines Kapitäns in Quedlinburg geboren. 1945 in der Kriegsgefangenschaft in Schleswig-Holstein begann er zu schreiben. Er lebt in Celle.

Klaus Groth: *Wiehnachtenabend* (Gedicht)
Aus „Quickborn Erster Teil", Christian Wolff Verlag, Flensburg und Hamburg.
Klaus Groth wurde 1819 in Heide als Sohn eines Müllers geboren. Er war zunächst Lehrer, später Professor für deutsche Literatur und Sprache in Kiel, wo er 1899 starb. Er gilt als eigentlicher Begründer der Mundartdichtung.

Anita Haagen: *Wie wir Weihnachten feierten*
Aus „Eine Kindheit in Kiel vor der Jahrhundertwende", Husum Druck- und Verlagsgesellschaft, Husum 1989.
Anita Haagen, geborene Beyreis, wurde 1881 in Kiel geboren. Sie schrieb die Erinnerungen ursprünglich für die eigene Familie. Sie starb 1960 in Wedel.

Irmgard Harder: *Dat Wiehnachshemd*
Aus „Irmgard Harder, Bloots en Fru ...", © by Husum Druck- und Verlagsgesellschaft, Husum 1976.
Irmgard Harder wurde 1922 in Hamburg geboren. Sie war Redakteurin beim NDR und Autorin in der Sendereihe „Hör mal 'n beten to". Sie lebt in Kiel und war mit Paul Selk verheiratet.

Friedrich Hebbel: *Die Weihe der Nacht* (Gedicht)
Aus „Friedrich Hebbel, Gedichte", herausgegeben von Heinz Stolte, Husum Druck- und Verlagsgesellschaft, Husum 1976.
Friedrich Hebbel wurde 1813 als Sohn eines Maurers in Wesselburen in Dithmarschen geboren und wuchs dort in ärmlichen Verhältnissen auf. Ab 1845 lebte er in Wien, wo er 1863 starb. Er war einer der bedeutendsten Dramatiker des 19. Jahrhunderts.

Heinrich Heimreich: *Die Weihnachtsflut 1717*
Aus „M. Anton Heimreich weyl. Prediger auf der Insel Nordstrandisch-Moor, nordfresische Chronik". Zum dritten Male, mit den Zugaben des Verfassers und der Fortsetzung seines Sohnes, Heinrich Heimreich, auch einigen andern zur nordfriesischen Geschichte gehörigen Nachrichten vermehrt, herausgegeben von Dr. N. Falck, 2. Teil, Tondern 1819.
Heinrich Heimreich lebte 1685–1730 zunächst als Sohn des Pastors Anton Heimreich, später selber als Pastor auf der Hallig Nordstrandischmoor.

Hans Holtorf: *Dreimal Weihnachten feiern*
Aus „Jugend zwischen Malerei und Theater, Lebenserinnerungen 1899–1937", herausgegeben vom Institut für regionale Forschung und Information im Deutschen Grenzverein e. V., Schleswiger Druck- und Verlagshaus, Schleswig 1980.
Hans Holtorf, vornehmlich als Maler bekannt, wurde 1899 in Friedrichstadt geboren. Er wuchs dort und in Schleswig auf. Von 1921–35 lebte er in Langballig, ab 1935 in Bockholm, wo er 1984 starb.

Heinrich Jargstorff wurde 1800 in Willenscharen bei Kellinghusen als Sohn eines Bauern geboren. Er war später Lehrer auf Gut Damp. Der Beitrag wurde dem Husum-Taschenbuch „Schulerinnerungen aus Schleswig-Holstein", Husum 1987, entnommen.

Eduard Juhl: *Eine seltsame Weihnachtssehnsucht*
Aus „Eduard Juhl, Weihnacht erlebt und erlitten", Verlag Friedrich Bahn, Schwerin 1940.
Eduard Juhl wurde 1884 in Enge bei Leck geboren. Er war Pastor in Hamburg, Halle und Wuppertal und von 1946–54 Propst von Südtondern und Pastor in Leck. Er starb 1975 in Hamburg.

Fritz Junge: *Ein denkwürdiger Weihnachtsabend 1863*
Aus „Geschichte und Volkskunde des Kreises Pinneberg", herausgegeben von Rektor Wilhelm Ehlers, Druck u. Verlag J. H. Groth, Elmshorn 1922.

Hinrich Cornelius Ketels: *Unser ‚Baum'*
Entommen aus „Husumer Nachrichten, 23. 12. 1989", dort unter der Überschrift „Föhringer Weihnacht vor 120 Jahren".
Hinrich Cornelius Ketels wurde 1855 als Sohn eines Kapitäns in Süderende geboren. Er war Pastor auf Langeneß, in Bordesholm, Schleswig und Kiel, verbrachte seinen Ruhestand in Goting auf Föhr, wo er 1940 starb.

Sarah Kirsch: *Zwischenlandung* (Gedicht)
Aus „Landaufenthalt, Gedichte", © Verlag Langewiesche-Brandt, Ebenhausen bei München 1969.
Sarah Kirsch, geborene Bernstein, wurde 1935 in Limlingerode im Südharz geboren. Sie lebte nach einem Studium der Biologie als freie Schriftstellerin in Halle, Ost- und Westberlin, heute lebt sie in einem Dorf in Schleswig-Holstein. Sie wurde mit zahlreichen Literaturpreisen ausgezeichnet.

Gustav Kühn: *Kieler Weihnachtsmarkt um 1880*
Aus „Der alte Markt in Kiel und seine Menschen vor 70 Jahren" in „Mitteilungen der Gesellschaft für Kieler Stadtgeschichte Nr. 48". Es handelt sich dabei um einen Vortrag, den Gustav Kühn Ende 1952 und Anfang 1953 vor der Gesellschaft für Kieler Stadtgeschichte gehalten hat.

Günter Kunert: *Weihnacht* (Gedicht)
Entnommen aus „Es begibt sich aber zu der Zeit, Texte zur Weihnachtsgeschichte", herausgegeben von Walter Jens, Radius Verlag, Stuttgart 1989.
Günter Kunert wurde 1929 in Berlin geboren. 1973, mit dem J. R. Becher-Preis ausgezeichnet, wurde er 1977 aus der SED ausgeschlossen. Seit 1979 lebt er in Westdeutschland, heute in Kaisborstel in Holstein.

James Krüss: *Tante Peerkes Neujahrsfeste*
Aus „Wenn Weihnachten kommt, Hg. v. B. Homberg",© Verlag Friedrich Oetinger, Hamburg 1982.
James Krüss wurde 1926 auf der Insel Helgoland geboren. Er erhielt eine Lehrerausbildung, übte den Beruf aber nicht aus, sondern begann mit literarischen Veröffentlichungen für Presse, Rundfunk und Fernsehen. Er ist einer der beliebtesten Kinderbuchautoren. Heute lebt er auf Gran Canaria.

Siegfried Lenz: *Eine Art Bescherung*
Aus „Spuren im Schnee, Erzählte Weihnacht", © 1993 Gerstenberg Verlag, Hildesheim.
Siegfried Lenz wurde 1926 in Lyck / Ostpreußen geboren. Nach dem Studium war er zunächst Feuilleton-Redakteur der „Welt" in Hamburg und lebt jetzt dort als freier Schriftsteller. Etliche seiner Romane waren führend in den Bestsellerlisten.

Wilhelm Lobsien: *Im Nebel* und *Am Abend vor Weihnachten* (Gedicht)
Aus „Wilhelm Lobsien, Sterne überm Meer, Weihnachtsgeschichten", Verlag von Martin Warneck, Berlin 1938.
Wilhelm Lobsien wurde 1872 in Foldingbro in Nordschleswig geboren. Er war später als Lehrer in Kiel tätig. 1947 starb er in Niebüll. Seine Romane und Erzählungen brachten ihm den Namen „Halligdichter" ein.

Max Lorenzen: *Der vergessene Tannenbaum*
Aus „Eine Kindheit hinter den Deichen Nordfrieslands", Verlag Nordfriisk Institut, Bräist / Bredstedt, 1994.
Max Lorenzen wurde 1914 in Fahretoft bei Niebüll geboren, wuchs dort auch auf. Nach zwei Jahrzehnten in der Fremde kehrte er 1948 in sein Heimatdorf zurück, leitete dort zunächst die Verwaltung der Ämter Fahretoft und Dagebüll, später die des neugegründeten Amtes Bökingharde bis 1976.

Boy Lornsen: *Hüüt is jüm de Heiland boren*
Aus „Boy Lornsen, Jesus vun Nazareth, Een Stremel Weltgeschicht", © Quickborn-Verlag, Hamburg 1994.
Boy Lornsen wurde 1922 in Keitum auf Sylt geboren. Er lebte als freier Schriftsteller in Brunsbüttelkoog und in Keitum, wo er 1995 starb. Mit seinem Werk, vieles in hoch- und plattdeutsch für Kinder geschrieben, zog er bei seinen Vorlesungen die Zuhörer in seinen Bann.

Thomas Mann: *Weihnachten im Hause Buddenbrook*
Aus „Thomas Mann, Buddenbrooks", © Fischer Verlag, Berlin 1901.
Thomas Mann wurde 1875 als Sohn eines wohlhabenden Senators und Getreidehändlers in Lübeck geboren. Er lebte in München und der Schweiz, emigrierte 1939 in die USA und zog nach Kalifornien. Seine letzten Lebensjahre verbrachte er in Kilchberg am Züricher See, wo er 1955 starb. Für seinen Roman „Buddenbrooks" erhielt er 1929 den Literatur-Nobelpreis.

Jochen Missfeld: *Der Flug mit der Schneedecke* und *Blei gießen* (Gedicht)
„Der Flug mit der Schneedecke" stammt aus einer Manuskript-Sammlung des Verlages Langewiesche-Brandt, das Gedicht „Blei gießen" wurde dem Band „Jochen Missfeldt, Mein Vater war Schneevogt, Gedichte" entnommen, Langewiesche-Brandt Verlag, Ebenhausen 1979.
Jochen Missfeldt wurde 1941 in Satrup geboren. Er war bis 1982 Fliegeroffizier und arbeitete dann nach einem Studium der Musikwissenschaft, Philologie und Volkskunde als freier Schriftsteller. Er lebt in Stadum.

Charlotte Niese: *Die falschen Weihnachtsbäume*
Aus „Die braune Marenz und andere Geschichten", Verlag F. W. Grunow, Leipzig.
Charlotte Niese wurde 1854 in Burg auf Fehmarn als Tochter eines Pfarrers geboren. Sie lebte später als Lehrerin in Rieseby, Eckernförde und Altona, wo sie 1935 starb.

Auguste Oppermann: *Weihnachten in einer Möllner Apotheke*
Aus „Eine Kindheit in Mölln, Erinnerungen aus einer norddeutschen Kleinstadt vor 1900", © by Husum Druck- und Verlagsgesellschaft, Husum 1995.
Auguste Oppermann wurde 1850 als Tochter eines Apothekers in Mölln geboren.

Theo Peters: *Vun de Kaiser und de Winachsmann un 'n lütten Barger Jung*
Entnommen aus „Husumer Nachrichten vom 24. 12. 1976".
Theo Peters wurde 1900 als Sohn eines Lehrers in Bargen Kreis Schleswig geboren. Er war später Rektor in Krusau.

Friedrich Ernst Peters: *Das Große im Kleinen*
Aus „Weihnachtliche Welt, Ausgewählte Erzählungen", Agentur des Rauhen Hauses, Hamburg 1950.
Friedrich Ernst Peters wurde 1890 in Luhnstedt bei Rendsburg geboren. Er war Taubstummenoberlehrer, später Direktor der Landes-Gehörlosen-Schule in Schleswig, wo er 1962 starb. Der Roman „Baasdörper Krönk" aus seinem Nachlaß wird als das bedeutendste plattdeutsche Prosawerk seit Johann Hinrich Fehrs „Maren" genannt.

Hermann Petersen-Möhlhorst: *Um die Jahrhundertwende in Angeln*
Aus „Die goldene Kindheit", Nachdruck der Ausgabe von 1905, herausgegeben vom Heimatverein der Landschaft Angeln, Husum Druck- und Verlagsgesellschaft, Husum 1994.
Hermann Petersen-Möhlhorst wurde um 1850 in Kappeln als neuntes Kind eines Schlachters und Viehhändlers geboren und wuchs dort auch auf.

Dierk Puls: *... un Freeden up Erden*
Entnommen aus „Weihnachtsgeschichten aus Schleswig-Holstein 1", Husum Druck- und Verlagsgesellschaft, Husum 1975.
Dierk Puls wurde 1913 in Warder Kreis Segeberg als Sohn eines Pastors geboren. Er war Studienrat und lebte in Kiel, wo er 1994 starb.

Johann Rist: *Lobgesang von der freudenreichen Geburt und Menschwerdung unseres Herrn und Heilands Jesu Christi*
Entnommen aus „Das alte deutsche Weihnachtslied", herausgegeben von Karl Budde und Arnold Mendelsohn, Hanseatische Verlagsanstalt, Hamburg 1924. (Die Schreibweise wurde der heutigen angeglichen.)
Johann Rist wurde 1607 in Ottensen als Sohn eines Predigers geboren. Als evangelischer Pfarrer war er der wichtigste norddeutsche Reformer. Von seinen geistlichen und weltlichen Liedern haben sich einige bis in die Gegenwart im Kirchengesangbuch gehalten. Er starb 1667 in Wedel, wo er seit 1635 evangelischer Pfarrer war.

Johann Röling: *Gleich in der allerersten Nacht* (Gedicht)
Entnommen aus „Hättest du der Einfalt nicht ...", Verlag Lambert Schneider, Heidelberg.
Johann Röling wurde 1634 in Lütjenburg in Ostholstein als Sohn eines Güterdirektors geboren. Er besuchte in Lübeck die Schule, studierte Theologie und wurde in Königsberg mehrfach Dekan an der Universität. Er starb dort 1697.

Elfriede Rotermund: *Ewige Weihnacht*
Aus „Wunder der Weihnacht", Hallignovellen von Elfriede Rotermund, Johannes Herrmann Verlag, Zwickau o. J.
Elfriede Rotermund, geborene Schönhagen, wurde 1884 im Teutoburger Wald geboren. Mit ihrem Mann, Pastor aus Flensburg, lebte sie ab 1912 sechzehn Jahre auf der Hallig Oland, wo neben Novellen ihre Halligromane entstanden. Sie starb 1966 in Flensburg.

Hans-Schmidt-Gorsblock schrieb die Abhandlung über das weihnachtliche Backen auf dem Lande. Er wurde 1889 in Gorsblock bei Lügumkloster in Nordschleswig geboren, war dort Bauer und Lehrer und starb 1982.

Geert Seelig: *Kieler Weihnachten*
Aus „Eine deutsche Jugend, Erinnerungen an Kiel und den Schwanenweg“, Sonderveröffentlichung 6 der Gesellschaft für Kieler Stadtgeschichte, Kiel 1977.
Geert Seelig wurde 1864 als Sohn eines Professors in Kiel geboren, wo er auch aufwuchs. Er war Rechtsanwalt in Hamburg und starb dort 1934.

Friedrich Leopold Graf zu Stolberg: *Fromme, gemütliche Weihnachtslust*
Aus „Deutsches Hausbuch“ herausgegeben von Guido Görres, Jahrgang 1847, München 1847, dort unter der Überschrift „Zur Weihnachtsfeier“ (gekürzt).
Friedrich Leopold Graf zu Stolberg – Stolberg wurde 1750 auf Gut Bramstedt in Holstein als Sohn eines dänischen Kammerherrn geboren. Er studierte Jura und Literatur, gehörte dem Göttinger Hainbund an, war lübeckisch-oldenburgischer Gesandter am dänischen Hof in Kopenhagen und wohnte ab 1781 meistens in Eutin. 1800 übersiedelte er nach Münster. Er starb 1819 auf dem Gut Sondermühlen bei Osnabrück, wo er die letzten Lebensjahre verbrachte.

Gertrud Storm: *Weihnachten bei Theodor Storm*
Aus „Meerumschlungen“, Ein literarisches Heimatbuch für Schleswig-Holstein, Hamburg und Lübeck, Verlag von Alfred Janssen, Hamburg 1907.
Gertrud Storm wurde 1865 als siebentes Kind Theodor Storms geboren. Sie widmete ihr Leben dem Werk ihres Vaters. Sie starb 1936.

Theodor Storm: *Weihnachten daheim* (aus „Unter dem Tannenbaum“), *Da stand das Kind am Wege* (aus „Immensee“), *Weihnachtslied* (unter der Überschrift „Ich fühl's ein Wunder ist geschehen“), *Knecht Ruprecht* (Gedicht)
Allen Beiträgen liegt der Text der von Peter Goldammer herausgegebenen „Sämtliche Werke“, Aufbau-Verlag Berlin und Weimar, 3. Auflage 1972, zugrunde.
Theodor Storm wurde 1817 in Husum geboren, war dort als Rechtsanwalt tätig, lebte aus politischen Gründen von 1862–64 zunächst in Potsdam, später Heiligenstadt, verbrachte den Lebensabend in Hademarschen, wo er 1888 starb. Das Grab des weltweit bekannten Dichters liegt in Husum.

Lulu von Strauß und Torney: *Die Christnacht der Hallig* (Ballade)
Aus „Tulipan“, Balladen und Erzählungen, Eugen Diederichs Verlag, Düsseldorf–Köln 1966.
Lulu von Strauß und Torney wurde 1873 in Bückeburg geboren. Die Mutter war friesischer Abstammung. Nach Reisen durch Europa lebte sie verheiratet mit dem Verleger Eugen Diederichs in Jena, wo sie 1956 starb. Sie ist eine der bedeutendsten Balladendichterinnen.

Arno Surminski: *Weihnachten in Kudenow*
Aus „Arno Surminski, Kudenow oder An fremden Wassern weinen“, © Hoffmann und Campe Verlag, Hamburg 1978, S. 56–62.
Arno Surminski wurde 1934 in Ostpreußen als Sohn eines Stellmachers geboren. Nach der Deportation seiner Eltern und Lageraufenthalt wurde er 1947 von einer Familie aufgenommen. Seit 1962 ist er in Hamburg ansässig. Seine Romane „Jokehnen“ und „Kudenow“ waren die ersten großen schriftstellerischen Erfolge.

Rudolf Tonner: *Weihnacht 1834 im Tuchmacherhaus*
Aus „Tuchmacher am Teich, Aus dem Tagebuch zweier Familien um 1830 – einer Zeit wirtschaftlichen Umbruchs von Rudolf Tonner“, überarbeitet und herausgegeben von Friedrich W. Dwars, Karl Wachholtz Verlag, Neumünster 1989.

Annemarie Weber: *Die Fahrt auf dem silbernen Schlitten*
Aus „Weihnachtsgeschichten“, Quell-Verlag Stuttgart 1971.
Annemarie Weber (Ps. für Annemarie Lorenzen) wurde 1918 geboren. Sie lebt in Berlin.

Johannes Wehrmann: *Der Hardesvoigt von Simonsberge*
Aus „Es leucht wohl mitten in der Nacht“, Agentur des Rauhen Hauses, Hamburg 1925.
Johannes Wehrmann wurde 1877 in Flensburg geboren, war Pastor in Hamburg-Eilbeck.

Der Verlag dankt allen Autoren, Rechtsinhabern und Verlagen für die freundlichen Erlaubnisse zum Abdruck der Beiträge. In den Fällen, wo die Inhaber der Rechte trotz aller Bemühungen nicht festzustellen oder erreichbar waren, verpflichtet sich der Verlag, rechtmäßige Ansprüche im üblichen Rahmen abzugelten.

Benutzte und weiterführende Literatur (Auswahl)

E. Fehrle: Deutsche Feste und Volksbräuche, Leipzig, 1916
Esther Gajek: Adventskalender, München
Heinrich Handelmann: Volks- und Kinder-Spiele aus Schleswig-Holstein, Kiel, 1874
Heinrich Handelmann: Weihnachten in Schleswig-Holstein, Kiel, 1866
Gisela Jaacks und Nina Gockerell: Weihnachtliche Bräuche in Hamburg und Norddeutschland – in München und Oberbayern, München, 1985
E. M. Kronfeld: Der Weihnachtsbaum, Botanik und Geschichte des Weihnachtsgrüns, Oldenburg und Leipzig, 1906
O. Lauffer: Niederdeutsche Volkskunde, Leipzig, 1923
Max Leisner: Feiern, Feste und Vergnügungen im alten Kiel, Kiel, 1974
Ulrich Riemerschmidt: Weihnachten, Kult und Brauch einst und jetzt, Hamburg, 1962
Georg Rietschel: Weihnachten in Kirche, Kunst und Volksleben, Bielefeld und Leipzig, 1902
Walter Sauer: Die Weihnachtsgeschichte in deutschen Dialekten, Husum, 1993
Paul Selk: Mitwinter und Weihnachten in Schleswig-Holstein, Heide, 1972
Grudrun Sievers-Flägel: Alle Jahre wieder..., Weihnachten in Kiel, eine Sammlung von Bildern, zeitgenössischen Dokumenten sowie literarischen Belegen aus zwei Jahrhunderten. Schriften des Kieler Stadt- und Schiffahrtsmuseums, Kiel, 1985
Adolf Spamer: Weihnachten in alter und neuer Zeit, Jena, 1937
Alexander Tille: Die Geschichte der deutschen Weihnacht, Leipzig, 1893,
Ingeborg Weber-Kellermann: Das Weihnachtsfest. Eine Kultur- und Sozialgeschichte der Weihnachtszeit. Luzern und Frankfurt/M, 1978
Weihnachtsmärchen u. Weihnachtssagen aus Schleswig-Holstein, hrsg. Gundula Hubrich-Messow, Husum, 1991
Weihnachtsgeschichten aus Schleswig-Holstein I. u. II, hrsg. von Gundel Paulsen, Husum, 1975 u. 1979
Theodor Storm: Weihnachtsgeschichten, hrsg. von Ingwert Paulsen jr., Husum, 1993
Gerd Eversberg: Theodor Storms Weihnachten, Husum, 1993
Zeitschriften: „Die Heimat", „Schleswig-Holstein"

Künstler- und Bildnachweis

Wilhelm Claudius: geb. 1854 Altona, gest. 1942 Dresden (S. 266)
Ludwig Dettmann: geb. 1865 Adelby bei Flensburg, gest. 1944 Berlin (S. 148)
Isa Dietrich: lebt in Husum (S. 112)
Alex Eckener: geb. 1870 Flensburg, gest. 1944 Abtsgmünd/Württemberg (S. 125)
Otto Heinrich Engel: geb. 1866 Erbach im Odenwald, gest. 1949 Glücksburg (S. 149; S. 57, 64, 79, 288 aus „Mappe IV, Der Winter, Im Jahreslauf")
Otto Flath: geb. 1906 Staritzke/Ukraine, gest. Bad Segeberg 1987 (S. 131, 132, 134, 135), Die Krippe aus dem Jahre 1961 ist im Privatbesitz, Husum
Hans Gudewerdt: geb. um 1600 Eckernförde, gest. dort 1671 (S. 143)
Sophus Hansen: geb. 1871 Glücksburg, gest. dort 1959, aus „Groß-Stadt-Bilder-Buch, 1909 (S. 187)
Gerhard Fritz Hensel: geb. 1910 Neukirch/Oberlausitz, lebte seit 1945 in Flensburg, gest. dort 1986 (S. 210)
Hermann Kauffmann: geb. 1808 Hamburg, gest. dort 1889 (Umschlagbild „Kirchgang im Winter", um 1850) Privatbesitz, Hamburg
Käthe Lassen: geb. 1880 Flensburg, gest. dort 1956 (S. 150)
Carl Julius Milde: geb. 1803 Hamburg, gest. 1875 Lübeck (S. 66) aus „Lübecker ABC", Lübeck 1873
Jürgen Ovens: geb. 1623 Tönning, gest. 1678 Friedrichstadt (S. 147)
Friedrich Johann Overbeck: geb. 1789 Lübeck, gest. 1869 Rom (S. 128), entnommen aus „Weihnachten in der Malerei", München, 1910
Ingwer Paulsen: geb. 1883 Ellerbek bei Kiel, gest. 1943 Halebüll bei Husum (S. 33, 206, 245, 248; aus: „Elfriede Rotermund, Hallignovellen", 1925)
Ludwig Pietsch: geb. 1824 Danzig, gest. 1911 Berlin (S. 15, 16; aus: „Zwei Weihnachtsidyllen von Theodor Storm", Berlin 1865)
Heinrich Ringerink: lebte in Flensburg seit 1583, gest. 1629 Kopenhagen (S. 142)
Christian Rohlfs: geb. 1849 Niendorf bei Leezen, gest. 1938 Hagen (S. 166)
Carl Schildt: geb. 1851 Elmshorn, gest. 1921 Hamburg (S. 284; aus: „Holsteinisches Bauernleben", 1894)
Claus Stolley: geb. 1898 Fockbek bei Rendsburg, gest. 1965 Rendsburg (S. 270)
Otto Speckter: geb. 1807 Hamburg, gest. 1871 dort (S. 19; aus: „Klaus Groth, Quickborn", 1856)
Johann Michael Voltz: geb. 1784 Nördlingen, gest. 1854 dort (S. 12; „Der Christtag" aus: „Mary Lavater Sloman, 12 Blätter aus meiner Kinderstube", 1823)
Nikolaus Wöhlk: geb. 1887 Schleswig, gest. 1950 Loit-Sønderskov/Dänemark (S. 266)

Die übrigen Illustrationen stammen aus der Sammlung der Herausgeberin.

Nachweis der Fotos

Umschlagbild: Dieter Otte, Hamburg
S. 142: Gerda Outzen, Flensburg
S. 92, 112: Repro: Jürgen Dietrich, Husum
S. 80: Hans Hoffmann, Husum
S. 137: Klaus-Dieter Harte-Hepp, Eckernförde
S. 147, 150: Fotostudio Gerd Remmer, Flensburg
S. 149: Foto-Ingwersen, Wyk auf Föhr
S. 152: H. Christiansen, Schleswig
S. 138, 143, 154, 168: Gundel Paulsen
alle anderen Husum Druck und Verlagsgesellschaft und Fotosatz Husum GmbH, Husum

Inhalt